ビー玉

沼澤正之
NUMAZAWA Masayuki

文芸社

目次

ビー玉

懐かしい薄磯の村

一　水たまりの青い空

正和《まさかず》は三十五歳、高校を卒業して薄磯《うすいそ》を離れ、東京の生活をするようになって十七年が過ぎていま す。正和はいつものように、夏休みを過ごすために、夏の終わりに、故里の薄磯のバス停に降り立ちます。少し歩いて海岸に出、海をゆっくりと眺め、何回も海の潮風を胸の奥まで吸いこみ、波の音と潮の香りに包まれ、故里に帰ってきたな、としみじみ思います。仕事の都合上、実家に帰るのはいつも盆も過ぎ夏の終わりになっています。正和は、二つの岬に囲まれた小さな入江の海、どこも思い出でいっぱいの薄磯の海が大好きです。正和の目の前には、秋の気配が感じられる薄磯の海がいっぱいに広がっています。

薄磯は、福島県いわき市にある太平洋に面した小さな漁村、二つの岬に挟まれて、ゆるやかな曲線を描く砂浜と裏手にある丘に挟まれた細長い土地に、百軒ほどの木造の家が寄り添うように建っている、のどかな村、それが正和の故里です。

太平洋をのぞむ砂浜の中央に立つと、左手、北の方には小さな岬が見え、その沖には相馬に続く海が広がっています。右手、南の方にはやや大きな岬がそびえ、その上に、塩屋埼灯台が正和が子供のころと変わらない真っ白い美しい姿で立っています。

木造の黒っぽい家は、漁村によくあるように、狭い土地に寄り添うように建ち並び、どの家にもついている小さな庭は村の中を不規則に通っている狭い路地に面していて、村人は家に入る時も、出る時も、玄関より庭の木戸を使っています。

堤防に沿って少し太い道路が南北に走り、南にある灯台の岬のふもとまで続いています。岬のふもとには、村人の生活の中心である小さな港がひっそりとたたずんでいて、日中にはほとんど人の姿はなく、静かな時間が流れ、波のない穏やかな日中などは、まどろんでいるように見える港です。港のすぐ裏には港の堤防と岬の崖に囲まれた磯があり、夏休みには笑い声があふれる子供たちの大好きな遊び場です。

いつもひっそりとして、一日一日が同じように過ぎてゆき、季節が同じように巡ってゆき、正和が子供のころは、何もない退屈な村、と本気で思っていたのが薄磯の村です。村人たちも、

「そんなことないべよ、海だって魚だって沢山あんぞ」

と言いつつも、子供たちにそう言われると、

「やっぱ都会に比べたら何もないいな」

と思い、悲しく笑い、

「子供たちが村を出てゆくのは無理もない」

と思っています。

塩屋埼灯台と薄磯

正和は村を離れて十七年、今は三十五歳になり、薄磯は何もない村、と今も思っているのですが、夏に帰ってくるとすべての風景が懐かしく、海も村もすべてが心の中に沁み入ってくるように感じるのです。心の中のどこに沁み入ってくるのか分からないのですが、薄磯でしか感じられない懐かしさが、心の中で温かなそよ風が吹いているように感じられるのです。

海沿いの道を灯台に向かって歩いてゆくと、右側には家並みが続き、左側には秋の気配が感じられる薄磯の海が、人の気配がなくなった砂浜に静かな波を寄せています。正和は、この静かな海が好きでした。いろいろなことを考えたり、思い出しながら家に帰れたからです。

正面には岬の上にそびえる真っ白い灯台がしだいに近づいてきて、その下には港も見えてきます。

高校生のころ、海に突きでた堤防に友だちと座って、釣りをしながらいろいろなことを話した記憶がよみがえってきます。

「秋の海って、なぜ静かなんだろうね。色も淡いし、同じ海なのに夏の海とは全然違うね。不思議だね」

「海水の温度かな」

「それもあるけど、太陽の高さかな。光がずいぶん斜めにさしていて、海も淡い青色に見えるもんね」

「もう、俺たちも村を出て都会に行くから、期待や、不安や、寂しさや、その気持ちもあって、秋の海は静かに見えるんだろうね」

「そうだね、来年の秋はもうここにいないもんね、海もなんとなく寂しく見えるね」

「本当だね、あそこの磯、みんなでいっぱい遊んだけど、もうあんなに夢中で遊ぶことはないだろうね」

その後、正和は詩を作りました。

秋の海

しぐれの晴れ間の
薄磯の海に
水平線まで
青いさざ波が光り
夏の群青は消え
堤防の中も
空に接する水平線も
淡い秋の海ばかり

「太陽が
北回帰線に旅立ったためである
光の入射角が小さいため
海は水平線まで
あのように
光っているのである」
気象官は威厳をもって答えました

「黒潮が
塩屋の岬を越えて
小名浜の沖のな
太平洋まで出たためさ
天まで昇ってしまった
雲を見れば分かるべよ」
老いた漁師がかすむ目をしばたたかせて言いました

「夏井川に枯れ葉が溶けて
冷たくなった水が
流れこんだからではないでしょうか
ほら、あの河口の付近から
秋の海が広がりつつありますよ」
内気な人が静かに笑いながら言いました

「都会で思い出す海に
なってしまったからなのです
遠い海
故里の海
心の海
光は淡く
波音は遠く
私には　もう
懐かしい海に
なってしまったからなのです」

故里が遠くになってしまった青年が言いました

少年は釣り糸をたれ
老いた漁師は
うたたねを繰り返し
今は
秋の海ばかり

詩を思い出しつつ歩いてゆくと、家に囲まれた小さな空き地があります。その日は一日中、雨。正和がバスから降りたころ雨は止み、青空も見え始め、海の上にぽっかりと開いた青空の中を、白い雲が流れています。空き地の中には水たまりが沢山あり、一つ一つに青空と雲が映っています。正和は静江《しずえ》ちゃんを思い出しながら、水たまりをいくつも飛び越えてみます。静江ちゃんは、隣の家の女の子です。

「まだ小さかった静江ちゃんを泣かしてしまったっけな。青い空が映っている水たまりを、鳥になったつもりで飛び越えて楽しかったのに、そこで止めておけばよかったのに、つい調子にのって、いつものいたずらが出てしまったっけな」

静江の水たまり

正和と静江は隣同士、二人の家は木造の古い平屋、漁村によくある潮風に打たれた黒っぽい小さな家です。薄磯はほとんどが古い木造の平屋、それが寄り添うように建っています。二人の家の間には小さな庭があり、その真ん中には小さな静江でさえまたいで行けるような垣根があり、それはただ境を示しているだけで、すき間がいくつもあり、正和も静江もそこを行ったり来たりしています。それぞれの家を自分の家のように感じて、遠慮なく出入りしています。親同士も幼なじみ、正和の親は想《そう》三郎《ざぶろう》、よしえで、想《そう》ちゃん、よっちゃん、静江の親は裕司《ひろし》、君江《きみえ》で裕《ひろ》ちゃん、君江ちゃん、と呼びあって、子供のころからの仲よし感覚が今も続いています。それが嬉しくて、子供のころに培った純粋さを大切にして、それぞれの良い点を思い出し、

「裕ちゃんは小さいころから優しかったもんね、こんなこともしてもらったっけね」

「想ちゃんには学校でこんなことで助けてもらったっけ」

と子供のころの思い出を大切なものとして、何度も何度も話し合う仲なのです。子供のこととなると特に嬉しいらしく、何年も前の思い出をきのうのことのように話して、ニコニコと本当に楽しそうです。正和も静江も、それを聞いているのが嬉しくて、何年も前にあった小さな思い出が、いくつもいくつもはっきりと心の中に刻まれて、自分で思い出して説明できるくらいなのです。他の人から見

れば、

「何度も同じ話をして楽しいのかな」

と思うかもしれませんが、それは、故里の美しい風景、海や山や川を何度見ても、いつも懐かしく、心が温かくなるのと似ています。


正和は七歳、静江は五歳、本当の兄弟のように過ごしていて、家が二つあるような、親が二人より少し多くいるような、そんな生活をしています。


二人は本当の鳥になったつもりで、手を広げ、はばたかせ、曲がる時には斜めに広げ、小さな水たまりは、ひょいと飛び越し、大きな水たまりは、スピードを出して一生懸命に飛び越し、

「鳥だ、俺は鳥だぞ。わしみたいな大っきい鳥だ。すごく高い空を飛んでんだぞ。静江ちゃんも鳥だ。ちっちゃいすずめみたいな鳥だ。低い空をちょこちょこ飛ぶんだ」

「そんなことないよ。静江だって大っきい鳥だよ。正《まさ》ちゃんより高く飛べるよ」

静江は大きく手を広げます。

「うそだ、俺の方がでっかい鳥だ。そんじゃあ、そこの大きい水たまり飛べっか。俺は飛べっぞ。どうだ、ゆうゆう飛べんぞ」

静江も、正和のあとを追いかけるように走って、大きな水たまりを頑張って飛びます。大きな水た

まり、静江の足もとから水しぶき、雲はちぎれて消えてゆき、またゆらゆら現れて、一つ二つ流れてゆき、二人は手をばたばたと振りながら、水たまりをいくつも飛んでゆきます。水たまりの青い空、ちっちゃな水たまりは青空だけ、もうちょっと大きいのは白い雲が一つだけ、大きい水たまりは、いっぱい雲が流れてゆき、次から次へと二人の足もとを流れてゆき、二人は本当に鳥になって空を飛んでいるのです。

二人は少し大きめの水たまりをのぞきこみます。

「正ちゃん、見て。こうやって首を振ると雲がすごく速く動くよ」

「本当だ、すごく速いね。静江ちゃん、もうちょっと頭を下げてみて、灯台も見えっから」

「本当、逆さに見えっから、空に落っこちそうだね」

灯台は、青い空に逆さに突き刺さって、流れる雲の中でぐんぐん動いているように見えます。その日は雨が上がったばかりです。水は少し濁っていて底が見えません。小さい水たまりも、大きい水たまりも、空と同じぐらい深く見えています。

「静江ちゃん、これすごく深いんだぞ。落ちたら、もう出てこれないよ」

「うそだよ、正ちゃん、また変なこと言うんだから」

静江は正和より二つ下、まだ五歳です。

「もしかしたら本当かな」

と思い、水たまりをのぞきこむと、青い空の中に白い雲が深いところに見えて、たしかに底がないように見えるのです。

「うそだと思うんだったら、ほら、入ってみれや」

と言って正和は、水たまりをのぞきこんでいる静江をちょっとだけ押します。

静江は、

「あ」

と言って、青い空にすいこまれるように手をついてしまい、

「正ちゃん、何するの」

と下から、ちょっとだけ正和をにらみます。手はどろだらけ、顔も服も水だらけ、静江は涙をいっぱいためて、

「正ちゃん、ひどいんだ、何するの」

ともう一度言います。

正和も、

「あ、いけない」

と思いましたが、本当に水たまりに落ちるとは思っていなかったのです。どうしていいか分からずに、

「うそだ、って言うからやったんだ。分かってて落っこちたんだから、静江ちゃんが悪いんだ」

と、つい言ってしまうと、静江は目に涙をいっぱいためて悲しそうに家の方に歩いていきます。

家に帰ると、静江の父ちゃんも母ちゃんも、今日は家にいて何か仕事をしています。二人はいつも一緒に村の中で働いていて、時には大工さん、電気屋さん、庭師、漁師の手伝い、といろんな仕事をしています。村中から頼りにされる存在です。

「裕ちゃん、こんなに安くていいんか、こんなんじゃ安すぎるべよ、もうちょっと高くしろや」

「いいんだ、これで充分もうかってんだ。な、母ちゃん」

「んだ、うちは野菜も魚もいっぱいあっから、なんも心配ないんだ」

二人ともニコニコして、それ以上受けとろうとしないのです。野菜は裏山の畑で沢山とれるし、魚はいつも正和の父ちゃんや、近所の漁師から食べきれないほどもらっているのです。

二人とも静江が帰ってきたと思って手を休め、庭の方を見ると静江がしょんぼりと立っているのです。太陽の光に照されて、水にぬれた顔や服が光っています。

「あれまあ、静江、どうしたの、転んだの。顔も服もびっしょりだね」

「ううん、転んだんじゃないよ」

と静江が首を横に振ると、

「転んだぐらいでは泣かないな」

とすぐに気づき、

「早く、こっちさ来い。着がえないと風邪ひくぞ。したけどどうしたのさ、正坊《まさぼう》と遊んでいたんだべ、いつもあんなに仲がいいのに、泣いてくるなんてめずらしいなや、何かあったのけ」

「うん、正ちゃんが、でっかい水たまりで、

『これすごく深いんだぞ、入ったら出られないんだぞ』

って言うから、静江は、

『うそだよ、また正《まさ》ちゃん変なこと言うんだから』

って言ったら、

『うそだと思うんだったら入ってみろ』

って静江のこと後ろから押したんだ。雲がすごく深く見えて、そんで怖くなって、足踏んばったら手ついて転んだんだ」

父ちゃんはニコニコしながら、

「そうかあ、静江、大変だったなあ。なるほどなあ、水たまりは本当に深く見えんもんな、静江がちょっとだけ信じてしまうのも、しっかたないな。そんで正坊は強く押したのけ」

「ううん、ちょっとだけ押された」

「そうだべな、正坊、いたずら小僧だけど優しいからな。そんでも前にのめって手をついたのか、そりゃあびっくりしたな、本当に深く見えるもんな。正坊もびっくりしたべな、まさか本当に落ちるとは思わなかったべ。んで正坊、静江が水たまりに手をついたら、どんなだった、笑ったのけ」

「ううん、びっくりしてた」

「ん、そうだべな。んだら静江が泣いたら正坊も泣きそうになってたべ」

「うん、なんか怒ったような顔してた」

「ん、そうかあ。んじゃ、正坊もすぐ帰ってくんぞ、しょんぼり帰ってくっから見てろ」

「どうして分かんの」

「そりゃあ分かんべ、母ちゃんだって分かんべ」

母ちゃんもニコニコして、

「本当にそうだね。本気で落っことそう、なんて正坊、思ってないから、一番びっくりしたの正坊かもしんないね。二人ともかわいそうだったね、二人ともびっくりしたもんね」

「いいか、帰ってきたら、あの縁側に座ってこっち見っぞ。静江、いいか、そうっと見てんだぞ」

「父ちゃん、やめなよ、正坊に悪いよ」

と言いながらも、母ちゃんもニコニコ顔。

正和と静江の家は隣同士、小さな庭と低い垣根があるだけ、姿も声もすぐそこにあるのです。

父ちゃんの言うとおり、正和はすぐに帰ってきてしょんぼりと縁側に座り、こっちを見ています。

庭と縁側は、太陽の光がいっぱいで正和の表情まではっきりと見えるのです。静江は家の中、陰になって正和のところからはよく見えません。静江と父ちゃん母ちゃん、三人は、

「シーシー」

と言いあって静かにしています。

「おかしいな。静江ちゃん帰ったばっかなのに、どこさ行ったのかな。父ちゃんが働いてるとこさ

行ったんかな」

静江の親は、村のどこかで働いていることが多く、静江はその側で遊ぶことも多いのです。

「シー、静江、ちっちゃい声でしゃべれ。いいか、正坊、これから庭の中うろうろすっからな、そんで、こっちさ近づいてきて家の中のぞきこむぞ。静江、こっち来てここさ隠れろ」

三人は、静かに正和から見えないところに隠れます。すると正和は、父ちゃんの言うとおり、庭をうろうろしながら家の中をちらちらのぞきこみます。

「やっぱり、静江ちゃんいないのかな。父ちゃんのとこに泣きながら行ったのかな。いやだな、後から怒られたりしないかな」

正和は垣根の側まで来て、一生懸命のぞきこみます。

隠れながら正和をじっと見ていた静江は、ニコニコしながら父ちゃんの耳もとに小さな声で、

「本当だ、父ちゃん。父ちゃんの言うとおりだね、なして分かんの」

「シー、あのな、父ちゃんは正坊のことだいたい分かんだ、生まれた時から見てっからな。母ちゃんだっておんなじだ」

「そうだよ、静江、もうちょっと静かにしてろな。そうすっと、正ちゃん、垣根越えてこっちさ来《く》っから」

もう静江は、正和の行動と表情が気になってしょうがありません。

「あ、今、何か悩んでる、何か決心したみたい、入ってくるみたい」

などと、正和に思いの全部を集中させています。三人が自分を見ているなどとは少しも知らない正和は、

「やっぱりだれもいないみたいだな。したけど変だな、静江ちゃん帰ってからそんなに時間たっていないのになあ」

と不思議そうに、垣根を越えて静江の家の庭に入ってきます。

「母ちゃん、すごい、本当だ、当たった」

思わずちょっとだけ大きな声を出してしまい、

「正ちゃんに気づかれたかな」

と口をぐっとつぐんで正和を見ます。

「あれ、静江ちゃんの声がしたみたいだ。だれもいないみたいなのに、なしてかな。小ちゃい声がしたみたいだけどな」

家の中をのぞきこみ、

「静江ちゃん、いるのけ」

と声をかけると、目はすぐに家の暗さに慣れ、父ちゃんはタンスの陰、母ちゃんは障子の裏、静江は見えません。

「あれ、父ちゃんと母ちゃんいたの」

と正和がきょとんとして言うと、父ちゃん母ちゃんは、

「ワハハ、ウフフ」

と大笑いです。今までこらえていたので抑え切れないようで、しばらく、

「ワハハ、ウフフ」

と腹をかかえて笑っています。

正和は、どうして笑っているのか分からないので、

「何かあったのかな」

と思いながら、二人が笑い終わったころ、

「静江ちゃん、いるのけ」

と言うと、静江は父ちゃんの後ろから、笑顔でクシャクシャの顔を出します。

「ハハハ、正坊、ごめんごめん。正坊帰って来《く》んの待ってたんだ。正坊、静江泣かしたんだべ、どんな顔で帰って来《く》んか、見てたんだ」

「そうなんだ、正ちゃん、いっぱい笑ってごめんな。したけど、やっぱり正ちゃん優しいもんね。静江のこといっぱい心配して、あとついてきたんだべ。な、そんな正ちゃん見ててな、あ、やっぱり正ちゃん優しいな、って思いながら笑ってたんだ。馬鹿にして笑ったんでないよ」

　父ちゃんも母ちゃんも、ニコニコしながら困った顔の正和を見ています。

「正ちゃん、うちの父ちゃん母ちゃん、すごいんだよ、正ちゃんのこと全部当てたんだよ。縁側に座ってたでしょ、庭うろうろしたでしょ、家の中のぞいたでしょ、みんな当てたんだよ」

「あ、やっぱり、みんな家の中にいて、俺のこと見てたんだ。なんだか分かんないけど、俺のこと見て笑っていたんだ。俺、何もおもしろいことしていないのにな。んでも、静江ちゃん笑っててよかった。もう怒ってないみたいだ。それに、静江ちゃんの父ちゃんも母ちゃんも、全然怒ってないみたいだ」

正和は安心もしたし、みんなから笑われた恥ずかしさもあり、どんな顔をしてよいのか分からないのです。

「どうだ、正坊、すごいだろう。正坊のことみんな当てたんだぞ」

父ちゃんが自慢そうに言うと、

「なんで分かんの」

と正和も静江も不思議そうです。

「そりゃあ分かるよ。正坊、いたずら好きだけど優しくていい子だべ。もし、意地悪だったらどうすると思う。静江が泣いたからって、かわいそうだ、なんて思わなくて、かえって笑ってっかもしんね。んでも正坊、優しいからな、静江が水たまりに手ついて、顔も服も水だらけになって、泣いて正坊を見て、そんで泣きながら家に帰ってきたんだべ。正坊、自分のせいだと思って、どうしたらいいか分かんなくなって、半分泣きながら帰ってきたのさ」

父ちゃんが言うと、母ちゃんも、

「そうだよ、正ちゃん、縁側に座ってしょんぼりしてっから、

『正ちゃん、こっちおいで。静江はもう元気だよ』

って声かけたかったんだけど、父ちゃん、シーシーなんて言うから、みんな黙って見ていたんだ。ごめんね、正ちゃん」

静江は、

「静江のこと泣かせたのに、正ちゃん怒られないし、かえってほめられて、どうしてなんだろう」

と思うのですが、それでも、

「正ちゃん、怒られなくてよかった」

とニコニコ顔です。

「静江は、水たまりに落ちて泣いたし、正坊は、静江が泣いたのを見て泣きべそをかいたし、どっちもかわいそうだったな。んでも、静江は大笑いしてもう元気だけど、正坊は、どうしたらいいもんだべ。まだ困った顔してんもんな」

父ちゃんが言うと、母ちゃんは、

「本当だね。正ちゃんなんか泣きべそかいたうえに、みんなからいっぱい笑われて、よっぽどかわいそうだよ」

「そうだな、んじゃ、二人にお菓子出してやれや。正坊、今、出してやっから、こっちさ来ていっぱい食べろ」

部屋の中のテーブルには小さなものがいっぱい広がっていて、今日は父ちゃんたち、座りながらの

こまかい仕事のようです。仕事にもどった父ちゃんたちの手もとを、

「今日は何の仕事かな」

と思いながら見、二人は嬉しそうにお菓子を食べています。

「したけど、正坊は想ちゃんとそっくりだな。いたずら好きでな」

手を動かしながら父ちゃんが言うと、

「本当にね、想ちゃんもいたずら好きだけど根はいい人で優しいもんね。そこも似てるもんね」

「ん、本当だ。正坊のいたずら見てると、想ちゃんのいたずら思い出すもんな」

正和は気になり、

「うちの父ちゃん、どんないたずらしたの」

と聞くと、

「そうだな、いっぱいあんぞ。したけど、けっこうひどいのもあったなあ。ハハハ、あれはだいぶひどかったなあ。想ちゃんの母ちゃん、泣いて怒ったもんな。今度、話してやんな。したけど正坊、正坊は父ちゃんとそっくりだから、親子二代にわたって、いたずらっ子だな。したけど、根がいい人だから全く憎めないんだな。そこも似てんな」

「んじゃ、父ちゃん、うちは親子二代にわたって、いたずらされっ子だね」

母ちゃんも嬉しそう。

「ハハハ、そうだな。そういうことになんな」

正和は、父ちゃんに似ていると言われ、

「大好きな父ちゃんと似ているのは嬉しいな」

と思いましたが、いたずらっ子で似ているのは、喜んでいいのかどうか分からないのです。

空はすっかり晴れ、夏が近いことを感じさせる雲が、空高く、白く、輝いています。

正和の家の小さな庭の小さな水たまりに、春の日差しがいっぱい注いで、ところどころで白く光っています。

静江が落ちたのと同じ水たまり、静江が帰ったあと一人残った正和が、ばちゃばちゃと水をはねあげると、雲はちぎれてあっちこっち飛んでゆき、ふわっと触れると、ゆらゆら揺れて流れゆき、消しても消しても、流れてゆく白い雲。


水たまりの青い空を見てから三日、今日も、静江の父ちゃん母ちゃんは、一日中家での仕事です。静江にとっては、嬉しくて、楽しくて、幸せな一日がもう三日も続いているのです。正和と一緒に親の仕事を見たり、それに飽きると港に行って漁師の仕事を見たり、家の周り全体が二人の遊び場です。

正和はその日ずっと何かを考えていたらしく、意を決して真面目な顔になり、

「静江ちゃん、ここで待っていてな。あげたいものあっから、すぐ来《く》っから」

「なに正ちゃん、めずらしいね、なんだべ」

「すぐ来《く》っから」

と庭から縁側に上がると、部屋で何かごそごそやっています。


静江の父ちゃんは、村でなんでも屋さんのような仕事をしていて、村のあちらこちらに出かける毎日です。それでも静江はまだ五歳、一人にさせるのは心配なのでできるだけ仕事を家に持ってくるのです。

時には大工さん、時には電気屋さん、さらには土木屋さん、正和と静江にとっては、見たことのない物ばかりが庭や家の中に運びこまれ、

「これ何」

「何、作ってんの」

と質問ぜめ。父ちゃんは急ぐ風もなく、ゆっくり仕事をしているので、

「これか、これは電線だ。いいか、この中の赤いところな、銅でできていてな、ここを電気が流れるんだ。こんな硬いところ電気が流れるんだから、すごいだろ」

「この木か、これは棚を作ってんのよ。ここで、きちんと寸法どおり作っていってな、あとは現場できちっと合わせるんだ。本当は現場で作ったほうが簡単だけどな、静江といたいもんな。現場は村の

中だ。できたら二人とも一緒に行くか」

などなど、二人にとってはめずらしいことばかりです。

時には、母ちゃんに、

「父ちゃん、そんなことばっかりやってたら、仕事、間に合わなくなるべに」

と、せかされて、

「んじゃ、仕事に集中すっから、二人で遊んでろ」

と、またゆっくり仕事を始めます。

正和の父ちゃんは漁師、時にはめずらしい魚がとれたりして、みんなで大騒ぎすることもあるのですが、正和はもう七歳、だいたいの魚は見慣れたもので、特別興味を示すということはないのです。

静江の父ちゃんが家で仕事となると、

「今日は、何するのかな。早く行って見たいな」

静江の家が気になるのです。

たまには母ちゃんと二人で、少し遠くまで仕事に行くこともあり、

「想ちゃん、よっちゃん、静江のこと頼んでいいべか。八時ぐらいまでには帰ってこれっと思うんだ」

「いいよ、心配すんな。夕食のあと寝かしておくから、無理して急いで帰って来《く》っことないぞ」

静江は正和の家で昼食や夕食を食べることが好きで、少しもいやがらずに自分の家のように過ごしています。父ちゃんたちが帰ってくると、静江の眠ている側で、大人たち四人は今日あったことを楽

しそうに話していて、正和はちょこんと座りながら聞いているのです。

正和と静江にとって、生まれた時からこんな生活。家が二つあるような、親が二人よりもうちょっと多くいるような、親の仕事も二つあるような、海での仕事と陸での仕事、毎日がめずらしいことばかりで、

「これ何、あれ何」

が続く日々、二人は本当の兄妹のように暮らしています。


家から出てきた正和の手には、ビー玉が握られていて、

「これ、やっから」

「何、ビー玉、なんで正ちゃん、どうしたの、いらないよ。静江、ビー玉遊びしないよ」

「いいから、あげっから。そのうちビー玉遊び教えっから」

村の小学生の男の子たちは、春になって外で遊ぶようになると、村の空き地に集まり、まずはビー玉遊びをするのです。相手のビー玉に当てるゲーム、三十メートルぐらい離れたところに小さな穴を掘り、できるだけ少ない回数で入れるゲーム、その他、様々なゲームを考えだしては優劣を競うのです。上手な子はビー玉がどんどん増えてゆき、下手な子は、いつもちょっとしか手もとに残っていないのです。上手な子は、沢山持っていることが自慢で、缶や箱に入れて宝物のように大切にしていま

す。

正和は、上手な方ではなく、ポケットに大事そうに持っていったビー玉が、ゲームの途中でなくなってしまい、みんなが楽しそうにやっている姿を、なんとなく見ていることも多かったのです。

「静江ちゃん、いいから早くとれや。今度、教えっから」

「いいのにな。そんでも正ちゃん、ちょっと真面目に、少しおっかない顔して手出すんだもの」

と思いながら、静江は十個ばかりのビー玉を手に受け取り、

「ビー玉って、きれいだな。ピカピカ、光ってる」

と少しは嬉しそうです。

正和は、ビー玉を渡すと、すぐに安心したように庭を出てゆき、静江は、不思議そうにビー玉を眺めながら、

「どうして正ちゃん、ビー玉くれんのかな。あんなに大切にしてんのに」

と思いながら家にもどると、今日も、父ちゃんと母ちゃんは家で仕事です。

「父ちゃん、母ちゃん、正ちゃんからビー玉もらったよ。ほら見て、きれいでしょ」

「なに、正坊がビー玉くれたんか。ふうん、不思議だなあ、どれ見してみろや」

父ちゃんは仕事の手を止めて、静江の方を向くと、母ちゃんも、

「本当だねえ、どうしたんだべね。静江、ビー玉遊びしないのにね」

静江の手には、十個ばかりのビー玉が、外からの光を受けてキラキラ輝いています。

「これ、まだ使ってないな、新しいやつだな。これは正坊にとっては大切なやつだぞ、どうしたんだべな」

「静江を泣かしたからじゃないべか。父ちゃん、きっとそうだよ」

「ん、そうかもしんねえなあ。こんな大切なものくれるんだから、それ以外、考えられないもんなあ。正坊、どんな顔してくれたんだ」

「怒ったような真面目な顔して、ほんですぐ行っちゃったよ」

「そうかあ、真面目な顔してくれたのか、ほんですぐ行ったのか。んー、これは正坊、けっこう悩んだな。母ちゃん、静江が泣いて帰ってきたの、いつだっけ、おとといか、その前だっけ」

「ええとね、たしか、三日前だよ」

「そうか、三日前か。そんじゃ、正坊、三日間も悩んでたんだな。かわいそうだったな」

「父ちゃん、正ちゃん、どうして悩んでたの」

「ん、そうだな、静江には少し難しいかもしんねけどな。あのな、静江、泣いて帰ってきたべ、三日前、正坊のことでいっぱい笑ったべ、したから静江がもう怒ってねえ、ってことは、正坊も分かってんだ。んでも、顔も服も水にぬれて、静江かわいそうだったべ。本当は正坊も謝りたかったんだべ、あんなにしょんぼりして帰ってきたもんな。んでも、

『静江ちゃんが悪いんだ』

なんて心にもないことを言って、静江がますます泣いて、正坊としては謝りたかったけど、どうし

ていいか分かんなくなってんのよ。どうだ、静江、少しは分かったか」

「うん、少し分かった」

「んで、きのうと今日、正坊の様子どうだった」

「いつもみたいに笑わなかったよ」

「んー、そうかあ、やっぱりな。そういえば、正坊、ほとんど来なかったな。いつもなら、仕事してると、

『これ何、作ってんの』

ってい っぱい聞いてくんのに、ずいぶん悩んでたんだなあ。かわいそうだったなあ」

「本当だね。正ちゃん、三日間、どうやって、ごめんな、って言えるか考えていたんだね。

『どう言ったらいいんだろう。いつ言ったらいいのかな』

なんて考えても思いつかなくて、静江、もう怒ってないって分かってっけど、正ちゃん、謝んないうちは気持ちが悪かったんだべ。正ちゃん、本当にいい子だなあ。

『ごめんな』

って言えばすむのに、三日もたつと言えなくなったんだべ。そんで、やっと、ビー玉のこと思いついたんだべな。ちょっと変だけど、正ちゃん、一生懸命考えてそうなったんだべな」

「本当だ、正坊、いっぱい考えたんだな。んでも、静江、ビー玉もらってもあんまり嬉しそうにしなかったんだべ」

「うん、ビー玉遊びしないもん」

「んー、そうだな。そんで正坊、怒ったような顔してすぐ行ったのか、どっちさ行ったんだ」

「庭出て、海の方さ行ったよ」

「あんまり時間たってないな。んじゃ、正坊、海の方で今も悩んでんな。静江、あんまり喜ばなかったからなあ。

『ビー玉、あげて、よかったのかなあ』

とか、

『変なことしてしまったのかなあ。一番大切なビー玉だから静江ちゃん喜んでくれると思ったのになあ。馬鹿なことしたなあ』

なんて考えてな、ちっとも謝ったことになんなかった、なんて思えてな、三日間、

『どうして謝っかなあ』

と思っている時より、よけいに悩んでっかもしんねえぞ。なんか正坊、海で、しょぼんとしていると思うと、かわいそうになってきたぞ」

「そうだね、父ちゃん、早く行ってやんべ。そんでね、ビー玉ね、海の店でいっぱい買って、正ちゃんのとこに持っていってあげようよ」

「ん、それがいいな。早い方がいいな。正坊、もうあんまり悩ませたらかわいそうだ。もう三日も悩んだんだから十分だ」

「んでも、ビー玉いっぱいあげたら、正ちゃんまた悩むことになんねかかな。ね、父ちゃん、もらう理由、分からないもんね」

「そうだなあ。

『静江が、あんまり喜んでいないんだから、それで返された』

なんて思ったら、ビー玉あげたこと、ますます後悔して悩むかもしんねえな。いいか静江、このビー玉な、正坊が静江に謝りたくてくれたビー玉だぞ。正坊の気持ち考えたら大切にしなくちゃなんねえぞ」

「うん、分かった。大切にする。んじゃ、これ、正ちゃんのごめんのビー玉だね」

「よおし、すぐ海行って、正坊にビー玉いっぱいあげんぞ。正坊、ビー玉遊び下手だからな。そのビー玉は大切にとっておけな、ん、静江、いいこと言うな、正ちゃんのごめんのビー玉か、それ正坊にも教えてあげんべ。正坊がごめんって謝ってくれたことちゃんと分かったよ、てな。そんで、『正坊、静江のことといっぱい考えてくれて、すごく嬉しかったから、ビー玉、いっぱいあげんだ』って言ってあげんべ。母ちゃん、静江、すぐ行くぞ。正坊、海で一人で悩んでっからな」

「すぐ行く」

静江はすぐに駆けだします。

静江の手に握られたビー玉は、カチャカチャ音を立て、春の日差しを受けて、青いビー玉は海色の光、緑のビー玉は春の若葉の光、風を切る静江のちっちゃい手の中で、あっちにもこっちにも光を放ち、輝きながら、静江のちっちゃい手の中、正ちゃんのごめんのビー玉。

夏の終わりの静かな海、波の音に歩調を合わせ海沿いの道を歩いてゆくと、灯台は少しずつ近づき、高さもだんだん増してゆくようです。東京から夏休みに帰ってきた正和は、海の景色を見ていると昔のことがよみがえってくるのです。

「静江ちゃんにビー玉あげてから、海、ボーっと見てたなあ。静江ちゃん、喜ばなかったし、

『俺、変なことしたのかなあ』

なんて考えてたら、遠くから、

『正坊』

『正ちゃん』

って呼ぶんだっけね。

三人で、

『お菓子、食べろ』

って言ったり、

『ビー玉あげる』

って言ったり、俺が静江ちゃんにあげたより、ずっといっぱいビー玉くれんだっけ。静江ちゃんを

泣かせたり、意地悪言ったりしたのに、どうしてこんなことしてくれるのか分かんなくて、母ちゃんに聞いたら、母ちゃんニコニコしてたなあ。

『三日もどう謝るか考えていたんだべ。その間ずっと、静江ちゃんに悪いことした、って思ってたんだべ。それが静江ちゃんの父ちゃん、母ちゃん、嬉しかったんだべな』

母ちゃん、そう言うけど、そん時は分かんなかったなあ。

この話、父ちゃんたちいっぱいするから、小学校に入る前だったけど、すっかり覚えてしまって、今でもきのうのことのように思い出せるものなあ。父ちゃんも母ちゃんも、ニコニコして話してるの見てると、二人とも幸せそうで、俺も幸せに感じて、水たまりでいろんなことあったけど、今では、よかった、と思っているものね。今日も、いつものようにみんな集まって夕食、食べるのかな。静江ちゃんの父ちゃん母ちゃん、海色のおじちゃん、おばちゃん、みんないっぱいしゃべって、いっぱい笑って、いつも楽しいもんね。そうだっけ、あの空き地、静江ちゃんの水たまり、なんて名前までつけて、いつも話して、みんないつも大笑いするんだっけね。今日も、そんな話するんだろうね」

そんなことを考えながら歩いてゆくと、海色の店の前に、五、六人の人がこっちを見て手を振っているようなのです。近づいてゆくと、父ちゃん、母ちゃん、静江ちゃんの父ちゃん、母ちゃん、海色のおじちゃん、おばちゃんです。静江ちゃんがいないのは少し寂しく感じますが、口々に、

「正坊、お帰り」

「正ちゃん、お帰り」

「元気だったっけ」

「東京はどうだ」

と質問ぜめです。故里では、正和は今でも正坊です。

いわき駅から薄磯までの直通バスは、午後には一本しかなく、みんな帰ってくる時間はよく分かっていて、夏休みの帰省の時は、いつもみんなで大歓迎です。

「ほれ、ここさ座れや」

と言って青いベンチに正和を座らせると、おじちゃんはあんパンを持ってきて、

「正坊、今年も無事に帰ってきて本当によかった。まず、あんパンを食べろや」

と言って、あんパンを一つ正和に差し出します。帰省の時の習慣のようになっていて、正和は海を見ながらあんパンを食べ、

「ああ、薄磯に帰ってきたなあ。やっぱり、ここは、人も海もいいなあ」

と思えるのです。

おじちゃんは、何かあると、正和にあんパンを食べさせるのです。それは小学三年の時から続いており、新学年になった時、夏休みが始まる時、村の秋祭りの時、正月の時、正和が大人になっても続いており、こうした帰省の時も必ずあんパンを食べさせるのです。正和も、もうすっかり習慣になっていて、この青いベンチで海を見ながらあんパンを食べることが、季節を感じたり、時節を自覚したりする、ちょっとした儀式のようにもなっています。おじちゃんとおばちゃんは、小学生の正和が、

おじちゃんとおばちゃんのためにいっぱい泣いてくれたことが嬉しくて、大切な思い出として忘れないためにも、そして、正和の喜ぶ顔を見たいためにも、あんパンを食べさせることを習慣のようにしてきたのです。

みんなもよく知っていることなので、正和が海を見ながらあんパンをゆっくり食べるのを、嬉しそうに見ています。

「どうだ、うまいか」

「うん、うまいね」

「特別うまいべ」

「うん、特別うまいね」

実際、特別でした。あんパンの中に、みんなの優しさ、故里の風景、海の青さと遠い水平線、それがみんな感じられる特別な味です。

「あれ、おじちゃん、このテーブル、でっかくなったなあ」

テーブルが大きくなったことに気づいた正和は、

「ずいぶん立派なテーブルになったね。これいいね」

「そうだべ。いいべ」

と静江の父ちゃんは嬉しそうに、

「これな、俺が作ったんだぞ。大工仕事の時いらなくなった木材なんかでるべ、それ、少しずつためておいて、そんで今年の春に作ったんだ。どうせ作るんだったらでっかい方がいいと思ってな、三メートルぐらいあんだぞ。十人ぐらいは座れんべ。そんでな、正坊、ちょっとかがんでみろや。そうだ、そうすっとな、砂浜、見えなくなんべ、見えんの、テーブルの青だべ、海の青、空の青、もうちょっと上見っと、庇《ひさし》の青だべ、な、見えんの青だけなんだ。まるっきり海の中にいるのとおんなじなんだ。いいべ。ここさ長いこと座ってんとな、聞こえてくんの、風の音だべ、波の音だべ、もう自分は海と一体になったみたいで、なんて言うんかなあ、自分も青く染まったみたいに感じんだ。おじちゃんもおばちゃんもお気に入りで、前からそうだけど、今も長いこと、二人で、海、見てんだ」

「そうだ、裕ちゃんにはうんと感謝してんだ。そんでも、

『お金、取ってけろ』

って言っても、絶対だめなんだ」

「何言ってんだ、おじちゃん、いらないに決まってんべ。余った木で暇な時に作ったんだから。それよか、正坊、前の方見てみろ。

『だれでもご自由にお使い下さい』

って書いてあんべ。俺が書いたんだけど、おじちゃんとおばちゃん、

『あれまあ、こんなこと書いて、ちょっと恥ずかしいべ、裕ちゃん』

って言うんだ。んでも、いろんな人が座って、なかなかよかったべ」

「そだな、いろんな人座ったな。家族づれとか、恋人同士とか、その都度いろんなことしゃべれて、

今日はどんな人座んのかな、なんて思えて、ちょっと期待してしまうもんな。そうだ、今年の夏休み前だったっけ、子供たちまだ遊んでなかったもんな。人のいない静かな海を長いこと見ている人がいたんだ。たまにメモしたりして、男の人だけどな、その人の周り静かな空気が包んでいるみたいで、長いことそっとしておいたんだ。あんまり静かに海、見てっからお茶、飲んでもらいたくて、持っていって、その後ずいぶん話したなあ。母ちゃんもいっぱいしゃべって、うんと慰められてな。その人、阿武隈《あぶくま》山のふもとに住んでいて、二ヶ月前に母ちゃんを亡くしたんだと」

「そうなんだ。おばちゃんが慰められたっていうのは、どんな話したんだべ。二ヶ月前に母ちゃん亡くしたのはその人だべ。んじゃ、慰められたの、その人じゃないのけ」

「うん、そうだなあ。その人も慰められたみたいだったよ。お互いに慰めあったみたいだな。その人、草野さんっていってな、こんな話したんだ。夏休み前だから静かな海でな、そんでゆっくり話したんだ」

「なんだ、なんだ、どんなこと話したんだ」

父ちゃんも、母ちゃんも、正和も、みんな聞き耳を立てます。

海の学校の生徒三人

二　海色の店の、海色のベンチで

薄磯の浜はもうすぐ夏。海も空も、どこまでも青く、水平線はくっきりと北と南の岬を一直線に結んでいます。村に一軒だけの海色の店の海色のテーブル、五十歳ぐらいの男の人がもう長いこと海を見て、メモをして、もの思いにふけりながら初夏の心地よい風に吹かれています。

「今日はいい天気だねえ。お客さんはどこから来たのけ」

「あっ、ごめんね。あんまり長いこと座っててね」

「なに、気にしなくていいかんね。好きなだけ座ってれ。んでも海はいいべ」

「ん、いいねえ。俺、本当に久しぶりに、海、見たんだ。五年ぶりかな。俺ね、阿武隈山のふもとの村から来たんだ」

「そうか、んじゃ海はないもんね」

「んでも、おじさん、この店、青くてきれいだね。テーブルもなにも全部青くて、海の中にいるみたいだね」

「そだ、ちょっと変わってんだろ。あんまり目立って、ちょっと恥ずかしい気もすんだ。実はな、この家、俺の息子が死んだ時、村中の人がかわいそうだ、って言って、みんなで塗ってくれたんだ。俺の息子、漁師でな、それで海で死んだんだ。俺の家、漁師じゃないからな、息子が、

『漁師になりたい』

って言った時、俺も、母ちゃんも、大反対でな、

『あぶない仕事だぞ』

って言って、何度も何度も止めたんだけどな、んでも村の漁師と仲が良くてな、あこがれも強かったんだべな、そんで漁師になって間もなく二十歳ちょっとで死んだんだ。海でな。もっともっと反対しておけばよかった、ってどんだけ後悔したか分かんね。もう二十年以上にもなるな、生きていたらお客さんぐらいだべな」

「あ、そうなんだ。おじさん、悪いこと聞いちゃったね」

「ううん、かまわね」

「そんでも二十歳かあ。ずいぶん早かったなあ。んじゃ、ずいぶん辛かったべなあ」

「うん、そうだ。今でも母ちゃんと思い出して泣くこともあんだ。んでも、お客さん、ずいぶん長いこと、海、見てたね」

「うん、ここに座ってると、見えるもの全部青くて、海の中にいるみたいで、ボーっとして、いろんなことゆっくり考えられるみたいで、いいね、この家」

「そうだべ。俺もそう思って、この家、全部、青色にしたんだ。俺の息子、今も海に沈んだままだ。

それから夫婦で海ばっか見てな、家も青かったら、息子と一緒に海の中にいられるような気がしてな、変だとは思ったんだ。村の人も変に思うべな、って思ったけど、なんとしても塗りたくなってな。そう思うと、ベンチもテーブルも、なんもかんも青くしたくなってな、そんでみんな青くなったんだ」

「んじゃ、ここに座ってずっと息子さんのこと考えながら、海、見てんだね」

「んだ、夫婦二人でな」

「息子さん、まだ海の中なんだ。海、見てんの辛い時もあんべね」

「うん、そうだな。何年たってもな」

初夏の海風が吹いていて、二人の頬を心地よく打ちながら村の裏山の方に流れています。

「こんなのどかな村で、のんびりと暮らしているお年寄りにも辛い思い出があるんだ」

と思い、おじさんの顔を見ると、視線はどこまでも穏やかに遠い沖を見ているのです。

「あのね、俺のおふくろも二ヶ月前に死んだんだ。海が好きで昔はこの辺りにもよく来て、おふくろと一緒にこの砂浜も歩いたんだ。そんで、どうしても見たくなって来てみたんだ。したけど、初めて会った人にこんな話、していいのかな」

「いいよ、いいよ、いっぱい話せ。そんな悲しいことあったんだら、気がすむまで話せ。なんぼでも聞くからな」

「おじさん、有り難う。あの灯台にも登ったんだ。もう何年も前だ。認知症になる前だからね。今日も登って、それからここに来たんだ。海を、ボーっと見てると、海って広いね、こんなに広かったたんだね。ここに来ればおふくろと来た時のことを思い出すんじゃないか、なんて思ってね、んでも、五年間の介護のことばかり思い出されてね。ん、五年間介護してたんだ。最後の四年ぐらいは症状が進んでしまってね、そん時の大変だったことだけが思い出されて、灯台に登っても、

『こんな風景だったんだなあ』

なんて思って、ずいぶん遠い昔のように感じて、おふくろ、どんな姿で登ったのか、こんな急な坂、本当に登ったんだ、なんて信じられないような気がしてね、介護の前のことは何もかも頭から消えてるみたいなんだね」

「五年間の介護かあ。ずいぶん長かったね、頑張ったね」

「こうやって、ずっと海、見てると、広くて広くて何もないように見えて、

『もう、おふくろはどこにもいないんだ、本当にいなくなったんだ。水平線のずっと先まで行ってもいないいんだ』

とひしひし感じられて、それで、ずうっと、海、見て、ボーっとしてたんだ」

「本当だなあ。海って、だだっ広くて何もないように見えんもんな」

「家に帰ると、今でも、

『ただいま』

って小さな声で言ってしまうんだ。俺のこと、首を長くして待っててくれるような気がしてな。んでも、すぐに気づくんだ。だれもいないんだ、ガラーンとしただだっ広い部屋が待っているだけだ。

不思議だよね。おふくろの部屋は南向きの小さな部屋だったんだ。最後の二年ぐらいは、その部屋にいっぱなしみたいだったんだ。なのに、家全体が、ガラーンとしてな。俺は、農家だから、土間とかも広いし部屋もいくつもあってけっこう広いのよ。それが、どこもかしこも、部屋の隅々まで、ガラーンとしてだだっ広く感じて、こんなに広かったたっけ、って思えて、胸の中まで、ガラーンとしてくんだっけな。不思議だべ、三年ぐらいベッドの上だけがおふくろの世界だよ。ほかんところは、もうずっと、おふくろはいなかったんだよ。なのに、そこも、ガラーンとしてんだよ。この海、ずっと見てたら、広くて広くてなんもないけど、俺の心の中も同じぐらい、ガラーンとして、広いなあ、って感じてね、海と似てんな、って思いながら、ずっと見てたんだ」

家の中で二人を見ていたおばちゃんは、

「ずいぶんゆっくり話してるね。初めてのお客さんみたいだけどずいぶん親しげに話してるね。何の話だべ。んじゃ、お茶でも持ってくべ」

と思い、

「どうぞ、お茶っこ入れたから飲んでいってけろ。んでも父ちゃん、お客さんとずいぶんゆっくり話してんね」

と話に加わります。

「ん、そうなんだ。あのな、こちらさんな、あっ、名前なんていうんだ。よかったら教えてな」

「俺、草野っていうんだ」

「ん、こちらの草野さんな、二ヶ月前に母ちゃん死んだんだと」

「あれまあ、そうなんだ。それは大変だったたね」

「阿武隈山のふもとに住んでてな、農家なんだと。灯台、登ると、阿武隈山、見えんべ、そのふもとだ。同じいわきなんだけど、けっこう遠いな。そんでな、草野さん、偉いぞ、五年間も介護してたんだと。大変だったけど、やっと終わってな、そんで、母ちゃんと来たことのある灯台に登ったんだって。海、見ると、広くて、ただただ広くて、何もないように思えて、自分の心みたいなんだと。それは、俺たちもよく分かるなあ。もう二十年にもなるけど、今でもそうだ。あん時の気持ちと少しも変わらないもんなあ。なあ、母ちゃん、昇太《しょうた》の部屋に入ると、シーンとして、ずいぶん広く感じるものなあ」

　おばちゃんは、うんうんとうなずき、

「昇太の窓から見える海ってなんだか悲しくて、悲しくなんの分かってんのに何度も見に行くもんね」

「分かってくれる人がいて、ここに来て本当によかった。したけど、おじさん、おばさん、こんなに話してもいいのけ。今日、初めて会ったばかりだよ」

「いいから、いいから、いっぱいしゃべれ。あ、そうだ、母ちゃん、酒、持ってこいや。お茶もいいけど、酒、飲みながら話聞きたくなったたな」

「いいね、父ちゃん。美味しいものも持って来《く》っから、草野さん、遠慮しないでな」

「いいな、母ちゃん。早く持ってきて母ちゃんも話聞けや。草野さん、いっぱい話してけろ。同じように悲しんでる人の話、うちの母ちゃんにもきっといい慰めだ」

「はい、草野さん、これ、いっぱい食べてな。そんでいっぱい話してな」

「有り難う、おばさん。そんでね、家の中、どこもかしこも、ガラーンって広く感じるんだけど、やっぱり台所が一番、ガラーンて感じてな、そこ行くと、しばらく立ったまま、ボーっとすんのさ。台所にはおふくろの使った皿とか鍋とか、そういうのいっぱい積んであるべ、おふくろが死んでからは、そういったものが寂しそうでな、シーンとして何か影が薄くなったみたいに感じてな、おふくろが生きているうちはそんな感じはしなかったんだ。おふくろ、五年間も台所に立っていないんだよ、したから、五年間も同じ台所、見てきたんだよ。同じ台所で、同じ風景なのに、おふくろが死んだら、その日から、おふくろが使っていたものが、鍋も皿も、なにもかにも全部静かになってしまって、シーンとして、皿なんか全部、積んであるべ、じっと見ているとおふくろの人生が積まれているみたいで、

『この皿と共に生きてきたんだなあ』

と思えて、

『おふくろの疲れや苦労が積まれているみたいだなあ』

なんて思えて、皿に向かって、

『よく生きてきたな。おふくろと一緒によく頑張ってきたな』

なんて思えてしまってな。食器棚を見ると、皿が何列かに並んでるべ、それが、どれもこれも、

シーンとして静まりかえっていて、ガラスの中だから、よけいに、シーンとして、おふくろの疲れや苦労が何列にも積み重なって並んでいるみたいでな、生きていて、毎日毎日、使ったものだからね、毎日毎日の疲れが積み重なっているみたいでね。

『この皿たち、おふくろと同じでもう動かないんだな、動け、動いてみろ』

なんて声かけるんだっけ。五年間の介護の時はどんなに辛くても一度も泣かなかったんだ。今考えると、ずっときばってたんだべな。んでも、この時は泣いたなあ。声がひとりでに出てきてな、胸の奥から出てきてな、もう自分では抑えられないんだ。シーンとした中で子供のように泣いたんだ。シーンとした中で自分の声だけ聞こえんのよ。

『ちょっと変だな』

って思っても、自分ではどうにもなんねんだ。おやじの茶わんな、んとな、おやじは二十年前ぐらいに死んでんだ。その茶わんが棚の一番上の隅に今でもとってあんのよ。おふくろが、大事そうにずっとそのままにしてあったんだ。そこにな、その隣にな、ピタッとくっつくようにおふくろの茶わん置いたんだ。

『他の皿はいいけど、お前だけは動け。側に、ピタッと、いてけろ』

って言いながらな。そしたら、おやじのことも思い出されてな。優しくて面倒見のいい人だったんだ。村の中でも、人のこといろいろやるような人で、いつも、くるくる動いているような人だったんだ。そのおやじに、泣き終わってからな、

『父ちゃん、ちゃんと、やったよ。最期まで母ちゃんの面倒見たよ。五年間うんと辛かったけど、母ちゃん幸せそうにしてたよ。父ちゃんの代わり、最期までやったよ。父ちゃん、これでいかったのか』

って自然と声が出てな、おやじの茶わん、見てたのさ。そしたら、

『ん、分かってんぞ。よくやったな。本当に頑張ったな。偉かったぞ。俺の分までよく面倒見てくれたな。有り難うな。母ちゃんのことは、後は俺が面倒見んぞ、心配すんな。後は、お前は、お前の心配しろ』

って笑いながら言ってる気がしてな、

『母ちゃん、よかったなあ。俺と父ちゃんとで、面倒見てもらってな、守ってもらってな、幸せだったなあ。もう安心して眠ってろな』

二つ並んだ茶わん見てたらそんなふうに思えたんだ。

『父ちゃんもああ言ってるから、今度は自分のことやってもいいか。五年間、缶詰みたいな生活だったから』

って言うと、母ちゃんは、いつもの優しい声で、

『いいよ、これからは、自分のことばっかりやれな。五年間も、いっぱい面倒見てもらって本当に有り難うな。もう、母ちゃんのことはいいから、自分のことやれな』

最期は認知症が進んで何もかも分からなくなっていたべ、なのに不思議だよね、こん時は、元気なおふくろみたいになって、ちっちゃい子供にしゃべるみたいに話してんだ。俺は親から、おやじとお

ふくろの二人からな、心配される子供みたいになった気分でな、なに言われても、

『うんうん』

って素直に聞いているんだっけ。今まで五年間、力を入れて踏んばっていたものが、

『もういいんだよ。もう充分やったんだから、今度は自分のことやれ』

と言われて、肩の力がぬけて、どうやって力を出して歩いていったらいいのか、もう、ふぬけみたいになって、何日もボーっとなって、手にも足にも力が入んなくて、今度は、親もとから遠く離された何もできない子供のように泣けてくるんだっけ。五十年間、いっぱい生きて、いろんなこと経験もしたけど、そんなものは、みんな、ぼろぼろ体からはがれ落ちていくみたいで、ちっこい子供だけが残って、何もできない子供みたいになって、泣くしかしょうがないみたいに、ただただ泣くんだっけ。

『もう、親の心配はいらないから、これからは自分のやりたいことをやって生きていけ』

なんて言われても、

『ちっちゃな子供には、どうしたらいいんだ。何やっていいか分かんないし、なんにもやれないよ。なんだよう、なんで一人にしておくんだよう。なんで自分たちだけ行ってしまうんだよう』

遠くに行ってしまった親に取り残された子供みたいになって、気づくと、自分の周りにはだれもいなくて、そんな風に感じただけでなく、本当に子供になってしまった自分がいて、ただただ子供みたいに泣くんだっけ。人間って、芯の方に子供が残ってんだな、何十年たってもな。たぶん、年寄りになってもな。うちのおふくろそうだったもんな。それが全部出てきて、全部子供みたいになって、親

から離された寂しさで、ボロボロ泣くんだっけ。大人の部分なんか、みんな落っこちてしまって、恥ずかしさなんか全然感じないで泣くんだっけな。もう自分が泣いてんじゃないんだ、子供が泣いてんのよ、子供そのものが泣いてんだっけなあ。あっ、おじさん、おばさん、ごめんね。少し酔ったみたいだからこんなに素直にしゃべれて、自分でもびっくりだね」

「いいんだ、いいんだ。うちも草野さんと同じだから、聞いていると、本当にそうだべな、って思えて、息子の時も草野さんと同じで、そうだったなあ、って思い出されるもんなあ。そうかあ、草野さん、いっぱい泣いたんだね。俺たちもいっぱい泣いたからなあ。よかったね、草野さん。いっぱい、いっぱい泣いて、本当によかったなあ。五年間って長いもんなあ。その間、辛いことや泣きたいことが山ほどあったんだべ。んでも、ずっと、こらえて、耐えて、頑張ってたんだべな。んだから、それが全部まとまって出てきたんだべな。なんかダムみたいに溜まっていた涙が、全部いっきに流れだして、もう止めることができなかったんだべな。よかった、よかったな、草野さん。本当によかったな。ほんで、もう全部流れたのか。まだ残ってんべ、まだ二ヶ月だものな。これからもいっぱい泣けな。悲しいことは山ほどあんだから、涙も山ほどあっていいんだからな。うちの母ちゃんもいっぱい泣いたんだ。もう数え切れないほど泣いたんだ。そだべ母ちゃん、草野さんの気持ち、よく分かるなあ。二十年たつけど、あん時の気持ちとちっとも変わってないもんなあ」

「そうだね、父ちゃんもそう思うべ。悲しみって、二十年たっても変わんないもんね」

「毎年、この海、見てるべ。二十年前の海も、今年の海も、おんなじ海だもんね。春の海も夏の海も、青い海も波の音も、全部二十年前と一緒だべ。なによりも、昇太が眠ってんの、二十年前と一緒だべ。したから、それをずっと見ている俺たちの悲しみも、ずっと同じままなんだ」

おばちゃんは、草野さんにも目の前の海にも優しい目を向けて言います。

「本当だね。二十年前に波の音が昇太の声のように聞こえて、それから耳を澄まして波の音を聞くようになったね。今もずっとそうだものね。二十年前と変わんねんもね」

「ん、そだ。んだから草野さんの悲しみ、そのまま今の俺たちの悲しみだ」

「んでも、おじさん、おばさん、海、目の前に見えるべ。毎日毎日、息子さんの死んだ海、見てんの辛くないのけ」

「そだなあ、最初のうちは、そんなこともあったなあ。んでも今は毎日息子の近くにいて、息子のこと感じていられんのはやっぱりいいことだな、って思ってんだ。んでもな、海って、でっかいべ。んで昇太な、その日によって、遠くの水平線のとこにいたり、すぐ近くの水際にいたり、そん時の気分によってだいぶん違うんだ」

「そだね。んでもね、父ちゃん、遠くの水平線辺りにいるような気がする時もあるべ。そうすっとね、波が遠くから寄せてきて、少しずつだけど、近づいてくるように感じる時もあっけね。じっと見ていると、昇太が近づいてくるようで、だんだん心があったかくなるんだっけ」

「そうかあ、んじゃ、今は、海、見んの好きなんだなあ。今日は、息子さんどの辺にいるのけ」

「そうだなあ。今日は、草野さんの話聞いたからうんと近くにいるみたいだなあ」

「ハハハ、んじゃ、俺の話、役に立ったんだね」

「ハハハ、そだね」

初夏の静かな海、もうすぐ夏休みが始まると子供たちの元気な声であふれる薄磯の小さな入江に、小さな波が打ち寄せています。

「んでもな、草野さん。ずっと泣いてっとな、だれが言うっていうんじゃないけどな、

『いつまで泣いてんだろうね』

とか、

『いっぱい泣いたって、子供は帰ってこないもんね』

なんていう声が聞こえてくんのよ。そんなこと言うのはほんのちょっとの人だ、たいていは、みんな優しいよ。したけど、そんなこと言うのはだいたいが強そうな人なんだな。悲しさなんかには負けなくて、強くたくましく生きてるような人なんだな。そんな人が、

『泣かないで強く生きろ』

みたいなこと言うから、うちの母ちゃんみたいな優しくておとなしい人、そういう人いっぱいいるべ、そういう人は泣くのなんか悪いみたいに思ってしまうんだな。んでも、悲しいんだからやっぱり泣くべ、そうすっと少し遠慮しながら泣くみたいになるんだっけ。んだけど、それは違うな。泣いても泣いても悲しみが消える訳ではないんだ。どんなに泣いたからって悲しみが少しでも少なくなる訳でもないんだ。んだから、また泣くんだべ。思い出しては、また泣くんだべ。息子が死んで最初に流

した涙と同じ涙が、また流れんのさ。何度泣いても、その都度、その都度同じ涙が流れるんだ。だから、もう泣くな、なんて言えねんだ。

『何度でも泣け、好きなだけ泣け』

としか言えねんだ。俺もおんなじだ。俺も最初に泣いた時とおんなじ悲しさで今も泣いてんだ。んでもな、このごろは、母ちゃん泣いてんべ、そうすっと、何だ、今日は何思い出して泣いてんだ、昇太のことで思い出いっぱいあんからな、何、思い出して泣いてんだべ、って考えてな、

『母ちゃん、何、思い出して泣いてんだ。俺にも教えろ』

って、そんな話が、自然にな、少し笑いながらも話せるようになってんだ。んだから草野さん、いっぱい、いっぱい、泣け。涙のダム、好きなだけ流せ。そんでもまた溜まってくっけどな、そしたらまた流せばいいんだ」

「そうだよ、草野さん、好きなだけ泣くといいよ。うちの父ちゃん、好きなだけ泣かせてくれたからどんだけ助かったか分かんねんだ。な、父ちゃん、本当に優しいもんね。

『もう泣くな』

とか、

『まだ泣いてんのか』

なんて一度も言ったことないよ。それよか、泣いてるとそっとしてくれて、どんなに長く泣いても、ずっとそっとしてくれて、父ちゃん、気づかってそうしてくれてるんだ、って分かるもんな。そう

すっと、お茶なんか持ってきてくれんのよ。普段はお茶なんか出さないよ。目の前にそっと差し出して、一緒に海なんか見たりして、そんなことされたら困るべよ。また泣けてきて、なんだか分かんないけど泣けてきて、隣に座ってる父ちゃんの分まで泣けてきて、変だよね、さんざん泣いたんだから、父ちゃんの分まで泣かなくてもいいのにね。父ちゃんだっていっぱい泣いたんだから、父ちゃんの分そんなに残っていないのにね。そんでもまた泣けんのよ。今考えると、父ちゃんの優しさに泣いたんだべな。なんか、あの時のお茶っこな、悲しいような嬉しいような味したな。そんで父ちゃん、

『また泣くんだら、お茶っこ持ってこなかった方がよかったのけ』

なんて言うんだよ。そんなことないべさ。

『ううん』

って、首、横に振るんだけど、父ちゃんだって、いやで泣いてんじゃない、って、よく知ってんだ。めったに出してくれないお茶だもの、好きなだけ泣かせてくれた後のお茶っこだよ、父ちゃんの優しさが詰まったお茶っこだよ、ゆっくりゆっくり、全部飲むんだっけ。そんなこと何べんもあったよね。本当、有り難うね、父ちゃん。どんだけ慰められたか分かんないよ。父ちゃんが何かの用事で留守する時もあるべ、そん時泣くと、どうしたらいいか分かんなかった。ずっと一人だべ、一人で海見て泣いてんだべ、だんだん悲しくなって、悲しさだけで固まっていくみたいで、こんな時、父ちゃんがいてくれたら、って、父ちゃんの有り難みがすごく分かったっけ。本当にねえ、草野さん、よく頑張ったたねえ。母ちゃんの世話、精いっぱいやったから、母ちゃんいなくなったら胸の中からっぽになった

んだべな。うちもそうだね、ね、父ちゃん。昇太のこと考えると、からっぽが胸全体に広がってきて、胸がちょっと痛くなってきてね、胸のからっぽがこの海より広がって、もう自分ではどうしようもなくなってくんもんね」

「そうだ、そんな時、二人で、ずっと、海、見てんだ。母ちゃん、よかったな。昇太のこと、久し振りにゆっくり思い出せたな。こんなに心の中にあることを素直に出せたのも、久し振りのような気がするな。草野さん、有り難うね。草野さんの話を聞いているうちに、うちの話もしてしまったな。母ちゃんも少し酔ったみたいで、本当に気持ちよく思い出せたな。な、母ちゃん、本当によかったな」

「おじさん、おばさん。感謝するのはこっちの方だ。初めて会った人にこんなにしゃべれんだもんね。二ケ月になるけど、こんなにしゃべったのは初めてだ。おじさんとおばさん、本気で聞いてくれっからだね。ほんで、ずっと海、見てんべ。気持ちが遠くまで広がっていって、こんなにしゃべれたのは海のおかげもあっかもしんねな。広くて広くて何もなくて、俺の話も、五年間の苦労も、何もかにも全部、受け入れてくれるみたいだものな」

「よかったな、草野さん。ここに来てよかったな。少しでも慰めになったらうちも嬉しいな。んでもな草野さん。海は広くて何もない、って言うけどな、そうでもないんだぞ。今ではな、海はいっぱいしゃべってくんだぞ。俺たち二人でいつも聞いてんだ。昇太が死んだ時、海を憎んだっけな。母ちゃんと二人でな、漁師になるの反対だったから、後悔もあってな、本当に憎らしく感じたんだ。海な、一月《ひとつき》も見られんかった。店も閉めて、窓も閉めて、できるだけ海が見えないようにしてな、んでも目の前が海だべ、夜なんか波の音がよく聞こえてくんのさ。それも辛くてな。二人して、できるだけ聞かないようにしていたんだ。

『もうここには住みたくないな、辛くて住んでいらんねな』

なんて本気で思ってな、生まれて育ったところだから、それも寂しくてな。んでもな、一月《ひとつき》ぐらいたったころだったな、夜、寝ているとな、波の音が何か話しているように聞こえてきたんだ。波の音って、いろいろあるんだ。その夜は遠くから静かに寄せてくるように聞こえてくんのさ。そしたら母ちゃん、

『昇太が、何かしゃべってるみたいだね』

って言うんだっけ。俺も、

『そうだな、そんな風にも聞こえんね』

って言って、しばらく耳すまして波の音聞いていたんだ。静かな海でな、時々遠くから波が寄せてくるんだ。

『何、しゃべってんだべね』

『分かんね』

『んだけど何かしゃべってるみたいな気がするね』

その次の日からだったな。母ちゃん、少しずつ海見るようになってな、今日の海は何しゃべってんだべ、波はどうだ、海の色はどうだ、水平線も、空も、雲も、みんな今までと違って見えてきてな、

海が憎い、っていう気持ちはあるんだけど、だんだんな、海に向かって、

『息子を守ってくれ』

『静かに眠らせてくれ』

そんな気持ちが大きくなっていったんだ」

「そうだね。父ちゃんと二人でいっぱいしゃべって、だんだんとそんな風に思えるようになったもんね」

「そんぐらいだったな。この店、全部青色にしたんだ。もう二十年もたつからすっかり慣れたな。二人してここにずっと座ってんだ。二人とも年とったから長いこと座ってると、人によく笑われんだ。

『今日は、息子と何しゃべってんだ』

なんて言われてな」

「そうか、海はただ広いだけじゃないんだね。海、見たの本当に久し振りだから、今日、見た時は、ただただ広くてつかみどころがなくて、自分の気持ちとばらばらで、んでもここに座ってると、ずいぶん長いこと座ってるべ、そんで、おじさんとおばさんの言うこと分かるような気がするもんね。海、っていろんなことが見えんだね。近くも遠くも、空も雲も、いっぱいあるんだね。聞こえてくるものもいっぱいあって、波の音、風の音、鳥の鳴き声、ここに座っていっぱい聞いたなあ。おじさん、おばさん、何十年もここに座ってきたから、もっともっといっぱい見て、もっともっといっぱい聞いてきたんだべね。見るのも聞くのも山ほどあって、二人の胸にしまってあって、二十年かけて沁みこ

んで、二人の胸に数え切れないほどの風景や季節や思い出があって、いいなあ、俺もそんな世界、胸の中に持っていたいなあ。そんでな、今日、おじさんとおばさんに、

『泣いてもいいんだ』

っていっぱい言われたでしょ、なんかすごく嬉しかったなあ。やっぱり、ちょっと恥ずかしいような気持ちもあってね、人に見られたらいやだな、なんて思ってしまうんだ。でも、

『涙のダム流せ』

とか、

『五年分の涙のダムなんだから、いっぱい流せ』

なんて言われると、そんなに涙いっぱいあんのかな、五年分だからあるかもしんないね、なんて考えると、涙の量はちょっとだけかもしんねけど、胸の中の思いは、本当、ダムぐらいあるかもしんね、なんて思えてくるもんね。やっぱ、いっぱい泣いてもいいんだね」

「そだ、泣いてもいいんだ。これからもいっぱい泣けな。なんも恥ずかしくないんだ。ご飯食べたり、笑ったり、働いたり、みんな普通にやってるべ。泣くのも、それと同じぐらい自然なことだ。働いてんの見られて恥ずかしいことないべ、泣くのも同じことだ、なんも恥ずかしいことじゃないんだ。こんなこと言う人もいるよな、

『泣いたからって子供は帰ってこないぞ、泣くな』

とか、

『いつまで泣いてるんだ。そんなに長く悲しみ引きずっていないで強く生きろ』とか言って、泣くのはなんか悪いみたいに言うよな。ちょっと聞くと理屈が通っているみたいに聞こえるけど、んでも違うな。だれも子供が帰ってくると思って泣くんじゃないよ。ただ悲しいから泣くんだ。

『泣いたからって子供は帰ってこないぞ』なんて言うなら、んじゃ笑ったら子供は帰ってくんのか。こないべ。んだら、

『笑うな、笑っても子供は帰ってこないぞ』なんて言われてもいいのかもしんねえべ。んでも、だれもそんなこと言わねえべ。働くのも食べるのも同じだ。どんなに働いても、どんなにいっぱい食べても、子供は帰ってこないよ。んでも働くべ、食べんべ。生きていくためには必要だし、自然なことだもなあ。同じことだ。泣くのも必要だし自然なことだ。一生懸命働くべ。いっぱい食べんべ。心から笑うべ。みんな自然なことだ。なんにも恥ずかしいことないべ。泣くのも同じだ。一生懸命心から泣いたらいいんだ。何も恥ずかしいことないんだ。泣くのって、心の一番深いところから出てくることだべ。心の一番奥底から出てくることだべ。喜ぶことや笑うことなんかよりも、もっともっと深いところから出てくることだよ。心の奥底から出てくることだ、って、俺も母ちゃんも、息子を亡くして、泣くってそういうことだ、ってよくよく分かったんだ。笑ったり喜んだり、そういうことよりも、もっともっと深いところから自然に出てくることだ。んじゃ、他のどの感情よりも一生懸命向きあって、真面目に付き合って、そこから目そらし

ちゃなんねんだ。だけど、それを止めようとする人がいるべ、自分で恥ずかしい、って思ってしまう人もいるべ、そうでないんだ。一番深いところで一生懸命に泣いたらいいんだ。それが自然だし、大切なことだ」

「おじさん、本当だね。俺もいっぱい泣いたけど、自分ではもう止めらんなかったものね、一番深いところから出てきたの分かるよ。おじさん、おばさん、息子さんのこと心の一番深いところにあるべ、そこから悲しみが出てきているんだから、本当だね、どんなものより奥深いところから出てきて泣くんだから、自然なことだね、だれも止めちゃあだめだね」

「んでな、草野さん。子供にとって泣くことはもっと大切かもしんないよ。子供だって同じだ。一生懸命勉強するべ、一生懸命遊ぶべ。んだら、一生懸命泣いたらいいんだ。大人が止めちゃあだめなんだ。

『泣くな』

なんて言っちゃだめなんだ。一生懸命泣いて、自分の心の深いところで、自分の悲しみに正直に向きあって一生懸命に泣いたら、他人の悲しみが分かる人になるんだ。だから、子供が泣いたら、『なんで泣いてんだ。ゆっくり話してみろな。何が悲しくて泣いてんだ。ちゃんと聞くから何でも話してみろや』

って大人がちゃんと付き合ってあげてな、子供だって大人に負けないぐらい悲しいこともあるべ。子供も目をそらしたりごまかしたりしないで悲しみと向き合えるように、大人がちゃんと助けてあげれば、自分の悲しみもよく分かって、そんで人の悲しみも同じように分かる大人に育っていくべ。一生懸命、働いたり、食べたり、笑ったり、それも大切だけど、一生懸命泣いて、他の人の悲しみが分かる人になった方が、ずっと、ずっといいべよ。んだから、絶対に、子供に、

『泣くな、泣くのは弱虫だ』

なんて言っちゃだめなんだ。

『泣くな、泣くな』

って、大人から言われて育った子供は、自分の悲しみ、ちゃんと見つめないで育っていくべ。自分の悲しみ、ごまかしながら育っていくべ、そういう風にして育った子は、他人の悲しみに心から付き合うなんてないべ、無理だべ、他人の悲しみに鈍感な人になってしまうべ。そんな人多くなったら世の中冷たくなってギスギスして、強そうな人だけが生き生きした世の中になってしまうべ。本当に優しい人は、ひっそりと生きていくか、鈍感な人間をよそおって生きてゆくしかないもんな。そんなの、本当、いやだよね。だから子供に、

『泣くな』

なんて、絶対に言っちゃだめなんだ」

「本当だねえ。子供みたいに素直になって泣くのって、大切なんだね。したけど、おじさん、いっぱい考えたね。すごいね」

「そうだなあ、二十年前から、うちの母ちゃんいっぱい泣いたべ。さっきも言ったけど、

『いつまでも泣いてないで強く生きろ』

みたいなことを言う人の声が、ちょっとずつ耳に入ってきて、うちの母ちゃん、辛い思いしてたんだ。

『なんか変だ、そんなの正直じゃあないべ』

って思えて、それから、なんとなく考えるようになったんだ。今、しゃべったようなこと考えるようになったのも海のおかげかもしんね。母ちゃんと二人で、ずっと二人で、海、見ながら、そん時、感じたことを話していると、だんだんと分かってきたんだ。海、って不思議だよね。理屈じゃなくて、一番深いところの本当の自分の心みたいなものを感じさせてくれるんだ」

「すごいね。おじさん、おばさん。二十年も、海、見続けて、そんでいっぱい感じたことなんだね。おじさん、なんて言ってたけど、名前で呼びたくなったなあ。ごめんなさい、初めて会って失礼みたいな気もすっけど、もう大切な人に思えてきたもんね」

「ん、いいよ。中川っていうんだ。んでもこの辺では中川なんて言う人いないよ。みんな、海色のおじちゃん、おばちゃんだもの。んでも、それ嬉しいんだけどね」

「んじゃ、俺も、おじちゃん、おばちゃんでいいかな」

「いいよ」

「泣くのって、どこかで恥ずかしい、って思ってたけど、そんなことないんだね。うちの親は、

『泣くな』

とか、

『泣くのは恥ずかしいことだ』

なんて言わない人だったけど、どっかで恥ずかしいと思ってたものね」

「草野さん、よかったね。これからは思いきって泣けるね」

「おばちゃん、有り難う。んでも、もう泣かないと思うよ。この前泣いたのは、一生で一度ぐらいだったかもしんないよ。胸のつかえが一気にとれて、全部あふれたように泣いたもんね。んでも、おじちゃんとおばちゃんの話、役に立ったよ、心に響いたよ。ああ、そうなんだ、って思えて、これからうんと役に立つと思うよ。これから時間がたつと、じっくり、おやじやおふくろのこと思い出されると思うんだ。五年間、本当、いろんなことがあったからね。

『心に思い出されること一つ一つに、子供みたいに素直に向きあっていいんだ』

って教えてもらったからね。

『大人になって、こうあるべきなんていう固まった考えにじゃまされないで、子供みたいな素直な気持ちで向きあっていいんだ、その方がずっと心の深いところに分け入って、本当に喜んだり、悲しんだり、一番本当の自分が感じられるんだ』

って、おじちゃん、おばちゃん、教えてくれたかんね」

おばちゃんは、さも感心したようにおじちゃんを見ながら、

「んだけど、父ちゃん、おもしろいこと考えていたんだねえ。本当だね、だれも、

『どんなに一生懸命に働いたって、子供は帰ってこね、だから働くな』

なんて言わないもんね、んじゃ、

『どんなに泣いたって、子供は帰ってこね、だから泣くな』

なんて言えないよね。本当だねえ。父ちゃん、こんなこと考えながら、私が、いっぱい、いっぱい、泣くのを見ててくれたのけ」

「ん、どうだったかなあ。もう、二十年も前のことだもな。どんな気持ちで見てたのか、あんまり覚えてないな。んでも、そんな気のきいた考えで見てたんでないな。ただ、母ちゃんが、ワンワン泣くのはよく覚えてるな。そりゃ、しょうがないもんなあ、泣くしかないもんなあ、朝から晩まで、一日中泣いてたもんなあ、声、出して泣くのに疲れると、ただ、ボーっと海見て、静かに泣いてたな。俺もいっぱい泣いたしな。泣くしかないもんな。

『母ちゃん、泣くな』

なんて言ったたって、泣きやんで他に何かすることあんだら、俺だって、そう言ったかしんねえよ。んでも、ないんだ。なんにもないんだ。泣くしかなくて、それに代わるものなんにもないんだ。俺も、それ分かるから、

『もう、泣くな』

なんて、決して言えないんだ。

一年たっても、二年たっても、同じだよ。季節が巡っていくべ、そうすっと、いろんなこと思い出

してまた泣くんだな。

『いいよ、いいよ、いっぱい泣け』

って思って、俺は心で、母ちゃんは涙で、二人して泣きながら、海、見ていたっけね。そんで、海、見てるとな、もう二十年も見てるべ、二人して毎日見てるといろんなこと思い出すんだ。海も港も、目の前の砂浜も、全部、昇太がいたとこだよ、子供のころから毎日みたいに遊んでいたとこだよ。いっぱい、いっぱい、思い出すんだ。どれもこれも大切でな、二人で何度も何度もしゃべって、心に刻みこむんだ。忘れんのいやだものな。そんで、もしかしたら、昇太が生きている時より、もっといっぱい、この胸の中にな、溜まっていくみたいなんだ。母ちゃんと二人で海、見て、二十年も話して、心におさめていったんだものな。もし昇太が生きていたら、ちっちゃい思い出なんか忘れていたかもしんね。目の前に昇太がいるんだから、思い出の中で昇太に会う必要ないもんな。このベンチ、草野さんも長いこと座ったべ、いろんな人が座るんだ。たまには、悩みや悲しみを持った人が座ることもあるんだ。そうするとな、

『この広い海を見て、悩みが消えました』

とか、

『自分の悲しみなんか、この海と比べると小さなものに感じました』

なんて言うんだな。

『海から見ると、自分なんかちっぽけだから、自分の悩みなんかもうんと小さく感じる』

って言うんだな。そんで、

『悩みが小さくなって元気が出ました』

なんて言うんだ。

『なんか違うんでないか』

って思うんだ。んでも、

『違うんでないか』

なんて言えないから、

『そっか、よかったな』

なんて言ってんだけどな。たしかに、人間なんてこの海からみたら小さいよ。なあ、海は広いよな。今日も水平線くっきり見えんべ。海は、まだまだ、あの水平線のずっと先まで続くんだよ。俺なんか豆つぶより小さいよ。んだけど、この胸の中な、そんなに小さく思えないよ。母ちゃんと二人で、海、見続けて、昇太の思い出、いっぱい、いっぱい、胸の中さ入っていったよ。二十年間、ずっと入り続けて、まだまだ入んだよ。海だって、空だって、雲だって、みんな入んだよ。もしかしたらこのちっちゃい胸、海より大きいかもしんね。

『自分は、海と比べたらうんとちっぽけだ。だから自分の悩みもちっぽけだ。それじゃあ、そんな悩み気にせずに元気を出そう』

なんて思ってる人は、自分の悩み大事にしないべ。

『そんなちっぽけな悩み、早く忘れて生きていこう』

なんて思うかもしんね。悩みだけでないよ。悲しさや、思い出や、優しさや、人に対する思いやりや、とにかく心の中にあるものみんな、海と比べたらちっぽけで、大切なものでなくて、消えていったってどうでもいいものになってしまうべ。それ悲しいべ。大切なものがどんどん消えてゆくんだよ。

『なんだよ、本当にそんでいいのかよ』

って思うよ。

そういう人は、

『家族や友達が本気で悲しんだり悩んだりしてても、海と比べたら小さいものだ。だからたいして大事にしなくてもいいんだ』

って適当に、もしかしたら冷たく扱うかもしんねえな。

『そんぐらいで泣くな』

なんていう人な、いっぱい泣く人はいくじがなくて、弱虫で、だめな人みたいに見えんのかな。そんで、たいして泣かない人は勇気があって強い人間、って思うのかな。そんなの逆だべよ。いっぱい泣く人が本当は強い人だべよ。そんだけ深く、親や、子供や、友達や、そういった人たちのことを思ってから、心の底から泣くんだべ。海と比べたら人間ちっぽけかもしんね。したけど、この胸で感じることは、海と比べてどうだのこうだの、と言うものではないべ。そんな人多くなったら寂しいもんだな。素直に悲しんだり、泣いたりするの、できなくなるもんな。恥ずかしく感じるようになるもんな」

「父ちゃん。ほら、また一生懸命になって。草野さん、ごめんね。うちの父ちゃん、こういう話になるとすぐ夢中になって、いっぱい、しゃべんだ。な、草野さん、父ちゃんと二人で、ここでいろんな人の話、いっぱい聞いたんだ。二十年間だから、本当、いっぱい聞いたんだ。そうすっと、泣いてる人も悲しんでる人もいっぱいいるべ。そういう人って、泣いたりすんの悪いことのように、恥ずかしそうに遠慮がちに話すんだ。そんな人は感情が豊かで優しい人が多いんだ。んだから、父ちゃん、泣く人の方が優しくて強い人間なんだ、って本気で考えるようになったんだ。草野さんのような人には、分かってもらいたくて、一生懸命に話すんだ」

「ハハハ、俺、そんなに夢中になって話してたか、そうだな、母ちゃんの言うとおりだ。んでもな、草野さん、いろんな人としゃべっから、いろんなこと考えるべ。そうすっと、世間の常識なんかにしばられて素直になれなくて苦しんでいる人、多いのよ。それ、本当は違うべ、って海、見ながらゆっくり考えてっと、だんだん分かってくんのよ。そんでな、もうちょっとしゃべってもいいか、草野さん」

「うん、いいよ、おじちゃん。俺のために一生懸命しゃべってくれたんだものねえ、いっぱいしゃべってけろ」

「んじゃな、もうちょっとな、

『海を見たから自分の悩みや悲しみが小さいものに思えた。それで元気になった』

なんて思ってほしくね。そんじゃ海に悪いべよ。今日もこの海きれいだべ、広いべ。何度も、何度も、この海、見て泣いたけど、海から、

『そんじゃ、だめだ。もういいかげん泣くのをやめろ』

なんて言われたように感じたこと一度もないよ。ただただ、受け入れてもらっているようで、海だから言葉はないよ。んでも、

『そんでいいよ。もっと泣いていいよ。今日も泣きに来たのか。分かったぞ、そこでうんと泣いていけ』

って、いつも言われているように感じんだ。

『だめだ、だめだ、今日は、だめだ』

なんて断わられたように感じたこと一度もないよ。海と比べてどうこう言う人、たまに海、見っからそう思うんでないかな。海って比べるもんじゃないよ。毎日、毎日、見てたら比べたりしないよ。息子が死んだ時は、胸にポッカリと穴が開いたなあ。この穴、なんにも入らないんだ。なに入れても埋まらないでっかい穴なんだ。なあ、母ちゃん、そうだったべ。お互いに元気づけっべ、っていろんなことやったよな。お互いに相手の優しい気持ち分かっから、

『いろいろ考えてくれて本当に有り難うな』

って思うんだけど、ポッカリ開いた穴はなんも埋まらないんだ。そんなこと分かってけど、また元気づけっべ、ってまたなんかやるんだ。二十年間ずっとな。ポッカリ開いた穴な、二人で長いこと、

海、見てんべ、そうすっと、見てるものみんな穴の中を通っていくみたいに感じるんだ。海の風も音立てて通っていくべ、波の音も、ザザーって音立ててな、空も雲もみんな通っていくんだ。なんにもぶつからないんだぞ、スースーってどんどん通っていくんだ。胸の中、全部でっかい穴みたいに感じてな、海、見てる方が、穴、でっかくなったみたいでな、悲しみもでっかくなったみたいで、海も空も、スースーって通っていくんだから、もうこの穴、どんなもんでも何持ってきても埋めらんねんだ。死んでから二年ぐらいたってからな、

『なあ、母ちゃん。胸に開いた穴、ちっとは小さくなったか』

って何度か聞いたっけ。その都度、すぐに、

『なんも埋まんね』

って答えるもんな。当たり前だ。何年たったって埋められるものないもんな。息子が帰ってくるしかないんだ。息子はすごいな、海さえ埋まらなかった穴、息子なら、ピタッて全部埋まんだ。んじゃ、他のもので埋まる訳ないもんな。十年くらいたつとな、悲しさはそのままだよ、そのままなんだけど、少し嬉しいような気もしてきてな、

『どうだ母ちゃん、悲しさって何年たっても小さくなんないな、母ちゃんもそうか』

って聞くと、

『うん、そうだね。父ちゃんもそうなんだね。小さくなんなくて、小さくなったら楽だ、と思うけど、それもいやだよ。昇太いないんだもの、昇太で開いた穴だよ、小さくなったら昇太に悪いよ。んだか

ら、でっかいままでいるのも昇太に申し訳が立つみたいで、ちょっと嬉しい気もするんだ。もうこのままでっかい穴のままでいいよ』

なんて答えんだ。それは俺もよく分かんだ。

『んじゃ、母ちゃん、でっかい穴は愛情の大きさを表わしているみたいだべ。胸の中全部の穴だものな。んじゃ、十年間も、ずっとでっかい穴のまんま、っていうのは、何、表わしてんだべね。母ちゃん、どう思う』

って聞くとね、

『そうねえ、父ちゃん。十年ってやっぱり長いもんねえ。恋人同士だったら、どんなに好きな人でも、十年も離れていたらどうなるか分かんないもんね。ずっと好きでい続けるなんて難しいべ、んでも昇太のことなら時間に関係ないもんね。何年たっても、何十年たっても、根っこ生やしたみたいに、ここにい続けるもんね。んー、なんだべなあ、愛情の深さかなあ。何十年も根を生やす木の根っこの深さみたいなもんかなあ』

って、母ちゃん、言うんだっけ。な、草野さん、うちの母ちゃん、いいこと言うべ。本当そうだよ、ガラーンとした穴な、うんと時間がたつと、なんかいいもんも生まれてくんだ」

草野さんは、うんうんとうなずきながら真剣に聞き、おばちゃんは、ニコニコと嬉しそうです。

「そんで、俺は、なるほど、って思って、

『木の根っこみたいな愛情か、母ちゃん、うまいこと言うな。本当だな、木の根っこは、何十年も、何百年も、生え続けるもんな、ずっと地面深くな。そんで、人から見えないもんな。見えないところで成長し続けて、だれからも気づかれず、そんでも、深く、根、張っていくもんなあ。本当だ、母ちゃん、うまいこと言うなあ』

って言ったんだ。俺も本当にそうだなあ、って思って、自分の胸に開いた穴な、あらためて見つめ直してみたのさ。海、見ながら何日もかけてな。そうすっと、

『十年もたつと、ずいぶん変わるもんだなあ。穴の大きさは、なんも変わんないけど、昇太が死んだ悲しさより昇太を懐かしく思う方が大きくなって、悲しさを包んでいるみたいだもんなあ』

って気づいてくんだっけ。

それから何年もだよ。母ちゃんと二人して、毎日、海、見てるべ。ハハハ、海、見てんの二人の仕事みたいなもんだからなあ。そんで、胸に開いたでっかい穴な、どんなふうに変わったか、二人して、ポツリポツリしゃべってんだ」

おばちゃんも十年前を思い出しながら話します。

「胸の中に愛情みたいなきれいな木が根っこ張って育ってる、って言ったべ。どんな木だべ、って父ちゃんと一緒に海、見ながら、毎日、少しずつ考えていたんだ。毎日、毎日、海、見て、そんで目、つぶって波の音、聞いているべ。そうすっと、ザザー、ザザーって、波の音、昇太の声みたいに聞こえてくんだ。目、つぶってっから、胸に開いた穴、丸くて大きく見えてきて、そこに根を深く張った木が育っていって、毎日、そんなこと考えながら海、見てるべ、そうすっと、その木な、うんと大き

く、うんときれいに育っていくんだ。ザザー、ザザーって聞こえる波の音、一つ一つが昇太の思い出みたいに思えてきて、ね、なにしろ十年分の思い出だよ、毎日、毎日、考えていた思い出だよ。んだから、いっぱい、いっぱい、あんだ。それが、一つ一つが、一枚一枚の葉っぱみたいに思えてきて、木がどんどん成長して、何年も父ちゃんと二人で、そんなふうにして、海、見てたから、木は大きくきれいに育っていくんだっけ。あたしね、その木ね、自分で勝手に昇太の木、って名前つけて、ずっと大切にしてんだ。その木、思うとね、大きくて立派で懐かしくて、そんで、昇太の思い出でできた木だべ。んだから、ずっと胸の中にあった悲しさな、それな、ウウウ」

「なんだ母ちゃん、泣いてんのか。そうだなあ。昇太の思い出でできたきれいな木が、今でも胸の中で育ってんだものなあ」

「うん、大丈夫だよ、父ちゃん。そんでね、そのきれいな木の木陰でね、昇太の木の木陰だよ。悲しみが、ちょこんと座って、ものすごく大っきい悲しみなんだよ。それが、ちょこんと座って、少し笑っているように感じるんだっけね。毎日だよ。海、見ながら波の音、聞いて、毎日そんなこと考えてんだ。そうすっとね、昇太の木の木陰でちょこんと座ってる悲しみね、なんか昇太の木に慰められているように感じてきてね、あたしたちもおんなじでしょ、昇太の思い出に慰められてるでしょ、んだから、自分も昇太の木の木陰でちょこんと座って、慰められてるように感じんだ。ね、草野さん、変だべ。あんなに、なくなってほしい、って思った悲しみだよ、それが父ちゃんもそうだけど、二人して悲しみの側にちょこんと座って、悲しみと並んで、海、見て、波の音、聞いているんだっけ。ね、変だべ。あんなに憎んだ悲しみだよ、もうどこかに行って見えなくなれ、って思った悲しみだよ。それが父ちゃんとあたしと一緒に、海、見て、並んで座って昇太の木に慰められてんだよ、ウウウ」

おじちゃんも涙ぐみながら、

「うん、そうだっけなあ。母ちゃん、そんなこと思いながら、海、見て泣いてたもんなあ。な、草野さん、十年もたつと、胸に開いた穴もちょっとずつ変わってくんのよ。草野さん、今は、胸の穴、ただただ、ガラーンとしているだけだべ。まだ二ヶ月だもんな。んでもな、その穴な、なんか違うものになってくっから、その穴、大切にしたらいいんだ」

「おじちゃん、おばちゃん、有り難うね。俺の胸にも、ポッカリ穴が開いてんだ。んじゃ、無理してその穴、埋めなくていいんだね。

んでも十年かあ、長いね、おじちゃん、おばちゃん。俺、そんなに長く待ってないといけないんだね」

「んー、あのな、草野さん。そんなに長く待たなくたっていいんだ。母ちゃんと二人で、胸の中にきれいな木が、根、深く張っているみたいだ、なんて話したのはな、十年ぐらい前だけど、それよかもっと前からなんとなくそんな気してたからな。な、母ちゃん、昇太が死んでから五年ぐらいには、ちょっとずつそんな気してたなあ」

「そうだったねえ、父ちゃん。昇太の思い出、いっぱい、いっぱい、たまっていったからねえ。草野さん、昇太が死んでから、もう二十年たつべ。んだから昇太の木も大きく育って、目つぶって考えてると、枝の先の葉っぱなんか、穴の外まで伸びてんだ。な、こんなふうに、この穴、少しずつだけど変わっていくんだからね」

「おばちゃん、有り難うね。んじゃあ、この穴、忘れたり、無理して見ないようにしなくていいんだね。そうじゃなくて、かえってちゃんと見てた方がいいんだね。この二ヶ月、この悲しさ、どっかにやって忘れよう、って思ってきたからね」

「そうだよ草野さん。その穴、忘れよう、なんてしなくていいんだからね。他のもので埋めたりしてもだめだからね。忙しくして生活の外に追いやってしまう人もいるけど、そんなことしたらだめだかんね。そんなことしたら、母ちゃん悲しむからね。この穴ね、今だから分かるんだけど、ただの空っぽの穴じゃないよ。思い出すと、キュッと胸が切なくなって、しみじみと温かくなるような気もすんだ。昇太が死んで一年二年は寒々とした穴だったよ。

『こんなでっかくて寒い穴、いらない。早く忘れてしまいたい』

そればっか考えていたよ。父ちゃんもいろんなことやって、少しでも忘れさせよう、っていろんなことしてくれたんだ。んでもだめだべよ。毎日、海、見てんだよ。昇太が眠ってる海、目の前で見てんだよ。海、見た瞬間、寒々とした穴が、他のもの全部どっかにやって、胸の真ん中に、ドカーンって座って、もう動かないんだ。んでもね、草野さん、父ちゃんも言ってたけど、毎日、毎日、何年もここで、父ちゃんと、海、見ながら気づいたこと話してると、

『穴の大きさって、昇太をどんだけ思ってるか、って教えてくれる穴なんだなあ』

って分かってきて、だんだん、いやな穴じゃなくなってくんだ。忘れよう、忘れよう、って思った穴だよ。そんでも、ずっと胸にい続ける穴だよ。そんだけ大切な穴っていうことだべ。どんだけ昇太のことを思ってるか、って教えてくれる穴だよ。

『父ちゃん、この穴、あんまりいやじゃなくなったんだ』

って言ったことあったのね。そうすると父ちゃん、

『ん、どうしたんだ。もう何年も忘れようとしてきたんでないのけ』

『うん、そうだけど、昇太のこと考えると、この穴、そんなに寒々としなくなったんだ』

そしたら、父ちゃん、ちょっと笑って、

『母ちゃんもそうかあ、俺もそうだ。昇太で開いた穴だ、昇太しか埋めらんねえ穴だもんな。このごろは、昇太が穴の中で、あっち行ったり、こっちさ来たり、ちっちゃいころの昇太だったり、中学生ぐらいの昇太だったり、穴の中でけっこう元気で遊び回ってんだ』

って父ちゃんもおんなじようなこと言うんだ。やっぱり、おんなじころだよ。昇太が死んでからもう何年もたったころだよ。んだから、そうやってポッカリ開いた穴、忘れたりしないでずっと大切にしてな。寒々とした穴、そのうちしみじみとした温かい穴に変わってくる時があっからな。な、草野さん、母ちゃんのこと五年も見たんだら、草野さんの胸の中にも、でっかい穴開いたんだべ。そのうち何年もしたら、温かい穴に変わってくる時があっからな。んだから、どっかにやってしまって忘れてしまう、なんてないようにしてな。そのうち、大切な大切な穴になって、草野さんの心を温かくし

てくれっからな。大切な穴に変わってくんからな。今だって、昇太が死んだ時の悲しさは少しも変わっていないよ。んだけど、その悲しさに寄り添うように、胸の穴がしみじみと温かく感じることもあんだよ。な、草野さん、頑張ってな」

おばちゃんは、言い終えると草野さんから目を離し、今日も、くっきりと一直線に伸びる水平線よりも遠くを見て、少し笑っているようです。

草野さんも遠くを見、

「おばちゃん、有り難う。きのうと今日、ずっと、海、見て歩いてきたけど、もう、なんにも考えらんなかった。ただただ、広い海、見て、胸に開いた穴、ぶらさげて、なんも考えられなくて、ボーっと歩いてきたんだ。そうかあ、温かい大切な穴に変わる時があんだ」

おばちゃん、また、草野さんを見て、

「そうだよ、草野さん。五年間も見たんだべ。その間、いろんなことあったべ、そのうち、穴の中に、いろんな母ちゃんが、ちょこん、ちょこんと住むようになっからね。そんなの見てると、知らず知らずに、ニコニコしてしまうことがあんだ。草野さん、きっと温かい穴になるからね。ゆっくりでいいからそうなるまで待ってろね」

「うん、分かった。おばちゃん、ゆっくり待ってるね。それから、泣いたこと丸ごと認めてくれて、すごく嬉しかったなあ。あんなに子供みたいに泣いたけど、あれでよかったんだ、って思えて、おじちゃんの言ってること、

『ちょっとは恥ずかしいけど、泣いてもいいんだ』

って言うのとずいぶん違うもんね。

『ちっとも恥ずかしくないぞ。いっぱい泣く方が勝ってんぞ。その方が強い人間だぞ』

って言ってくれてるもんね。今までの自分なら、

『こんな大人になってるのに泣くなんて』

とか、

『人が見たら変に思わないかな』

とか、そんなこと考えてしまってたもんね。悲しみなんかに負けないで、たくましく生きてる人の方がいいようにも思っていたよね。したから、あんなに泣いた自分が、ちょっとは恥ずかしく感じたりもするんだ。そこんとこ、はっきり教えてくれたもんね。有り難うね。おじちゃん、おばちゃん」

「そうだ、そうだぞ、草野さん。いいか、強そうな人や、たくましく見える人が、

『泣くな。それより一生懸命に生きろ。泣くのはいいかげんにして、前に進め』

なんて言うべ。そういう人って、頑張って、いきいきしているように見えるべ。んだから、気の弱い人や、優しい人は、そういう考えに逆らえなくなって、

『そうなんだ、やっぱり泣くのは恥ずかしいことなんだなあ』

なんて思ってしまうのよ。んでも違うぞ。強そうな人が一生懸命に頑張っているのは、金とか物とか、そんな自分のためだけの場合が多いべよ。それがなくなったからって、何年も泣く人はいないべ

よ。親と子供は、それとは違う。そんなものより何倍も何十倍も大切だ。そだべ、だったら金とか物とかのために一生懸命になるより、親とか子供のために一生懸命になる方が大切だべ。そういう人が死んだら泣くしかできないんだから、だったらそうすればいいんだ」

「本当だね。本当に一生懸命になるとこって、そういうことのためにやるもんね。今、思ったんだけど、この家もそうだね」

「ん、なんだ。この家、どうかしたのけ」

「この家、青くてきれいだよね。ずっとここに座ってると、本当、海の中にいるみたいだ。どこもかしこも青くて、まるで海とつながっているみたいだ。これ、みんな、村の人が手伝って塗ってくれたんだよね」

「ん、そうだ。一日で終わったんだ。もう二十年も前になるけど、今でもはっきり覚えてんぞ。みんな、俺と母ちゃんのこと気にしてくれてな、あんまり騒がないで塗ってくれたんだっけ。

『おじちゃん。このベンチ、この色でいいか。あそこの沖の海の色にするべ、って思ってな』

『このテーブル、一番目立つから、入江の中の海の色がいいと思うけど、どうだ』

『家の壁は一番はじっこだ。んじゃ、はじっこにある灯台の下の海の色だな』

そんなこと言いながらみんなで塗ってくれたんだ」

「ね、みんな、本気でかわいそうだと思うから、ちょっとでも何かしてやるべ、って思って、手伝ってくれたんだよね。やっぱり、みんな、一番大切なものって何だか分かるんだね。お金や物をなくした人がいるとするよね、同情はすると思うよ。したけど、村中の人が出てきて、何かをするなんてことないよね。みんな、分かってんだね。したけど、忙しく暮らしていると、そういうこと忘れてしまうんだね。こうやって、海、見ているとつくづく感じるなあ。一番、深いところとつながって、感じていたいね。子供みたいな気持ち、っていうのでもなく、本当に素直な自然な気持ちみたいなものとつながって、考えたり、感じたりできたらいいな、って。なんか知らないうちに、からだの表面にいっぱいくっついているみたいなんだ。大人になってからくっついた、世の中の常識みたいなもの、こうあらねばなんない、みたいな。おじちゃんとおばちゃんの話、聞いていて、そういうの脱ぎ捨てて、一番、素直な正直なところと向きあうことの大切さ、少しだけ分かったような気がするね」

「それはよかったなあ。草野さん。よかったなあ。嬉しいな、母ちゃん。俺たちの話、少しは役に立ったんだものなあ。な、草野さん。草野さんの悲しみ、小さくなったり、なくなったりしないけどな、今みたいに、子供みたいに泣けるようになるとな、父ちゃんや母ちゃんの思い出いっぱいあるべ、それをな、子供みたいに素直に思い出せると思うよ。一つ一つが、懐かしくて、温かくて、遠いことなんだけど、くっきりと感じられてな、それが草野さんの本当に大切なものになると思うよ。思い出すのを、じゃまするもの、世の中の常識みたいなもの、そんなものないんだから、素直な、素直な、きれいなままで思い出せると思うよ」

「本当だね、おじちゃん。そう考えると、世の中の常識、そこから生まれた理屈、本当かな、って思うもの多いよね。理屈でしゃべってくる人はいろんなこと言うよね。俺もけっこう言われたんだ。

『何か他のこと一生懸命にやれ。そうすれば、悲しさも少しは薄らぐぞ』

『時間がたてばだんだん忘れるから、時間は必ず過ぎていくから、だから、時間が過ぎていくのを静かに待ってろ』

とか。俺を心配して言ってくれるの分かるから感謝して聞くんだけど、おじちゃんとおばちゃんの話聞いてはっきり分かるよ。他のことで、胸の穴は埋まんないし、時間で、穴が小さくなることもないんだ。やっぱり、理屈じゃだめなんだなあ」

「そうだ、理屈じゃないからな。母ちゃんと、海、見ながらいっぱいしゃべったべ。ぽつりぽつりだけど、感じたこといっぱいしゃべったなあ。ほんで、今日しゃべったようなこと分かるようになったんだ。俺も言われたよ、草野さんが言われたようなことといっぱい言われたよ。

『温泉はいいぞ。温泉は心まで温めてくれるから、悲しい心もいやされるぞ。一日中、ボーっとしてきたらいいべ』

なんか言う人もいてな、あんまり本当には思えなかったけど、母ちゃん、ちょっとでも慰めになれば、と思ってな、そんで温泉行ったんだ。湯本温泉な、阿武隈山のふもとにあるべ、わりかし近いから気軽に行ったんだ。あれ昇太が死んでから二ヶ月ぐらいだったかな、母ちゃん、やっぱり、草野さんと同じぐらいだったべ」

「そうだね。みんなでこの家、青く塗ってくれたべ。その後、人、あんまり来なくなって静かになったころだよ。んだから、昇太が死んでから二ヶ月ぐらいだよ」

「そうだったっけなあ。家の中、急に、シーンとしてたもんな。んで、行ったんだけどな、着いても落ち着かないんだ。部屋に入っても全然くつろがないのよ。母ちゃんもなんかそわそわしてちっとも楽しそうじゃないんだ」

「父ちゃんだってそうだよ。せっかく来たんだから、ってなんか無理して温泉に入ったべ、ゆっくり入ってるかな、って思ってたら間もなく出てきて、一つも、気持ちよかった、なんて言わなかったもんね」

「ん、そうだったな。部屋は静かだし、二人して座っててもなんにもすることなくて、お茶っこ飲んでも、なんにも話しないで。どっちから言ったんだっけ。

『昇太が待っているような気がするね』

『んだな。首、長くして待ってるような気がすんな』

毎日みたいに、海、見ながら息子としゃべっていたべ。んだから、息子が一人で寂しくしているみたいでな。二人とも同じこと考えていて、ここにいたら昇太に寂しい思いをさせるような、昇太に悪いような気がして、そんなこと考えたらもう落ち着かなくて、夕食もまだ食べていないんだよ、

『早く帰りたいね』

『んだな。帰るべ』

って、宿の人には、いっぱい謝って帰ってきたんだっけ。帰ったって昇太はいない、って分かってんだよ、自分にな、帰ったっていないんだよ、って言いきかせんだ。何度も何度も言いきかせんのよ。

そんでも、速く速くって急ぐんだっけなあ。薄磯の裏、山だべ。ほら、あそこの道な、灯台のふもとの道で、山のかげになってってとこな、あそこから帰ってくんだ。小さな谷になってってから、てっぺん過ぎると海が見えてくるんだ。谷の先に、ちっこくな。なんかドキドキして、車のスピード落としてな、海がだんだん大きくなってくるの切なくてな、昇太の名前、呼びたくなってな、そしたら、母ちゃん、大声で、ワンワン泣くんだっけ。俺は、

『泣いていいぞ。いっぱい泣け。車、ずっと停めてっからな』

って車、停めて、母ちゃん泣きやむまで、二人して海、見てたなあ。夕方の海でな、少し暗くなりかかっていて、俺たちと一緒に泣いて、涙、流してくれているように見えたな。んだからな、理屈でこうだ、なんてことは本当でないな。本当の慰めにはなんないな。

『温泉に行ったら、少しは慰められる』

なんて言われて、頑張って行ってみたけど少しも慰めになんなかったな。息子が死んだ海、目の前にあんだろ、そんで、毎日、毎日、見てんだろ。んだから、いつも考えてんのよ。胸に、ポッカリ開いた穴な、それを、毎日、毎日、感じながら生きてんのよ。母ちゃんもおんなじだから二人でいつも話すんだ。

『あんなこと言われたけど、本当かな。実際に感じていることと違うなあ』

『こんなことも言われたけど、母ちゃん、どう思う』

『父ちゃん、やっぱ、感じていることと違うんでないの』

もう二十年もそんなふうに話してるべ、そうするとな、世の中でこういうもんだ、って言われていることが、

『俺たちが感じていることと違ってるな、本当に感じたことから出てくる言葉じゃなくて理屈で考えただけの言葉みたいだな』

ってだんだん気づいてくるんだっけ」

「本当だね。だから、おじちゃん、おばちゃんの話、心に響いたんだね。本当にそうだ、って心から思えたもんね。したけど、俺もおじちゃんとおばちゃんとおんなじように感じたよ。今日は、豊間《とよま》から歩いてきて、ここに来る前あの塩屋埼灯台に登ってきたべ。あそこは、一番、てっぺんまで登れるから上まで登ったんだ。すごいよね、目の前全部、海になるもんね。北の方に相馬の海、南の方は水戸の海まで見えるもんね。そんで、反対の方、見ると、阿武隈山が見えるべ。俺の家、そのふもとの村だから、だいたいあの辺だ、って分かるんだ。二《ふた》ッ箭山《やさん》、っていう山のふもとだから、あの辺が俺の村だなあ、って分かるんだ。そうすると、あそこの山のふもとでおふくろが待っている気がしてなあ、ベッドの上で首を長くして待っている気がして、

『早く帰るべ。一人にさせたらかわいそうだから、早く帰るべ』

ってしきりに思えたんだ。おじちゃんとおばちゃんとおんなじで、本当に帰ってたかもしんないね。したけど、灯台も、薄磯も、今日これから行く新舞子浜も、おふくろと来たとこなんだ。うちのおやじだいぶ前に死んだから、おふくろ一人でかわいそうだな、って思って、海、見に何度か連れてきた

んだ。そんで、そん時のこと思い出しながら、ずっとここまで歩いてきたんだ。今でもすぐに帰りたくなるんだ。したけど、

『おふくろと泊まった宿、ちゃんと泊まって、ちゃんと思い出していこう』

って思って、頑張って、海、見ながら歩いてきたんだ」

「そうかあ、草野さんも俺たちとおんなじなんだな。温泉の部屋の中でなんにもすることなくて、母ちゃんと相談して帰ってきたんだっけ。宿の人にはいっぱい謝ってな。あん時と、草野さん、おんなじ気持ちなんだ。んでも、ここは海だべ。な、目の前に広い海、見えるべ。温泉宿の狭い部屋の中とは少し違うかもしんね」

おじちゃんは、遠くを見ながら、ゆっくり、ゆっくり話しだします。

「こうして、海、見てっとな、ただただ広くてなんにもないように見えんべ。んでもな、いろんなこと見えるし、いろんなこと教えてくれるんだ。心の中の一番奥にある根っこみたいなところに気づかせて、それ、海、見ながらゆっくり考えるべ、静かに、静かにな。んでな、こんなことにも気がついたんだぞ。今も、こうやって、海、見てんべ。目の前は広い海だべ。今日は本当にいい天気だなあ。水平線をじっと見てると、白い波が、ゆっくり、静かに、寄せてくるべ。いくつもいくつもな。そんなの見ながらいろんなこと考えるんだ。そうすっとな、遠くまで行くのはほんのちょっとなんだ。いろんな考え浮かぶけど、遠くまで行くのは、ほんのちょっとで、たいがいは、途中で消えてしまうんだ。ここは小さな村だべ。山と海に挟まれて、百人ぐらいかな、二百人ぐらいかもしんねえな、そん

ぐらいしか住んでいない小さな村だ。そんでもいろんなことあんのよ。けんかだってあるべ、家と家のいざこざ、普通に世の中にあることはだいたいここにもあんだ。んでもな、そういうこと、ここさ座って、じっと、海、見て考えてると、だんだん消えてゆくんだ。遠くまで行かないうちに灯台の岬の先ぐらいとか、だいたいが途中の波にぶつかって、みんな消えてゆくように感じんのよ。んでもな、遠くまで行くのもあんだ。息子を亡くした悲しさなんか遠くまで行くんだ。途中の波も風も、そんなもの全部通っていって、水平線まで通っていって、もう見えなくなるまで、ずっと遠くまで通っていくんだ。そう感じるんだ。母ちゃんもそう感じて、

『そうだね、父ちゃん。そう感じっから、ずっと、ずっと、遠くばっかり見てしまうもんね』

って言ってくれるんだ。これは、俺が勝手に感じているんでないべ。みんな感じる心、持ってっけど、忙しくしたり、他のものを大切にしたりして生きてっから、気づかないかもしんねけど、みんな、根っこには感じる心、持ってんだと思うな。海は広いべ、そんできれいだべ。そこを通っていけるのは、悲しさとか、優しさとか、そういうもんだけがなんにもじゃまされずに通っていけるんだ。そんでな、子供を亡くした悲しさな、それが大きいのは、子供のこといっぱい思ってってからだべ。悲しさが大きいほど、子供のことといっぱい思っているってことだべ。んだから、悲しさが遠くまで通っていくってことは、子供を思う気持ちも大きくて、ずっとずっと、水平線の先までも通っていっていつまでも消えないで残ってんだ。ちょっと違うんでないよ。いっぱいあるいろんなことな、そんなもんはあの辺の近いとこの波でみんな消えるんだ。はっきり違いが分かるんだ。んだからな、俺や母ちゃん

にとって、何が大切かはっきり分かんだ。本当に大切なものだけが遠い海までも進んでいって、この胸にな、ちゃんと残っていて、これが一番大切なんだ、って教えてくれんだ。村で、毎日毎日起こるいろんなことあるべ、それも生きていくためには必要だし、大切かもしんね。んでも、それよか、もっと大切なものだけが遠い海まで進んでいくんだ。んだから、親でも子供でも、人を思って泣くっちゅうのはなんにも恥ずかしいことじゃないんだ。本当に大切なものを、本当に大切にしてるってことだ。草野さん、子供みたいに泣いたんだべ。本当によかったなあ。そんだけ母ちゃんのことを大切にしてたんだべ」

「有り難う、おじちゃん。おじちゃんの言ってること分かるような気がするよ。ここで、ずっと、一人で、海、見てたでしょ。おやじとおふくろのこと考えてたんだ。いろんなこと思い出すとみんな懐しくて、おじちゃんの言うとおり、ずっと遠くまで進んでいくような気がするね。水平線の上に白い雲、いくつも浮かんでんべ、水平線よりもっと遠くかもしんないよね。あそこより、ずっと遠くまで進んでいくもんね。波も風も、なんにもじゃまされずにね。おじちゃん、気づかなかったけど、言われてみると本当だね。そんでね、ちょっと試してみるね。

『きのうの宿、一泊だったけど、値段、ずいぶん高かったなあ』

なんて考えてみると、どうなのかなあ、んーと、遠くまで行くんかなあ。んー、本当だ、全然遠くまで行かないね。そこの波打ち際ですぐ消えるね」

「ハハハハ。またずいぶん身近なもので試したな。な、そうだべ、そんなのあんまり遠くさ行かないべ」

「うん、なんかその辺で消えてしまうね」

「な、んだからそんなに大切ってことじゃないんだな。んじゃな草野さん、きのうの宿のご飯、うまかったべ。何、食べたんだ」

「おじちゃん、すごくうまかったよ。魚、いっぱい出て、みんな新鮮で全部うまかったよ」

「そうだべ。んじゃな草野さん、そのうまかったの思い出して、海、見ながら考えてみろや」

「分かった。んじゃ、やってみっからな」

と草野さんは、

「うん、うん、本当だ」

というような顔をして目を開けると、おじちゃんは、

「どうだ草野さん、うんとうまい料理だったんだべ。遠くまで行ったのけ」

「ううん、全然行かなかった。その辺の波でみんな消えたっけね。これ、なんだろうね、おじちゃん、食べ物なんて大切じゃない、ってことかなあ」

「んー、そうじゃないと思うぞ。食べ物は生きるためにはうんと大切だ。んだけどな、高い魚や肉がいいとか、あの店がうまいとか、そんなこともものすごく大切、っていう訳ではないんだな。俺なんか、母ちゃんの作った料理を、海、見ながら思い出していると、うんと遠くまで、そうだなあ、あの岬の先ぐらいまでは行くよ。な、母ちゃん、やっぱり母ちゃんの料理の方がうんと大切、ってことだな」

おばちゃん、嬉しそうに笑いながら、

「あれ、父ちゃん、水平線までは行かないのけ」

「ハハハ、母ちゃん、やっぱり、あんまり日常のことだから岬の先ぐらいで海に消えてゆくな」

「へー、そうなんだ。あたしも、今ちょっと思ったんだけどね、父ちゃん、あたしが泣いてるとお茶っこ出してくれたでしょ、やっぱり、海、見ながら、ジーっと思い出していると、うんと遠くまで行くよ、苦くて、甘ずっぱいような味がうんと遠くまで行って、水平線より遠くまで行って、その先だもんね、消えてゆくの」

「ん、そうか、たまにだもんね、俺、お茶出すの、そんでだよ、きっと。んでな、草野さん、今度は、こんなので試してみてな」

おばちゃん笑いながら、

「なに父ちゃん、今度はなんなの。ごめんね草野さん、うちの父ちゃん、いろいろ試させてね」

「いいんだよ、おばちゃん、俺もとっても楽しいよ。こんなことすんの初めてだもんな。んで、なんだい、おじちゃん」

「んー、いやでなかったらでいいんだけどな、草野さんの父ちゃん死んだの二十年ぐらい前だべ、そんで母ちゃんはまだ二ケ月だよね。いやでなかったらだよ、草野さんの親のこと考えてみろや。時間かけてゆっくりでいいんだ。俺たちのこと気にしないでやってみてな」

「んー、親のことか。んー、分かった。んじゃあ、ゆっくりやってみるね」

草野さんは、初め、海の近くを見て、ちょっとうなずき、そして遠くを見つめていて、時々目をつぶり、うんうん、とうなずいてまた目を開け、初めは、ニコニコ、笑いながらやっていたのが、少しずつ悲しそうな顔になり、泣いているような顔にもなってきたのです。その間、草野さんは十分ぐらいも海を見ていたので、おじちゃんとおばちゃんは心配になり、

「草野さん、ごめんね、うちの父ちゃん、変なことさせて。悲しいこと思い出させて、草野さんに辛い思いさせてしまったね」

おじちゃんも、

「ごめん、ごめん、草野さん。もういいから、ほかのこと考えっぺ」

「ううん、そうでないんだ、悲しくて泣いてんでないんだ。父ちゃんは二十年前、母ちゃんは二ヶ月前だべ、全然違うのに、二人して一緒に水平線のずっと遠くまで行ってしまって、そんで、ニコニコして俺のこと見てんだ。そんで、

『どうだ、一人になってしまったけど、元気でやってんのか。幸せに暮らしてんのか』

って、そんで俺が、

『大丈夫だぞ。なんとか元気でやってんぞ』

と言うと、

『そうか、そうか、それはよかったな』

って何べんも何べんも言うんだ。

『偉くなったか』

とか、

『金持ちになったか』

なんて全然言わなくて、

『元気で幸せか。そうか、それはよかった。それで充分だ』

ってばっかり言うんだ。俺ね、二ヶ月前に、親から一人だけ置いてきぼりにされた子供みたいに、

『なんで俺だけ置いて行くんだよ。なんだよお、どうして自分たちだけで行ってしまうんだよお。俺、一人ぼっちでどうしたらいいんだよお』

ってワンワン泣いたべ。んでも、今ずっと海、見てると、水平線のずっと遠くから、二人して俺の幸せばっか考えてるんだ。俺のこと一人にして置いて行ったんでないんだ、って思ったら、なんか泣けてきて、んだから、これな、悲しくて泣いたんでないんだ。この一ヶ月、

『一人ぼっちになったんだなあ』

って思えてすごく悲しかったべ、んでも海、見てたら、

『そうじゃないんだ』

って思えて、それが嬉しかったんだ。んだから泣いたんだ。おじちゃん、おばちゃん、有り難うな」

おじちゃんもおばちゃんも一緒に涙ぐみながら、うんうん、と何度もうなずいています。

おじちゃん、笑いながら、

「そうかあ、それはよかったなあ。んで、どうだった。親のこと考えたら、波や風で消えてしま

「うん、なかったよ。そんなのに、なんにもじゃまされないで遠くまで進んで行ったよ」

「な、そうだべ。海、っていろんなこと教えてくれるべ」

「本当だねえ、ただただ広いだけじゃないんだね。広くて広くてつかみどころがなくて、自分の気持ちもただ広がっていくだけで、もう、自分がなんなのか分からなくなっていたけど、海、っていろんなこと教えてくれるんだね。ね、おじちゃん、おばちゃん、これからいろんなことで試したくなったよ」

「そうかあ、それがいいぞ、草野さん。ところでなんで試すんだ」

「んー、何がいいかなあ、そうだなあ。んー、例えば立派な家なんかどうだべ。みんな一生懸命に家、建てたいと思ってるべ、夢みたいになってるべ、そういうの考えたら、海、何、教えてくれるかな、おじちゃん、どう思う」

「んー、家かあ。俺もそれやったことないなあ。立派な家かあ。みんなの夢みたいになってってから遠くまで進んで行くのかなあ。草野さん、これから、海、見ながら歩いて行くんだべ、そしたらゆっくり試したらいいよ」

「あのな、父ちゃん、こんなのどうだべ」

今まで、ニコニコして聞いていたおばちゃん、

「これから、草野さん、海、見ながらゆっくり歩いて行くんだべ。んだら、こんなことも試せんでな

なんでも、なんいの」

「あれ、母ちゃん、もっと草野さんに試させんのか、母ちゃん、俺のこと笑ったのに。んでも、なんだい、母ちゃん、言ってみろや」

「んー、あのね、草野さん、言ってもいいかい」

「いいよ、おばちゃん、俺も聞きたいよ」

「んー、あのね、あたしたち、昇太が死んだ時、みんなからうんと優しくしてもらったでしょ、想ちゃん、裕ちゃん、よっちゃん、君江ちゃん、村の人みんなからね。そんで、父ちゃんと一緒に、海、見ながら何べんも何べんも思い出して、なんか嬉しくて、心が、ポワーって温かくなったでしょ」

　おじちゃんも、うなずきながら、

「うん、そうだ、二十年前から、ずっと優しくしてもらってんもんなあ。今だって思い出すと、心が温かくなるなあ」

「んだからね、これから草野さん、海、見ながら人の優しさだとか、人の笑顔とか考えて、それが海のどこまで進んで行くか試すといいんでないかなあ。あたしには分かんないけど、立派な家も夢だけど人の優しさや笑顔も夢みたいなもんでしょ。どっちがどう違うのか分かんないけど、なんか違う気もするんだ。草野さん、ごめんね、変なこと言って」

「おばちゃん、ちっとも変でないよ。俺も思いつきで立派な家なんて言ったけど、人の優しさとか笑顔なんかで試すのもいいね。やってみるよ、おばちゃん、有り難うね」

「ワー、いいね、母ちゃん。おもしろいこと考えたね。俺もそんなこと比べたことなかったから、どうなんだべね、どっちが遠くまで行くんだべ。それに草野さんも、人の優しさなんて考えたら、草野さんも、心が、ポカポカしていいね。今の草野さんには、うんといいね。ほんでね、草野さん、母ちゃんの話聞いていて、ふと思ったんだけどな、もう一つ言ってもいいかい」

「え、まだあんのけ、おじちゃん、是非聞きたいな」

「あのな、やっぱりここさ座って、海、見てるべ。そうすっとな、思い出すのはいいことばっかり、って訳でないべよ。やっぱりいやなことも思い出すんだ、心に傷ついたこととか、母ちゃんと話すんだ。それも、海、見ながらだから、けっこう遠くまで進んで行くんだ。

『いやだなあ、そんなに進んで行かなくてもいいのになあ』

なんて思いながらも、けっこう進んで行くんだ。母ちゃんと、

『あんなこと言わなくともいいのになあ』

なんて話しながら、辛い気持ちで、海、見てんだ」

おばちゃんも悲しそうな顔で何かを思い出しながら、うんうん、とうなずいています。

「んだからな、なにも草野さんに辛い思いさせたくて言うんじゃないよ。草野さんも経験あるべ。人からいやなこと言われたり、意地悪されたりして心に深く傷を負う、っていうことあると思うんだ。だれでもあっからな。そういういやなことと、人の優しさで心がほんのりと温かくなることを比べてみるとな、全く逆のことだけど、そういう違いでなくてな、んー、なんて言うかなあ、どっちがス

ムーズに海の上を越えていくんだ、どんだけ遠くまで進んでいくんだ、くっきりと姿を残したまま水平線の先までも進んでいくのはどっちだ、そんなことを考えながら比べてみっとな、やっぱり違うんだ。どっちも海の遠くまで進んでゆくけど、やっぱり違うんだ。な、母ちゃん、違うよな」

「そうだよねえ。ずっと、何年も、海、見ながら考えてるべ、そうすっと、だんだんその違いが分かるようになるよね」

「ん、そうなんだ。その違い、うんと大きい、って分かってくんのよ」

「えー、なんだべ。うわあ、気になるなあ。どっちも遠くまで行くんだべ、そんで、どっちも心の奥底のことだべ。んじゃ、どう違うんだ、教えてけろ、おじちゃん、おばちゃん」

「んー、そうだなあ、草野さんにも分かるように説明するとな。んー、難しいなあ。自分では、はっきりと分かるんだけどな。二十年間、海、見ながらゆっくり考えて、母ちゃんともいっぱいしゃべって、そんで感じたことだからな。だから優しさの方がずっと深くて、憎しみなんかよりうんと心の奥深いところで働いているんだ、ちゅうのは、本当よく分かんのよ。んだけど説明するのは難しいな。な、草野さん、これはやっぱり自分で経験するしかないんだべな。理屈でこうだ、なんて分かっても、なんにもなんないことだべな。そうだなあ、たとえで言うとな、子供のいる親に、

『どんな人になってほしいですか』

なんて聞くテレビの番組なんか、よくあるべ。そうすっと、ほとんどの親は、

『人に優しくて、そして正直な人になってほしいです』

なんて答える親、いっぱいいるべ。んでもな、これ、悪口で言うんでないよ、

『なんか残念だなあ、もうちょっと考えればいいのになあ』

って思うから言うんだけどな。そういうふうに言う親で、自分は優しくも正直でもない親、いっぱいいるべ。自分に都合が悪いと、うそもつくし、自分のこと一番に考えてなんでも自分のこと優先させて、そんなんじゃ人に優しくなんかできないべ。

『そんでも、自分の子供は優しく正直になってほしい』

なんて言うんだよね。そういう人は理屈だけなんだべな。

『人は優しくて正直な方がいい』

ってゆうのは理屈では分かんだな、んでも本当に心では感じていないいんだべ。そういう人は、心の一番深いところで、

『本当に優しいのはいいことなんだ。正直なのは気持ちのいいことなんだ。両方とも幸福になるためには必要なことなんだ』

って、そんで、

『ん、そうだ、そうだ』

って、心でしっかり感じて、そんで実際にそういう生き方ができるようになるんだべ。んだからな、草野さん、理屈で分かってもなんにもなんないんだ。だから草野さんも、海、見て、人の優しさとか、人を憎むこととか、どっちも心の深いところの話だけど、どっちが遠くまで進んでゆくのか、やっぱ

り自分で経験しないとな」

「うん、そうだね、本当だね。おじちゃんに、簡単に教えて、なんて言って、俺、だめだよね。うん、自分でちゃんと考えるね。そんでね、理屈だけで分かっているような気になっている人ね、そんな人、みんなここに来て、ゆっくり、海、見たらいいんだね。そしたら、本当に大切なものだけが水平線よりもっと遠くまで進んで行って、人間の欲なんかすぐその辺の波で消えてしまうんだ、って分かって、もっと、もっと、生き方がすっきりして、いつも遠くのことを感じて、楽にゆったりと生きていけそうだね。本当だねえ、海って人間の学校みたいなところだね」

「ハハハ、学校か。草野さん、うまいこと言うね。みんな、海の学校で学んだらいいのにね。んだけど、この学校、時間がうんとかかんだ」

「ハハハ、本当だ、おじちゃん、おばちゃん、何年もかかったもんね。んじゃ、おじちゃん、おばちゃん、海の学校の優等生だ」

「ハハハ、んじゃ、草野さんは海の学校の一年生だ」

「ハハハ、本当だ。入学したばかりのピカピカの一年生だ。そんで先輩にいっぱい教えてもらったし、宿題もいっぱい出されたから、これから一生懸命、勉強だね」

おばちゃんも、嬉しくてしょうがないというふうで、

「よかったね、草野さん、ここさ来て本当によかったね。これから、いっぱい海、見ながら考えてゆくんだべ、ね、何か分かったら教えてね」

「うん、おばちゃん、必ず教えるからね。んだけど、時間かかるかしんないよ、そんでもいいかい、おばちゃん」

「うん、いいよ。うんと時間かけてゆっくり考えたらいいんだ」

「うん、そうするね。そんで、水平線より、ずっと、ずっと、遠くまで進んで行くもの、ちょっとずつ見つけてゆくね。そんなの見つけていったら俺の生き方も変わってくんだろうね。楽しみだね」

三人は海に顔を向け、それぞれ、ニコニコしながら海を見ています。

夕方になりかけ、初夏の太陽は、裏山の方に傾いて、西日を受けた海は、入江から沖の海まで、大きな波も小さな波も、今までにも増して白く輝きだしています。

草野さんは、ポッカリと開いてしまった胸の穴を感じながらも、水平線に浮かぶ雲よりも遠くを見て、少し笑っているようにも見えるのです。

しばらく、じっと海を見ていたおじちゃんは、何かを思いだしながら静かに言います。

「草野さんの胸にも、ポッカリ開いた穴ができたべ。でっかいでっかい穴でいいんだ。そんなの無理して小さくすっことね。でっかいままでいいんだ。俺たちの穴だってな、もう二十年にもなんべ、んだけど、ちっとも小さくなんねえぞ。なんも小さくしたいと思った訳ではないぞ。そんでも二十年間にはいろんなことあったべ。どんなものでも、穴を埋めるものにはなんなかったぞ。この二十年間な、

この穴は何をやっても埋まらないもんなんだ、って分かった二十年間だったみたいな気がすんぞ。どっかで、

『息子以外では埋めたくないな』

って思ってんだべな。それが息子に対する礼儀のように感じてな、

『お前のこと、忘れてないぞ』

っていう礼儀のように感じてな。

そんでな、やっぱり、母ちゃんと、海、見ながら分かってきたこと、もう一つあるんだ。不思議なんだけど、この穴な、埋まるものは一つもないんだけど、入ってくるものはあんのよ。ちょっとずつ分かってきたというか、見えてきたというか、穴の中に入ってくるものがあんだ。毎日見てるこの海が入ってくんだ。ずっと見続けているべ、春も夏も、どの季節も、一年中見続けているべ。そうすると、忘れらんねえような景色があんのよ。夏の、天に届きそうな真っ白い入道雲とか、雲を真っ赤に染めながら昇ってくる太陽とか、目の前は曇って雨、降ってんのに、水平線だけが太陽に照らされて、キラキラ輝いている海とか、昼も夜も、どんな季節でも、母ちゃんと二人して、なんにも言わねで、口、ポカーンと開けて、泣きそうになって見ている風景ってあんのよ。そんなのが穴の中に溜まっていくんだ。そんだって穴は小さくなんないよ。そういう風景な、なんか透明なきれいなガラスの風景みたいになって胸の中に溜まっていくんだ。んだから、穴はな、そのままの大きさで、ずっとここさあんのよ。この穴な、二十年前は、ただ、ガラーンとして悲しい穴だった。胸が苦しくなるような穴

だった。そらそうだよな、胸に、ガラーンと大きな穴が開いてしまったもんな。んでも今は、胸が苦しくなる、ってことはちょっとは少なくなったな。胸の中の透明できれいな景色が、この胸に住み続けてくれてな、なんか懐かしいような思いがしてくんのよ。んだからな、草野さん。時間で穴が埋まるちゅうことはないけど、時間は、やっぱりいいこともしてくれるんだ」

「そうなんだね。んじゃ、おじちゃんとおばちゃんの胸の中、きれいな景色がいっぱい住んでるんだ。息子さんがいなくなって開いたでっかい穴だから、きれいな景色もいっぱい入ってんだね。いいなあ、俺もそんなふうになれるといいなあ」

「大丈夫だ、草野さんならいっぱい入るべ。どんな景色、入るか楽しみなぐらいだ」

「んでも、今はからっぽのままだよ」

「そりゃあ、しょうがね。まだ二ヶ月だもんな」

「そうだね。したけど、俺の家、海から遠いよ。山ばっかだよ」

「そうだな。んでも山で大丈夫だ。山だってきれいだべ。春だって夏だって、緑がいっぱいで、すごいべ」

「そだね。したけど、やっぱり、海、見たいなあ。どこまでも遠さを感じるのは海だもんね」

「ん、いつでもいいぞ。好きな時、来《く》っといいぞ」

夕方も近づいて、初夏の太陽は村の裏山に傾きかけています。太陽の光を受けて真っ青に輝いていた海も、三人から見ると逆光になり、深い青に変わりつつあります。

三人は、自分の言ったこと、聞いたことを思い返しながら、夕方に近づいて凪《なぎ》になりつつある海を、ただなんとなく静かに見つめています。

「おじちゃんは、こう言ったなあ。おばちゃんも、こんな話、してたなあ」

「草野さん、よく五年も、母ちゃんの面倒、見てたなあ」

それぞれが遠くの海を見て、幸せそうに目を細めて、風景の一部になったように青いベンチに座っています。


おじちゃんが、初夏の海風を受けながら、静かにゆっくりと話します。

「んだけど、草野さん、よく頑張ったなあ。五年って長いべ。普通に生活してんだら、五年ぐらい知らないうちに過ぎっぺよ。んでも、家で缶詰になっていたんだべ。畑やたんぼに行く以外は、ずっと家にいたんだべ。そんで五年間だもんなあ。ずいぶん長く感じたべなあ。辛いことも多かったべな。どんなことが辛いことだったんだ」

「んー、そうだねえ。いっぱいあるなあ。五年間だから、ずっと同じっていうことないんだ。昼夜、逆になったり、歩けなくなったり、だんだん認知症が進んでくると、一つのことに集中するんだ。何時間もだよ。そして、だんだん表情がなくなってくるんだ。毎年、毎年、変わっていって、だんだん弱っていくんだ。できないことがどんどん増えて、おふくろの動ける範囲がどんどん小さくなって、最後はベッドの中だけになっていくんだ。そういうのを、なんにもできなくて見ているだけだよ。

『人間、って無力だなあ』

って思って、

『なんにもできなくて、ごめんなあ』

って謝ることしかできないんだ。しかたないことだけど、辛かったなあ。それからね、症状が進んでから一年ぐらいたった時にね、夕方、ご飯、食べさせて終わった時に、急に、

『ほら、行くよ。行くから用意してけろ』

って言いだすんだ。夕方だし、どこにも行くとこないよね。

『どうしたの、母ちゃん。夕方だよ、もう眠るだけだよ』

って言うと、

『行く、行く、早く行く。待ってっから、早く行く』

って、きかないんだ。

『だれが待ってんの、どこに行くの』

って聞くと、

『親だ。父ちゃんと母ちゃんのとこさ行く』

って言いだすんだ。

『何、言いだすんだ』

って、びっくりしてな。母ちゃんの親は死んで何十年もたつんだよ。しばらく、何を答えていいか分からなくて、ポカーンてしてたら、

『早く用意してけろ。親が待ってから早く行く』

ってベッドの中から立とうとしてね。こっちは、

『死んだ親のところに行きたい』

って言ってるんだ、って思ってしまって、何していいか分かんなくなったんだ。認知症が進んでしまって、毎日こんな生活だべ、ベッドの中に一日中いる生活だよ。それが何年も続いてるんだから、生きてるのが辛くなって、

『死にたい』

って言ってんのかな、って思ってしまったんだ。

『なんだ母ちゃん、なんてこと言うんだ』

って言って、びっくりしておふくろの顔、見たんだ。そしたらな、しばらくしたら、

『家さ帰る』

って言ったんだ。

『母ちゃん、ここが家だよ。ほら、よく見てみろ、自分の家だよ』

症状が進んでしまって、よその家にでも泊まっている、と思ってんでないかな、って思ってな。そしたら、部屋、キョロキョロ見てからな、

『こんなのオラの家じゃない。早く帰ろ』

って本気で泣きそうになって言うんだ。そこは嫁に来てから何十年も住んでいる家だよ、子供も何人も育てて、毎日、毎日、畑やたんぼの世話していた家だよ。そこをキョロキョロ見ながら、

『こんなのオラの家じゃない。早く帰る、用意してけろ。親が待ってっから、心配して待ってっから用意してけろ』

って言いだすんだ。

そん時、気がついてなあ。これは死んだ親のところに行きたいって言ってるんでなくて、まだ親が生きている、って思ってて、

『早く帰んないと、親が心配する』

って思ってんだなあ、って気づいたんだ。ここでの生活、何十年間な、いろいろあったべ。おふくろの生活のほとんどだよ。そんなのが全部抜けてな、子供の時の自分になってしまったんだな。おふくろの一生懸命に帰ろうとする姿を見てるとな、頭の中には子供の時の家が見えてるんだべな。そこも農家だったから土間とか囲炉裏があってな、そこに父ちゃんと母ちゃんが座っていて、自分の帰りを心配しながら待っている、って思いこんでしまっているんだな。俺は、一瞬、

『親は、もう何十年も前に死んだんだぞ。帰ったって、親はもういないんだぞ』

って言いそうになってな、ハッとしてな、

『そんなかわいそうなことできない』

って思ってな、泣きそうになって帰ろうとするそんなおふくろに、

『父ちゃんも母ちゃんも、もう死んでしまっていないんだよ』

なんて言えないべよ。おふくろは、生きている、って思いこんでいるんだよ、その人に向かって、

『もう、ずっと前に死んでしまって、家には父ちゃんも母ちゃんもいないんだよ。だから帰ることはできないんだ』

なんて言えないべよ。

『早く帰る。どうしてお前は連れていってくんねんだ。お前がこんな薄情な人間だとは思わなかった』

なんて、今度は俺のこと責めんのよ。どうしていいか分かんなくて、おふくろの手、握って、さすっていたんだっけ。

『辛くて死にたい、って思ってるんでなくてよかった』

とは思ったよ。したけど、親が生きてて、自分を心配して待ってんだ、って本気でそう思ってて、そんでも帰れない、っていうのもかわいそうだべ。それも、ちっちゃい子供みたいになって、

『帰りたい。帰りたい』

って泣いてんだよ。本当にちっちゃい子供が親のもとに帰れないのとおんなじだべよ。そんで泣いてんのとおんなじだべよ。死にたい、って言ってるのかな、って思った時は、ドッキリしたけど、今度はかわいそうで、どうしたら慰めてやれるか考えたけど、方法がなくてなあ。親は生きててオラの帰りを待っている、って本気で思いこんでいるんだよ。

『もう死んでっから、帰れないんだよ』

なんて言って、

『ああ、そうなんだ。親は死んでもうどこにもいないんだ』

なんて本当のこと分からせたら、もう一回、親が死んだことで悲しまなくちゃなんねべよ。子供に返ってんだよ。本当の子供みたいになってんだよ。子供にとって、親が死ぬことぐらい悲しいことないべよ。親が死んだ時、うちのおふくろ何べんも泣いていたんだ。農作業の後とか、納屋の中で何べんも泣いていたんだ。実家もやっぱり農家だったから、いろいろ思い出すんだべな、納屋の壁に向かって、しゃがみこんで、肩ふるわして泣いてんだ。年とった親が死んだのに、こんなに悲しいもんなのか、って不思議に思ったんだ。子供心にも、かわいそうだなあ、って思ったんだけど、なんにもしてやれなかったんだ。親が死ぬ、ってこんなに悲しいことなんだ、ってそん時初めて分かったっけなあ。な、こんな悲しみ、もう一回味わわせるなんてできないべよ。したから何も言えないんだ。

『分かったよ、母ちゃん。ほら、もう夕方だぞ。今日は寝ろ。そのうち、連れていっから。大丈夫だ、親は心配してないから、今日はゆっくり眠れな』

なんて言うしかないんだ。そのうち、泣きながら寝てんの見てると、こっちも泣けてきてな。それから、毎日だよ。夕方になると、

『帰る、帰る』

って言って、枕もとに置いてあるタオルをな、それ、こうやって首に巻こうとするんだ。ぐるぐる

に、マフラーみたいになって、それが帰り支度なんだべな。こっちは、おかしいやら悲しいやらなんだけど、一生懸命いつまでもタオルを首に巻いてっから、家に帰りたくて泣きじゃくっている子供とおんなじだべ。だんだんかわいそうになって、おふくろの頭や肩をなでてやって、

『そのうち帰っからな、今日は、もう寝ろ』

なんか言って、眠るまで側でなでてやってんだっけ。そんなことが毎日なんだ。夕方になると、毎日なんだ。三ヶ月か四ヶ月続いたと思うんだけど、人間、ってなんぼになっても、どんなに年とっても、親のことが恋しいんだ、って思って、根っこに、一番芯のところには、そういうものが残っていて、いいんだか悪いんだか、

『そういうものが残ってっから、こんな悲しい思いをするんだ』

とか、

『そういうものが残ってっから、懐かしい思い出が大切なものになるんだ』

って、なんか、おふくろの寝顔を見ながら、いろいろ考えるんだっけ。

そのうち、ぱたっと止まったんだ。今日も、

『お前は、こんな薄情だと思わなかった』

なんて言われて責められんのかな、なんて思ってると、

『帰る』

なんて言わなくなるんだ。急にそのこと忘れたみたいに、

『あれ、今日は、どうしたんだ』

って、変だなあ、って思う日が何日か続いて、それっきりなんだ。

『本当に、子供に返ってしまったんだ。この家はよその家になってしまったんだ。んじゃ、これからは、本当の子供のように扱わなくちゃだめなんだ』

そんなふうに思うと、おふくろのやることなすこと、子供の時にやっていたようなことばっかりなんだ。

『なんで、こんなことするのかなあ』

って思ってたことも、

『ああ、子供に返ってっから、こうするんだなあ』

って、だいたい分かんだっけ。それから三年ぐらいは、親の世話しているよりも、子供の世話してるみたいな三年間だったなあ」

「そうか、そんなこともあったんだな。急に、

『親のとこさ行く』

なんて言われたら、びっくりするよな。草野さんもいろいろ大変だったなあ」

「そうだ、本当にびっくりしたから、今でもはっきり覚えてるもんな。もう三年ぐらい前だけどな」

「そうかあ。んでも、認知症が進むと子供に返る、って言うけど、親が死んだことも忘れてしまって、親のもとで生活している子供の自分だけが残っているのかあ。そんじゃ、他のものは全部忘れている

のも無理ないなあ。本当に子供になってしまったんだなあ」

それまで、うなずいたり、ニコニコしたりしながら聞いていた、おばちゃんが話します。

「んだけど、草野さんの母ちゃん、幸せだったなあ。本当に幸せな子供時代だったんだね。そこさ帰りたい、って毎日思い続けているんだもんね。きっと、うんと優しい親だったんだべ。子供の時から死ぬまで、ずっと幸せだったんだね。最期は、草野さん、家で最期まで見てたんだものね」

「おばちゃん、有り難う。そう言われると本当に嬉しいよ。本当だ、うちのおふくろ、子供の時から死ぬまで幸せだったんだ。んじゃあ、あんまり悲しまないで、喜んであげてもいいんだね。

『よかったね、母ちゃん。幸せな一生で本当によかったね』

って言ってあげてもいいんだね、おばちゃん」

「そうだよ、草野さん。草野さんの母ちゃん、本当に幸せだった、って思うよ。最期まで子供みたいに安心して甘えていられたんだものね。な、父ちゃん、うちも昇太を最期まで世話したかったね。年寄りになった昇太も世話したかったね」

「ハハハ、母ちゃん、そりゃ無理だ。年とんのはこっちが先だべ。んでもなあ、そんな気持ちもするなあ。本当だなあ、ずっとずっと見ていたかったなあ。昇太の全部なあ。そうか、子供みたいになった親の世話か、三年間か、想像すると、やっぱ、長いなあ。今思ったんだけどな、さっき、草野さん、二回泣いた、って言ったべ。台所で母ちゃんが使っていた皿や、いろんな道具、見てたら、母ちゃんが生きてた時が急に思い出されて、ワーワー泣いた、って。それから、父ちゃんと母ちゃんから、

『もう親のことは心配しなくていいぞ、これからは自分のこと心配して生きていけ』

って言われたみたいで、遠くに行ってしまった親のことを思ったら、大人になって身につけたことが全部はがれたみたいに落っこちて、親から置いてきぼりにされた子供のように急に寂しくなって、ワーワー泣いた、って言ったっけな。んじゃあ、草野さんには、泣いた理由がもう一つあんだな」

「おじちゃん、なんだ。まだあんのけ」

「んー、そうだ。母ちゃん、三年間子供になったんだべ。そんで、何から何まで世話したんだべ。毎日一緒にいるんだもの、甘えたりわがまま言ったり、そんなことも多かったべ。自分の親だものなあ。草野さんの母ちゃん、どんな子供になったんだ。草野さんの母ちゃんだもの、きっと素直でめんこい子供になったんだべな」

「んー、そうだなあ。ほとんどは素直だったなあ。んでもな、そうでない時もたまにはあったんだ。例えばな、小学生より子供みたいになる時もあってな、夕方になると親のとこさ行く、って泣くべ、んだからな、俺な、

『母ちゃん、俺がいるからいいべ。母ちゃんの息子だぞ、毎日世話してる息子だぞ。俺がいるんだから、それでいいべ』

って言うと、

『だめだ、お前なんかじゃだめだ、親でないとだめだ』

って泣くんだっけ、そんで、お前なんかいてもしょうがない、みたいなこと言うべ。んでも、俺の

姿が見えないと何べんも何べんも俺を呼ぶんだっけ。な、小学生よりもの分かんねえべ」

「ハハハ、そうだなあ。そんでも、めんこかったんだべな」

「そだなあ、子供みたいだったから、めんこい、って思ったこともあるっけなあ」

「そだべ。五年間の介護かあ、長かったなあ。そんで、三年間、子供みたいに世話したんだべ。んだから、草野さん、子供を亡くした悲しみみたいになって、そんで泣いたんでないかなあ。なんか、草野さんの話、聞いてて、そんなふうに思ったな」

「んー、そうだね。そうかもしんないね。そんなふうに考えたことなかったけど、そうかもしれないね。三つか。三つが一度に来たんだものね、ワーワー泣いて自分でも抑え切れなかったもんね。そんでいいんだべ。俺、変でないべ」

「変でないよ、そんでいいんだ。ワーワー泣いた草野さんがいいんだ。ほんで、辛かったこともっといっぱいあんだべ」

「そだ、いっぱいあるよ。こんなこともはっきり覚えてんなあ。毎日みたいにあったからね。俺、農家だべ。毎朝、畑、行くのさ。おふくろ、もう歩けなくなったころなんだけどね、

『畑さ行ってくんぞ』

って声かけて出かけようとするべ、そうすると、

『オラも行く』

って言って起きようとするんだ。

『待ってろ、今、行くから』

って、一生懸命、起きようとすんのさ。

『いいから、いいから、寝てろ』

って言っても、ベッドで一生懸命もがいてんだ。んでも、できないべ。だんだん悲しそうな顔になって泣きそうになるんだ。俺が見えているうちはだめだ、と思って、外に出て中の様子を見てると、しばらくするとあきらめたように静かになるんだっけ。こんなのが半年以上も続いたな。その都度かわいそうになってなあ。歩けなくなったから少し安心して畑、できるようになったのさ。歩けるうちは、目、離すと危ないとこに行ったりして、一日中見てなんなくちゃいけなかったべ。それよか、見てる方としては少し安心して楽にはなったけど、毎日、毎日、繰り返されるべ、その都度おふくろが落ち着くのを見届けてから畑に行くから、かわいそうだなあ、って思いながら、畑仕事するんだっけ。時には、すやすや眠ってるから、そっとして出かけることもあるんだ。そんで帰ると、起きていて、いっぱい怒られることもあんのよ。

『ずうっと待ってたんだぞ。いっぱい心配したんだぞ。どこさ行ってたんだ。親にこんな心配かける子供はいないべ』

なんて言われるから、こっちは謝るだけなんだ。

『ごめん、ごめん、悪かったな』

って本気で謝るんだ。したって、本気で心配してたの分かるもんね。したけど、そんなに長く留守したんでないよ。ちょくちょく様子見ながら畑仕事してたんだからね。そんでも、待ってる方としたら長く感じるんだべね。

『ずっと待ってたんだぞ、何してた』

って何度も言われるもんね。したけど変だべ、こういう時は親になるんだ。親に心配かけて、だめな子供みたいに言われるんだものなあ。認知症が進むと、なんか朝のうちは親になって、夕方になると子供みたいになるんだっけ。よく分かんないけど、そんなもんなんだなあ」

「そんなこともあったのか。おもしろくて笑ってしまうような話だけど、んでも、よく考えると、やっぱりかわいそうだなあ。よいしょ、ってやろうとすると、なんもできないんだものなあ。ん、母ちゃん、どうした。どうして泣いてんだ」

「うん、草野さんの話聞いてて、草野さんの母ちゃんよかったなあ、って思ったら、うちの昇太のこと思い出して悲しくなったんだ」

「何、思い出したんだ。うんと悲しいことでも思い出したのけ」

「うんとね、草野さんの母ちゃん、ずっと、最期まで子供に世話されて、安心して子供みたいになって、そんで死んでいったべ。幸せだったなあ、って思ったら、うちの昇太、二十三歳で死んだべ。本当なら、そっから先いろんなことあるはずだべ。結婚だって、子供ができることだって、いろんなことあんの、これから先だったべ。んでもプッツリ切れて、その先なんにもないんだ。それ考えてたら、昇太、うんとかわいそうになってなあ」

「本当だなあ。昇太の思い出、二十三までだものなあ。その先なんにもないもんなあ」

「そんで、草野さん、本当によかったと思って、母ちゃんを最期まで世話できたんだからね。うちも昇太の世話、いっぱいしたかった、迷惑でも馬鹿なことでも心配でも、いっぱい、いっぱい、かけてもらいたかった。んでも、二十三でプッツリ、その先なんにもないんだよ。悲しいね、父ちゃん」

「そだなあ。母ちゃんの言うとおりだ。んでもな、二十三までのこといっぱい思い出したべよ。二十年間、毎日みたいに、海、見ながら、どんなちっちゃなことでも、何度も何度も思い出して胸にしまいこんだべ。昇太の一生分より多い思い出、作ったからな。そんでも、母ちゃん、いっぱい泣け。いっぱい泣いて、いっぱい思い出せな」

「おばちゃん、ごめんね。俺、いっぱいしゃべったから、悲しいこと思い出させてしまったね。本当に、ごめんね」

「ううん、いいんだよ、草野さん。なんも悪くね。かえって、昇太も生きていたら、こんなふうに生きて、こんなふうに年とって、いろんなこと経験して生きたんだべ、って思えて、かえってよかったんだ。そんでね、うちの昇太も草野さんみたいに親の世話してくれたんだべな、って思えてね、二十三の先は何もないように思ってたんだけど、少しは想像して、ちょっとは見えてきた気もするんだ。んだからよかったんだ。草野さん、なんも謝っことね、かえってお礼言わねばなんねんだ」

「そだね、うちの昇太も親孝行だったからな。漁で捕れた魚なんか一番いいもの選んで持ってきてくれたもんな。きっと、草野さんみたいに、いっぱい親孝行してくれたべな」

「そだね、きっと草野さんみたいだったね。生きてたら昇太も草野さんぐらいの年だべ、目、つぶって、草野さんと昇太、重ねて考えてみると、昇太のこと少しは想像できるもんね」

「ハハハ、母ちゃん、草野さんが昇太みたいになってんのか」

「うちも草野さんみたいに昇太を最期まで世話したかったね。昇太が年取って死ぬまでね。な、父ちゃん、そう思わねか」

「ハハハ、母ちゃん、そりゃ無理だ。年取んのはこっちが先だよ。んでも、そんな気もすんな」

「な、父ちゃん、そんな気するべ。昇太、二十三だったから、まだまだ子供みたいなとこ、いっぱいあったべ。今も思い出すのは二十三のままの昇太だ。んだから子供みたいに、ずっと世話したかった、って思えんだ」

「本当だなあ、母ちゃん」


海沿いの道を、学校が終わった子供たちが通り過ぎていきます。

「おじちゃん、おばちゃん、こんにちは」

「ん、こんにちは。勉強、頑張ったか」

「うん、頑張ったよ」

薄磯の子供たちは、大きな声であいさつしながら通り過ぎてゆきます。子供にあいさつをしていた、

おじちゃんが、

「んと、草野さん、ちょっと気になってたんだけどな、テーブルの上にメモみたいなもの置いてあるべ、ここさ一人で座ってん時、何か一生懸命に書いていたな。あれは、やっぱり、母ちゃんのことでも書いていたのけ」

「ん、そうなんだ。ずっとメモ帳持ち歩いて、何か思いつくと書いてるんだ。泡ぶくみたいに、何か深いところから、プクプクって浮かんできて、すぐに、プワって消えてしまうんだ。しばらくすると、あれ今のなんだっけ、って思い出せなくなって、大切な懐かしい感じだったのに、どうしても思い出せなくなるんだ。そんなこと何度もあったから、プクプクって浮かんできたら、忘れないうちにすぐに書くようにしてるんだ。いつ浮かんでくるか分かんないんだ。家の中とか、庭とか、畑とか、おふくろと一緒にいた時のことが急に思い出されて、それが懐かしく大切なものに思えて、そんで忘れないうちに書いてるんだ」

「見てもいいのけ」

「いいよ。ちょっと恥ずかしくもあるけど、おじちゃんとおばちゃんならいいよ」

「どれどれ、最初から見た方がいいよね」

首に巻くタオルなんなの聞く我に
　家に帰るの切なく言えり

幼子に帰りし母の口ぐせは
父母待つ家に帰ろよ帰ろ

父母の待つ家に帰らん
たそがれて帰り支度はタオル首に巻くこと

「母ちゃんが、親のもとに帰りたい、って泣いた時の歌だね。本当に子供に返ってしまったんだな。こんなに親に会いたい、って思ってたんだから、親に愛された幸せな子供時代だったんだね」
「したけど、こっちとしては切なかったよ。毎日、世話してる自分の子供が目の前にいるんだよ、そんなの目もくれずに親に会いたがっているんだもの、実の子供でも親の代わりにはなんないんだね。やっぱり親が一番なんだなあ、って切なくなる夕方なんだ」

また一日《ひとひ》最後のおむつ取り替えて
銀河越えてゆく冬のオリオン

「これは、オリオン座のことだよね。今日も一日終わったって空を見ると、オリオンがきれいに輝いている、ということかな」

「んー、そういうのもあるけど、あのね、毎日、夜の十時ぐらいになると、その日の最後のおむつ替えてやるんだ、やっぱり臭いから外のポリバケツに捨てていたんだ。

『今日も一日終わったなあ』

って思って夜空を見上げるでしょ、山のふもとだから星がくっきりと見えるんだ。特にオリオンなんかは一番に目に入ってくんのよ。秋のころ、東の空に姿を現して、冬は真上に見えて、春には西の山並みに消えてゆくんだ。毎日、毎日、同じ時間に見てるから、オリオンが少しずつ西の空に移ってゆくのが分かるんだ。一週間ぐらいじゃそんなに変わんないよ、んでも一ヶ月もすると、だいぶ西の空に進んでいった、って分かるんだ。そうすると、空を見上げながら、

『季節が今年も移っていったなあ。去年も、そのまた去年も、同じように秋から春に、季節が移るのを感じていたなあ。今年も同じだ。これからも、あと何年オリオンが過ぎてゆくのを見るんだろう』

って、いやだ、っていうんじゃないよ。おふくろには一日でも長く生きていてほしい、って思っていたよ。んでも、こうしたことが何年も続くと、オリオンは永遠にわたって季節を進んでゆくでしょ、ふっとため息をついて介護も永遠に続くように感じてしまうんだ。

『オリオンも秋から春にかけて、東の山並みに現れて西の山並みに消えてゆくように、自分も永遠にわたって季節を越えてゆくのかなあ』

って感じて、そんで作った歌なんだ」

「そうかあ、長かったもんな。んでも、いいことだった、と思うよ。オリオンみたいに、きれいに流れていったんだものな」

「そんなふうには考えたことはなかったなあ。言われてみれば、そんなふうにも思えてくるね。五年間、オリオンみたいに、ゆっくりゆっくり流れていったもんね」

「いろいろあんだな。ちょっと飛ばして、次は、えーとな」

病室のモニターの音胸打てり
　去りゆく母の命なりけり

ああ我に最後の温もり与えんと
　高き熱出しみまかりし母

「これも切ない歌だねえ。病室で静かに見守っている草野さんの姿、見えるみたいだなあ。病院にも入ったのけ」

「うん、そうなんだ。夜にね、痰がのどにからまって苦しそうになったんだ。それで救急車呼んで病院に行ったんだ。そのまま入院して一週間後に死んでしまったんだ。そん時の歌なんだ。痰がとれればまた帰ってこれると思ってたけど、したけど、意識ないまま、ずっと眠っていて、そのまま死んでしまったんだ」

「そうかあ、それは辛かったなあ。母ちゃん、いくつだったんだ」

「八十七歳だ」

「そうかあ、んじゃ、いい年にはなってたんだな。一週間か、最期は、バタバタっていう感じだったんだなあ。そんで、この歌できたのか」

恐ろしと思いしことも過ぎゆけり
　嵐のごとく我を待たずに

「ん、そうなんだ。いやという訳ではないけど、五年間って永遠のように感じたんだ。それが、最期は、あっと言うまに何がなんだか分かんないままに過ぎていって、ただおろおろするしかなかったんだ」

母さんと呼べど応えず
　我が声は童のごとく部屋に響けり

ただいまの声むなしく響きたり
　　母亡き後の部屋の広さよ

「この二つ、分かんなあ。なあ、母ちゃん、俺たちもおんなじ気持ちだったなあ」

「そうだっけね。二十年たつけど、今でもはっきり覚えてるね。家の中もそうだったけど、海なんかは、ただただ広くて、もうとらえどころがなくて、見るだけでも切なくなったもんね」

「そうだったなあ。港は特にガラーンとしていて、昇太の船あったとこは穴が開いてしまったみたいに静まりかえっていて、波もないように思えたな」

「そうだっけね。父ちゃん、ずっと見てんだっけね。そんで、何も言わずに帰ってきたっけね」

「んー、そうだっけなあ。もう二十年もたつんだもんなあ」

亡き母の枕辺飾りし花枯れて
　　埋葬のごと庭に埋《うず》めり

「この歌、うちも同じだったね。昇太の葬儀の時も花がいっぱいあったね」

「そうだっけなあ。漁師さんたちいっぱい持ってきたから、家の中、花だらけだった。枯れたから、といって、ごみに捨てるのできなくてなあ、

『母ちゃん、どうする』

って言ったら、しばらく考えてな、

『海に流すべ、父ちゃん』

って言うから、いい考えだ、と思って、朝早く二人して枯れた花かかえてな、目の前の海に流したんだ。桜の咲くころだったから海風はまだ冷たくてな、そんでも二人で砂浜さ座って、ずっと、海、見てたな」

「な、父ちゃんも覚えてるべ。あん時、朝焼けがきれいで、水平線の上の雲が真っ赤に焼けて、その下から太陽が昇ってきて、光がまるで一直線に、こっちに来るように感じたね。父ちゃんの顔にも光が当たって、父ちゃん泣いてたから、涙がキラキラ輝いて、あん時、もう海なんか見たくない、って思ってたけど、今まで見たことないくらいきれいな海だ、と思ったんだ」

「そうだっけなあ。母ちゃんも泣いていたなあ。太陽が昇ってきて、五分ぐらいは海の真ん中に赤い道ができて、その道を通って光が自分たちだけに向かって進んでくるように見えるんだ。海面すれすれに、一直線の光の筋が、他は全然、照らさずに、キラキラ輝いている赤い光の道を通って、俺たちだけに向かって進んでくるように見えんのさ。母ちゃんの顔も、水平線からの一直線の光に照らされて、涙が赤く、キラキラ光っていたっけ。花も遠くには流れていかなかったなあ。波打ちぎわで、いつまでも揺れていたっけなあ」

「そうかあ、おじちゃんとおばちゃん、そこの海で、花、流したのか。光の道かあ、一筋の光かあ。

俺も見てみたいなあ」

「いいよ、草野さん。今度、来いや。うちに泊まればいい。そして、朝、早く、一緒に見んべ」

母さん帰りました亡き後も
ははそばの母礼を尽くさずあたわず

「これも分かるなあ。草野さんの母ちゃん優しかったんだべ。そんでも、礼を尽くしてあいさつしたくなったんだな。厳しい母ちゃんだったから、かしこまってあいさつする、っていう訳ではないべ」

「そうだよ、うんと優しかったよ。いつでも子供のことばっかし考えてて、自分のことなんか、なんでも後回しだったなあ。おふくろ生きてる時は、

『母ちゃん、帰ったよ』

『お帰り』

って、なんにも考えないであいさつしてたんだ。したけど、死んでからは、玄関にちゃんと立って、顔をちゃんと部屋の方に向けて、そんで、

『帰ったよ。ただいま』

って言うのがくせになったんだ。どうしてだか分かんないけど、そうしたくなったんだ。赤ん坊から、ずっと世話してもらって、自分のことなんか、全部、後回しにして世話してもらって、そんなこ

とが思い出されて、一つ一つが有り難い、って思えて、

『大丈夫だ、ちゃんと生きてっから』

って、そんなことも伝えたいような気もして、

『帰ったよ、ちゃんと帰ってきたよ』

って伝えたいみたいな気がするんだ」

「ん、分かるよ。親には感謝しかないもんな。俺だって親のこと考えると、背筋が伸びるもんな。こんな年なってんのに、

『ちゃんと生きてっから、心配しなくていいよ』

って思うもんなあ」

梅一輪一輪咲きて春ゆかん
みまかりし日々数うるあたわず

早く帰ってこいよと言いし母
我を待たずに死にゆけにけり

我が帰りただひたすらに待ちし母
　みまかりて我れ母を待ちわぶ

「そうかあ、草野さんの母ちゃん、ずっと息子の帰り待ってたんだなあ。今は草野さんが待ってんだ。部屋の中で、ポツンと親を待っている草野さんの姿、見えるみたいだな。そんな草野さんに、だれも声、かけらんねべ。んだから、シーンとして静かなんだべな。身の周りにあるものだって、部屋もな、障子も、机も、みんな草野さんに何か声かけることできないんだべ。どうしたって、草野さんを慰めることできないもんなあ。んだから草野さんの周り、全部、シーンとしてんだべなあ。俺たちもそうだっけ。目、開けてても、目つぶっても、シーンとしか聞こえねかった。人間って寂しいなあ。そうなると、だれも、なんも声かけらんねんだ」

何げなく気づけば我れは常よりも
　思いしことをひとりごちたり

「そうだよなあ。独り言、言うしかないもんな。草野さん、まだ一人なんか」

「ん、そうなんだ。おふくろの世話してたから、ついつい一人のままなんだ」

「心配すっことないぞ。草野さんなら、きっと、いい人見つかるぞ」

波静かいわきの海のもやい舟
　釣人うたたね春風の吹く

薄磯の遥かに遠く来たりなば
　荒磯《あらそ》の波の我れを越えゆく

風ひとつ吹きてまつげを揺らしたり
　塩屋のかなたに島かげの見ゆ

「これは、今日、作ったのけ」

「そうなんだ。きのう小名浜に泊まって、一日かけて、ゆっくり、ゆっくり、ここまで歩いてきたんだ。そん時に作ったんだ」

「海、見てたら、波が草野さんを越えていったんだな。五年間の苦労、みんな越えていったように感じたんだべなあ」

我のごと悲しみいます気がすれど
　旅路の空に帰るすべなし

帰りなば待ちわぶ母のいるごとく
　しきりに家路せかれてならず

「これは、俺たちが温泉、行った時とおんなじだなあ。

『昇太を一人で置いていらんね』

って急いで帰ってきたっけなあ。帰っても、いないって分かってても、一人で寂しく待っているように思えてなあ。帰っても、やっぱりいないんだなあ、って確認するのも怖かったけど、

『待ってろ、待ってろ、すぐ帰っから、悲しまないで待ってろ』

って思えて、車の中で母ちゃんと二人で、ずっとそんなだっけ」

つのぐめる夏井の川辺歩みたり
　母亡き時を分けゆくごとく

「これ、夏井川の川岸を、草野さん、速足でずんずん歩いていったんだべなあ。口、一文字に結んで、

一歩一歩、踏みしめて、草野さんの姿、見えるようだなあ。そんで、ずんずん歩いて薄磯まで来てしまったのけ」

「ハハハ、おじちゃん、そりゃ無理だよ。俺の家、山のふもとだよ。バスで海まで来たんだ」

「そりゃ、そうだよな、ハハハ」

とわのごと思いし日々も過ぎゆけり
　母の介護は夢のかなたに

「五年間、長かったけど、過ぎてしまうともう現実とは思えないんだべな。今の草野さんには夢みたいに感じられるんだべな。こうやって海ばっか見てんのは、いいのかもしんね。海も現実じゃあないように見えるし、夢みたいにも見えっからなあ」

「本当だね。したけど、ここはいいなあ。こんな青いベンチで、机も庇《ひさし》も、みんな青で、海の中にいるみたいだものね。雲もゆっくり流れてゆくけど、海の中から見ているみたいだ。真っ青な海が目の前に広がっていて、いっぱい、海、見ながら歩いてきたから、おじちゃんとおばちゃんの言うこと、少しは分かるような気がするよ」

「そうか、それはいかったなあ。これからも、歌、いっぱい書くんだべな」

「そだね。おじちゃんとおばちゃんの話、いっぱい聞いたから、また、泡ぶくみたいに、プクプクって浮かんでくるべね。そしたら、すぐにこの手帳に書くよ。また見せられるといいね。んじゃ、いっぱい話聞いてもらったから、そろそろ行くね」

「うん、気をつけて行けや。新舞子浜までゆくんか、二時間はかかるな。んじゃ、ゆっくり、海、見ながらだな」

「うん、そうするね。教えてもらったこと、海、見ながらゆっくり考えるね。んじゃ、本当に有り難うね、おじちゃん、おばちゃん」

「そっかあ。今日は家に帰んのか」

「ううん、これからもう少し北の方に歩いて新舞子浜の宿に行くんだ。あと一泊してから帰んだ。そこもずいぶん前だけど、おふくろと泊まった宿なんだ」

「そうかあ。あそこも海が見える宿だもんな。そっか、そんじゃこの酒、持ってけ。口開けて悪いけど宿でゆっくり飲めや」

「いいね、そうするね。おじちゃん、おばちゃん、本当に有り難うね、また来たくなったら来てもいいか」

「いいよ。遠慮なく来いよ。いつでもいいからな。あ、そうだ、草野さんに夕焼け、見せたくなったなあ。船から見んだ。船から見んと、阿武隈山の上に空が真っ赤になって、それはそれはきれいなんだ。すぐ裏の家が漁師さんだから頼めば喜んで乗せてくれるんだ。いつきれいか、だいたい分かっから、こっちから連絡するよ」

「そうだよ、草野さん、是非、来いね。昇太がいる時はよく行ったんだ。昇太は親を乗せたがってね、小名浜まで船で買い物に行ったこともあるんだよ。あんなぜいたくで楽しい買い物なかったよ。昇太も嬉しそうで、漁の話、いっぱいしてくれたんだ。漁師になって、そんなに時間たってなかったんだ」

「そうかあ、阿武隈山の上に夕焼け見えんのかあ。俺のいるとこ、ふもとだからあんまり見えないんだ。楽しみだね。それから、息子さんの漁の話、俺も聞きたいな。楽しみにしてっからね。そんじゃ、そろそろ行くね」

草野さんは、よいしょ、とリュックサックを肩に担《かつ》いで、入江の湾曲した海に沿うように伸びる道を、何度も何度も、ゆっくり振り返りながら、手を振り振り歩いていきます。

左手に、薄磯の家並み、右手に太平洋、正面、北の方には灯台の岬より少し小さな岬が見えていて、道はその岬の手前で林の中に消えてゆきます。おじちゃんとおばちゃんは、草野さんが林の中に見えなくなるまで、初夏の潮風の中、二人並んで見続けています。

今日、初めて会った人なのに、もう他人ではないような気持ちで、ほんの少し息子を見るような気持ちで見続けています。

これから、草野さんは、沼の内の漁港、その先の諏訪原の小さな漁港を右手に見ながら、新舞子浜まで歩いてゆきます。おじちゃん、おばちゃん、そんな草野さんの姿が見えるようで、林の中に消えてからも、ずっと見続けています。

正和の少し遅い夏休み、海色の店でみんなが正和を迎えているところに戻ります。

「あれ、どうしたんだ、裕ちゃん（静江の父親）、ニコニコして嬉しそうだね」

「うん、そうだ。おじちゃん、おばちゃん、ここさ、自由に使って下さい、って書いたのよかったべ。そんないい話できたもんな」

裕司《ひろし》が、満足そうに言うと、

「ほんとだなあ、裕ちゃん、ありがとな。初めはな、ちょっと恥ずかしいみたいに感じたんだけど、草野さんみたいな人と話せたの、この言葉のおかげだ。草野さん、ほんと長いこと座ってたなあ。『まるで海の中にいるみたいだ』

って言って、すごく気に入ってたなあ」

裕司は、いよいよ嬉しそうに、

「そりゃいかったなあ。この机、でっかいから、全部、青く見えるべ。前の机、小さかったべ。地面もいっぱい見えてたから、なんもかんも青く見える、ってなかったもんな」

「ほんとだね、裕ちゃん、すごくいいな。ほんと、海の中みたいだね」

みんな、口々にほめます。

母ちゃんたちも嬉しそうです。みんな家族のだれかを亡くしたことがあり、おじちゃん、おばちゃ

ん、そして草野さんの気持ちも分かるのです。正和の母ちゃんも、おじちゃん、おばちゃんの顔を見ながら、

「おじちゃん、おばちゃん、よかったね。昇ちゃんの話、ゆっくりできたんか。気持ち、お互いに分かって、その草野さんという人にもよかったね」

「そうなんだ。ほんと久し振りに、昇太のこと、しみじみと話せたんだ」

正和の父ちゃんも息子が帰ってきた嬉しさも加わり、ニコニコしながら言います。

「んで、その草野さん、っていう人、また来たい、って言うんだな。海もそうだけど、夕焼けも見たいってか。いいよ、いつでも船、出すから、言ってけろ。草野さん来たら、みんなで夕焼け見に行って、それからうちで夕ご飯でも食べっぺ。草野さんには、いっぱい、魚、食べてもらうべ。んでも、おじちゃん、おばちゃん、やっぱり魚、食べていないんだべ」

「そだ。もう二十年もたつけどなあ。あれから食べていないんだ。もうすっかり慣れたなあ。母ちゃんもそうだもんな」

「そうだねえ。魚、見ると、それだけで辛くてのどを通らないんだ。んでも楽しみだねえ。草野さん、農家だから、今度、来《く》っ時、米も野菜もどっさり持ってくる、って言ってたよ」

「んじゃ、こっちは、魚、うんとやんべ」

「そだ、そだ」

と、みんな嬉しそうです。

正和は、薄磯の人たちの浜言葉をニコニコしながら聞いています。そして、だれも少しも飾らずに、素直に思ったままを話しているのに、優しくて、温かくて、都会で常に身につけていた外向きの上着、話し方、振る舞いなどをやすやすと通りぬけ、一番奥の素直な自分の心に響いてくるような、心地よい音となって、波の音と共に自分を包みこんでいるのを感じています。

「いいなあ、薄磯はいいなあ。こんな素直な気持ちになって、こんなに肩の力を抜いて、みんなの声、聞いていていられるんだものね」

と心から思えるのです。

正和は、灯台の右側に広がる草原《くさはら》を見ながら、

「おじちゃん、おばちゃん、今年も、草、いっぱい伸びたみたいだなあ。あれじゃあ墓石《はかいし》、草の中で、海、見えないべ。あした草刈りに行くべ。おじちゃん、おばちゃん、一緒に行くけ」

「正坊、悪いな。せっかくの夏休みなのにな」

「なに、いいんだ。俺もあそこに行くの好きなんだ。あそこで、みんなと、いっぱい、海、見たべ、墓、見つけたり、弁当、食べたり、ちっちゃい時のいい思い出なんだ。海も村も全部見えて、あそこに行くと薄磯に帰ってきたんだ、って心の底から思えるんだ」

「俺も行く」

「わたしも行くよ」

「んじゃ、みんなで行くべ」

「そんでね、みんなで、今日、夕食、来てけろ。正坊、帰ってきたので、父ちゃん、うまい魚、いっぱい捕ってきたんだ。おじちゃんとおばちゃんには、魚、使わないで、うまいものいっぱい作ってあんから、夕方六時からでいいか」

「悪いなあ。んじゃ、うちも何か持ってくよ」

こうして、正和の一週間の夏休みが始まります。

四角い海

三　四角い海

正和《まさかず》も静江《しずえ》も小学校に入る前です。二人は兄弟のように仲良しで、垣根を行ったり来たり、お互いの家も自分の家のように上がりこみ、一日中楽しく遊んでいます。庭に接する小さな道からは、家並みに囲まれた小さな四角い海が見えていて、少し海の方に歩いてゆくと、家々の間に岬の上に白く輝く灯台が青空の中にそびえているのが見えています。

夕方、子供たちと遊んでいた父ちゃんたちが道に出て、

「今日は、沖の方に白波が立っているな。あしたの漁は無理だな」

「ほお、今日はすごいな。夕焼けが水平線の雲まで真っ赤に染めているぞ」

などと言っていると、正和も静江も、

「見せて、見せて、父ちゃん、見せて」

と、せがむのです。

「よし、んじゃ見せてやんぞ。高いぞ、よく見えんぞ」

と言って、二人を精いっぱい手を伸ばして、高い高いをします。二人は、キャッキャッと喜んで、

大人の背よりずっと高い海の眺めに大喜びです。

「どうだ、高いだろう。何が見えんだ」

「海」

「海じゃ分かんね。もっと詳しく説明しろや」

「んと、水平線も見える」

「それから何が見えんだ」

「赤い雲」

「そうか、んじゃ、これはどうだ」

父ちゃんたちは二人を上下に動かします。すると、家並みに囲まれた四角い海の中で、水平線は上下に揺れて見えるのです。

「海は、でっかいか、ちっちゃいか」

「ちっちゃい」

「どんぐらい、ちっちゃいんだ」

「んーと、消しゴムぐらい」

「そうか。んだら、もっとでっかい海、見せんぞ」

と言うと、父ちゃんたちは二人を肩に担いで海の反対方向に走りだします。

「あれ、父ちゃん、それ反対だよ」

と思いながら、二人は、キャッ、キャッと声を出して笑いころげます。

十軒ばかり奥に向かって走ると、行き止まりは裏山に続く林の斜面になっていて、細い坂道が裏山の上の小さな畑に続いています。正和と静江の家の畑もそこにあり、みんなで海を見ながらの農作業は楽しみの一つです。父ちゃんたちはそこで振り返り、

「どうだ、海はでっかくなったか」

「なんない。もっとちっちゃくなった」

「どんぐらいだ」

「んーと、消しゴムよりちっちゃい。豆つぶぐらい」

「おかしいな。んじゃ、こんでどうだ」

父ちゃんたちは路地のわき道に入りこみ、

「今度はどうだ。海はどうなってんだ」

「海がいなくなった」

「家と空しか見えないよ」

「そうか、変だな。どっかに消えてしまったか。そんじゃ、もう一度、海を産まれさせんべか」

そう言うと、父ちゃんたちは、どんどん海の方に走ってゆきます。正和と静江は、父ちゃんたちの肩に揺られて、四角い海が上下にも左右にも揺れながら近づいてきます。村はほとんどが平屋、父ちゃんの肩の上は、二人にとって屋根と同じぐらいの高さに感じられ、屋根も広い空も、どんどん後

ろに飛んでゆくのです。岬に立っている灯台だけは、遠くにあるので、父ちゃんたちに負けないぐらいに速く屋根の上を進んでゆきます。二人は、キャッ、キャッと声を出し大喜びです。海はどんどん近くなり、四角い海は、豆つぶから、消しゴム、テレビと大きくなり、目の前に近くなるのですが、父ちゃんたちの足はもうへろへろ、屋根も空も灯台も、もう止まりそうです。やっとのことで海まで来ると、四角い海は急に目の中全部に広がって、どこまでも続く大海原です。

「ふうふう、へーへー。どうだ、海はでっかくなったか」

「うん、なった。んでも、父ちゃん、大丈夫け」

「大丈夫だ。どうだ、海はでっかいべ。あの水平線よりずっと遠くまで続いてんだぞ」

父ちゃんたちの肩の上から見る海は、いつもより二倍も大きく見え、水平線もずっと遠くで輝いています。

そんなことが何度もあり、正和は大人になって都会に出てから、故里の海というと、この家並みに囲まれた四角い海を思い出すのです。黒い庇《ひさし》、黒い板壁、そして、狭い道に囲まれた小さな四角い海、短いけれどくっきりとした水平線、白い雲がゆっくりと流れてゆく小さな空、それは、家並みに囲まれた額縁の絵のような海です。大好きな人たちが、毎日、一生懸命に生きている、そんな生活で切りとられた懐かしい海、砂浜で見る大きな海も好きでしたが、四角い小さな海は、いっそう遠くに、いっそう青く、いっそう輝いて見えるのです。

正和と静江の学校

四　鉛筆事件

静江の水たまり、という名の空き地が生まれてから三年が過ぎ、正和は小学三年生、静江は入学したばかりの一年生です。

学校は、灯台の岬のふもと近く、村の南はずれに建つ二階建ての小さな学校。校舎は南向きに建っており、海側に小学校、山側に中学校、その間の一階に職員室、どの教室からも小さなグラウンドごしに薄磯の入江の海と灯台のすぐ下にある小さな港が見えています。

一学年は多くて十人、少ない学年は三人、正和と静江の学年も七、八名、生徒たちが広い教室で、まばらに勉強しているという小さな学校、それが、正和と静江が、毎日楽しく通っている、いわき市立薄磯小中学校です。小さな村の小さな学校、子供たちは、小学生も中学生もみんな顔みしり、いじめなどとは縁のない全員が学校大好きな子供たちです。

年に三度、春、夏、秋に全校生徒が砂浜や岬の下の磯場に出て、午前いっぱい遊ぶことがあり、先生たちは少し離れたところから見守ります。中学生が小学生を世話するのが伝統となっており、普段ふざけている男の子たちも、下級生が危険なところに行ったり怪我をした時には必死で守り、全員が協力して世話をします。

この伝統が日常生活にも及び、村中のどこで遊ぶ時も中学生が小学生を見守り、最後には、遊び疲れた小学生を家々に送り届け、

「おばちゃん、○○ちゃん、帰ったよ。あれ、いないみたいだな。いいか、親が帰ってくるまで一人で海、行ったらだめだぞ」

「うん、分かった」

小学生は言いつけを守り、多くは漁をしている大人たちは安心して仕事に精を出すのです。

入学したばかりの静江にとって学校は珍しいものばかり、鍵のかかった教室は一つもなく、特に音楽室と図書室は探検して回る時のお気に入りのコースになっています。ガラスケースの中の楽器はどれも珍しく、どんな音がするのか想像しながら、ちょっと離れ、いっぱい近づき、いろいろな楽器を見て回るのです。

静江にとって珍しいものばかりの中で、やはり一番は担任の星川先生です。都会育ちの星川先生、今まで都会の学校で教えてきて薄磯のような田舎で教えるのは初めてです。他の先生は、

「正和」

「静江」

と呼びすてで、それに慣れている子供たちは、

「正和君」

「静江さん」

と呼ばれると、

「ん、俺のこと」

「あれ、わたしのこと」

と、返事の前にちょっと緊張するのです。言葉使いも丁寧で、〝俺〟などとは決して言わず、普段は〝僕〟、目上の人や丁寧に話す時は〝私〟と自分のことを言い、生徒たちには、

「君たちはね」

「君はね」

と言い、聞いている子供たちは何か新鮮な風が流れてくるように感じ、ちょっと特別感を持って授業を受けるのです。

静江にとって学校の先生と言えば、偉い人、怖い人、近づきにくい人、という印象でしたが、星川先生はそれとは全くの逆、優しく、丁寧で、ゆっくりと、生徒全員、一人一人が分かるまで教えてくれるのです。

入学してから二ヶ月が過ぎ、学校にもすっかり慣れ、友だちと毎日楽しく勉強しています。

季節はつゆ時、毎日、曇ったり雨が降ったり、今日も朝から雨が降っています。

普段だれよりも早く学校に行っている正和は、ちょっと寝坊をしてしまい、走って家を飛び出します。きのうは父ちゃん、母ちゃんの漁の手伝いで、夜、遅くまで起きていたのです。

小雨の中、

「えい、こんぐらい大丈夫だ」

と傘をささずに走りだします。

歩いて三分、走って一分のところに学校はあり、まず海沿いの道に出、そこから右に曲がって数軒先で、また右に曲がると、すぐに学校の正門、その内側、道沿いに六本の桜の木が生えています。二階の校舎より高いところまで葉を茂らせ、その下を正和は走ってゆきます。正和の教室は向かって左側、海側の校舎の二階にあり、息を切らしながら教室の後ろのドアから入ると、時計は二分前、子供たちは一斉に正和を見、

「あれ、正ちゃん、今日は遅いね」

「珍しいな、どうかしたのけ」

女の子は、

「正ちゃん、ぬれてるよ。これ使って」

とハンカチを出し、みんな正和に注目です。

「うん、きのう、夜な、父ちゃんを手伝って眠ったの遅かったんだ」

「へー、偉いな。眠くないのけ。大丈夫け」

「うん、大丈夫だよ」

と言いながら正和は自分の席に着きます。窓側の席、三年になって二ケ月の、海がよく見えるお気

に入りの席、

「ああ、よかった。まだ二分あるぞ」

と思いながら教科書を机の中に入れます。

「あれないぞ、筆箱どこだ、忘れたのかなあ。困ったなあ。カバンのこっち側はどうだ。やっぱり、ないなあ」

三年生はたったの八人、横に三人、縦に三人、机と机の間はゆったりと離れていて、みんな先生が来るのを待っていて、それぞれが勉強の準備です。

「困ったなあ、どうしようか。みんなにまた注目されるのいやだしな、やっぱり静江ちゃんに借りるの一番いいかな。まだ一分あんな」

正和は、バタバタとドアを開けっぱなしにして、二つ隣の静江の教室に走ります。

一年生はたったの七名、静江の机は廊下側の一番前、一番前といっても廊下側は二人だけ、机と机の間は二メートルは離れています。

正和は、前のドアから入れば、すぐ近くの静江に目立たないように声をかけられる、と思い静かにドアを開けます。子供たちは、先生が来た、と思い、一斉に正和を見ます。

「あれ、正ちゃんだ」

「どうしたの正ちゃん、先生の代わりけ」

「ん、そんな訳ないべ」

と正和は照れ笑い、
その時、静江は友達と窓際で話していて、やっぱり驚いて正和を見ています。

「あれ、困ったな、どうしようか、早くしないと先生、来《く》んもんな。もう、ここから大きい声で言うしかないもんな」

と思い、

「静江ちゃん、鉛筆、貸してくれっか」

「なに、正ちゃん、忘れたの。筆箱に五本入ってから二本、持っていっていいよ」

「うん、有り難うね」

静江と一緒に話していた明子も、

「正ちゃん、消しゴムあんのけ」

「ないよ」

「んじゃ、うちの使っていいよ。二つあっから」

「んじゃ、借りるな」

静江の筆箱を見ると、きれいに削られて芯がとがっている鉛筆が五本、箱の中で向きまでそろって並んでいるのです。

「すごいな静江ちゃんの鉛筆、なんか、しゃきっとして俺のと全然違うな」

正和の筆箱には、ちびた鉛筆が芯も丸まり、ゴロゴロと数本入っているだけ、本数なんか、もちろん覚えていません。

その時、正和のいたずら心に火が点《つ》いて、

「静江ちゃんをちょっと困らせるべ」

と思って、五本とも全部握ると、

「んじゃ、有り難うね」

と駆けだします。

正和がいなくなると、すぐに先生がやって来て、ホームルーム、そして一時間目の国語が始まります。

先生は一人一人の顔をゆっくり見ながら、ニコニコ顔で、

「君たちは入学してきて二ヶ月、本当によく頑張りました。僕も、君たちが、この二ヶ月で、いろんなことを覚えて成長していく姿を見ることができ、本当に嬉しく思っています」

先生と目が合うと恥ずかしそうに下を向いてしまう子もいるのですが、静江は目が合っても、ニコニコして大好きな星川先生を見ています。

「今日も、いつものように七つ漢字を覚えます。七つ、というと少なく思うかもしれませんが、十日なら何個になりますか」

「七十個でーす」

全員が一斉に答えます。

「そうです。すごい数ですね。一日一日を積み重ねると、なかなか大したことができるものです。今日も雨が降っています。君たちは、どうしていますか。

『遊びに行けなくていやだなあ』

と思っているかもしれませんね。でも、こんなふうに考えたらどうでしょうか、

『雨が降っているから漢字の練習をしよう。静かで、集中できて、雨ってなかなかいいな』

こんなふうに考えただけで雨が違って見えますね。いい時間の使い方ができますね」

静江は、先生の顔をじっと見つめて、

「本当だ、今日からそうしよう。先生、すごい」

と、やる気満々です。

「では、今日も新しい漢字を七つ書きます。七人いるので、一人一個ずつ黒板に書いてもらいます。どの漢字が当たるか分かりません。だから全部覚えるように」

「うわあ、簡単な漢字がいいな」

大半は、そう思っています。

「では、まず一つ目を書きます」

静江は、やる気満々で筆箱を開けると、

「あれ、ないよ。一本もないよ。どうして、正ちゃん、全部、持っていったんだ。二本いいよ、って言ったのに、五本、って聞き間違えたのかな。んでも、そんなことないよ。やっぱり、いたずらで全

部、持っていったんだ。正ちゃん、ひどいよ」

周りの子は、一生懸命練習しています。

「どうしよう。鉛筆、貸して、なんて声出すのもいやだし、手が届かないので手で合図もできないし、『どうしたの、正ちゃんがどうかしたの』

なんて、みんなに注目されるのもいやだし、ああ、どうしよう」

と困った顔でそわそわしていると、ゆっくり机の間を歩いていた先生は、すぐに静江の様子に気づき、

「ん、どうしたのかな、静江さん。さっきまで、ニコニコしてやる気いっぱいだったのに、困った顔してるね。あれ、筆箱、空っぽだね。あ、そうか、忘れたのか。みんなが真剣に練習しているから、借りられないで困っているようだね」

みんなは真剣です。先生は、みんなの注意をそらさせないように、静江の耳もと、小さな声で、

「静江さん、鉛筆、ないみたいだね」

「うん」

「そうか、いいよ、いいよ。だれかに借りればいいからね。これからは、朝、ちゃんと調べなさい。学校にも慣れてきて、ちょっと心がゆるんだかもしれないね」

「あ、先生は、静江が忘れたと思ってるんだ」

口には出さずに、大好きな先生に、そう思われたことを辛く感じ悲しそうです。

先生は怒って言っているつもりは全くありません。入学してから二ヶ月が過ぎ、みんなに心のゆるみが見えてきているようだ、と思っていたので、つい出た言葉です。静江は、この二ヶ月、名ざしで注意されたことがありませんん。それで先生の言葉は辛く感じたのです。

「悪いのは正ちゃんなのに静江が注意されちゃった。先生に本当のこと言えばいいのかなあ」

本当のことを言えば先生も分かってくれる、と思うのですが、

「でも、そうしたら、正ちゃん、悪者になってしまう。大好きな先生に、

『正和君は悪い子だ。鉛筆、全部持っていくなんてとんでもない』

なんて思われたら、正ちゃんかわいそうだ。大好きな正ちゃんが、大好きな先生に、そんなふうに思われたら、静江より正ちゃんの方がずっと傷つくよね。正ちゃん悪いけど、告げ口をした静江の方がずっと悪者になるよね」

そんなふうに考えると、静江はもう何も言えないのです。

静江の斜め後ろに座っている女の子が、なにかあったのかな、と思い、

「静江ちゃん、どうしたの。何かあったのけ」

静江は前を見たまま首を振るだけ。

「ん、なんでもないよ。大したことじゃないから心配しなくていいよ。鉛筆、忘れたようだから、君、貸してくれるかい」

「え、先生、そんなことないよ。静江ちゃん、さっき正ちゃんに貸したんだよ。二本、貸したんだか

ら、まだ三本、残ってるはずだよ。んじゃ、なんもないのけ」

「うん」

と静江は小さな声で答え、先生は、ちょっとびっくりし、

「あ、そうなんだ。ごめん、ごめん、静江さん、ごめんね。僕は、てっきり忘れたと思いこんでしまったね。そうか、正和君か、いつものいたずらか」

「そうだよ、先生、正ちゃんが持っていったんだよ。静江ちゃん、どうして言わなかったの」

他の五人の子供も、漢字練習をやめて、

「え、正ちゃん、全部、持っていったんだ。なしてだ」

先生が来た、と思って正和を注目したばかり、正和が鉛筆を借りていったことは、みんな知っているのです。

静江は、告げ口しないですんで少しはほっとしたのですが、やっぱり正ちゃん、悪者になってしまった、と悲しくも感じたのです。

先生は、謝りながらも、心の中で、

「正和君、ひどいことするね。でも、おもしろいこと思いつくね。静江さんは優しくておとなしいから、つい、いたずらしたくなるんだね。それに勉強もできるしね。正和君の気持ちも分かるよね」

と、クスッとして笑いをこらえています。実は先生も、子供のころはいたずらっ子だったようなのです。先生も、ついおもしろくなって、正和のいたずらに乗ってしまい、

「静江さん、何か正和君に嫌われるようなことしたのかい。このごろ意地悪が多いような気がするよ」

田舎の小さな学校、先生は子供をからかい、子供たちはお互いをからかい、みんな仲良しで笑いの範囲内、ニコニコ笑い合い、追っかけ回して、傷つく子はいないのです。

いつもなら静江も気にせず笑っていたはずです。でも今日は三つのことが一度に静江に降りかかってきたのです。

漢字練習でやる気満々、鉛筆がなくてびっくり。

鉛筆を忘れるなんて気のゆるみが出ているのではないか、これから注意。

大好きな正ちゃんが、静江のこと嫌いになったのかもしれない。

それを星川先生が言っているのです。一年生の静江にとって先生は今まで会った中で一番偉い人のように感じ、しかも都会の丁寧な言葉で先生は言うのです。うそとは思えないのです。

「正ちゃんが静江を嫌ってる、って本当かな。鉛筆のことだってただのいたずらなのに、でも、先生が言うんだから本当なのかなあ」

一度にいろんなことが起こって、静江の頭はゴチャゴチャです。五分の練習時間、静江の思いは、あっち行ったり、こっち行ったり。

「やっぱり、正ちゃん、悪いんだ。正ちゃんのせいで漢字練習、できなくなったんだよ。先生、静江、気なんかゆるんでないよ、一生懸命、練習するつもりだったんよ。星川先生、うそなんかつくはずないもんね。んじゃ、やっぱり、正ちゃん、静江のこと嫌いになったのかなあ。静江、何か悪いことしたのかなあ。大好きな正ちゃんが、ちょっとでも静江のこと嫌いになったら、そんなのいやだ、どうしよう」

そう思うと、ひとりでに涙が出てくるのです。

隣の子が、それを見つけ、

「先生、静江ちゃん、泣いてるよ」

「どうしたの、静江ちゃん」

子供たちみんな、静江を見、練習をやめ、もう勉強どころではありません。

「あ、泣かしたの正ちゃんだよね」

「うん、そうだよ」

ちょっと前に走って教室を出ていった正和を思い出し、

「静江ちゃんを泣かせたのは正ちゃんだ」

とクラス全員が思いこんでしまい、

「正ちゃん、ひどいよ、静江ちゃんを泣かしたんだから」

「そうだよ、鉛筆、忘れた正ちゃんが、全部使って、ほんで静江ちゃんは泣いてんだよ」

正和に消しゴムを貸してあげた、静江一番の友達、明子は、

「うちなんか、消しゴム貸してやったんだよ。ああ、こんな意地悪するんだったら貸さなきゃよかった」

一番窓側の一番後ろ、と言っても、前から三番目の幸雄《ゆきお》が、

「あのね、うちの父ちゃん言ってたんだけどね、こういうの、恩をあだで返す、って言うんだって」

幸雄は薄磯の隣町、豊間《とよま》に住んでいる漁師の子供、正和とは友達で、弟分としていつも遊んでいるのです。

「なに、それどういうこと」

と、みんな後ろを振り返ります。

「んーとね、だれかに親切にされるべ、そうすっと、普通、魚で返すべ」

先生は、

「え、それって普通のことなの」

と目を丸くして子供たちを見ると、全員がうんうん、と納得顔、

「そうかあ、ここでは普通なんだ。魚で親切が行ったり来たりしているんだね。不思議そうな顔をしているのは私だけだね」

先生は、新鮮な発見をしたように思えてニコニコです。

「んじゃあ、幸雄ちゃん、あだで返す、って、なんで返すんだ」

みんな、興味津々《しんしん》です。

「んー、あのな、それはな、あだで返す、ってのはな、んー、いらなくなって捨てるような魚で返す、ってことだな」

「えー、それ、ひどいな。親切にしてくれた人にそんなことすんのけ」

「先生、いらなくなって捨てるような魚のこと、あだ、って言うのけ」

「俺んち、あだならいっぱいあんぞ。みんな畑の肥料にすんだ」

「あたしのうちもあるよ。猫にやるんだ」

「そんな、あだ、猫も食わねえべよ」

「うちのあだは食うよ、うちのあだ、新鮮なんだ」

もう、みんな、あだは、いらなくなって捨てる魚と思いこんでいます。

先生は、もうおかしくて、

「ハハハ、そうじゃないぞ。それはね、何か親切にしてもらったとするね、それなのに、その人に対して何か困らせるような悪いことで返す、ということだよ。だから、正和君、鉛筆を借してもらって、静江さんに親切にされたでしょ。それなのに、全部、持っていって、静江さんを困らせたでしょ、そういうのを、親切をあだで返す、って言うんだよ」

「なんだ、そうなんだ。俺んち、あだ、いっぱいあると思ったのにな」

「正ちゃん、悪いな。正ちゃんは、親切をあだで返したんだ。ひどいな正ちゃん」

もう、クラス中が、

「親切をあだで返す正ちゃん」

と言いだし、今、覚えたばかりの言葉を、みんな一斉に使っているのです。怒った顔で言っている子もいれば、覚えたばかりの言葉が嬉しいのでしょう、なにか嬉しそうに言っている子もいます。

先生は、

「変な説明をしてしまったね。何も正和君をたとえに使うことはなかったね。みんなの中で、親切をあだで返す正ちゃん、って定着させてしまったね」

子供たちが、新しく覚えた言葉を何回も使っている中で、一人静江は悲しそうな顔をしています。それを見て先生は、

「あ、いけない、静江さんをよけいに悲しませてしまったね。ああ、悪いことをしたね。正和君は優しくていい子だ、ということをみんなに知らせないとね、そうでないと静江さんもかわいそうだ」

みんなは、正和が鉛筆を借りにきた時の様子を思い出し、

「そうかあ、そんでだ。さっき、教室、出ていく時、すごい勢いで逃げていったもんね」

「本当だ、逃げていった」

子供全員が見ていて、そう思い始めているのですが、正和は逃げた訳ではないのです。ただ、時間がなかっただけなのです。

みんなの様子を見ていた静江は、

「みんな違うよ。正ちゃん、そんなに悪くないよ。大好きな正ちゃんをそんなに悪く言わないでよ」

と心では思うのですが、何も言えずに、涙が、最初に泣いた時よりずっと多く出てくるのです。

それを見て明子は、さらに怒って、

「静江ちゃん、正ちゃんに、ちゃんと言った方がいいよ。静江ちゃん、言えないんだら、うちが言ってやるよ」

一年生六人全員、

「そうだ、そうだ」

という顔つき。

みんなが、自分のことを思って怒っている、というのは分かるのですが、そうすればするほど悲しくなってくるのです。静江にとって正和は兄のような存在、何をやる時も正和の後を追いかけて生活しているのです。正和が、みんなに悪く言われるのは、本当の兄が責められているように、自分が責められているのとほとんど同じように感じられるのです。

「正ちゃん、こんなに悪く言われてかわいそうだ。ただのいたずらだよ。静江、なんにも傷ついていないよ。それなのに、みんなひどいよ」

涙が、ひとりでに出てきて止まらないのです。

「正ちゃんに嫌われたらいやだなあ」

と思って泣いた時より、ずっと、ずっと、多くの涙が流れてくるのです。

それを見ていた明子は、さらに怒ったように、

「正ちゃん、ひどいよ。今度、消しゴム返しに来たら、絶対、言ってやっから」

静江や子供たちの様子を見ていた先生は、

「んー、これは困ったねえ。ちょっとした冗談のつもりが思わぬ方向に進んでしまったねえ。どうしようか。でも、まずは勉強だね」

と思い、

「さて、君たち、鉛筆のことはもういいので、漢字の練習、再開です。あと七分、漢字一つに一分の練習、それから黒板に書いてもらいます。はい、始めなさい」

先生は机の間をゆっくり歩きながら、七分かけて考えます。

「これは困ったことになったね。泣かせたのは正和君だ、と完全に思いこんで本気で怒ってるね。恩をあだで返した悪い正ちゃん、なんて、かなりひどい表現だね。でもね、泣かせたのは僕だよ。静江さんにとって、正和君は本当のお兄さんみたいに思って育っているからね。大好きなお兄ちゃんに、ちょっとでも嫌いだ、なんて思われたら静江さん辛いね。先生が言うんだから、ちょっとだけ本気にしたみたいだったね。泣くのもしょうがないね。本当、馬鹿なこと言ってしまったね。このままじゃ正和君にも悪いしね」

手を後ろに組みながら、机の間をゆっくりと子供の練習を見て回り、

「ん、そうだ、正和君は今ごろどうしているだろう。いたずらしたのだから嬉しそうにしているかな。ん、そんなことはないね。本当は優しい子だから後悔してるんじゃないかな。次の時間は、三年が国語だね。それじゃ、その時に分かるね。静江さんは、まだ泣いてるね。勉強どころではないみたいだ。一生懸命にやる子なんだけれどね。ま、しょうがない、そのうち泣きやむだろう。さて、どうやって

みんなの誤解を解こうか、なかなか難しいね」

また、ゆっくり歩きながら外を見ると、つゆの雨が、まだ、しとしと、と降っています。

「なんだか、僕の気持ちも外の景色と同じようになってしまったね。さっきまでは、雨もいいものだよ。勉強に集中できるからね、なんて子供たちに言っていたのに、ああ、あんな冗談、言わなければよかった。明子さんは、とっても正義感が強くていい子なんだけど、ちょっと気が強いからね。静江ちゃんの代わりに自分が言ってやる、なんて意気ごんでいたから、本当に言うだろうね。正和君、どうするだろうか。いたずらしたのは確かなんだから、言い訳なんか言えないよね。困ってしまうだろうね。ん、なんだか正和君が一番かわいそうな気がしてきたね。一年生全員から悪者扱いにされているんだからね。ん、どうしたらいいんだろうね」

一方、三年の教室、正和はいたずらの張本人なのに元気がありません。思いつきでとっさにしてしまったいたずら、今は後悔しているのです。

「なんでこんなことしてしまったんだべ。今ごろ、静江ちゃん、困ってるなあ」

一時間目は算数、正和の好きな教科で、先生の出す問題はなんとか解けるのですが、勉強には身が入りません。机の上には長くて先のとがった鉛筆が一本だけ、あとの四本は、どうやら机の中にあるようなのです。五本、全部が机の上にそろっているのを見るのは辛いようなのです。きれいな鉛筆のとがった芯が正和の心を刺してくるのです。

正和のすぐ左は窓、外には雨に煙る海と港、静かな外の景色を見ていると後悔がますます深くなるのです。

「いたずらはいつものことだけど、今回はだめだよな。静江ちゃん、本気で怒ってもしょうがないな。ああ、なんも考えないで馬鹿なことやってしまったな。なんて言って謝ったらいいんだべ」

勉強には全く身が入りません。

「一時間目、終わったら、静江ちゃん、半分怒って、半分笑って、鉛筆取りに来るよな、そんで笑いながら謝って、それで終わりだな。早くそうなんないかな」

休み時間になっても静江は現れません。外は雨、子供たちは、休み時間、教室や廊下で遊んでいます。正和は気になって一年生の教室ばかり見ているのですが、静江は廊下にも出てきません。

三年生の男の子が一年生の教室の方から走ってきて、

「正ちゃん、大変だよ。静江ちゃん、泣いたんだって。みんな、正ちゃんが泣かせた、って言ってるよ」

「え、なんで、俺、いたずらしたけど泣かせるようなことしてないよ」

「鉛筆、全部、持っていった、って言ってたよ。鉛筆ぐらい俺が貸したのに」

「やっぱり、そうかあ。ちょっと、いたずらひどかったもんな。俺、行ってくるね」

「正ちゃん、どうして行くの、みんな怒っているよ」

「うん、返してくる」

二時間目まで、あと二分ぐらいしかないのです。

静江は机の側で明子と話しています。目は少し赤いようですが、もう泣きやんでいます。明子は正和をにらんだようですが、正和は見ない振りで、

「静江ちゃん、鉛筆、返すよ。有り難うね」

「正ちゃん、二本、使っていいからね」

「うん、分かった」

帰りかけると、明子が、

「正ちゃん、悪いんだ。静江ちゃん、泣いたんだから、ちゃんと謝ってね」

「うん、だけど、なして泣いたんだ。俺、そんなひどいことしたかなあ」

「したよ。鉛筆、全部、持っていくなんて、静江ちゃん、勉強、全然できなかったんよ」

「そうか、ごめんな。俺、行くよ」

「あ、正ちゃん、また逃げた」

正和は走りながら思います。

「え、また逃げた、って、俺、逃げてないよ。先生、もう来《く》っから走っただけだよ。んでも、また逃げたって、んじゃあ、前の時は、鉛筆、盗んで逃げた泥棒みたいに思われてんのかなあ。一年生みんなそう思ってんのかなあ。もしかしたら静江ちゃんもかなあ。ああ、いやだなあ。静江ちゃん、一時間目、星川先生だよね、んじゃ先生も知ってんな、自分のクラスの子を泣かせた、って俺のこと怒ってるかなあ。うわあ、次、星川先生だよ。どうしよう。いやだなあ」

鉛筆事件と正和

二時間目、三年生は国語、星川先生です。

星川先生が入ってくると、正和は、ずっと下を向きっぱなし、目と目が合って、

「正和君、君はね、一年生を泣かせたりして、だめじゃないですか」

なんて言われたらどうしよう、と思うと先生の顔を見られないのです。

先生も正和の様子が気になっていて、入ってきてすぐに、窓側の席に座っている正和をちらちら見ています。

「正和君、やっぱり、しょんぼりしているね。ん、机の上に鉛筆二本か。あとの三本がないところをみると静江さんに返したかな。それじゃあ静江さんが泣いたことは知っているかもしれないね。でも、あとの三本は机の中かもしれないしね。なにしろ、泣かせたのは正和君ではない、と早く教えてあげないとね、正和君、かわいそうだ。ま、とりあえず、勉強、勉強」

そう思いながら、先生は授業を始めます。

「では、今日の国語の勉強は、読み方です。教科書、四十八ページを開きなさい。これは、犬を助けた少年たちの物語です。実際の人物になったつもりで読みなさい。これは、表現読み、といって、声も、顔も、身振りも、その人になり切って読んでいくものです。では、最初のところは先生がやってみます。声も、顔も、身振りも、全部、注意して見ていなさい」

と言って先生が始めると、子供たちは大笑い、

「いいかい、これは笑っていられるような簡単なことではないんですよ。意外と難しいんです。では、

最初からやってみなさい。恥ずかしがらずに少しおおげさにやってみなさい」

子供たちは、先生の真似をして、クスクス笑いながらも一生懸命。机と机は二メートルも離れていて、身振りもめいっぱい。隣の子供を見ては、また笑い、一ページ、一ページと読み進めます。

その間、先生は腕を後ろに組みながら机の間をゆっくりと歩いてゆきます。

「今日は何もしないで机の間を歩くことが多いね。でも、これでゆっくり正和君のことを考えられるし、いいかもしれないね。ん、正和君、読んではいるんだが、全然、身が入ってないね。さっきから、僕の顔、見ないしね。ま、無理ないか。静江さんが泣いた時の先生、僕だって知ってるものね。怒られるかもしれない、って思ってるかもしれないね。でも、あれだね、静江さんが言いつけたんじゃない、ということを一番に伝えてやらないといけないね。もしかしたら、静江さんが、

『正ちゃんが、全部、持っていったんだよ』

なんて、泣きながら先生に言った、と思ってるかもしれないしね。でも、そんなことはないかな。静江さんが、そんなことをする子じゃない、って正和君はよく知ってるはずだからね。でも、ちょっとでも、そんなふうに思われたら、静江さん、かわいそうだね」

正和の机のところに来た時、小さな声で、

「正和君、静江さんに鉛筆、返したのかい」

正和は、

「怒られんのか、いやだなあ」

と思い、小さな声で、

「うん」

と答えます。

「それじゃあ、静江さん、泣いたの知ってるね」

「あ、やっぱり怒られるんだ。ああ、どうしよう」

と思うと声も出ず、首をすくめて、

「うん」

「あのね、静江さんが言いつけたんじゃないんだよ。ずっと正和君のことかばって黙ってたから、それで友達が教えてくれたんだよ。大好きな正和君のことだから、言いつけたりできなかったんだね。じっと我慢してたからね。静江さん、優しいね」

「あ、そうなんだ。やっぱりそうだよ。静江ちゃん、告げ口なんかしないよ。ああ、よかった。ほんで、先生も怒ってないみたいだ。ああ、よかったなあ。んでも、静江ちゃん、うんと我慢したのか、ああ、やっぱり馬鹿なことしたなあ」

肩の力が抜け、ふっとため息。

その様子を見ていた、

「鉛筆ぐらい貸してあげたのに」

と言っていた子は、

「正ちゃん、怒られているのかなあ。でも、しょうがないよな。全部、持ってきて、静江ちゃん、泣いたんだからな。あれ、なんか、かえって元気になったみたいだよ。どうしたのかなあ」

　先生も、

「うん、よかった。正和君、少しほっとしたようだ。静江さんの誤解も解けたようだし、これでよかった。少しでも静江さんが告げ口したなんて思われたら、静江さん、かわいそうだからね。なんといっても泣かせたのは僕だからね。これで一つ問題、解決だ。でも今日は、耳もとでこそこそ言う日だね」

　と苦笑い。

　先生は、ゆっくりと机の間を歩いて一人一人に教えてゆきます。なにしろ生徒は八名だけ、一人一人の表現読みをゆっくり聞き、いろいろと指導できるのです。

「でも、もう一つ問題だね。正和君は、自分が静江さんを泣かせた、と思っているからね。一年生全員が、そう思って怒っていたからね、

『あれくらいのいたずらで静江さんは泣かないよ』

　と正和君は考えるだろうけどね。でも、みんなから言われたんだからね、

『やっぱり泣かせたのは俺なんだ』

　と思っているだろうね。もしこのままだったら、ずっと、

『俺が泣かせたんだ』

と思い続けてしまうね。それじゃ、僕の罪を正和君が負うみたいなことになるね。それは、正和君に悪いし、僕としても辛いことだ。早く言ってやらないとね。泣かせたのは実は僕なんだからね」

先生は、一人一人を教えていきながら、正和のところに来ると、また耳もとで、

「あのね、静江さんを泣かせたのは自分だ、と思ってるんじゃないかい」

「うん」

「やっぱりね。みんなが言ってるからね。でもね、そうじゃないよ」

正和は、びっくりして先生の顔を見ます。

「一年生の子みんながね、正和君のこと責めたんだよ。もちろん、静江さんは別だよ。それを見て、静江さん悲しくなったんだね。正和君のこと、実のお兄ちゃんみたいに思っているから、ずいぶん辛かったんだね。正和君のこと、大好きだからね」

「あ、そうなんだ。そうだよな、静江ちゃん、あんぐらいのいたずらじゃ泣かないよな。ああ、よかった。さっき、鉛筆、返した時も、全然、怒っているようには見えなかったもんな。そうなんだ、俺のこと心配して泣いたのか。んでも、ごめんな。やっぱり、俺がこんないたずらするから、静江ちゃん、泣くことになってしまったんだもんな。やっぱり、ごめんな」

そんなふうに考えると、正和も、ちょっと泣けてくるのです。

先生は、また手を後ろに組み、ゆっくりと歩きながら、

「正和君、ずいぶん、びっくりしてたね。相当、意外だったんだね。でも、よかった、これで二つ問

題解決だね。だけどもう一つ、これが一番、難しいね。一年生全員が、

『正ちゃん、悪いんだ』

って思ってるからね。

『泣かせたのは正和君じゃないよ。先生だよ』

なんて言っても、みんな、分かんないだろうしね。正和君が泣かせた、って思いこんでいるしね。ん、どうしようか、これはなんとかしてやらないと、正和君、かわいそうだ。どうしようか、んー、なかなか難しいな。三時間目、僕は空き時間だね。その時ゆっくり考えることにするか。それより、みんなにちゃんと教えないとね」


先生は授業を終え、職員室でお茶を飲みながら考えます。小さな職員室、他の先生は授業に行き星川先生ただ一人、静かな時間が流れてゆきます。職員室は一階にあり、窓の外には小さなグラウンド、あっちにもこっちにも水たまりができていて、つゆの季節の低い空を映して、どの水たまりも白く光っています。グラウンドの海側のはずれには、大きな桜の木が十三本、つゆ時の水分を充分に吸って見事な葉桜となっています。木々の間からは薄磯の海と小さな港が見えています。

先生は、お茶を飲みながら考えます。

「さて、一時間あるから、ゆっくり考えることにするか。今ごろ、正和君、勉強に集中できてないだ

ろうね。なにしろ、一年生全員が自分のこと悪く言ってる、って知ってるからね。正和君、ああ見えても優しくて傷つきやすい子だよ。今日は、正和君、一時間目からずっと悩み続けているね。んー、かわいそうだね。だけど、どうしようか。一年生はみんな静江さんと仲良しで、特に女の子は自分のことのように怒っていたね。恩をあだで返す正ちゃん、なんて変な言葉まで覚えてしまったしね。まず、一番簡単なのは、こんなことかな、

『君たち、三年生を悪く言ってはいけません。先輩です。これからは、正和君のことを悪く言わないこと』

これは、一番簡単だけど、一番悪い方法だね。僕の前では言わなくなるけど、陰ではよけいに言うようになるだろうしね。全然、納得してないんだしね。じゃあ、こんなのはどうかな、

『正和君は、とっても優しくて君たちに親切にしてくれますね。君たちも、みんな正和君が好きでしょう。では、そういう人を悪く言ってはなりません』

『そうだなあ、正ちゃん、悪く言っちゃいけないいな』

と思う子もいるだろうけど、でも、どうだろう、

『優しくて、意地悪な正ちゃん』

なんて思う子もいるかもしれないね。正和君、なんだか変な人間になってしまうね。

『いいかい、泣かせたのは本当は先生なんだよ』

なんて言っても、

『先生、変なこと言ってるよ。どうしたんだろうね』

と思われるだけだろうし。んー、難しいね。とにかく、正和君は意地悪じゃないんだ、って分かってもらわないとね」

少し大きめの波も打ち寄せているのでしょう。時おり波の音も聞こえてくるのです。

先生は、みんながまた仲良くなれて、正和君も静江さんも悩まなくてすむような良い方法がないものかと、窓の外に目をやると、つゆ空のもとに広がる海の上の厚い雲に切れ目があるのでしょう、光の筋がところどころに差していて、海が、そこだけ輝いているのです。

先生は、手を口もとにもっていき、ふっとため息をつきます。

「あしたも、一年生、国語があったね。こんなのはどうだろうか。もう一年生なんだから分かってくれるんじゃないかな。

『いたずらと意地悪は違うんです。正和君のはいたずらで、決して意地悪じゃないんですよ。君たちは、この違い分かりますか』

んー、そう聞いたら、どんな答えが返ってくるんだろうね。

『いたずらは少し悪いけど、意地悪はうんと悪いと思います』

なんて答える子もいそうだね。

中には、ませた子もいるからね、女の子なんかは、

『いたずらは好きな子にするけど、意地悪は嫌いな子にすると思います』

なんて答える子もいそうだね。ん、これ使えるかもしれないね。

『そのとおりです。だから、いたずらと意地悪は正反対です。少しも似ていないんですよ。正和君のはいたずらで、みんなが思っているような意地悪じゃないんです。みんなも知っているとおり、正和君はいたずら好きだけど優しい子です。正和君を大好き、と思っている子も多いはずです。だから、もう、正和君を悪く言うのはやめましょう』

んー、これなら大丈夫そうだね、特に、本気で怒っていた女の子たち、分かるんじゃないかな。静江さんも、ほっとするんじゃないかな。あしたの国語の時、話せばみんなも分かってくれるだろう。これで僕も安心だね」

先生はほっとした様子、何度かうなずきながら海を見ています。その間、少し大きい波も打ち寄せ、波の音も何度か聞こえてきたのです。

「ん、待てよ、これはだめかもしれないね。

『男の子というものは、好きな子にいたずらするものだ。だから、これは意地悪とは違って、正和君に悪気は少しもないんだよ』

と、そこを強調することになるね。そうなると、

『そうか、正ちゃんは静江ちゃんを好きなんだ。だから、いたずらするんだ』

と、こんなふうに思うようになるね。男の子なんかは、からかいたくなって、

『正ちゃんね、静江ちゃん、好きなんだってよ。静江ちゃんは、どうなんだ、やっぱり好きなんか』

なんて聞く子も必ずいそうだね。静江さんは、正和君のこと好きに決まってるけど、まだ一年生だよ、好き、っていう意味が違うものねえ。そんなこと聞かれても困るだろうね。正和君だってからかわれるだろうね。

『正ちゃん、静江ちゃんのこと好きなんだってね。それで、いたずらするんだ、って、みんな言ってるよ』

正和君も困るだろうね。

それでね、ここは小さな学校だよ。みんな友達だから、みんな、言いだしたら、どうしようね。

『正ちゃんは静江ちゃんのこと好きなんだ、って星川先生がそう言ってたんだよ』

んー、そんなことになったら大変だ。僕もちょっと困ったことになるね。いい考えだ、と思ったけど、これは使えないね。んー、もっといい方法はないものか」

先生は、んーと言って、腕を組んで海を見ています。波が砂浜に向かって打ち寄せているのが見え、それを見ていると、何か良い考えを波が運んできてくれるようにも感じられるのです。

「んー、やっぱり、正直に言うのが一番かな。でも、どう正直に言ったらいいんだろうね。

『みんなが、正和君を悪く言ったから静江さんは悲しくなって泣いたんだよ。正和君を怒って泣いた訳ではないんです。だから、これからは正和君を悪く言ってはだめです』

んー、これはだめだね。みんなが泣かせたような言い方で、みんなを責めているようになるね。

『先生、ひどいよ。静江ちゃんを心配しただけなんだからね』

と思うね。ん、それは当然だね。もう一つ正直に言うのはどうかな。
『実はね、先生もちょっといたずらしてしまったんだよ。
〝鉛筆を全部、持っていかれるなんて、正和君に嫌われることでもしたんじゃないのか〞
なんて言ってしまったんだ。正和君は本当のお兄ちゃんのように育っているからね。
〝正ちゃん、静江のこと嫌いなのかなあ〞
って、僕の言うことを信じてしまって悲しくなったんだね。
みんなも分かるだろう。家族のだれかに嫌われた、なんて思ったら悲しくなるだろう』
んー、これで分かるかな。どうだろうか。
『俺なんか、悲しくなんねえよ。弟に向かって、
〝お前なんか、嫌いだ〞
なんて、いつも言ってるよ。弟も、同じように言ってくるしな』
なんて考える子もいそうだね。兄弟同士のけんかで、嫌いだ、と言うのと、他人から自分の兄弟が悪く言われるのとでは、全然、違うんだが、んー、このことを分かる子がどれだけいるか。んー、それにだ、いずれにしても、あした言うことになるね。もう、みんな、笑いながら遊んでいるようなのに、一日たってから、また改めて静江さんが泣いたことを話題にするのは、静江さんにとってもいやなことだろうね。んー、どうしようか、なんか良い方法がないものか」
先生が、ふたたび窓の外に目をやると、つゆ明けも近いのでしょう、低くたれこめていた雲も高く

昇ってゆき、明るさを増し、海も青く輝いています。

「やっぱり、波はすごいね。ずっと寄せ続けて、ずっと何かを伝え続けているんだものね。僕の考えなんて、一時間、考え続けているのに、四つだったかな、五つぐらいかな、それぐらい浮かんできて、それっきり消えてゆくだけだからね。ああ、初夏の海って、やっぱりいいなあ。どこもかしこも優しくて、強くて、命であふれているように感じるものね。んー、やっぱり、何もやらないのが一番いいのかもしれないね。とりあえず二つ問題は解決して、二人の仲はなんにも問題なくなったんだしね。そうするしかないかな」

その日の午後、雨はすっかり上がり、久し振りの青空のもと、一時に帰ってきた静江はランドセルを置くとすぐに裏山の畑に行って、

「母ちゃん、いないかな。いないいな」

港に行っては、

「みんな、仕事、してるかな。やっぱりいないいね」

中川商店に行っては、

「おじちゃん、おばちゃん、いるかな。あ、いた」

おじちゃんとおばちゃんには、学校であったことなんでも話すのです。静江にとっては、学校の出来事すべて新鮮、一生懸命思い出し、こうだった、ああだったと話すのです。二人は嬉しそうに、うん、うん、と言って聞いていています。

「なに、正坊が、鉛筆、全部持っていったのか、そりゃ大変だったなあ。んで、静江ちゃん、どうした」

「うん、静江、泣いたけど、そのあと直った」

「そりゃあ、偉かったなあ。んで、正坊、謝ったのか」

「ううん、まだだよ。正ちゃん、謝んのかなあ。なんて言って謝んのかなあ。どんな顔してかなあ。早く見たいなあ」

「そうか、正坊、そろそろ帰ってくるべ」

そんな話をしていると、正和はいつもより真面目な顔で帰ってきて、

「おじちゃん、おばちゃん、こんにちは。静江ちゃん、ちょっと用事あっから来てけろ」

「なに、正ちゃん」

「うん、いいから来てけろ。鉛筆、返すから」

「なんで、鉛筆、ランドセルに入ってないの」

「入ってるよ」

「んじゃあ、ここでいいのに」

「そうだけど、ちょっとな」

正和は、家に入ると、ごそごそと音を立て、手に何かを握って庭に出てくると、

「静江ちゃん、これ、やっから、手、出せや」

「なに、ビー玉、なして」

「今日、静江ちゃん、泣いたべ」

「うん、だけど正ちゃんのせいじゃないよ」

「んじゃ、なんで泣いたんだ」

「んー、あのね」

いろいろなことがあったので、なんで泣いたか分からないのです。これかな、あれかな、と思っているど、

「んでも、やっぱり、俺のせいだよね。んだからこれやる」

「これ、正ちゃんのごめんのビー玉なの」

「うん、そうだよ」

三年前の水たまりでの出来事を、二人はよく覚えているのです。二つの家族は、同じ家族のように一緒に食事をすることも多く、父ちゃんたちは酒を飲んでは水たまりのことを話すのです。今、ビー玉は静江の部屋の窓際に置いてあるガラスの金魚鉢の中に沈んでいて、庭からはよく見えるのです。

「正ちゃん、使ったらいいよ。正ちゃん、ビー玉遊び、下手だから」

「わあ、なんてこと言うの、静江ちゃん。今はだいぶうまくなったべ。静江ちゃんだって見てるべに」

「うん、なった。したけど、最後の方はやっぱりなんにもなくなるよ」

「うわあ、また変なこと言った。んじゃ、うんと練習してうまくなるからな」

まもなく、つゆが明けると子供たちのビー玉シーズンも終わりを告げ、夏の海で磯遊びが始まります。

「んじゃ、静江ちゃん、金魚鉢に入れる。そんでいいべ」

静江は嬉しそうに正和の後についていって、ビー玉をバチャバチャと入れるのを見て、ニコニコです。

初夏の日差しが金魚鉢にも差していて、ビー玉は、青に、緑に、あっちにも、こっちにも、光を放ち、水の中のあぶくのように、水を揺らし、金魚を揺らし、プクプクと輝いているのです。

金魚鉢の底に沈む、ごめんのビー玉

五　父ちゃんのビー玉

星川先生が小学校に赴任してきて一年三ヶ月が過ぎ、村にもすっかり慣れ、正和と静江の家族とは良い友達になっています。

海沿いの道は先生のお気に入りの散歩コース、中川商店で買い物をして、学校の裏の高台にある教員宿舎に帰るのが日課となっています。

今日は、鉛筆のことで静江が泣いた日から十日たった土曜日の夕方です。

正和の父ちゃんが、一日の漁を終え庭先で休んでいると、

「こんにちは、今日はいい天気だったね」

「あ、先生か。こっちさ来て、お茶っこ飲んでけや」

「うん、じゃあ、よばれるね」

台所から、母ちゃんが、

「先生、今日も魚、持っていってね」

「いつも悪いね」

「なあに、いっぱいあんだ。食べてもらった方がいいくらいなんだ」

「じゃあ、遠慮なくもらうね。でも、僕には、あげる物、なんにもないものね」

「いいんだよ、先生。正坊、いつも言ってるよ。星川先生の授業、とってもおもしろくて分かりやすいんだって。うちの正坊、算数はまあまあできんのよ。んでも国語はさっぱりだったんだ。んでもね、先生のおかげだね、国語が大好きになったんだ。先生、本当に有り難うね」

「うん、そう言ってもらうと嬉しいね。でもね、僕は薄磯に来ることになったでしょ。都会にはなんでもあるけど、田舎にはなんにもないんだろうね、いや、あのね、田舎がいや、っていう意味じゃないよ。なんか、そんなふうに思ってた訳よ。でもね、来てみると、魚だって、野菜だって、いっぱいあって食べ切れないでしょ。一方、僕は、あげる物一つもないよね。今じゃ、都会ってなんにもなかったんだなあ、って思えてくるものね」

先生の声を聞きつけて、静江の父ちゃんも母ちゃんも庭に出てきます。土曜日の夕方、みんなが集まって、正和も静江も、なんだか分からないのですが、ただ嬉しくて、ニコニコしています。

静江の母ちゃんも、ニコニコしながら、

「先生、うちの静江、いつも有り難うね。毎日、学校が楽しくて喜んで行ってるよ。

『学校は遊びにゆくところじゃないよ』

なんて言うと、

『うん、分かってる。ちゃんと勉強してるよ。星川先生、すごく分かるように教えてくれるよ』

って、よく言うんだ。もう、なにかというと、星川先生、星川先生、だものね」

「嬉しいね。僕にとって、子供が勉強がよく分かる、って言ってくれるのが一番嬉しいからね。それでね、十日ほど前なんだけど、静江さん、様子、変でなかったかな」

先生は、静江さんが泣いたのは自分のせい、と思い、正和君と静江さんが仲良くしているか、確かめたいと思ったのです。

「うん、なんにも変わんないよ。先生、鉛筆のことけ。静江、みんな話してくれたよ。笑いながらだったから、なんも心配しなかったよ。

『なんで泣いたの』

って聞いたら、

『正ちゃん、鉛筆、とったから』

って言うんだよ。うちの静江、そんぐらいじゃ泣かないものね、正ちゃん、いつもいたずらするけど、静江は慣れっこで、追いかけ回しているもんね。ちょっと不思議だったんだ」

「あのね、泣かせたのね、実は僕なんだ」

みんなは、

「あれ、なんでだ。先生のはずないべ」

と思い、全員、先生の顔を見ます。

特に正和は、

「え、俺じゃなくて先生なの、え、なんで」

と不思議そうに先生を見ます。

「あのね、正和君、鉛筆、全部持っていったでしょ」

「うん、うん、そりゃ、正坊が悪い。だから泣いたんだべ」

「それで、静江さん困ってしまってね、泣きそうにはなってたのね」

「うん、そうだべな。それで」

「そんな時に、僕が言ってしまったんだ。

『正和君に嫌われるようなことでもしたんじゃないの』

ってね。静江さん、正和君、大好きでしょ、それがショックだったんだね、泣きそうになっていた時に言われたからね。それで泣きだしたんだね。でもね、まだ、ちょっとだったんだ。それでね、周りの子が気づいて、特に女の子が正和君のこと怒りだしたんだ。大好きな正和君が悪く言われるでしょ、それがうんと辛くてね、今度は最初よりひどく泣いてね、子どもはそれを見てさらに怒りだすでしょ、僕も困ってしまってね。確かに原因を作ったのは正和君だけど、泣くスイッチを入れたのは僕だよ。調子にのって馬鹿なことを言ってしまったからね。静江さん、ごめんね。先生が泣かせたんだからね。正和君じゃないよ。それから、正和君も、ごめんね。みんなから悪く言われたけど、本当は悪く言われるのは先生だよ。ああ、これでよかった。謝れてすっきりしたよ」

「そうか、そんで泣いたのか」

「そんなだったら、泣くかもしんねえな」

「んでも先生、謝んなくたっていいんだからね。正坊も静江も普通に遊んでたからね」

正和の父ちゃんが、さも感心したように、

「んでも先生、すごいなあ。こんな小さな子供に、ちゃんと謝るんだものなあ。そんでなんだ、正坊も静江ちゃんも、先生のこと大好きだもんな。それ分かるな、先生、真っすぐなんだな。俺も前から好きだけど、ますます好きになったな」

静江の母ちゃんが、正和の頭をなでて、

「正ちゃんだって偉いんだよ。先生、あれ見てね。静江の部屋の窓んとこに、金魚鉢、あんでしょ、あん中に、ビー玉、いっぱい入ってんだ。あれね、正ちゃんがくれたんだよ。正ちゃんのごめんのビー玉って言ってね、正ちゃんが、うちの静江にいたずらして泣かせた時にくれるんだ。十日前もくれたんだよ。正ちゃん、いたずらはするけど、静江が泣くと、なんかしないではいられないみたいなんだ。優しいよね、正ちゃん」

「そうなんだ、正和君、ちゃんと謝ったんだね。泣かせたのは僕なのにね、偉いね」

正和は思います。

「あれ、んじゃ、ビー玉、あげなくてよかったのかなあ。んでも、やっぱり、全部、持っていった俺が悪いんだからなあ」

正和の父ちゃん、笑いながら、

「んでも、正坊、なんで全部、持っていったんだ。静江ちゃん、困るの分かるべよ」

「うん、そうだけど」

「後先、考えずに、とっさに持っていったってことか。ん、そうだよな」

「やっぱり、父ちゃんが、一番、正坊の気持ち分かるんだね。やっぱり似てるもんね」

「なに言ってんだ。似てるちゅうことはないぞ。俺は、お前の鉛筆、全部、持っていくなんて、そんなひどいことしたことないぞ」

「なに言ってんの、父ちゃん、もっと、ひどいことしたよ」

「なんだ、そんなひどいことしたか」

父ちゃんも母ちゃんも、薄磯で生まれ、四歳違いで一緒に遊んだ仲なのです。

「あのね、夏休み友達と海で泳いでいたら、後ろから、水、ぶっかけたでしょ。先輩のくせに何すんの、って本気で怒ったんよ」

「そんなこと覚えてね、どうせ泳いだらぬれるんだから同じだべ」

「本気で怒ってんのに笑って逃げたでしょ。高校生にもなって何すんの、って思ったんよ。あん時は、本当にいやな人、って思ったっけ」

「あれ、じゃあ、なんで結婚したんだい。まさか、いやな人、って思ったまま結婚したんじゃないでしょ」

先生が言うと、みんなはよく知っていることなので、ニコニコ笑っています。

「あのね、あたしの死んだ父親に言ったんよ、

『こんなひどいことされた』

って、そしたら、父ちゃん笑ってね、

『男の子っていうのは、好きな子にいたずらするもんだ。想ちゃん、そんなに悪い子じゃないぞ。そんな表面ばっか見てないで、普段、何してるか、よく見てみろ』

って言うんだ。

『ふーん、そうなんだ』

って思って、それから注意して見てたんだ。小さい村だべ、すぐ見れんだ。そうすっとね、うちの父ちゃん、ううう、あのね、うう」

「なんだ、泣いてんのか。この話すると母ちゃん泣くもんなあ」

「うん、んでね、うちの父ちゃん、いっぱい手伝ってんだ。親から、

『うちはいいから、そっちのおじいちゃんの船、手伝ってやれ』

なんか言われて、おじいちゃんを一生懸命手伝ってんだっけ。まだ高校生だよ。あたしのことなんか、全然、目に入らない様子で、汗、いっぱいかいて、最後まで手伝ってんだ。そんで、年寄りだもの、疲れ切ってるべ、もう歩くのもやっとぐらいだから、父ちゃん、家まで送ってあげんだっけ。荷物も持ってあげてだよ。それ見たら涙、止まんなくなって、ううう」

「あれ、また泣いてんのか、いいよ、好きなだけ泣け。俺も、ちょっと泣けるもんな」

「そんでね、いやな人、なんて思ってたのに、自分が一番いやな人に思えてきて、心の中でいっぱい謝ったんだっけ」

先生は、嬉しそうにニコニコしながら、

「そうかあ、想ちゃん、よかったねえ、本当の想ちゃん分かってもらってね。でも、想ちゃん、好きなよっちゃんが来てるのに、全然、気づかずに手伝いを続けたなんて、すごいね。本当に一生懸命に手伝っていたんだね」

「ハハハ、そうでないよ、先生。俺だってすぐに気づいたさ。遠くに姿、見えた時からすぐ分かって、『あれ、よっちゃん、なんで来たんだ。何か用があって来たんか』

って思ったんだ。んでも、みんな一生懸命に働いているし、俺も恥ずかしいから知らん振りすることに決めたんだ。そしたら、少し離れたところからこっち見て、なんか悲しそうな顔していつまでも見てんべ、いよいよ分かんなくなって、

『俺のいたずら、そうとう怒ってんのかな』

なんて思ってたんだ」

「ね、父ちゃん、あたしのこと、ちゃんと気づいていたんだもんね。後から聞いて分かったけど、そん時は分かんなくて、あたしのことなんか、なんにも見ないで一生懸命手伝ってから、

『どうして気づかないのかな』

とか、

『あたしのこと無視してんのかな』

なんて思ってたんよ」

「ハハハ、無視する訳ないべよ、好きなよっちゃんが来てんだよ。んでも、しばらくすると、母ちゃん、なんか悲しそうな顔して泣いてるみたいで、そんで、だまって帰ってしまったから、その後、俺、気になって手伝いどころじゃなかったんだ。あん時は、家に帰ったんだ、と思ったけど、その後も、おじいちゃんの手伝いを見てたんだっけね」

「そうだよ、一回は帰ったんだ。んでも、父ちゃんのことが気になって、家に帰ったけどまた出てきて、遠くから父ちゃんを見ていたんだ。そしたら、おじいちゃんの家まで行くんだもの、あたし、それ見てまた泣いて、夕方になると父ちゃん帰ってくるべ、あたし、なんだか静かに悲しそうな顔してっから、父ちゃん、聞くんだっけ、

『どうだ、よしえ、想ちゃんの普段の生活、ちょっとは見たか』

って、そしたら、あたしまた泣いてしまって、

『うん、見た』

と言うと、父ちゃん、

『どうだ、想ちゃん、いい子だべ』

って言うから、あたし、下、見て、

『うん』

としか言えなかったんだ」

話を聞いていた先生は、

「そうか、それでだねえ、初めて想ちゃんとよっちゃんにあった時、仲のいい夫婦だなあ、って思ったもんだよ。特によっちゃんなんか、普通の話、してるのに、嬉しそうに想ちゃんの顔、見て話してるんだよ。あれ、話の内容が嬉しいんじゃなくて、想ちゃんの顔、見てるのが嬉しいんだろうね」

「あら、先生、あたし、そんなに嬉しそうな顔してたの」

「してるよ、いつだってしてるよ。それで、よっちゃん、想ちゃんを見る目が、全然、変わっちゃったんだね」

「うん、そうなんよ。それからもいたずらされることあったんだけど、全然、怒んなくて、かえって泣いてしまったことがあって、父ちゃん、本当に泣かせてしまった、って勘違いして、すごく後悔したみたいなんだ。それから、もういたずらしなくなったんだ」

「そりゃあ、そうだよ。今までは怒って追いかけてきたべ、急に泣いて、怒ったりもしなくなったんだからな、

『本気で怒らせてしまったな、俺って馬鹿だなあ』

って思ったもんな」

先生はいい話だと思い、想三郎とよしえの顔をニコニコしながら見て、

「そうなんだねえ。想ちゃんを好きになるのは、それから時間が、かからなかったんだね。それじゃ

あ嫌いなまま結婚した訳じゃないんだ。当たり前だね」

君江も、よしえと幼なじみで、そのことはよく覚えているのです。

君江も昔のことを思い出して、嬉しそうに、

「そうだった、あっと言う間だったよ先生。そん時、よっちゃん、泣きながら帰ったでしょ。想ちゃんに、いっぱい、いっぱい、謝りながらね。そんで、泣きながら、今までされたいろんないたずら思い出したんだって。そしたら、意地悪ないたずら一つもない、って気づいたんだって。んでね、こんな優しい人が、あたしを好きだからっていたずらするんだ、って、そんで嬉しくて涙が止まらなくなって、そん時からだよ、あっと言う間に想ちゃんのこと好きになったんだ」

「ああ、君ちゃん、そんなことまで言わなくていいんだから」

「あ、よっちゃん、ごめんね。んでも、もうちょっとね。それでね、涙、流して帰ったすぐ後だったよね、夏休み砂浜で遊んでっ時ね、やっぱり、想ちゃん、よっちゃんのこと、からかったんだ。そしたら、よっちゃん、全然、怒んないで、泣きだすんだっけ。

『よっちゃん、どうしたの。想ちゃん、いたずらしたから悔しいの』

って聞いたんだ。首、振って、

『ううん、違うんだ。悔しくないよ、悲しくもないよ。だけど涙が勝手に出てくるんだ』

『それ、どういうこと』

『うん、父ちゃんが、想ちゃんの普段の生活よく見てみろ、って言うから、注意して見ることにした

んだ。そしたら、想ちゃん、うんと優しいでしょ。そんで涙が出るんだ』

『なに、よっちゃん、想ちゃんのこと好きになったんじゃないの』

『分かんないよ、分かんないけど、涙が出てくるんだ』

そんな会話があってね、今から十年、うんとね、まだ中学生だったから十五年以上前だよね。だけど、はっきり覚えてるんだ。んだからね、先生、好きになったの、想ちゃんの親切、見て、泣きながら家に帰った時だよ」

「そうか、本当だね、まさに、あっと言う間だね。でも、よっちゃんのお父さん、いいこと言ってくれたね。

『普段の想ちゃんの生活、見てみろ』

なんて、そのとおりだね」

よしえは死んだ父ちゃんを思い出しながら、

「本当だよ、先生。あん時、父ちゃんの言うこと聞いてなかったら、どうなってたのかなあ、って今でも思うもの。うちの父ちゃん、本当に優しいんだよ。だれにも優しいでしょ。そんでね、ちょっと、やきもちやくこともあったんだ。今は違うよ、結婚したばっかのころね。人のために一生懸命にするでしょ、何日もだよ。そうするとね、ちょっとね、あたしのこと放っておかれたみたいに感じて、ちょっと、やける時もあったのね。そんで考えたんだ。父ちゃんの優しい姿、見て泣いたんでしょ」

「よっちゃん、それ、違うよ。正確に言うと、優しい姿、見たから泣いたんじゃなくて、優しい姿、見たから好きになった、でしょ」

「ああ、君ちゃん、またからかうんだから。そんで、こんなふうに考えたんだ。

『自分も父ちゃんみたいになって、父ちゃんと一緒に人のために動けばいいんだ』

って、そうするといろんな人に喜んでもらえるでしょ。いろんな人と知り合って、いろんなこと教えてもらえるでしょ。んだからね、その後、ずっと父ちゃんのあとくっついてきたんだ。そんでね、うちの父ちゃん、いたずらした後は必ず魚くれんだっけ。漁師の息子だものね。半分、怒った顔でくれるんよ。ね、似てるでしょ、正坊そっくりでしょ」

「本当だね。正和君も、うんと優しいからね。そこも似てるね」

先生も、ニコニコ顔です。

「そんでね」

「ありゃ、まだあんのか。もういいべ」

「うん、いっぱいあるけど、もう一つだけね。これ、父ちゃんのいたずら言いたい訳じゃないんだ」

「違うのけ、んじゃ、なんだ」

「結婚してすぐだったから、よく覚えてるんだけど、父ちゃん、漁から帰ってきて、

『これ、うまい魚だから料理してくれ。煮んのがいいぞ』

って、ちょっと変わった魚、出すんよ。そんなに、魚、詳しくないでしょ」

「なんだ、なんだ。それ、いたずらだべよ」

「ん、そうでないんだ。んじゃあ、って煮たのね、そしたら、だんだん変なにおいでくさくなって、ふた開けたら、すごいにおいで食べられたもんじゃないのよ。

『何、これ』

って言ったら、ニコニコ笑ってんだっけ。

『あ、またやられた。なに、大人になってもやんの』

って、こっちも笑ってしまって。それから、何日かしてから、バッグ、買ってくれたんだ、父ちゃん、一人で一生懸命選んだみたいだもんね。もう二十年近くになるよね。今でも、あたしの宝物なんだ。あれ見ると、父ちゃん優しいね、って思えて嬉しくなんだっけね」

「あのバッグな、魚のいたずらであげた訳じゃないよ。それまで、ずっと、俺のいたずらに付き合ってくれたべ。母ちゃん泣いたから、しばらく、しなくなったけど、母ちゃんが高校生になったら、また始めたべ。たまにだったけどね。んでも、母ちゃん、なんにもいやな顔しなかったもんな。笑って、キャア、キャア言って、あんなくだらないいたずらによく付き合ってくれたべ。んでな、魚のいたずらした後に、すごく有り難く思えてきて、なんかしてやりたくなってなあ、そんで、あのバッグ、っていう訳なんだ」

「うん、んでも、なんとなくそんな気がして嬉しかったんだ。今も、なんかあって特別な時、使うべ、いろいろ入れるべ、そん時、思うんだ。

『いろいろ入ってるけど、父ちゃんの優しさが、一番いっぱい詰まってるなあ』

だから、このバッグ使う時、いつも幸せな気持ちになるんだ。父ちゃん、そんなことも考えて、バッグ、くれたのけ」

「うん、そりゃあそうだ、って言いたいけど、そんなことは考えなかったな。母ちゃんが、欲しがっていたし、いつも使えるのがいいかな、って思ったんだ」

先生は初めて聞く話ばかりなので、

「そうなんだねえ。いい話だねえ。それじゃあ、魚もバッグも父ちゃんのビー玉なんだねえ」

「うん、そうだ、そうだ」

と、みんなニコニコ顔。

静江の母ちゃんは、これだけはどうしても言わなければ、という表情で、

「あのね、先生、それも父ちゃんのビー玉だけど、一番のビー玉は、それじゃないよ」

「それはね、想ちゃんだよ。想ちゃんが一番のビー玉だからね。よっちゃん、今までずっと幸せだもの、な、そうだべ、よっちゃん。本当、あん時、本気で怒って本気で嫌いになんなくてよかったね。んでないと、こんなに幸せになってなかったかもしんないもんね」

「え、違うの、じゃあ、なんだろうね」

「君ちゃんだって幸せだよ。うちの正坊、静江ちゃん、水たまりに落として泣かせたでしょ、そん時、裕ちゃん、少しも怒んなかったもんね。かえって、三日間、どうやって謝るか考えていた正坊のこと、すごくほめてくれたでしょ。あの金魚鉢ね、中のビー玉あんなに大事にしてくれて、そんで、あの

ビー玉よりずっと多くビー玉くれるんだよ。裕ちゃんも本当に優しいもんね。君ちゃんも幸せだよ」

静江の父ちゃんも、なかなかのいたずら好きです。大真面目の顔を一生懸命に作って、

「ん、俺も想ちゃんも、いっぱい、ほめられてしまったな。んじゃなにか、正坊、ちゃんとこっち見ろや。正坊の父ちゃんは、好きだから母ちゃんにいたずらしたんだな。んじゃ、その息子の正坊はうちの静江のこと好きだから、いたずらするのか」

「え、なんで俺のことになんの、どうしよう」

と、あわてて、

「違うよ」

と、すぐに言うと、

「そうか、んじゃ、そんなに好きではないんだな。んではな、ちょっとは好きだからいたずらするのか」

それには正和も困ってしまい、

「違うよ」

と答えれば、静江ちゃんのことはちょっとも好きでない、ということになってしまいます。それで、しかたなく、

「うん」

親も先生も、大笑い。

「ハハハ、こりゃ、裕ちゃん、正坊、そんなにからかうな。正坊、心配すんな。正坊が、静江ちゃん、大好きだ、ってことはみんな分かってるからな。ちょっとじゃないぞ」

それから、正和の父ちゃんが、しみじみと言います。

「静江ちゃん、偉かったなあ。正坊が悪く言われた時、それが悲しくて泣いたんだ。自分は鉛筆、全部、持っていかれたのに、そんなことより、正坊がみんなから悪く言われたことの方を辛く感じてくれたんだねえ。優しいなあ、静江ちゃん。親としては嬉しいな。有り難うね、静江ちゃん。まだ一年生なのに大したもんだ。静江ちゃんはいい嫁っこになるな」

親たちは、二人が一緒になるような気がし、きっと仲が良い幸せな家庭を作るんだろうな、と感じています。正和は十歳、あと十年もすればそんな年ごろになるのです。十年なんてすぐ過ぎ、そんな先の話ではないように思えるのです。でも、父ちゃんも母ちゃんも、ただなんとなくそんなふうに思っただけです。

「なあ、想ちゃん、今、思ったんだけどな、あのいたずら、正坊に話しておいた方がいいんじゃないか」

「なに、裕ちゃん、どんないたずらだ」

「ほら、中学生の時、ひどいいたずらしたべ」

「もしかしたらあれか、母ちゃんをうんと泣かしたやつか」

「うん、そうだ」

「あれはひどかったなあ。今でも反省すんもんな。んだけど、なんで正坊に話すんだ」

「そりゃあ、正坊、想ちゃんに似てるべ。まだ小学生だけど、とっさに同じいたずらしたら、母ちゃんびっくりして、腰、ぬかすべ。んだから今のうちから教えておいた方が、な、そうだべ」

「んー、正坊か。そうだなあ、まさかとは思うんだけど、やりかねないか。教えておいた方がいいか。ちょっと恥ずかしいけどな」

「ん、そうだよ。想ちゃん、頑張れや」

「なに、父ちゃん、あたしも知らないことなの」

と母ちゃんが言うと、

「ん、言ってないかもしんねな。あんまりひどい話だから、やっぱり言うのは恥ずかしかったんだべ」

「んじゃ、絶対、教えて」

正和は、自分もやりかねないようないたずら、と言われて心配になっています。

「父ちゃん、どんないたずらだ。うんと悪いのけ。おまわりさんに捕まるようなことしたのけ。早く教えてけろ」

「うん、おまわりさんには捕まんないな。だけど、もっと悪いかもしんね」

「なんだ、父ちゃん、あたしも知らないことなんだ。父ちゃんのこと、なんでも知ってると思ってたんだよ。んじゃ、早く教えて」

「分かった。んじゃ、今、話すな。思い出しながらだから、ゆっくりな。あのな、ここさ倒れてたんだ」

と言って、みんなが座っている黒光りする板ぶきの縁側を指差します。

「なに、父ちゃん、ここに倒れたの。大丈夫だったんか」

と裕ちゃん以外のみんなは心配顔。

「ちょっと、いたずらのつもりでここに倒れたのよ。母ちゃん、帰ってくるのが分かったからな。ほんのちょっとしたいたずらのつもりで、急いでここに倒れたんだ。そうすっとな、母ちゃん、庭に入ってくると、すぐに俺を見つけて、

『想坊、どうした。想坊、どうした』

って大声で叫んで走ってくんだ。荷物、全部、庭に放りだしてな、

『想坊、想坊、大丈夫か』

って大声で叫んで、ほんで俺の肩ゆすったり、顔、叩いたりすんのさ。俺は、いたずらのつもりだから、ほんのちょっとな、ほんとちょっとの間《ま》だよ、気づかない振りしてたんだ。母ちゃん、あんまり本気で叫ぶから、もう、いたずらだったんだ、なんて言えなくなって、俺もびっくりして、母ちゃんの顔、見たんだ。そしたら、母ちゃん、ワーワー泣いて、

『想坊、大丈夫か、大丈夫なんだべ。生きてんだな、死んでないんだな。ああ、よかった、ああ、よかった』

って、また俺のことをきつく抱いて、ワーワー泣くんだっけ。もう、いたずらだった、なんて言えな

いよな。こっちも、母ちゃん、こんなに泣かしてすまなくなって、なんだか悲しいやらで涙が出てきて、そしたら母ちゃん、

『どこも痛くないのけ。なんで倒れたんだ』

って、俺のこといろいろ調べだして、

『怪我してないんだな。大丈夫か』

って、だんだんいたずらだって分かってくんべ、母ちゃん、本当、怒ったな、

『なんてことすんだ。こんないたずらするやついっか。母ちゃん、死ぬかと思ったぞ。この馬鹿ったれ。想坊、お前はなんちゅう馬鹿ったれなんだ』

って泣きながら言うんだ。いっぱい叩かれると思って、もう、母ちゃんの顔、見れないもんな、そしたら、母ちゃん、俺のことをきつく抱いて、

『ああ、よかった。ああ、よかった』

って、また、ワーワー泣くんだ。そんで、ここさ、へたりこんでしまって、しばらく立てないのよ。

俺も泣きながら、

『母ちゃんにひどいことしてしまったなあ。馬鹿だったなあ。とっさの思いつきで馬鹿なことをしてしまって、母ちゃん、死ぬほど泣いたもんな』

って悲しくなって、庭、見たら、買い物した荷物があっちこっち散らばってっから、一つ一つ、

『母ちゃん、ごめんな。母ちゃん、ごめんな』

って、はだしで拾っていたっけなあ。母ちゃんのこと見れなくて、背中、向けて、一つ一つ丁寧に、土、払って拾ったけど、涙でにじんでボーっと見えてたな。

それから、海、行ってな、一人でボーっとしてたんだ。

『馬鹿なことしたなあ。母ちゃん、あんなに泣かせて、俺ってひどい子供だなあ。もういたずらやめんべ』

なんて、海、見てたら、港で、父ちゃんたちが働いてんだ、

『あ、父ちゃんにも怒られるな。なんて言われるんだべ。ああ、いやだなあ、このまま、家に帰りたくないなあ』

なんて思って、ずっと、海、見てたんだ」

正和の母ちゃんは、さもあきれた、というように笑いながら、

「父ちゃん、初めて聞いたよ。そんないたずらだめだ、って分かるべよ。中学生の時でしょ」

「そりゃあそうだ。考えればだめだ、って俺だって分かるよ。だけど、母ちゃん、帰ってきたのが見えたから、なんも考えずに思いつきで、すぐにやってしまったんだ」

「そうか、やっぱり父ちゃんらしいね。そんで、後から父ちゃんにしこたま怒られたべ」

「父ちゃん、酒、飲むと、いつでもきげん良くなるんだ。笑いながら、

『想坊、お前は、もう中学生だぞ。やっていいいたずらと、やって悪いいたずら、区別つくべ。お前はいたずら好きなんだから、そのへんよく考えて区別しろ。そんで、想坊、お前、ちゃんと後悔した

のか』

そしたら、母ちゃんが、

『父ちゃん、想坊、いっぱいしたよ。荷物、ほっぽりだしたから庭に散らばってたんだ、それ、全部、泣きながら拾ってくれて、それから、海、行って、しばらく帰ってこなかったんだ』

『んー、そうか』

って言って、なんにも怒らないで、笑いながら酒、飲んでんのさ。そんで、かえって、悪いことしたなあ、って思えてくるんだっけ。んでも、母ちゃん、また思い出して、

『本当に死ぬかと思ったんだからね。まだドキドキしてんだからね。本当に、想坊は、もう、あんないたずら、絶対にやめてね』

って、また泣きだしそうだから、俺は、首、すぼめてるだけなんだ」

静江の母ちゃんは、三年前を思い出し、

「あたしも初めて聞いたよ。うちの父ちゃん、そんな話、してくんなかったからね。したけど、想ちゃんと正ちゃん、本当に似てるんだねえ。正ちゃんがうちの静江、水たまりに落として泣かせたべ。そん時も、正ちゃん、海に行ってしょんぼりしてたんだ。父ちゃんと静江と三人で、海、行ったんだ。そしたら、正ちゃん、海、見て、ボーっとしてたもんね。あん時、正ちゃん、かわいそう、って思ったよ。想ちゃんも、やっぱり、海、見て、ボーってしてたのか。やっぱり親子だから似てんだね」

正和は、

「父ちゃんは、俺と似てる、って言うけど、俺よりいたずらだなあ」

と思いながら、笑っていいのか、真面目に聞く話なのか、よく分からないのです。

裕ちゃん以外のみんなは、あきれたり、笑ったり、

「へー、ここで、そんなことあったの」

と、改めて縁側と庭を見ています。

「それから父ちゃん、どうしたの、ビー玉、いっぱい、あげたの」

と母ちゃんが聞くと、

「ん、そうだなあ。あげたような気するなあ。うんと昔のことだからよく覚えてないけど、母ちゃんをいっぱい手伝ったような気がするな。母ちゃん、思い出したように俺のことにらむから、俺、また肩すぼめて、台所とか手伝うべ、そうすっと、

『いいよ、いいよ、想坊、遊んでこいね』

って笑いながら言うんだ。あれ、いたずらで俺のことにらんでいたんだべな。んでも、いっぱい手伝ったよ。ずっとすまなくて、台所でも、畑でも、港でも、自分から手伝えること探して、いっぱい手伝ったっけなあ」

「父ちゃん、知ってたの」

と静江が言うと、

「そりゃあ、知ってるよ。父ちゃんと想ちゃん、ちっちゃいうちから遊んでいたんだぞ。隣同士だも

んだ」

んな。正坊と静江とおんなじだ。そんで、その日のうちに、全部、聞いて、親なんか大笑いして、やっぱりあれはだめだ、とか、想坊はしょうがない子だ、とか、しばらくはその話でもちきりだった

正坊の母ちゃん、ちょっと納得がいかない、という顔で、

「んじゃ、それ中学生の時なんでしょ。それ以来、こりていたずらやめたんでないの。あたしにいた

ずらしたの高校生になってからだよ」

「ん、そりゃあ、こりた。相当こりた。そんで、それからはちゃんと区別したぞ。いいいたずらと、

悪いいたずら、ちゃんと区別していたずらするようになったもんだ」

「あれま、んじゃ、あたしにしたいたずら、いいいたずらなんだ」

「ん、そうだな。そんでな正坊、いたずらには、やってもいいいたずらと、やってはいけないいたず

らがあんだぞ。今、話したのは、やってはいけないいたずらだ。母ちゃん、うんと泣いたからな、正

坊も、母ちゃん、泣かせたらだめだぞ、分かったたか」

「うん、分かった」

今までニコニコしていた母ちゃんは、真顔で、

「正坊、そんなことしちゃだめだよ。そんなことしたら、母ちゃん、本当に死んでしまうかもしんな

いよ」

父ちゃんも真顔になり、

「そうだぞ、正坊、本当にだめだぞ。そんなことして母ちゃんが泣いたら、父ちゃんも辛いかんな。分かったか」

「うん、分かった。そんなことしないよ」

正和は、父ちゃんがしたいたずらなのに、なんか自分が怒られているみたいなので、変な気分になって、

「俺、そんな馬鹿なことしないよ」

と、ちょっとムッとして言うと、静江の父ちゃん、

「ハハハ、なんだ想ちゃん、そんな馬鹿ないたずらしたの想ちゃんじゃないのけ。正坊は、そんないたずらしないべ。正坊が怒られているみたいで変な顔してっぞ」

「ハハハ、本当だな。やったの俺だな。ハハハ、正坊、父ちゃんも、母ちゃん、泣かせて、相当、辛い思いしたんだからな、絶対やっちゃだめだぞ」

母ちゃんも笑いながら、

「そうだよ、正坊、本当だからね。本当だめだからね。んでも、父ちゃんが話してくれてよかった。正坊がそんなことしたら、母ちゃん、どうなっていたか、考えただけでもドキドキするよ」

正和も笑いながら、

「父ちゃん、本当にいたずらだなあ。俺も思いついたら同じことしてたかもしんないな。母ちゃん、本気で泣かせたら、俺、いやだよ。教えてもらえてよかった」

と思うのです。

正和は、自分はいたずら小僧ということは、よく分かっているので、本気で、悪いいたずらを知りたくなり、

「んじゃ、父ちゃん、いいのと悪いの、どうやって分かんの」

「それはな、んーと、やっぱり泣かせるようないたずらはだめだな」

「静江ね、水たまりの時も、鉛筆の時も、両方泣いたよ。いっぱい泣いた。正ちゃん、あれ、だめないたずらなんだ」

「んー、そうか、静江ちゃん、泣いたもんな。ええとな、んー、難しいな。裕ちゃん、どう思う」

「そうだなあ、怒らせんのだめじゃないか。特に、本気で怒らせんのはな」

「あたしなんか、水、ぶっかけられたでしょ。そん時は本気で怒ったんよ」

「そうかあ、なかなか難しいな。やっぱり、ここは先生だな。いっぱい、いたずらっ子、扱ってっからな。先生、どうだ、どう思う」

今まで、ニコニコして聞いていた先生、

「そうだねえ。いいいたずらと悪いいたずらか」

ゆっくり考えながら、十日前、鉛筆のことで職員室で考えたことを思い出します。

「それは、やっぱり、好きな子にするいたずらは、まあまあいいのかな。意地悪な気持ちは入ってないからね。ちょっかい出して自分の方に気を向かせようとしているだけだからね。それに対して嫌い

な子にするいたずらは、悪いいたずらかな。意地悪な気持ちでするだろうから、それは、いじめだよね」

みんな、

「なるほどねえ。さすが先生、よく分かるなあ」

と納得です。

しばらくして、正和の父ちゃん、

「あれ、先生、よく分かったような気がしたんだけど、俺な、母ちゃん、泣かせたべ。ここさ倒れたふりして、母ちゃん、死ぬほど泣いたべ。俺、母ちゃん、大好きだったんだよ。大好きな人にしたいたずらだから、意地悪な気持ちなんか全然、なかったんだよ。んじゃ、あれ、まあまあいいいたずらだったんかな。俺、泣きながら後悔したから、いいいたずら、ってとても思えないな。どう思う、先生」

みんなは、

「あれれ、どうなんだ」

と、また迷い始めます。先生も、

「本当だね。いい考えだ、と思ったけど、そうでもないのかな」

と言うと、正和の母ちゃん、

「ね、先生、いたずらって、全部、だめなんじゃないの。静江ちゃんもいっぱい泣いたし、あたしもいっぱい泣いて怒ったよ。だから、いたずら、全部、ちょっとずつだめなんじゃないの」

「んー、そうかもしれないね」

と先生が言うと、

「そうかあ、そんなことないべ。そんじゃ、つまんないべ」

「そうだよ。そんじゃ、笑いもなくなって、正坊だって静江ちゃんだって、元気がなくなるぞ」

いたずら好きの父ちゃんたちは、一生懸命、いたずらの味方です。

静江の父ちゃんは、何かいい考えを思いついたらしく、力をこめて、

「な、よっちゃん」

「ん、なに、裕ちゃん」

「よっちゃんは、今、幸せだべ」

「うん、幸せだけど、どうしたの裕ちゃん」

「それ、想ちゃんが優しいからだべ」

「うん、そうだけど」

「うん、想ちゃんな、ああ見えても恥ずかしがり屋なんだ。そんで、いたずらしたんだ」

「なんだよ、裕ちゃん、俺、恥ずかしがり屋だからいたずらしたんでないよ」

「うん、そうだ。よっちゃんのこと好きだからいたずらしたっちゅうのは、俺もよく知ってるぞ」

「なんだ、なんだ、なに言いたいんだ。裕ちゃん」

「うん、あのな、もし、いたずらがなかったら、よっちゃんに近づくの難しかったよ。ただ、遠くからよっちゃんを見ているだけだったよ。そしたら、よっちゃん、想ちゃんのこと気づかなかったかもしんないし、想ちゃんのいいとこ分かんないままだったかもしんないよ」

母ちゃんは、自分も気づいたらしく、

「本当だね、裕ちゃんの言うとおりだね。父ちゃんのいたずらあったから、父ちゃんの普段の生活、ちゃんと見ろ、って言われて、父ちゃんの優しいとこいっぱい気づいて、な、父ちゃん、いたずらしてくれて、有り難うね。んじゃ、いたずら、これからも大切にしないとね」

「ん、そうだぞ」

と想ちゃんも裕ちゃんも嬉しそう。

「そんでね。一月《ひとつき》ぐらい前なんだけど、これ、いいいたずらかな、悪いいたずらかな」

正和の母ちゃん、何かを思い出し、

「ね、父ちゃん、正坊がパンに変なことしたでしょ。あれ、どっちかな」

「あれ、また俺のことになったの」

と正和、ちょっとびっくり、

「ああ、あれな。そうだなあ、どっちだべ。でもな、最後には、中川のおじちゃん、おばちゃん、いっぱい笑って、そんで正坊のこといっぱいほめてくれたべ。んだから、いいいたずらかな。そんでもな、あれ、いたずらっていうより正坊の食いしんぼう、ってところだな」

涙でかすんだ水平線

六　あんパンと涙でかすんだ水平線

静江が、嬉しそうに先生に向かって、

「あのね、先生、正ちゃん、パン食いなんだよ」

「え、なんだい。それって、正和君、パンが大好き、ってことかい」

「違うよ。正ちゃんの名前がパン食いなんだ。だから、正ちゃんが競走すると、パンがなくったってパン食い競走なんだよ」

「なんだよ、静江ちゃん。俺、パン食いなんかじゃないよ」

「だって、中川の昇ちゃん言ってたよ、正坊はパン食いだ、って」

「そうなんだけどさ」

正和の母ちゃん、ニコニコしながら、

「静江ちゃん、そんなんじゃ、先生、分かんないよ。あのね先生、みんなは知ってることなんだけど、一月《ひとつき》ぐらい前の夕方なんだ」

「あれ、正和君、一月《ひとつき》前にもいたずらしていたのかい。十日前の鉛筆のいたずらの前だよね。ハハハ、正和君、本当、いたずら好きだねえ」

正和、エヘヘと照れ笑い。

みんなは知っていることなので、ニコニコ、クスクス。

正和の母ちゃん、早く先生に教えたい、と思い、先生と正和を交互に見ながら、

「あのね、先生。父ちゃん、夕方、帰ってきて、

『ただいま』

って言うから、あたしは、台所から、

『お帰り、父ちゃん。おなかすいたべ、そこのあんパン、食べてて』

って言ったのね。そうすっと、しばらくして、

『なんだこれ、おい母ちゃん、このパン変だぞ。ちょっと、こっち来て見てみろや』

って言うからすぐ行ってみたんだ。そうすると、父ちゃん、パン持って、

『ほれ、見てみろ。このあんパン、あんこ、全然、入ってないぞ』

『そんなことないべ、いつものあんパンだよ。ちょっと見せて』

って見たら、あんこが少しくっついているだけなんだ。

『父ちゃん、他のはどうなんだ』

『どれ、こっちはどうだ。これもやっぱり軽いぞ。ずいぶん軽いな。不思議だなあ、見た目は普通のあんパンだけどな』

『本当だ。変だね、父ちゃん』

それで、残りの二つも持ってみたのね、それは重くて普通のあんパンみたいなんだ。全部で四つあったでしょ、みんなの分なんだ。そのうち二つにあんこが入ってないのよ」

「あれ、みんなの分なら三つじゃないの、正和君だけ二つ食べるのかい」

「あ、そうじゃないよ、先生。うちは静江ちゃんの分まで入れて全部なんだ。だから、いつも四つあんだよ。それで、父ちゃんと、

『不思議だねえ、どうしたんだべか』

って言ってると、庭で、正坊と静江ちゃん、遊んでたのよ、そんで静江ちゃん、

『なに、なに、どうしたの』

って走ってきてパンをのぞきこむんだ。それで、父ちゃん、パン見せて、

『ほら、このあんパン、変だべ。あんこなんにも入ってないんだ。でも、静江ちゃん、心配すんな、こっちは大丈夫だから、こっちあげんからな』

って不思議そうな顔して言うんだ。

そん時、正坊、庭に一人でいるでしょ。

『ああ、そうか』

って、あたし気づいて、

『父ちゃん、正坊、見てみろ』

って言ったんだ。そしたら、正坊、庭の中、あっち行ったり、こっち行ったり、空、見上げたり、知らん振りしてんだ。普通なら正坊が一番に走ってくるべ、

『なんだ、なんだ、父ちゃん、どうした』

って、これ、すぐばれるでしょ」

「ハハハ、そうだっけな。俺もすぐ分かってな、

『なんだ、これ、正坊のいたずらか』

って思って、すぐに声、かけそうになったんだ。パン屋さんのミスなら分かるけど、正坊がやったとなるとよけい不思議になって、よくよくパンを見たんだ、こうやって、上も下も全部な。んだけど、全然、分かんないのよ。どうやったんだ、ってすごく気になってな、すぐにでも正坊に聞きたくなったのよ。んでも、ちょっと待て、って思って、グッと我慢してな、そんでな、母ちゃんに、ちっちゃな声で合図してな」

「父ちゃん、ひどいなあ。分かってて知らない振りするんだもんなあ。父ちゃんの方がよっぽどいたずらだよ」

「ハハハ、ごめんな。早く教えて、どうやってこんなに上手にあんこだけ抜き取ったか聞きたかったんだ。んだけど、そこは、グッと我慢してな」

母ちゃんも話したくて、ウズウズです。

「あたし、すぐ分かったから父ちゃんに、

『ほら、正坊、見て。パンやったの正坊だよ』

って、目で知らせたんだ。父ちゃんもすぐ分かって、あんパン、しげしげ見てるんだ。本当、上手にあんこだけ抜けてるもんね。そしたら、父ちゃん、ニコニコ笑って、

『分かってっから声、出すな』

って、ちっちゃい声で言うんだ。

『あ、また父ちゃん、なんか思いついたんだ。なにするつもりだ』

って、あたしも黙ってたんだ。そしたら、父ちゃん急に真面目な声、出して、

『なんだ、このパン、変だぞ。あんパンなのに、あんこ、全然、入ってないな。んー、こりゃあ、どういうことだ。中川商店がいけないのか、作ったパン屋がいけないのか、やっぱり、作る時、だれかがあんこ入れるの忘れたかもしんねえな。ちゃんと聞いてこないとな。中川のおじちゃん、おばちゃん、こんなんじゃ困るべ。んじゃ、俺、ちょっくら行ってくんぞ』

ってすごい真面目な顔して、庭、出ていったんだ」

「ハハハ、あん時、笑いこらえるの大変だったぞ。正坊の顔、チラチラ見てな、そしたら正坊、

『え、なんだ、おじちゃんとこ行くの、え、なんで、だめだよ』

っていう顔して、すごくあせってんだな。俺は知らない振りして、パン四つな、全部、持って店の方に歩いていったんだ」

「そうなんだよ、

『あれまあ、父ちゃん、またこんないたずらして、正坊かわいそうだよ』

って思ったんだけど、父ちゃん、大真面目で出ていくしねえ。正坊、あせってしまって、しばらく、庭の中うろうろしたり、父ちゃんの後ろ姿、見たり、ああ、なんてため息もついて、そのうち泣きべそかいて、

『母ちゃん、どうしたらいい』

って顔すんのよ。あたしもかわいそうになって、

『正坊、あれやったの正坊か』

『うん』

ってうなずくから、

『んじゃ、父ちゃん、追いかけていけ、もう店に着いてっから、おじちゃんにも正直に言えば分かってくれるよ』

って言ったんだ。そんで、正坊、泣きながら走っていったんだ。静江ちゃん、よく分かんなかったみたいだけど、そんでも、正坊のこと心配して一緒に走っていったんだ。な、先生、うちの父ちゃん、正坊と同じでいたずら好きだべ」

「あらあら、一月前《ひとつき》、ここでそんなことあったの、正和君より父ちゃんの方が一枚上手だね。なんだか、正和君がかわいそうになってきたな。それで正和君、君は泣いたんだよね、怒られるの怖かったからかい、それとも、中川さんのこと考えて心配になって泣いたのかい。ん、そうだね、正和君なら、

絶対に心配して泣いたんだろね」

「うん、父ちゃん、おっかない顔して出ていったべ、おじちゃんに文句、言うんじゃないかと思ったんだ」

「そうだよね、父ちゃん、

『中川商店の責任か、パン屋の責任か、どっちだ』

なんて言って、出ていったんだものね」

「うん、父ちゃん、すごい勢いで出ていったんだよ」

「そうだよね、正和君、それで心配になって泣いた訳だね。優しいねえ。だけど、見ても分からないようにあんこだけ抜くなんて、正和君、すごいね。僕も見てみたかったね」

「正坊、今度、先生に見せてあげな」

「いいよ。俺、そんなことすんのもういやだよ」

と正和、首を振ります。

「それからどうしたの」

先生が聞くと、父ちゃん、

「ん、そんでな、俺は、正坊のあわてた姿がおかしくて、笑いながらおじちゃんのとこさ行ったのさ、そしたら店先に三人ともいてな、昇太は俺と一緒に港から帰ってきたところだから、三人で、魚、見てたんだ。三人そろってバケツのぞいて、楽しそうにやってたんだ。そこに俺がパン持って現れたか

らね、

『想ちゃん、パン持って、どうしたんだ』

って言うから、俺は、

『正坊がパンにいたずらしたんだ。ほら、このパン、見てけろ』

って言って説明しようとしたんだ。そしたら、すぐに正坊と静江ちゃん、走ってくんべ、もう説明する暇ないのよ、泣きながら俺の手引っぱって、

『父ちゃん、違うよ、それ、俺だよ。おじちゃん関係ないよ、父ちゃん、帰ろ』

って、手、強く引っぱんだっけ。必死で引っぱるし、泣きながら、一生懸命、訴えるべ、俺も、今まで笑ってたけどかわいそうになってな、

『分かった、分かったから、もういいぞ。正坊、このあんパン、お前がやったんだな』

『うん、そうだよ。だから、おじちゃん、なんも悪くないんだ、俺がやったんだ』

って、俺の手、引っぱり続けんだ。

おじちゃんも、おばちゃんも、昇太も、事情、分かんないべ、んだから不思議そうな顔してな、

『なんだ正坊、なして泣いてんだ。このパン、どうかしたのか。いいから、いいから、ここさ座れ』

って、正坊と静江ちゃんをベンチに座らせて、三人してあんパンをゆっくり見だすんだ。

『想ちゃん、このあんパン、どうかしたのけ。なんか、あんこ、入ってないな、初めからこんなんけ』

『ん、そうじゃないんだ。実はな、正坊があんこだけ抜いたんだ。ほら、よく見てみろ、どうやった

か分かんないけど実にうまく抜いてんのよ』

『本当だ、これ分かんないな。これ本当に正坊やったのか、すごいな、どうやったんだ、正坊』

って、みんな不思議そうなんだ。おじちゃんは、正坊が泣いてるのが、一番、気になるみたいでな、うんと優しい声で、

『したけど、正坊、なんで泣いてんだ。父ちゃんに怒られたのけ。んー、そんなことある訳ないな。父ちゃん、こんぐらいじゃ怒んないな。さっき、おじちゃん、なんにも悪くない、なんて言ってたな、んじゃ、父ちゃん、うちになんか文句でも言いに来たとでも思ったのか。父ちゃん、そんなことする訳ないべ。父ちゃん、うんと優しいの正坊も知ってるべに』

『んだって、父ちゃん、おっかない顔して出ていったんだよ。パンのこと、ちゃんと言わなくちゃいけない、みたいなこと言って、そんで、急いで、庭、出ていったんだ』

静江ちゃんも一生懸命にな、

『本当だよ、そんで、あんパン、持って出ていったんだから』

って、正坊のこと、かばうのよ。

『なんだ、そういうことか、想ちゃんもいたずらだなあ、だめだよ想ちゃん、ほら見ろ、正坊、こんなに泣いてんぞ』

おばちゃんは、大真面目でな、

『正坊、びっくりしたなあ。だめだよ、想ちゃん、正坊、正直なんだから、すぐ、ごまかされるんだ

からね。正坊、父ちゃんから、うちが文句みたいなこと言われて困ってるみたいに思ったのかな、な、正坊、けんかみたいになったらいやだものね』

そんで、三人して俺のこと怒るんだっけ、

『正坊、ごめんな、こんなに泣くとは思わなかったもんな。ちょっとだけびっくりさせるべ、って思っただけだからな。んでも、俺がこんなに怒られると、正坊、今度は俺のことで悲しむぞ、そうだべ、正坊』

『うん』

おじちゃんは、正和の頭をいっぱいなでながらな、

『正坊、ごめんごめん。父ちゃんを怒ってる訳じゃないからな、心配しなくていいぞ。正坊、もう泣かなくていいからな。父ちゃんな、正坊のいたずらだ、って分かってて、そんで自分もいたずらするべ、って、うちさ来たんだからな。ハハハ、んだけど父ちゃんも相当ないたずらだなあ』

『なんだ、父ちゃん、知ってたの、ひどいなあ。んだけど、俺、分かんないようにやったんだよ』

『ハハハ、そりゃ分かるよ。正坊、庭、うろうろして、チラチラこっち見て、目が合いそうになると、空なんか見て、本当なら一番最初に、

〝なに、なに、どうした父ちゃん〟

って駆けてくんべ。あん時、すぐ分かったぞ。

『ふーん、そうなんだ』

って正坊も分かったみたいだったな。

そしたら、おじちゃん、急に真面目な顔になってな、

『んじゃあ、正坊、正坊は俺んとこのために泣いてくれたのか、そんで、走って、父ちゃん、止めようとしたんだな。な、母ちゃん、正坊、優しいなあ』

『そうだね、正坊、優しいね。うちのこと心配してくれて泣いたんだねえ。想ちゃんに文句、言われたり、なんか困ったことになると思って泣いたんだねえ。んでもね、正坊、想ちゃん、そんなことしないよ。想ちゃん、優しいからね』

そんで、二人して、正坊の頭、いっぱいなでて、おじちゃん、

『正坊、静江ちゃん、あんパン、好きだべ。うちにいっぱいあっから、いっぱい食べろ』

って店からあんパン、いっぱい持ってくんだっけ。

『ほら、食べろ、食べろ』

って袋から出してくれて、正坊と静江ちゃんに寄こしてな、二人が食べるの嬉しそうに見てたっけ。正坊もだいぶ安心したみたいでな、グズグズ言いながら食べてたな。んで、三人ともな、テーブルに置いてあった問題のあんパン見てな、

『したけど、これどうやったんだ。本当、全然、分かんないな、正坊、教えろや』

正坊、もう泣きやんでたから、ちょっと得意そうになってな、

『テレビで見たんだ』

『なんだ、そりゃ。テレビであんこの抜き方、教えてんのか』

『ううん、あり食い（アリクイ）、見たんだ』

『なに、あり食いか、あの変な動物か、それがどうかしたのか』

『うん、あり食いの口、とんがってるべ。そんで、口から、ペロペロって舌出して、ありを穴から出して上手に食べんだ。それテレビで見てたんだ。すごいなあ、上手だなあ、って見てたら、目の前にあんパンあるんだ。そんで、これ俺にもできるぞ、って思って、いろいろ考えたんだ。そんで思いついたのが耳かきなんだ。そんで、ちっちゃい穴、開けてほじくると、ちょっとずつだけど、あんこ出てくるんだ。甘くてうまいべ、そんで時間かかったけど二つ頑張ったんだ』

『ハハハ、変なとこに頑張ったな。なるほど、あり食いか、正坊、よく思いついたな。正坊は食べることには知恵が働くな。んでも、なんで二つ残したんだ。正坊、後から食べる分として自分と静江ちゃんの分、残したんだべ』

『ううん、違うよ。すごく時間かかったから、面倒くさくなったんだ』

『ん、そうか。だけど、このあんパン、ちっちゃな穴だってないぞ、穴あれば、ちっちゃくたってすぐばれるもんな。正坊、どうしたんだ』

昇太は、まだ若いべ、好奇心いっぱいでいろいろ聞くんだ。

『うん、ちっちゃな穴、開けたべ、きれいに開けて、それ、ちゃんととっておいて、後から水つけてもとに戻したんだ。水つけて、ちょんちょんって押して、しばらくしたらくっついて、うまくいったんだ』

『そうかあ、すごいな正坊。どれ、どこだ、これか、あ、本当だ、よくよく見んと分かんな。こりゃ、ちょっと見には分かんないな』

おじちゃんも、フンフンと感心しきりでな、

『ハハハ、本当だ、こりゃ分かんないな。これからは、正坊にあんパン売る時、注意しないとな』

『おじちゃん、俺、もうしないよ』

『そうか、んじゃ、安心だ』

みんな、大笑いしたのよ。昇太は、ニヤニヤしながら、

『正坊、あり食い、見て、そんで同じようにしてみたのか、それじゃあ、正坊は、パン食いだな。これからは、正坊じゃなくて、パン食い、って呼んでいいか』

『いやだよ。あり食い、って、口、とんがってて、変な顔してんだよ』

『そうか、んじゃ、パン食いは変な顔してんのか。んー、ちょっとは変な顔してんな』

ハハハ、ってみんなは大笑いしてっと、正坊は照れ笑いしてっから、正坊、泣いたばっかりだべ、ちょっと、かわいそうになってな、

『昇太、あんまり正坊、からかうなや。顔、まだくしゃくしゃだぞ』

『あ、ごめん、ごめん。そうだ、泣いたばっかしだったなあ』

って言って、昇太、いい奴だべ、本気ですまなく思って、正坊の頭、いっぱいなでてくれんだっけ。

昇太は四年前から俺の弟子みたいなもんなんだ。それまでは、俺もみんなと同じように、昇ちゃん、って呼んでたのよ。漁師は厳しい世界だ。俺も本気で教えるつもりだから、それから、昇太、って呼んでんのよ。先生、昇太とは話したことあんのけ」

「そりゃあ、あるよ。散歩の途中で店によるでしょ、そんな時、たまには話すからね」

「そうか、昇太、まだ若いけどうんといい奴だべ。そしたら静江ちゃんな、もうすっかり落ち着いて、ニコニコ笑ってな、

『あり食い、ってなんなの。ありを食べんの、そんなのうまいのかなあ』

そうすっと、昇太、あり食いと正坊、重なるんだべな、クックッって笑いながら、

『そうだな、こんぐらいの大きさでな、ちょうど正坊ぐらいの大きさなんだ。大きさも正坊と似てんだ。日本にはいないから見たことないよなあ。口なんかこんなふうに長くて、んで、先から舌が、ペロペロって出てきて、そんで、あり、食うんだ。そんで、あり食い、ってゆうんだ』

『それじゃあ、あり食い、って本当に変な顔してるんだね。んでも正ちゃん、そんな変な顔してないよ』

静江ちゃん真面目な顔で言うべ、みんなは、また大笑いになってな、正坊は照れ笑いするしかないのよ。

昇太は調子が、出てきてな、

『正坊は、別名、パン食いだな。んじゃな、正坊が競走するべ、そうすっと、パンがなくともパン食

い競走だ。正坊が走れば、いつでもパン食い競走だ。ん、なんかこれすごいな』

静江ちゃんも、ニコニコしてな、

『んじゃ、これから正ちゃんと競走する時、パン食い競走するべ、って言うの』

『ん、そうだ、そのとおりだ、ハハハ』

みんなで笑ってたら、母ちゃん、心配そうにして来たんだっけね
「そうだよ、父ちゃん。んでね、先生、正坊、泣いて走っていったでしょ、気になったから、台所、しゃっしゃって片付けて、あたしも行ってみたんだ。そしたら、みんなゲラゲラ笑って、海、見ながらあんパン、食べてるんだ。あたしも安心して、何があったのかなあ、って思ったんだ。そしたら、おじちゃんね、

『よっちゃんも、ここさ座れ』

って言うんだ。もういっぱいだよ。何人だ、三人と四人だから七人だよね。ぎゅうぎゅうに座って、あたしにも、あんパン、食べろ、って寄こすんだ。あたしも、んじゃあって座って、みんな並んで、海、見ながら、あんパン、食べたんだ。昇ちゃん、まだ若いでしょう、子供っぽいとこあるんだ。正坊の真似して、あんこだけ抜きとろうとしてんのね、

『こりゃ、正坊、けっこう難しいな、よくも二つやったな。正坊、お前、あんこが食いたくて頑張ったのか、みんなをびっくりさせたかっただけか』

正坊、どっちもだったんだべね。それから、みんなベンチに並んで、夕方の海、な、先生、夕方の

海、って静かできれいだべ、それ、みんなで見てたんだ。父ちゃん、だいたいそんなとこかな」

「ん、そんなとこだな、先生、分かったか」

「うん、分かった。正和君がパン食い、って静江さんが言ってるのもよく分かった。正和君の別名がパン食いなんだね」

静江は、先生に分かってもらって嬉しくてニコニコです。

「ね、先生、正ちゃん、パン食いでしょ」

「先生、俺、パン食いじゃないよ」

「昇ちゃん、パン食い、って言ってたんだよ。正ちゃん、やっぱりパン食いだ」

「ああ、いやだなあ」

「しょうがないよ、正坊、お前がパンに変なことしたんだからね」

と、正和の母ちゃんが笑いをこらえながら言うと、今まで笑ったり、目を丸くしてびっくりしたり、へーと言って感心したりしていた先生が言います。

「だけどよかったじゃないか、正和君、泣きながら走っていったんでしょ。怒られると思ってたんでしょ。そしたら、あんパンも食べて、いっぱいほめられて、本当、よかったね。でも、今の話、一ヶ月前のことでしょ。じゃあ、鉛筆のいたずらで静江さんを泣かせたのは、それからすぐ後、ということになるね。なるほどね、正和君は、本当にいたずら好きなんだね」

正和は、首をすぼめて笑うしかありません。

「そうなんだよ、先生。うちの正坊、何か思いつくと、パッとやってしまって、後悔ばっかりだべ。後先、なんも考えないから心配なんだ」

「本当だねえ。正和君、確かにそんなところあるものね。んー、でも心配ないんじゃないの。お父さんとそっくりなんだもの。お父さん、立派に生きていて人の役に立ってるから、正和君もそうなると思うよ」

正和の父ちゃん、ニコニコして、

「先生、そうだ、そうだ。さすが先生、いいこと言うねえ。母ちゃん、正坊は俺と似てんだ。なんも心配、いらねからな。ハハハ、正坊も俺みたいになんのか。んー、これは、やっぱ、ちょっと心配かな」

「大丈夫だよ、父ちゃん。父ちゃんに似てんだもの、なんも心配ないよ」

みんなは笑いながらも、

「そだ、そだ」

とうなずきます。

先生の顔から笑いが消え、少し遠くを見るような表情になり、ゆっくりと庭を見ながら、

「いいねえ、本当にいいねえ」

「え、なんがいいんだ、先生」

「うん、この庭、本当にいいよねえ」

「え、どうしてだ。ちっちゃくて、なんもない庭だよ」

「そうだねえ。小さいけど、みんなの思い出、沢山、詰まってるものね。静江さんの水たまりでしょ。それから、父ちゃんが倒れた振りして、母ちゃんをいっぱい泣かせて、それで自分も泣いちゃったでしょ。そして正和君だよね、あんパンに変なことして、結局、自分が泣いちゃったでしょ。それ、みんなこの庭であったんでしょ、きっと、親も、そのまた親も、この庭で笑ったり泣いたり、沢山、思い出が詰まってるんだろうね。ね、この庭いいでしょ。それでね、父ちゃんと正和君、そっくりだね。この庭でいたずらして最後は自分が泣いたんだものね。時の流れだねえ。親と子、時間は流れるけど、やってることはほとんど変わらないんだね。薄磯の小さな村に、こんな素敵な庭を持っているなんて、僕は、本当うらやましく思うよ」

「うん、先生、本当だな。そう考えると、この庭いろんなこと詰まってんだな。ずっと昔からそうなんだな。俺な、ここさ倒れて母ちゃん泣かせたべ。死ぬほど泣かせたから、父ちゃんにしこたま怒られる、と思ったのさ、んだけど、全然、怒んなくて、笑いながら酒、飲んでるんだっけ。あれな、父ちゃんも同じようないたずらいっぱいしたんだな、そんで笑ってたんだな。本当だなあ。そう考えると、この庭、思い出、いっぱい詰まってんだなあ」

みんな、小さな庭の垣根、隅の畑、石、なにかを思い出しながら見ています。

つゆ明けも近いのです。天まで昇った雲が、夕日に照らされて赤く輝きだしています。庭には、母ちゃんが植えた野菜たち、きゅうり、なす、ピーマン、が実をつけ始め、夕日に照らされてつやつやと輝いています。

それからは、何か事あるごとに、中川のおじちゃん、おばちゃん、正和にあんパンを食べさせてくれるのです。

特に息子の昇太が亡くなってからは、思い出がよみがえってくるのでしょう。正和にとって昇太は年の離れた兄のような存在、おじちゃんとおばちゃんにとって、正和を見ていることは、そこには、いつも息子の昇太が生きていて、昇太の思い出がよみがえってくるのです。

正和が自分たちのために泣いてくれたことも嬉しく、息子の思い出も大切にしたいと、二人にとって、正和にあんパンを食べさせることは大切な習慣になっています。

「ほれ、正月が来たぞ、今年も頑張れよ」

「新学期が始まったぞ、勉強、難しくなるから頑張れ」

「夏休みが始まったぞ。頭も体も、うんと鍛えんだぞ」

そのたびにあんパンをあげ、ベンチで食べさせ、大人になった今でも続いています。

薄磯を遠く離れ、都会で働きだした正和は、いろいろなことで疲れることも多かったのです。そんな時にあんパンを一つだけ買ってポケットにしのびこませると、故里を入れているように感じ、足取りも少しだけ軽くなるのです。

ベンチなどで、一人あんパンを食べ、目を閉じていると、みんなでぎゅうぎゅうに座って、海を見ながら食べたあんパンが心に浮かんでくるのです。

泣きながら少ししょっぱいあんパンを食べ、涙でにじんだ水平線、青い海、流れる白い雲、波の音、さわやかな風、懐かしい故里が、目の前を、いくつも、いくつも通り過ぎてゆくのです。

あんパンをゆっくり食べながら、

「ああ、やっぱり、あんパンは海色のあんパンが一番うまいなあ。早く、海色のベンチで、おじちゃんとおばちゃんと一緒に、海、見ながら食べたいなあ」

と思うのです。

七　昇太の死

新学年を迎えて、正和は四年生、静江は二年生、毎日、新しい教科書をランドセルに入れて新鮮な気持ちで学校に通っています。

グラウンドの桜も、今が満開、村人たちはみんなごちそうを持ち寄り、満開の桜のもと、だれもが楽しそうです。青い海、見事な桜、そして岬にそびえる白い灯台、薄磯の一番美しい季節、そんな四月七日の夕方、正和の家の庭に中川商店のおじちゃんが沈んだ顔で訪ねてきます。

「どうしたんだ、おじちゃん。浮かない顔して、なんかあったのか」

と漁を終え、休んでいた正和の父ちゃん、

「うん、想ちゃん、昇太と連絡、取れないんだ」

「どういうことだ、おじちゃん」

「三時までには帰る、って今日も漁に行ったんだ。三時過ぎても帰んないから携帯に電話したけど、何度しても出ないんだ。忙しくて出ない時も多いんだ。んでも、この時間に出ないのは変なんだ。どうしたんだべ、想ちゃん」

「そうか、ちょっと心配だな。相棒の茂夫《しげお》には連絡、取ってみたのけ」

「ん、まだだ。想ちゃん、茂ちゃんは昇太と一緒じゃないのけ」

「ん、分かんね。そのはずだけど今、電話してみんな。

『あ、茂夫か、お前、今、どこにいるんだ。何、家にいんのか。家にいるんだな。風邪ひいて寝てんのか。ん、そうだ、んでもまだ分かんね。後から連絡すっからお前は眠っとけ。』

おじちゃん、昇太、一人で行ったみたいだ。少し心配だ。これから漁労長のとこさ行ってくる。なんかあったら連絡するからな、ちょっと待っててな。母ちゃん、電話するから携帯、持っとけ。おじちゃんとおばちゃん、頼むぞ」

「分かった。父ちゃん、気ぃつけてな」

薄磯は小さな港、在籍している船は十七隻、専用の事務所はなく、漁労長の自宅が事務所となっています。

「漁労長は、まだ聞いてないのけ」

「なんだ想ちゃん、なんかあったのけ」

「ん、昇太が一人で海、出たみたいだ。あの馬鹿、一人は絶対やめろ、って何度もきつく言ってきたのに、なんで一人で出んだ」

「そうか、んで、まだ帰ってきてないんだな。分かった、想ちゃん、どうする」

「こうしてはいらんね、俺は船出して、海、捜す」

「分かった、どっち行く」

「昇太が、いつも漁場にしている四倉の方さ行ってみる」

「分かった。んじゃ、俺はまずみんなに連絡するな。それから警察だな」

「んでな、漁労長、もし昇太が乗ってないまま船が走っていったら、相当遠くまで行ってしまうぞ、宮城沖、女川、あの辺の港も連絡した方がいいな」

「ん、そうだな。んじゃ、南は、水戸、千葉、その辺まで全部だな。分かった、任せておけ。小名浜からヘリも飛ばしてもらうべ」

「んじゃ、俺は行ってくっからな」

「気をつけて行け。今日は波も高いぞ、無理するな、もうすぐ暗くなっからな」

日が沈み暗くなったころに、中川商店には漁師仲間が大勢集まっています。

想三郎は店の中で、

「おじちゃん、おばちゃん、本当にごめんな。みんなで必死になって捜したんだ。んでも見つかんなかった。本当にごめんな。なんて言ったらいいか分かんね。岩手から千葉まで連絡取って、みんなで捜してっからな。ああ、俺がもっと厳しく言っておけばよかった。どうして一人で行ったんだべなあ。絶対だめだ、って何度も何度も言ったんだけど、ああ、若さなんだべか、海をあまく見たのかなあ、昇太、どうしてだ」

「んん、想ちゃんのせいじゃないよ。昇太いつも言ってたよ、

『親方、なんでも丁寧に教えてくれる。怖いぐらい厳しく教えてくれる。んだから親方、大尊敬だ』てな。んだから、想ちゃん、なんも悪くないよ。あの馬鹿が、想ちゃんの言うことときかないんだから、ああ、母ちゃんと、どうしたらいいんだか。んでも想ちゃん、携帯は鳴ってるみたいで昇太が出ないってことは、やっぱり船はちゃんと浮かんでんのに、昇太が船の上にいない、ってことだよね、な、想ちゃん、そういうことだよな」

「うん、そうなるんだ。辛いけど、そうなるんだ」

「ああ、どうなるんだべ。陸に泳いでいった、って考えられねか」

「うん、考えられるよ、おじちゃん。今な、岩手から千葉まで連絡してっから見つかるかもしんね。俺は、ここで連絡、待つ。んで明日、朝早くから沖に出てみるな」

次の日の朝、四時過ぎ、港にある船十六隻、全部、海に向かって出てゆきます。六時、明るくなったころに、昇太の船、発見、という連絡が入ります。十六隻の船、全部に連絡が知らされ、捜索をやめた船が速度を落とし、静かに港に帰ってきます。

店の前で海を見ていたおじちゃんとおばちゃん、

「あれ、なんだ、みんな帰ってくんぞ。どういうことだ、見つかったんか」

「なんで、こんなに早く帰ってくんだ。だめだったのかなあ。もっと捜してけろ。ああ、父ちゃん、どうしたらいいんだ。父ちゃん、なんとかしてけろ。ああ、あたし、なんにもいらね、昇太だけ帰してけろ。昇太、昇太、なんにもいらねから、昇太だけ帰してけろ、ワーワー」

それからは、二人とも言葉にならないのです。

港では、みな厳しい顔で漁師たちが集まっています。だれも話をするものはいません。漁労長が厳しい顔で言います。

「とにかく待たせる訳にはいかないな。俺が代表として話すしかないな。想ちゃん、どうする、一緒に行くか」

「うん、俺も行く。俺の責任、おっきいからな。んだけど辛いなあ。おじちゃんとおばちゃんにどう話したらいいんだか」

春の海の温度は、せいぜい十二、三度、その中に一分もいれば意識はもうろうとして、やがては低体温症で長くは生きられないのです。運良く陸に泳ぎ着いたとしても、春風は、ぬれた体から急速に体温を奪うのです。いずれにしても助かる見込みはありません。昇太がまだどこかで生きている、という希望はないのです。もちろん、想三郎はそのことをよく知っています。

店の前で、おじちゃんとおばちゃんは悲痛な面持ちで二人を迎えます。

想三郎が、口を開きます。

「おじちゃん、おばちゃん、落ち着いて聞いてな。今日、朝早くな、昇太の船、見つかったんだ。うんと遠くだ。宮城県の金華山沖四十五キロで見つかった、ってちょっと前に連絡が入ったんだ。エンジンは止まって、プカプカ、浮いていたそうだ」

「んで、昇太はどうなんだ。やっぱりいなかったのか」

想三郎は、うなずくだけです。

おばちゃんは声も出ないのですが、それでも、

「なんだ想ちゃん、そんなことないべ。ちゃんと捜したのか。うちの昇太、泳ぎがうまいよ、どっかに泳ぎ着いてることだってあるべ。な、想ちゃん、よっく捜してけろ」

「おばちゃん、今もな、いろんな海岸で捜してっから、見つかるかもしんね」

おばちゃんは、もう立っていられません。顔を覆《おお》いながら、

「うそだ、うそだ、想ちゃん、ちゃんと捜してけろ。頼むから、頼むから、想ちゃん、うそだ、って言ってけろ。ワーワー、父ちゃん、どうしたらいいんだ。昇太、昇太、お前、どこさいるんだ」

想三郎は、もう何も言えないのです。おじちゃんとおばちゃんは、立つこともできずに泣いています。

しばらくして、想三郎、

「おじちゃん、おばちゃん、今日の二時ごろな、昇太の船、海上保安局の船に曳航《えいこう》されて帰ってくるんだ。それまで、俺、ここさいっからな。いいべ、そんで二人とも、ご飯まだだべ。もう少しすっと、うちの母ちゃん持ってくっから、ちょっとでも食べてな」

想三郎も泣いているのです。

二時になると、学校の子供たちは先生の指導のもとグラウンドに出、桜の木の下に並びます。満開の桜の下に、総勢、四十数名の子供たちが静かに海を見ています。大半の子供たちは近隣の村から通っていて、薄磯村の子供たちは約十五名、多くは漁師の子供、昇太とはいつも声を掛け合う仲、時には店先のテーブルで勉強を教えてもらうことも多かったのです。子供心にも、海という大自然の持つ計り知れない力の大きさ、それを前にした人間の無力さを感じつつ海を見つめています。自分たちの兄のような存在の昇太は、目の前の大きな海に呑み込まれて、今はいないのです。四十数名の子供たち、だれ一人として話をするものもなく、多くは目に涙をいっぱい溜め、船が岬に現れ、入江をゆっくり進むにつれ、声を出して泣きくずれる子供も多いのです。それを慰める先生たちも声を殺して泣いているのです。

港では、漁師たちとその家族たちが静かに並び、おじちゃんとおばちゃんを何かから守るように、二人を中に挟んで、口を一文字に結び、北側の岬の先の海を見つめています。昇太の船はその海に現れるのです。昇太は村人にとって、子供、親友、兄のような存在、涙を流し声を殺して泣いている者も多いのです。

曳航されて港に入ってきた昇太の船は、みんなが見守る中、静かに接岸します。

おじちゃんとおばちゃんは、人目をはばからず声をあげて泣きくずれます。声をかける者はだれ一人としていません。

　しばらくして、おじちゃん、

「母ちゃん、船に上がってみっか。俺、一人で行くか、どうする母ちゃん」

　おじちゃんが、やっとの思いで立ちあがり、船に入ろうとすると、おばちゃん、

「あたしも昇太、捜す。どこかにいるかもしんね」

　と言って、おじちゃんの腰に手を回し、やっとの思いでおじちゃんについていきます。おばちゃんは、声を詰まらせ、

「昇太、昇太、どこいんだ、返事しろ、頼むから返事しろ。どこさ隠れてんだ。ワーワー、父ちゃん、父ちゃん、どうすんべ、どうしたらいいんだ。昇太、昇太、お前、どこさ行ったんだ、なして返事しないんだ。父ちゃん、父ちゃん、なんとかしてけろ、ワーワー」

　おじちゃんも肩を震わせ、

「母ちゃん、やっぱり昇太いないな。ほれ、昇太の上着あったぞ、母ちゃん、持ってろ」

「父ちゃん、これ、昇太のだ。ああ、なんで昇太、帰ってこないんだ。こんな上着だけ帰ってきたってどうすんだ。昇太、昇太、お前はなんで帰ってこないんだ。ワーワー」

　おばちゃんは泣きくずれて、もう立つことができません。おじちゃんも、柱にもたれて肩をゆすって泣いています。

　想三郎もよしえも、目を真っ赤にして、なにも声をかけられないのです。

やっとの思いで、想三郎、

「おばちゃん、その上着だけ持ってけ。後は俺が、全部きれいにして持っていくから心配すんな」

それだけ言うのが、やっとなのです。


それから二週間がたち、満開の桜も今はすっかり葉桜、村も海も裏山も春の陽気で満ちています。

中川商店は、その間ずっと閉めたまま、おじちゃん、おばちゃんは、めったに姿を見せない日々が続いています。

正和と静江の家族は、毎日、何度も二人を訪ね、話を聞き、肩をさすり、一緒に泣き、家族のように悲しみを分かち合っています。とは言っても、昇太のことは自分から話題にすることはないのです。

昇太のことを口に出す時も、想三郎はもう昇太とは言いません。子供のころから呼んでいた、昇ちゃん、という言い方に返っています。

高校卒業から二十三歳までの五年間、自分の弟子のように扱い、熱心に教えてきて、おじちゃん、おばちゃんの前でも、昇太、と呼び、厳しく接してきたのです。

でも、今は、おじちゃん、おばちゃんの亡くなった大切な息子、昇ちゃん、と呼んで、おじちゃんとおばちゃんの気持ちに寄り添うようにしているのです。

想三郎と裕司が一緒に訪ねてきて、こんなことも言うのです。

「おじちゃん、おばちゃん、すっかり春だなあ。おじちゃんとこの畑、きれいに耕してきたからな。なんか植えっか。俺んとこは、カブだべ、春菊だべ、そんで小松菜かな、そんなの植えたよ。種、余ってんだ、おじちゃんとこの畑に植えていいけ」

「この魚うまいぞ、今日、捕ったやつだ。よかったら食べてな。そんでな、魚なんか持っていってもいいべか、って思ったんだ。んだけど二人とも栄養つけねとな。んでも遠慮なく言ってけろ。魚なんか食べるの辛いべ、とは思ったんだ。どうだあ、んー、やっぱりそうだよな。んじゃ、しばらく持ってこないから食べたくなったら言ってな」

よしえも君江も、毎日のように正和と静江に料理を持っていかせ、

「いいかい、ただ置いてくるんじゃないよ。学校であったこと一つでいいから、何か話してくるんだよ」

「え、母ちゃん、何、しゃべんだ」

「自分で考えろや、一つぐらいあんべ」

「ええ、静江ちゃん、なんかあっか」

「んー、静江ね、漢字のテストで百点とったこと話すね。おじちゃん、おばちゃん、ほめてくれるもの」

「いいなあ、静江ちゃん。俺、漢字、苦手だからなあ。んー、なんかないかなあ」

「んじゃあ、正ちゃんは、先生に怒られたこと話すといいよ」

「なんだよ、静江ちゃん。俺だってもうちょっとましなのあるよ」

それから一週間がたち、店は今でも閉めたままです。想三郎は、早朝からの海の仕事を終える午前十時ごろ、毎日、おじちゃんとおばちゃんを訪ねて二人の様子を見ています。

今は五月、外には春の光が満ちているのですが、閉め切った暗い部屋で、おじちゃんとおばちゃんは、この一月《ひとつき》、涙と共に暮らしています。昇太の服、茶碗や箸、生活用品、何を見ても涙が流れるのです。写真を見ることはあまりに辛く、二人とも手に触れようとはしないのです。

今日も立ち寄った想三郎に、二人は泣き疲れた顔で言います。

「想ちゃん、俺、海、見てんの辛くてなあ。店、開けると、いやおうなしに、海、見えるべ、んだから、店、もうやめようか、って母ちゃんと話すんだ。母ちゃんもおんなじだ。あれからほとんど見てないもんなあ」

「だめなんだ、想ちゃん。あたしも、海、見ると胸が苦しくなって、海のこと憎くなって、ここにいるのが辛くなるんだ」

「んー、そうだよなあ。んでも、どこ行くんだ」

「分かんね。俺も母ちゃんもここしか知らないもんなあ。夜なんか、波の音、聞こえてくるべ、シーンとしてっからすごく大きく聞こえんだ。そうすっと二人して辛くてなあ。近くでいいから波の音、聞こえないとこ行くべか、って話すこともあんだ。裏山の少し入ったとこに村があるべ、あそこなら、波の音、聞こえねべ、あそこはどうか、なんて話すんだ」

「あそこなら近くていつでも会えるからいいかもしんねえな」

「んでもな、母ちゃんと二人で、引っ越すことにするべ、って決めたように思うべ、そうすっと、しばらくすると、やっぱりここが懐かしくて、どこにも行きたくないなあ、って思えてくるんだ」

「そうだよ、おじちゃん、おばちゃん、いないとみんな寂しがるべ。急がなくていいんだから、ゆっくり考えたらいいべ」


それから一月《ひとつき》たち、六月の中旬、季節はつゆ、毎日どんよりした空模様が続いています。日曜の夕方、今日も雨が降り続き、正和の家の庭の水たまりには、パチャパチャと音を立てながら、小さな輪っかが、できては消え、消えてはでき、一日中小さなリズムを奏でています。

父ちゃんが今日の仕事を終え休んでいるところに、おじちゃんとおばちゃんが訪ねてきます。

「あのな、話があるから聞いてもらっていいか」

「なんだや、おじちゃん。どんな話だ」

父ちゃんも母ちゃんも正和も、

「あれ、改まってなんの話だ。どっかに引っ越しする、って決めたんだべか」

と心配そうな顔、

「おじちゃん、裕ちゃんとこも呼ぶか、今、家にいっから」

「ん、そうだな、そうしてくれっか」

正和も静江も、みんな一緒です。

「あのな、店な、もう二ヶ月も閉めてるべ。そんでな、明日からでも開けようかな、って思ってんだ」

「本当か、おじちゃん。そりゃあよかったなあ」

「明日から開くんか、よく決心したなあ。うんと頑張ったんだべなあ」

「村中、みんな喜ぶぞ」

みんなほっとして、ニコニコ顔で話を聞きます。

「一週間ぐらい前に、風、なんにもなくて、静かな日があったべ。そん時、母ちゃんと、眠る前、昇太のこと、ポツリポツリ話してたんだ。風がないから、波の音ほとんど聞こえないんだ。んでも一分に一回ぐらい、ザザーって聞こえてくるんだ。二人して、耳すましてると、しばらくすると、ザザーって、またしばらくすると、ザザーって聞こえてくんのよ」

おばあちゃんも、ポツリポツリと話しだします。

「そうなんだよ。父ちゃんと二人して、黙ってずっと聞いていたんだ。なんだか昇太が話してるように感じてね、そんでね、

『父ちゃん、昇太がなんか話してるみたいだね』

って言ったら、

『そうだね、そんな気がするね』

って父ちゃんも言うんだ。それから二人で眠るまで、ずっと聞いていたんだ」

「そうか、そうか、昇ちゃんが話してるように聞えんのか。そんで、どうした」

と、みんな二人を見つめます。

「今までは、波の音、聞くのも辛かったんだ。できるだけ窓閉めたり、耳ふさいだり、聞かないようにしていたんだ。んでも、この時は二人してじっと聞いて、胸に沁み込んでくるように感じてな、

『母ちゃん、窓、開けてもいいか』

って言ったんだ。今まではずっと閉めていたんだよ、

『うん、いいよ。父ちゃん、あたしも聞きたい』

って、それから二人して、涙、流しながらずっと聞いていたんだ。窓、開けると、小さい波の音も、ピチャピチャって聞こえて、本当に昇太が話してるみたいに聞こえてくるんだ。

『父ちゃん、昇太、何しゃべってんだべ』

『うん、よく分かんないけど、一生懸命なんか伝えたいんだべな』

『本当だね、一生懸命だね』

『俺たちに、頑張れ、って言ってる気もするなあ』

『本当だね、父ちゃん、きっとそうだよ』

そんなふうに聞こえて、涙が止まんなかったんだ」

みんなは、じっと二人を見つめて、うんうんと何度もうなずきます。正和と静江も大人の間に挟まって一緒にうなずきます。

正和の父ちゃん、

「そうかあ、波の音が昇ちゃんの声みたいに聞こえたのかあ。よかったなあ。これからはいっぱい聞けな」

静江の父ちゃん、

「うん、分かるような気がするなあ。波、ってずっとずっと寄せてきて、胸の中にも響いてくんもんなあ。そんで、それからは聞くようになったのけ、おじちゃん、おばちゃん」

「うん、そんでな、次の日から、窓、開けて、昼間の海も見るようになったんだ。初めのうちはやっぱり辛くてな、母ちゃんに、

『無理しなくていいよ』

って言ったら
『いいんだ、父ちゃん、辛いけど、やっぱり海はきれいだなあ。本当、久し振りで見っから、こんなにきれいだったんだなあ』

って、また母ちゃん泣くんだ。風の強い日にも、二人して長いこと、海、見てたんだ。そうすっと沖に白波が立って、それが薄磯の入江にいくつもいくつも寄せてくるんだ。それ、じっと見てっと昇

太が俺たちに話しかけているみたいに感じてなあ、

『あの波、一生懸命に俺たちの方に寄せてきて、なんか言ってるみたいに感じるなあ、母ちゃん、どうだ』

って言ったら、

『本当だねえ。なんか言いたくて、いくつもいくつも寄せてくるみたいだねえ』

って母ちゃんも俺とおんなじように感じたんだ。それから、毎日、海、見るようになってな、二人して感じたこと話してんだ。

昇太が一生懸命に、

『父ちゃん、母ちゃん、頑張れ、負けるんでねえ。悲しんでばっかりいたら俺も悲しいぞ』

そんなふうに言っているように感じる時もあってな。なにせ海はでっかいだろう、広いだろう、自分たちの悲しみも、辛さも、苦しさも、水平線まで広がって薄まってゆくような、溶けてゆくような、広い海のどっかで消えてゆくように感じるんだ。夏も近い季節だから、水平線の上に入道雲も出てるんだ。二人して、首、持ちあげて、じっと見てたんだ。そしたら昇太な、

『そうだ、そうだ、顔、上げろ。下、見るんじゃないぞ、父ちゃん、母ちゃん、上、見ろ。白く輝く入道雲のてっぺん、見ろ。胸、張って、上、見ろ。そうだ、そうだ、そうやって、ずっと、上、見てろ。海の風、いっぱい吸って、体、全部、海色に染まれ』

そんなふうに言っているように感じてな、悲しさはちっとも消えねんだ、んだけど、体の芯に

ちょっとだけ力が生まれたように感じたのよ。毎日、海、見ていると、少しずつ力が育ってゆくようにも感じたんだ」

「そうか、そうか、それはよかったなあ、おじちゃん、おばちゃん」

「そんで、店、開く気になったんだな」

「ん、そうだ。いつまでも、店、閉めてたら、昇太に申し訳が立たね」

「ん、分かった。明日だな、手伝い行くぞ、みんなして行くぞ」

「俺も行く」

「静江も行く」

と正和と静江もニコニコ。


次の日、みんなで開店の準備です。おじちゃん、おばちゃんに気を使って、大声で話したり、笑ったりはしないのですが、それでも嬉しさは顔に表れ、みんなニコニコ顔で話をしています。

想三郎、商品を手に取りながら、

「おじちゃん、これ、もうすぐ賞味期限だな。どうすんだ」

「んだなあ、捨てるしかないべ」

「んー、それ、もったいないべ。そうだなあ、んじゃ、村のみんなに買ってもらうべ。おじちゃん、俺にまかせろや。おい、裕ちゃん、裕ちゃんとこも何か買えや」

「いいぞ、いっぱい買うぞ。お菓子もこの辺は大丈夫だな。ハハハ、静江も正坊も喜ぶぞ。ここ何日かは食べ過ぎ注意だな」

正和も、何か手伝いたくて店の中をうろうろしています。

「父ちゃん、このビー玉もいいのけ。ちょっと古いように見えんだ」

「なんだ、ビー玉か。馬鹿ったれ、ビー玉、くさっか」

「へへへ、やっぱりそうか」

静江の父ちゃんもニコニコ、

「ハハハ、正坊、ビー玉はくさんねえけど、正坊のビー玉はすぐなくなるもんな」

「ハハハ、本当だ」

おじちゃんもニコニコ、

「正坊、ビー玉、好きなだけ持ってけ。ほれ、手出せ」

「父ちゃん、いいのけ」

「うん、いいぞ、もらっとけ。おじちゃん、有り難うな」

ポケットの中のビー玉、正和が動くと、カチャカチャとリズムを刻み、正和、嬉しくて、ピョンピョン飛び、カチャカチャ、手で軽く叩くと、カチャカチャ、返事をするように、カチャカチャ。

村の母ちゃんたちも、みんな嬉しそうな顔で現れ、中には泣いて、

「よかった、よかった。もうやめるのかと思った」

と言っていく人も多いのです。

漁師も大勢駆けつけ、

「なんか手伝うことないか」

と声をかけていきます。

「今はないぞ。それよか、ここら辺のはもう賞味期限だ、何か買っていってくれ」

「うん、分かった。んじゃ、これとこれな。んー、そうだな、缶詰、棚にいっぱいあんな、んじゃ、缶詰いっぱいもらうぞ」

「馬鹿言ってんでね。缶詰はくさんねべ。ハハハ、んでも、ほしいんなら買ってけ」

夕方には、棚もケースもほとんど空になっています。

「おじちゃん、おばちゃん、よかったなあ。みんな喜んでいたなあ。明日から、みんな応援すっからな」

「有り難うな、明日から、頑張っからな」


一週間後、六月も下旬、つゆ明けも近いのでしょう。海も空も、青色の中に薄い緑も溶けこんで、温かな初夏の風を送っています。

薄磯は小さな村、おじちゃん、おばちゃんが、海を見ながら息子の昇太と話をしていることは、村人みんなが知っています。

「今日は天気が良くて、海、きれいだな。どうだ、昇ちゃんと、何、話してんだ」

などと、通りかかった人はみんな声をかけるのです。

おじちゃん、おばちゃん、海を見ながら涙ぐんでいる時も多く、

「昇ちゃんとゆっくり話せな」

「昇ちゃん、優しかったから今日も慰めてくれんべ」

などと言っては静かに帰ってゆくのです。

想三郎、今日も漁を終えた午前十時ごろ、

「今日も、おじちゃん、おばちゃん、海、見てるかなあ。あ、いたいた、あ、よかった、今日は泣いていないようだな。少ししゃべっていくべ」

と思いつつ近づいてゆくと、

「あ、想ちゃん、この前は有り難うね。なにからなにまで世話になってしまったね」

「ううん、いいんだ。それよか、今日はいい天気だから昇ちゃんとなんかしゃべったか」

「そうだなあ、母ちゃんと二人して長いこと座ってたんだ。そうすっと二人とも眠くなってな、波も風も心地よくて、すぐ、うつらうつらするんだ。昇太、いっぱい眠れ、って言ってる気がしてな、

『父ちゃん、母ちゃん、疲れたべ。ゆっくり休め。この二ヶ月、俺のことでくたくただべ。俺のこと

気にしないで、ゆっくり休め。俺も眠ってんぞ』

って言ってる気がしてな、二人して、波の音、風の音、うつらうつら聞いていたんだ」

「そうかあ、本当だなあ。おじちゃん、おばちゃん、芯から疲れてるべ。ゆっくり休めな」

「ところでな、想ちゃんは漁師だべ」

「うん、そうだ」

「毎日、海、見てんべ」

「うん、毎日、いっぱい見てんぞ」

「んじゃ、海、何、言ってるか分かるべ」

「そりゃあ、海のことならなんでも分かんぞ」

「んじゃあ、今日の海はなんて言ってるかなあ。今日はうとうとばっかりして、なに言ってっか、さっぱり分かんねんだ」

「んー、そうか、今日の海は静かで凪《なぎ》だな。そんで、何、言ってるか、というとな」

想三郎は、何か気のきいたことを言って二人を慰めたいのですが、海を見ても空を見てもいい言葉が見つかりません。

「んー、ちょっと待ってな」

と言って、なにげなく灯台の下の崖を見ると、中腹に海にせり出した一本の松が見えます。想三郎は、これだ、と思い、

「おじちゃん、おばちゃん、ほら、灯台の下に松が一本だけ生えてるべ。あの松、俺のちっちゃい時も生えてたぞ。おじちゃん、おばちゃんのちっちゃい時も生えてたべ」

「ん、そうだな。俺の親の、そのまた親の時も生えてたぞ」

「そうだべ。ああやって、たった一本で何年も何十年も、いいや何百年かもしんね。嵐の時もあんべ、夏の暑さで、何日も、雨、降んない時もあるべ。そんでも、足、踏んばって、崖の途中で頑張って生きてんだ。おじちゃん、おばちゃん、海が何言ってるか、それが聞きたいんだべ。松だから海と関係ないように思うべ。そうでないぞ、あの松、嵐の時なんか潮風もろに受けんだぞ。しょっぱいから他の木はなんも生えね。あの松はそういう海に負けないで、ああやってずっと生きてんだぞ。そんでな、海の風には栄養もいっぱいあんだ。ただ厳しいだけじゃないんだ。海は、潮風いっぱい吹かせて、ほんで松を助けてんだ。だからな、おじちゃん、おばちゃん、頑張って生きろ、って海は言ってんだぞ」

想三郎は、いい考えが思いついてよかったなあ、とほっとして二人を見ると、うんうん、とうなずきながら聞いているのです。想三郎は嬉しくなって、

「な、おじちゃん、おばちゃん、あの松、おじちゃん、おばちゃんと似てんだぞ。海にいじめられているように見えても、やっぱり海に生かされてんだ。海から力もらって生きてんだ。おじちゃん、おばちゃんもおんなじだ。やっぱり、海から力もらってんだぞ」

三人が改めて松を見ると、岬の茶色の崖の中腹に、一本だけ海に向かって枝を伸ばしています。水平線より高いところに、ほぼ水平に枝を伸ばし、青空のもと、くっきりと緑の葉を茂らせています。

一人ぼっちの昇太の船

枝の先は、垂直に上に向かって、つゆの晴れ間の青空の中につき進んでいるようにも見えます。

松を見つめながら、おばちゃん、

「想ちゃん、有り難うね。あの松、海から力もらって生きてるんだね。嵐の時なんか、海にいじめられてるように見えてたからね。風で枝なんか折れそうになってたもんね。本当、かわいそうに思ったんだよ。んでも、そうじゃないんだね。なんか、あたしたちと似てるね。ね、父ちゃん、あたしたちも、海に、いっぱいいじめられてる、って思ってたもんね。んでも、力もいっぱいもらってるんだ。気づかなかったよ。想ちゃん、これからも、あの松、毎日、見るべ、そしたら想ちゃんの言葉、思い出すね」

「そうだよ、おじちゃん、おばちゃん、頑張れ、って言ってんだ」

おじちゃんも納得したような顔で、

「本当だね、想ちゃん。あんな岩場で土なんかないよね。どうやって、根、張ってんだ、って思うけど、海から栄養もらってんだ。本当だねえ、海の力で生きてんだねえ。昇太も今は海の中だ、そんでなんだねえ、

『父ちゃん、母ちゃん、頑張れ。海から力、いっぱいもらって生きてけ』

って、昇太が海の中から言っているように感じんだ」

「そうだよ、おじちゃん。昇ちゃん、きっとそう言ってんだよ。あの松、特に嵐の海から力、もらってっから、昇ちゃん、

『嵐の海は、力いっぱいあんぞ。父ちゃん、母ちゃん、嵐の海からも、力、いっぱいもらえ』って言ってるよ。な、海は静かな時も嵐の時も、いっぱい力くれんだ」

「そうだなあ、本当だなあ。想ちゃん、有り難うな」

おばちゃんは何度もうなずきながら聞いていて、海を優しく見つめながら言います。

「本当だね、想ちゃん、有り難うね。んでもね、海が憎い、っていう気持ちも強いんだ。昇太を奪った海だべ。昇太を返せ、って心の中でにらみつけることも多いんだ。んでも、これからは、あの松みたいに海から力もらって生きていきたいね」

「そうだなあ、母ちゃん、これからは二人して頑張って生きていくべな。ほら見てみろ、あの松、枝先は上に伸びてんぞ。上に上に向かって身を伸ばしてんだぞ」

三人は、海の力を松の生命力に感じ、しばらく黙って松を見ながら、初夏の海風に吹かれています。

おじちゃん、港を見ながら話し始めます。そこには昇太の船が見えています。

「あのな、想ちゃん。昇太の船、こっからも見えるべ、どうしたらいいべ。母ちゃんとも話すんだけど、なかなか決めらんなくているんだ。昇太の形見だべ、なくなんのも寂しくてなあ。と言っても、いつまでもああやって置くことはできないべ。だれかに使ってもらうのが一番いいのかな、昇太も、それが一番喜ぶべな。んでも、母ちゃんも決めらんなくているんだ」

「おじちゃん、おばちゃん、俺は漁師だからな、売るにしても、どうするにしても、なんとでもなるぞ。んだ、ゆっくり考えていいからな。売るったって、近くがいいか、遠くがいいか、考えること多いからな。昇ちゃん、四倉沖が主な漁場だったから、その辺の港っていう考えもあるしな」

「うん、もう少し考えるな。んでも、遠くても売ったりできんのか」

「ああ、大丈夫だ。漁師仲間で、どんなに遠くたって話は通じるんだ」

おじちゃんもおばちゃんも、港の一番奥に静かに浮かんでいる昇太の船を見ています。


半月がたち七月も中旬、夏休みも海開きも間近にせまり、村人たちは、子供から大人までうきうきした様子で生活しています。

昇太が死んで三ヶ月が過ぎ、大規模な捜索は打ち切られ、おじちゃん、おばちゃんも、

「昇太が帰ってくることは、もうないんだべなあ」

と覚悟を決めています。

昇太の船は、三ヶ月間、港の一番奥に係留され、季節が春から夏に移っても、主《あるじ》がいなくなった船は、寂しげに、悲しげに、静かに浮かんでいます。想三郎の勧めもあり、船は四倉の漁師に譲ることになり、あと四日で昇太の船は、違う船主、違う名前を持つ船として薄磯の港を離れてゆくのです。

夏の海と空のもと、おじちゃんとおばちゃん、今日は長いこと店先のベンチに座っています。

「父ちゃん、あと四日で昇太の船いなくなるんだねえ。何度も何度も話し合って決めたことだけど、

本当にいなくなるんだと思うと悲しくてねえ。あそこに浮かんでるのも辛いけど、いなくなるのも辛いねえ」

「んだなあ、母ちゃん。いっぱい見とけ。あれ、また泣いてんのか。そうだよなあ、昇太がいなくなって、胸にポッカリ、穴、開いたみたいになって、そんで、あの船もいなくなるんだものなあ。穴の中に、もう一つ穴ができるみたいだものなあ」

「んでも、想ちゃん、舵だけ外して、店の中で海の見えるとこに飾ってくれたよね。あれ、本当に嬉しかった。想ちゃん、

『舵は漁師にとって命をあずける大切なもんだ。舵があれば船があるのとおんなじだ』

って言ってくれて、舵、見てると、昇太が、家の中から、海、見てるみたいに感じられて、ああ、昇太も、一緒に、海、見てんだなあ、って、ちょっとだけほっとしたような安心したような気持ちにもなるんだ」

「それはよかったなあ。これからも、昇太と三人で、ずっと、海、見てんべな。んでな、母ちゃん、あそこ見てみろ。灯台の右側に草原《くさはら》、あるべ」

「うん、草原《くさはら》がどうかしたの、父ちゃん」

灯台のある岬から右の方に少し下がりながら稜線が伸びています。百メートルほど続く稜線全部が草原《くさはら》となっており、さらに右側に草原《くさはら》を縁どるように林が続いています。つゆの雨を充分に吸ったのでしょう、草原《くさはら》も林も青々として夏の風に葉を揺らしています。

「あのな、あの草原《くさはら》に昇太の墓、立ててやるべ、って思ってな」

「あの丘の上か、父ちゃん」

「んだ。あそこだと海も灯台もよく見えるんだ。そんで、村も全部、見えるべ、この家だってよく見えるぞ」

「んでも、父ちゃん、うちには墓、ちゃんとあるよ」

「ん、そうだ。んでも昇太の骨もなんもないんだぞ。んでな、あの墓、海も、この家も、見えねべ。そんじゃ、昇太、寂しいべ。俺たちも寂しいべ。んで、昇太のなんか形見みたいなもの入れて、海、見えるとこさ記念の墓みたいにしたい、ってずっと思ってたんだ」

「いいね、父ちゃん。あそこなら、海、すごくきれいに見えっから、昇太、喜ぶね。そんで、昇太の代わりに、ずっと、この家、見てくれるね。んだけど墓石《はかいし》はどうすんの、あそこ高くて持っていくの大変だよ」

「うん、うちの裏庭に、ちっちゃな石、あるべ。昇太をちっちゃいうちから座らせて、それからずっと座ってて、昇太の椅子みたいだったものなあ。あの石でどうだべ」

「いいね。んだけどちっちゃいけど重いよ。父ちゃん、大丈夫」

「そうなんだ、四十キロから五十キロはあんだ。んでもなんとかなる、俺たちまだ六十前だ。二人して担いで行けばなんとかなる。そんで母ちゃんがいいなら明日でどうだ。昇太の船が、ああやって港にあるうちがいい、って思ってな」

「いいよ、あたしも頑張る」

「ん、有り難う。そんじゃ、十一時に出発するぞ。港も村も一番静かだからな。見つかったらみんなに心配かけっからな、俺はこれから準備すっから、母ちゃんは墓に入れる昇太のものなにか考えてな」


次の日の十一時です。今日も、夏の海と夏の空が広がっています。

「母ちゃん、そっち、担いでけろ」

石は、四、五十キロぐらいの重さ、おじちゃんが木の棒にロープでくくりつけ、前後で担げるように準備しています。

「どうだ、重いか」

「大丈夫だよ、父ちゃん」

「そうか、ゆっくり休みながら行くからな。なあに、今日中に持っていけばいいんだ。んじゃ、行くよ」

まず海沿いの道を灯台の岬に向かって歩きます。数軒、家並みを過ぎると、すぐ右手に学校です。二階建ての校舎、その先には道とグラウンドをしきるように桜の大木が葉を茂らせ、涼しそうな木陰を作っています。

「んじゃや、母ちゃん、ここさ石、置いて、桜の下で休むぞ」

二人は土の上に露出した桜の大木の根っこに座り、小さな声で話します。

「ほら、あの教室だよ。覚えてるべ、あそこは昇太が小学一年生の時の最初の教室だよ」

「ほら、あの一階の教室な、中学になったばっかりの昇太の教室で、昇太、窓側だったから、勉強してっとこ見えたっけなあ」

「ほら、一番奥の桜な、あそこは中学三年の時、最後の運動会で弁当、食べたとこだったっけなあ」

なにしろ、九年間昇太が通った学校、どこもかしこも思い出が詰まっているのです。

「父ちゃん、薄磯、離れてよそに行くなんて無理だね。昇太の思い出ばっかしだもんね」

「ん、そうだなあ、無理だなあ」

おじちゃんは、横に置いてある石をなでながら石に語りかけます。

「ほら、昇太、お前の学校だぞ、よく見ておけ。校舎もグラウンドも、なんもかんも、お前が通ってた時とおんなじだぞ。ここで、父ちゃんも母ちゃんも、お前がでっかくなるの、ずっと見てたんだぞ。昇太、分かったたか、ちゃんと見ておけ」

おじちゃんは、肩を震わせ声を殺して泣いています。

「うう、父ちゃん、悲しくなっから、そんなこと言わないでけろ」

おばちゃんは声を詰まらせて、それ以上は何も言えないのです。

「ごめんな、そうだよなあ。母ちゃん、大丈夫か、まだ坂、いっぱいあんぞ。無理して今日、運ばなくてもいいんだぞ」

「うん、大丈夫だ、父ちゃん。昇太に早く海、見せたいもんね。ウウウ。昇太、これ、お前の石だぞ、お前が座ったり、遊んだりしてた石だぞ。昇太、もうすぐ海、見せっからな。母ちゃん、頑張って持っていくからな。昇太、なんにもできなくて、ごめんな、こんぐらいしかできなくてごめんな。昇太昇太、ワーワーワー」

おじちゃんは、おばちゃんの肩をさすり、じっと学校を見て泣いています。

それから三十分、二人は桜の木陰で昇太の思い出にふけっています。

学校は夏休み直前、子供たちの姿も見え、うちの昇太もあんなだった、と思うと、また涙があふれてくるのです。

「んじゃ、母ちゃん、そろそろ行くけ」

「うん、行くべ、父ちゃん」

「昇太、学校、ちゃんと見たべ。んじゃ、行くからな」

二人は石に語りかけ、四十メートルぐらい歩くと左手にある港のすぐ横に着きます。

「昇太、ほら、お前の港だ。お前の船も見えんぞ。頑張って船の側まで行くからな」

二人は、ゆっくりゆっくりと港の一番奥に浮かんでいる昇太の船に近づいてゆきます。あと三日すれば昇太の船は四倉の漁師に売られてゆくのです。いろいろな思い出が胸にあふれてきて、船が目の前に近づいた時には涙があふれてきて止めることができません。

おじちゃんは声をしぼり出すように、

料金受取人払郵便

新宿局承認

2524

差出有効期間
2025年3月
31日まで
（切手不要）

郵便はがき

1 6 0-8 7 9 1

1 4 1

東京都新宿区新宿1－10－1

(株)文芸社

愛読者カード係 行

お名前《ふりがな》				明治 大正 昭和 平成 年生 歳
ご住所《ふりがな》	□□□-□□□□			性別 男・女
お電話番号	（書籍ご注文の際に必要です）	ご職業		
E-mail				
ご購読雑誌（複数可）		ご購読新聞 新聞		

最近読んでおもしろかった本や今後、とりあげてほしいテーマをお教えください。

ご自分の研究成果や経験、お考え等を出版してみたいというお気持ちはありますか。

ある　　ない　　内容・テーマ（　　　　　　　　　　　）

現在完成した作品をお持ちですか。

ある　　ない　　ジャンル・原稿量（　　　　　　　　　　　）

名				
買上店	都道府県	市区郡	書店名	書店
			ご購入日	年　月　日

書をどこでお知りになりましたか?

1.書店店頭　2.知人にすすめられて　3.インターネット(サイト名　　)

4.DMハガキ　5.広告、記事を見て(新聞、雑誌名　　)

この質問に関連して、ご購入の決め手となったのは?

1.タイトル　2.著者　3.内容　4.カバーデザイン　5.帯

その他ご自由にお書きください。

(　　)

本書についてのご意見、ご感想をお聞かせください。

①内容について

②カバー、タイトル、帯について

弊社Webサイトからもご意見、ご感想をお寄せいただけます。

ご協力ありがとうございました。

※お寄せいただいたご意見、ご感想は新聞広告等で匿名にて使わせていただくことがあります。

※お客様の個人情報は、小社からの連絡のみに使用します。社外に提供することは一切ありません。

■書籍のご注文は、お近くの書店または、ブックサービス(0120-29-9625)、セブンネットショッピング(http://7net.omni7.jp/)にお申し込み下さい。

「昇太、昇太、馬鹿野郎。なんで船だけ戻ってきて自分は戻ってこないんだ。父ちゃんも母ちゃんも、漁師になんかなるな、って、あれほど止めたのに、なんで漁師なんかになったんだ。親より先に死ぬなんて一番の親不孝なんだぞ。

分かっか、昇太ーぁ。ワーワーワー」

「父ちゃん、父ちゃん、昇太、親不孝なんかでないべ。うんと親孝行だったよ。んだから、昇太のこと責めないでけろ」

「分かってる、分かってんだ」

「父ちゃん、ああ、あたし、もうだめだ」

おばちゃんは立っていられず、しゃがみこんで、ワーワー声を出して泣き、おじちゃんは立ったまま肩をゆすって泣いています。

昇太は子供のころから海が好きで、港でも、すぐ裏の磯でも、暇さえあれば遊んでいたのです。ここは昇太の成長と共に、思い出が沢山生まれていった場所なのです。

そこでも三十分、昇太の思い出にふけり、石に語りかけ、再び石を運びます。

四十メートルぐらい歩くと、灯台へと続く階段が林の間に見え隠れしながら上へと登っていきます。道は、そこから右に回り小名浜へと続く小さな峠道となっています。二人は、灯台への階段を左側に見ながら、さらに三十メートル歩くと、左側に村の共同墓地の入口があります。灯台の岬、そこから右に続く草原《くさはら》の稜線、村の裏山から続く小高い丘、三方高さ五十メートルぐらいの丘に囲まれた窪地が、少しずつ草原《くさはら》に向かってせり上がり、その中腹まで墓地が続いています。墓地の周りには、十二本のけやきの大木、九本のくすの大木が、墓地を守るようにそびえ、青い空に葉を茂らせています。

入ってすぐのところに中川家の墓があり、二人はそこで石を置き、座って汗を拭き、しばらくは黙って何かを考えているようです。

「な、母ちゃん」

「なに、父ちゃん」

「今、思ったんだけどな。ここには、昇太、入んないんだなあ、って」

「そうだね」

「んでな、だれも昇太の世話、できないんだな、って。どうしたらいいんだべなあ、どうにもなんないものなあ」

「父ちゃん、どうしたらいいか、あたしにも分かんない」

二人は、しばらく黙っています。ここからは海は見えません。もう少し上の方の墓からは岬の横に見えるのです。二人は、墓地を縁どるように生えている、けやきやくすの大木の葉を見ながら風に吹かれています。

おばちゃん、汗を拭き拭き、

「想ちゃん言ってたね、

『船は昇太の形見だ、それ、なくなんの寂しい』

って言ったら、

『ん、分かった。舵はちゃんと残しておくからな。それが立派な形見だ。船とおんなじ意味、持つものだからな』

って言ってくれたべ、そして、

『海も形見だ。昇ちゃんがこの広い海の中にいるんだから、でっかくて立派な形見だ。船がなくたって、こんな立派な形見があんだぞ』

って、んだから、昇太のこと海に世話してもらえるよね、父ちゃん」

「そうだなあ、海に世話してもらうのが一番いいなあ。天気の日も嵐の日も、そしてなによりも、これから先、ずっとずっと世話してもらえるのがいいなあ。

そんでな、想ちゃん、教えてくれたべ。崖の松、海から力もらって長いこと生きているんだ、ってな。んじゃ、昇太も海から力、もらうべな。そんでな、この墓、俺たちが入った時、昇太、いないんだぞ、昇太、世話してくんないんだぞ、寂しいなあ、母ちゃん」

「そうだねえ、父ちゃん。やっぱり、あたしたちも昇太とおなじように、海に世話してもらったらいいべな」

「そうだなあ、海なら、ずっと変わらずに世話してくれるべなあ。ずっと海、見て、ずっと波の音、聞いて、晴れの日も、嵐の日も、どんな時もずっとずっとだなあ」

二人は、

「んじゃ、行くぞ、昇太」

「そんじゃ、行くからね、昇太」

と石に声をかけ、墓地の中の坂道を登ってゆきます。途中、二度休みながら、墓地の一番上まで来ると、そこにもけやきの大木が見事な葉を茂らせ、涼しそうな木陰を作っています。そこから先は草《くさ》原《はら》、二人はけやきの木陰に草原《くさはら》を背にして座ります。

村の家並みも眼下に見え、薄磯の湾曲した海と小高い裏山に挟まれて細長く続いています。村のはずれには、北側の小さい岬が海に突き出し、せり上がってきた水平線と同じ高さに見えています。

「母ちゃん、だいぶ登ってきたけどこれからが大変だぞ、大丈夫か」

「大丈夫だよ、父ちゃん。ゆっくりゆっくりだから、なんとかなるよ」

墓地の一番上から草原《くさはら》が稜線まで続き、その中に、少し急な、人が一人やっと通れるような細い道が折れ曲がりながら上に伸びています。季節は夏、草は人の背丈ほども伸び、時には草を手で払いながら登ってゆくのです。草原《くさはら》では三度、休みを取り、二人は汗を拭き拭き登ってゆきます。

丘の上まで来ると、十一時に出発して、今はもう四時過ぎ、五時間もかかり、二人はほっとして腰を下ろします。

「疲れたべ、母ちゃん、大丈夫か」

「うん、大丈夫だ。父ちゃんこそ大丈夫か」

「うん、大丈夫だ。んじゃ、ここら辺でいいとこ探すぞ」

二人は草の中に分け入って、海も村も、昇太の思い出が詰まっている場所、全部が見えるところがないものか、と十分ほど探し続けます。

「母ちゃん、ここでどうだ。海も村もみんな見えんぞ。だけどな港だけは見えないんだ。岬の陰になってから、残念だけど、しっかたないなあ」

「うん、父ちゃん、ここでいいよ。灯台だって目の前に見えるもの、昇太、きっと喜ぶよ」

「昇太、ここでいいか。んじゃ、ここにすっぞ」

二人は二メートル四方の草を刈り、草原《くさはら》を背にして石を置きます。

二人は安心したように石を挟んで座り、しばらくは黙って海を見ています。

水平線は、ここから見ると北側の岬より高いところに見え、一直線に伸び、遠く相馬の辺りで陸地と接しています。

「父ちゃん、ここ本当にいい眺めだけど、あたしたちの家はっきり分かんないね」

「んだな、学校のすぐ裏が俺たちの家だ。んでも、学校はすぐ分かんけど、家はちっちゃすぎて、よく分かんねな」

家まで四百メートルはあるのです。家並みの中にまぎれて、あれがそうだ、とは分からないのです。

しばらくして、おじちゃん、何かを思いついたらしく、

「今な、ちょっと思ったんだけどな」

「なにね、父ちゃん」

「うん、俺たちの家あんまり目立たないべ。これじゃ、昇太も探すの苦労するかもしんね。んでな、ちょっと目立つようにすれば、って思ったんだ」

「どうすんの、なんかいい方法でもあんの」

「うん、海とおんなじ色に塗ったらどうだべ」

「え、目立つけど変でないの」

「うん、変だなあ。だけど海の色に塗ったら俺たちも海の中さいるみたいで、昇太とおんなじ海の中でつながっているみたいに感じるんでないかな、って思ったんだ。どう思う、母ちゃん」

「んー、昇太とおんなじ海の中でつながっていられんのかあ。いいね、父ちゃん。家、全部、海の色にすんの」

「ん、そうだ。俺たちも海の中にいるみたいにすんだ」

「あれまあ、んじゃあ、海の中から昇太のいる海を見ることになんだね。昇太と海の中でつながっていて、昇太をうんと近くに感じられるよね。いいなあ、父ちゃん」

「んじゃ、いいか。ちょっと恥ずかしいけど、そのうちに慣れっからな。んじゃ、裕ちゃんに頼むからな、いいか」

「いいよ、父ちゃん」

「んじゃ、昇太、そろそろ帰んぞ」

と言って昇太の石をなで、顔を石に近づけ石と同じ高さで海を見ます。

「どうだ、昇太、よく見えんべ。海も灯台も村も、全部、見えんぞ。お前が生きてたとこ、全部、見えんぞ。ここでずっとずっと見てろ。俺たちも、毎日、家から丘の上、見とるぞ、お前を一人にしておかないぞ」

おばちゃん、声を詰まらせ、

「昇太、ごめんな。こんなことしかしてやれなくて、本当にごめんな。また来《く》っからな。寂しく思うなや。こっから家、見えっからな。すぐ分かるように海の色に染めるからな。ずっと見ておけな」

二人は、石をなで涙を流しながら、何度も石を振り返り帰っていきます。帰りは下り坂、三十分もかからないのです。

家に帰るとすぐに、

「んじゃ、これから裕ちゃんに頼んでくるぞ」

「え、父ちゃん、もう行くの、ずいぶん早いね」

「ん、そうなんだけど、ほら、昇太の船あと三日でなくなるべ、んだから、その前にちょっとでも青くなってたら、って思ってな。裕ちゃんも忙しいから無理だと思うけど、一応聞いてみるな」

おじちゃんは、息子と海の色でつながっていたいこと、息子と同じように海の中で生活しているように感じていたいこと、丘の上のちっちゃな墓から家がはっきり分かるように目立たせたいこと、などをちょっと恥ずかしそうに話します。

「分かった。おじちゃんとおばちゃんの気持ち、よく分かるよ。薄磯には、青い家なんかないけど、

海色の青い店

かえって目立って、昇ちゃんすぐ分かるよ。昇ちゃんの船あと三日でなくなんのか。んじゃ、おじちゃん、すぐペンキ買いに行くべ。小名浜まですぐだから今日中に準備できるぞ。そしたら明日から塗れっからな。んで、ペンキの色はどうするんだ。海の色ったって、いろいろあんぞ」

「うん、母ちゃんとも話したんだ。昇太、死んだの春だ。やっぱり、春の海の色がいいな。波も静かで、ゆったりした晴れた春の海の色だな」

「うん、春の海の色か、難しそうだけど頑張るな。んじゃ、後の細かいことは車の中で聞くからな。すぐ行くべ。昇ちゃんのためだ。昇ちゃんの船、出ていく時には少しでも青く塗って、昇ちゃんが、ここが自分の家だ、って分かるようにしてやりたいよな」

「うん、有り難う、裕ちゃん」

「想ちゃん、漁、終わるのだいたい十時ころだ。想ちゃんにも手伝ってもらうべ」


次の日、朝早くから、裕司と想三郎それに母ちゃんたちも、一生懸命ペンキ塗りです。

村人が通りかかると、おじちゃん、おばちゃんには聞こえないように、裕司と想三郎に、

「馬鹿に派手な色だな」

とか、

「ずいぶん、目立つ色だな、村にはこんな色ないぞ」

などと言ってゆきます。

二人は小さな声で、

「あのな、おじちゃん、おばちゃん、昇ちゃんと海の中でつながっていたいんだと」

「昇ちゃんとおんなじに、海色に染まっていたいんだと」

と話すと、

「あ、そうか。分かった、分かった」

と小さな声で言い、

「おじちゃん、おばちゃん、いい色だな、本当、海の色みたいだ。昇ちゃんの船、出ていくのあと二日だな。ようし俺も手伝うぞ」

村人が大勢、手伝いに来て、ペンキ塗りはその日のうちに終わったのです。

「んー、いい色だ。春の海の色だ」

「んー、ちょっと離れて見っと、薄磯の入江の一番奥に、さらにちっちゃな入江があるように見えるな」

「んー、これなら、昇ちゃんも、遠くからあれが自分の家だ、ってすぐ分かるな」

みんな満足している中で、おじちゃん、少し心配そうな顔で裕司に話します。

「裕ちゃん、どうするべ。俺は裕ちゃんに頼んだんだから、当然、裕ちゃんにお金、払うつもりだったよ。んでも、みんな手伝ってくれるべ、だれに払ったらいいいんだか」

「おじちゃん、心配しなくていいよ。みんなの親切なんだから、黙って受けたらいいんだ」

「そうもいかないよ。裕ちゃんに悪いべ」

「なんも悪くないよ。な、想ちゃん、そうだべ」

「んー、そうだなあ。ここは裕ちゃんに悪いけど、いいよな、裕ちゃん」

「ああ、いいよ、いいよ、なんも悪くないよ」

「そうだなあ、みんなにちょっとずつ払う訳にはいかないしな。そんなことしたら、漁師には気の短いのもいっからな、

『人の親切、なんだと思ってんだ』

なんて言うやつもいるよ。んだから、おじちゃん、ここは黙って受けたらいいべ」

「んー、分かった。裕ちゃん、ごめんな」

村人が大勢で手伝ってくれるのを見て、おじちゃん、おばちゃん、何度も涙を流していたのです。嬉し涙なのか、悲しい涙なのか、二人にも分かりません。でも村人の親切が、いつもより直接心に響いて自然に涙が流れるのです。それを見て村の人たちもペンキを塗りながら涙を流しています。


二日後の昼すぎ、四倉の漁師が昇太の船を受け取りに来ます。

想三郎、裕司、よしえ、君江、正和、静江、青色に塗られた店の前で、

「おじちゃん、おばちゃん、いよいよだな。昇ちゃんの船、いなくなると寂しくなるな。どこで見送るんだ。港さ行くか」

「ううん、ここでいい。みんなが海色に塗ってくれたべ、んだからこの前でいい。そんでな、

『昇太、よく見ろ、この海色の家がお前の育った家だぞ。父ちゃんも母ちゃんも、お前とおんなじ海の中にいるんだぞ。お前一人を寂しい思いにさせないぞ。二人して、ずっとずっと、海、見てるぞ』

って言ってやりたいんだ」

「そうだね、それがいいね。んじゃ、うちもみんなでここから見送るけど、いいかい、おじちゃん」

「いいよ。みんなで昇太になんかしゃべってけろ」

漁師の気持ちは、漁師が一番、分かるのです。四倉の漁師も、この船には悲しい記憶が刻まれていて涙ながらに自分に売られてきた、ということをよく理解できているのです。

「中川さん、息子さんの船、見たくなったら、いつでも来たらいいよ。遠慮しなくていいからな。来たら船に乗せて、中まで、全部、見せてあげっからな。そのうちうんと見たくなることもあるべ、そん時は連絡するといいよ。この船、息子さんの形見だ、ってことはよく分かってから、大切に大切に使わせてもらうからな」

四倉は、薄磯の北二十キロにある漁港、行こうと思えばすぐにでも行けるのです。

船は、港や堤防で見守る村人への別れのあいさつのように、長い汽笛を、ボー、ボーと十秒ほど鳴らし、また、しばらくして、ボー、ボーと十秒ほど鳴らして港を静かに出てゆきます。

村人の目には、だれも涙が光っています。

船は入江を進み、青く塗ったばかりの海色の店のすぐ前まで来て、船首を正面にして止まります。波打ち際から三十メートルの近さで止まり、打ち寄せる波に揺られ、船首をゆっくりと上下させ、波に合わせるように汽笛を空高く響かせます。

港を出る時よりも更に長く、更に高く、ボー、ボー、ボーと十五秒も鳴らし続け、少し休んで、更にボー、ボー、ボーとまた十五秒、これを五回、繰り返し、そして、ゆっくり、ゆっくりと船首を回し北側の岬に向かって進み始めます。

岬までは海色の店から約七百メートル、その間、船は砂浜に沿ってゆっくり進み、時おり汽笛を長く、長く響かせて遠ざかってゆきます。

昇太の生活の中心であった船、昇太の笑顔がいつもあふれていた船、今は、昇太のいない世界に旅立とうとしているのです。

三ケ月前、昇太を乗せないで帰ってきた船が、今また、昇太を乗せないで薄磯の入江を出てゆこうとしているのです。

おじちゃんもおばちゃんも、もう耐えることができず、おばちゃんは膝を抱えて座りこみ、肩をふるわして泣き続け、おじちゃんはおばちゃんの肩をさすりながら、遠ざかってゆく船を、じっと見続け、涙をぼろぼろ流しているのです。

正和の父ちゃん、母ちゃん、静江の父ちゃん、母ちゃん、正和も静江も、近所の人も、みんな遠ざかってゆく船を涙でかすむ目で見続けます。

船は、やがて北側の岬を越え四倉に向かって進んでゆき、小さくなった船が岬の陰に消えていってしまっても、時おり長い汽笛を鳴らし続けているのです。

かすかな汽笛は、青い夏の空に、遥かな太平洋に溶け込むように消えてゆくのです。

真っ青な夏の海と空、船も汽笛もすべて風景の中に溶かしこんで、海と空だけが変わることのないもののように、水平線から波と風を送り続けています。

昇太の船を村人が見送る

八　嵐の中の墓とおじちゃん

今年も桜の季節、正和は五年生、静江は三年生です。

昇太が死んでから一年がたち、おじちゃんもおばちゃんも少しは落ち着いたように見えます。

正和と静江の始業式の日、おじちゃんとおばちゃんは学校に来て、入口の大きな桜の木の下で式を終えて帰ってくる二人を待っています。

桜は満開、見あげるような桜の大木の下を、新しい学年になった正和と静江は口を一文字に結んで、ランドセルの中の新しい教科書の重みを感じつつ、新たな決意をもって校門を出てきます。

おじちゃん、おばちゃん、ニコニコ顔で、

「正坊、静江ちゃん、おめでとう。五年と三年か、大きくなったなあ。今日は特別な日だ。店であんパン、食べるぞ」

海色の店の青いテーブルに新しい教科書を広げ、おじちゃん、おばちゃん、自分のことのように嬉しそうです。

正和と静江の母ちゃんたちも、一緒に海を見ながらあんパンを食べています。

都会からやって来た新米おまわりさん

「おじちゃん、おばちゃん、いつも悪いね。二人とも、こんな日、あんパンを食べるの当たり前みたいになってるよ」

「いいんだ。俺たちも嬉しいんだ。正坊、去年、うちのために泣いて父ちゃんを止めてくれたべ、うちのためにあんなに心配してくれて、あれ、本当に嬉しかったんだ」

　正和は、

「俺、そんなに嬉しくなることしたのかなあ」

と、あまり分からないまま海を見ながらあんパンを食べています。

　四月には、新しいおまわりさんが薄磯に赴任しています。山形県新庄市から来た、今年、初めて巡査として着任したばかりの若いおまわりさんです。

　薄磯の小中学生は、全部で十七名、おまわりさんは全員の名前を覚え、村をパトロールしている時に子供たちに会うと、

「〇〇君」

「〇〇さん」

と丁寧に呼んでくれるのです。

　おまわりさんは子供たちの憧れ。教室の窓からおまわりさんが運転するパトカーが見えると、多くの子供は勉強そっちのけで、目を輝かせおまわりさんを見るのです。

五月も下旬、春のうららかな日が続く土曜日の夕方、正和の家の庭に、静江の父ちゃん、母ちゃんがやって来て、いつものように縁側でお茶を飲んでいます。

そこに、キキーッと自転車のブレーキの音をさせ、おまわりさんがニコニコして立っています。村の中は狭い路地が多く、パトカーよりも自転車でのパトロールが多いのです。

「あら、おまわりさんでないか。村のパトロールか、事件なんかなんもないべ。こっちさ来て、お茶っこ飲んでいけや」

正和の父ちゃん、おまわりさんともういい友達です。

「そうだ、村のこといっぱい教えっから、これも仕事のうちだ」

静江の父ちゃんも友達です。

「では、少しだけおじゃまさせて下さい。失礼します」

「なに、少しと言わず、いっぱいいろや。村じゃ、どうせ事件なんかないべ、暇でしょうがないべ」

「ん、ま、そうですが」

事件は何もないのですが、若いおまわりさん何もかにも初めてのことばかり、毎日、何かと忙しいのです。

「事件がないのだから、毎日、暇のように思われてもしょうがないのかな」

と心の中で思い、少し苦笑いです。

正和と静江は、憧れの若いおまわりさんと一緒にお茶を飲めるのでニコニコしています。

おまわりさん、一口お茶を飲み、

「ところで、すぐそこの店、何もかにも青色に塗って、海がそのまま染まったような家で、とってもきれいですね。よっぽど海が好きなんですか」

「おまわりさん、薄磯に来て二ヶ月ぐらいか。んじゃあ、まだ何も聞いていないんだな。実はな、去年の桜が満開の時だからちょうど一年ぐらいになるなあ。あそこの家の息子が海で死んだんだ」

それから、父ちゃんも母ちゃんも、思い思いに、店を二ヶ月も閉めたこと、海を憎いと思いつつも波の音が昇ちゃんの声のように聞こえて、それから少しずつ海を見るようになったこと、昇ちゃんと一緒に海を感じていたいので家を海色に塗ったこと、その時、村中の人が手伝って一日で塗ってしまったことなど、懐かしく思い出しながら話します。

「ああ、そうなんですか。あの青色にはそんな悲しい記憶があったんですね。本官が村をパトロールしていると、おじちゃん、おばちゃん、青いベンチで、ジーッとして海を見ている時がよくありました。そんな時、声をかけるのですが、ニッコリ笑って、そんな話は一度もしてくれませんでした」

「そりゃあそうだよ、まだ一年だよ。悲しさが癒《い》える、ってことまだ全然ないんだ」

「本官も何か慰めになること、できるでしょうか」

「おまわりさん、いくつだい」

「はい、今年で二十五歳になりました」

「そうか二十五か、昇ちゃん生きてたら二十四になるな。んじゃ、おまわりさん、昇ちゃんと同じぐらいだな」

「おじちゃん、おばちゃん、おまわりさんのこと息子みたいに感じるかもしんないね」

「そうだなあ。ん、そうだ。おまわりさん、あの青いベンチに座って、なんでもいいから話したらいいよ。それが一番の慰めかもしんないよ。だけど、おまわりさん、その本官とか、何々であります、なんて言い方ここじゃ必要ないよ。普段どおりでいいんだ。おまわりさん、新庄、っていうとこで生まれたんだよね、んじゃ、そこの方言でしゃべればいいんだぞ、ここは自分の家みたいに思っていいんだからな」

「はい、分かりました。これからはそうさせてもらいます。ところで、おじちゃん、おばちゃんと何を話していいのか本官には分からないのでありますが、何がいいでしょうか」

「ほら、また本官なんて言って。おまわりさん、山形の新庄っていいとこか」

「はい、非常にいいところです。最上川がすぐ近くに流れていて、四方山に囲まれ、緑にあふれたかなり広い盆地になっています」

「ん、そうか。んじゃ、おまわりさんの故里を話したらいいよ。おじちゃん、おばちゃん、そういう話、好きだかんね。ゆっくりゆっくり聞いてくれっからいろんなこと話せるよ」

「分かりました。これからはそういう努力をしたいと思います」

正和の父ちゃん、ちょっと真面目な顔になって、

「んでな、おまわりさん。漁師っていうのはかなり危険な仕事なんだ。おまわりさん、海のないとこで育ったんだべ。んだから分かんないと思うけど、何が一番危険か分かっか」

「んー、やっぱり嵐でしょうか」

「そうだな、嵐はやっぱり怖いな。んでもな、今は昔と違って、天気は組合でちゃんとチェックすんのさ。んだから嵐で死ぬ漁師はほとんどいないんだ」

「それじゃあ、船の中って機械がいっぱいありますね。機械に挟まれるとか、そういうことですか」

「ん、それもあるな。確かに機械は危険だ。んでもな、それで怪我をすることがあっても死ぬことはめったにないんだ」

「んー、一番、危険ですか。ちょっと分からなくなりました」

「それはな、海に落ちることだ。一人で漁をしていて海に落ちたらどうなると思う。船は、そんなことに関係なくどんどん遠くへ行ってしまうんだぞ。漁師だから泳ぎは達者だ、だけど陸地はな、すぐそこに見えていても何百メートルあるの普通だぞ。とっても泳ぎ切れるもんじゃないんだ。その上、これが冬の海だったらどうする、水温は十度以下だぞ、十分ともたないんだ。夏の海だっておんなじだ。水は体力をどんどん奪うんだ。漁師はこのことみんな知っている。だから注意はするんだ。漁船には高い柵のようなものはないんだ。そんなのあったら漁のじゃまになるべ、仕事しやすいように低く作ってるんだ。だから、足をすべらしたり、横波受けたり、漁師を長いことやってると、そういう危ないことだれだって何度もあるもんだ。だから一人では漁はしないんだ。一人なら海に落ちたらそれで終わりだ。そんでもな、二人でやっていてもやっぱり海に落ちたら助かる保証はないんだ。夢中で仕事していて、もう一人が気づかないで、そのまま海の中で遭難してしまうなんてこともたまにはあるんだ。な、海はそれほど危険なとこなんだぞ」

「それじゃあ、あそこの息子さんは海に落ちて死んだんですか」

「ん、それは分かんね。そうかもしんね、たぶんそうだと思う。船は遠く金華山沖で発見されたからな。その間、昇ちゃんは乗っていなかったことになるからな」

「でも、どうして一人で行ったんでしょうか。一人は危険だ、って分かっていたでしょうにね」

「ん、そうだ。昇ちゃんは俺の弟子だったんだ。だから、俺がもっと厳しく教えておけばいかったんだ。

『一人で行ったら、もう俺の弟子ではないぞ』

とか、

『一人で行ったら、もう口をきかないぞ。一生、口をきいてやらないぞ』

ぐらいは言っておけばよかった、と思うんだ。昇太の馬鹿が、まさか一人で行くとは思わなかったからな。んでも、おまわりさん、昇ちゃんかわいそうだ。海に落ちた時どんだけ怖かったか、一人であの広い海だぞ、落ちてすぐに死を覚悟したはずだ。船はどんどん自分から離れていくんだぞ、その時の恐怖はどんだけ大きかったたか。それ考えると、昇ちゃんかわいそうでな。昇ちゃんがちっちゃいうちから、

『昇ちゃん、昇ちゃん、』

って言ってかわいがっていたんだ。んでも、高校、卒業して俺の弟子になってからは、

『昇太、昇太、』

って言って厳しく教えていたんだ。んだから、ちっちゃい時からの昇ちゃんの一生を考えるとかわいそうでなあ。ちっちゃい時から海が大好きで、いつも港に来て、目、輝かして漁師たちと話してたからなあ。今は決して昇太とは言わないんだ。というか言えないんだ。な、おまわりさん、言えないべよ。俺の中じゃ、昇ちゃん、あのちっちゃいままのニコニコして港で遊んでいた、あん時の昇ちゃんのまんまなんだ」

「そうですか。それじゃあ、なんか自分の子供を亡くしたように辛かったでしょうね」

「そうだ。親が死んだ時とおんなじくらいに辛かったかもしんね。んだから、海色のおじちゃん、おばちゃん、どんだけ辛かったか。それ考えると、だれも、なんも、声、かけらんなかったんだ」

母ちゃんたちも一年前を思い出し悲しそうです。

静江の母ちゃん、

「おまわりさん、昇ちゃん、本当に優しかったんだよ。うち、漁師じゃないでしょ、んだから、いつも魚持ってきてくれてね、嬉しそうに、こうやって捕ったんだ、とか、珍しい魚だ、とか、いっぱい説明していくんだっけ。今でも昇ちゃん、いないなんて信じられないんだ」

正和も静江も、昇ちゃんとの思い出はいっぱいあるのです。二人とも悲しそうに大人の話を黙って

聞いています。

　正和の父ちゃん、昇ちゃんの話を続けます。

「漁師にとって船は命を預ける相棒だ。昇ちゃん、本当に大切に扱っていたなあ。エンジン、点検したり、いつでも掃除したり、自分のことより大切にしてたもんなあ。その相棒だけが帰ってきてるんだものなあ。おじちゃん、おばちゃん、船をまともに見れんかったなあ」

「それは辛かったでしょうね。そんな時、親は船に対してどんな思いを持つんでしょうか。船が帰ってきてよかった、とは絶対に思わないでしょうね。船を恨んだりするんでしょうか。相棒の一方だけが帰ってきてるんですものね」

「そうなんだ。どっか見えないところにやってしまおう、と思ったこともあったらしいよ。

『俺の息子の命、どうして守らなかったんだ。自分だけ帰ってくるやつがあんか』

　というふうに思うしな。んでも、やっぱり悩むんだな。船は息子の形見だ。船の中にある漁具も、どれもこれも、全部が今となっては息子の思い出がいっぱい詰まった大切な形見なんだ。おじちゃんは漁師でないべ。んだから昇ちゃん、親のこと、喜んで船に乗せていたんだ。小名浜まで乗せていくこともあってな、そこで買い物やらなにやらやらせてな、二人とも、ぜいたくな買い物だ、って言って本当に喜んでいたんだ。その他にも散歩気分でちょくちょく乗せていたのよ。んだから船には昇ちゃんの思い出がいっぱい詰まっていてな、だから船がなくなる、っていうのは二人にとって本当に辛いことだったんだ。

『息子は本当にいなくなったんだ。もうどこにもいないんだ』

っていうことを、自分の心の中にはっきりと言い聞かせるみたいなことだしな。それに、

『息子が一番大切にしているものを、一番守ってあげなくちゃいけない親が守ってやれなかった』

みたいにも感じて自分を責めるしな。二人は本当に悩んだんだ。俺も、何度も相談受けてな、俺としても、どっちがいいなんて言えないしな、三ヶ月かけて自然に決まるの待つしかなかったんだ。廃船、なんてことも考えたみたいだったけど、やっぱり漁で使ってもらうのが、昇ちゃん一番喜ぶ方法だ、って決心したんだ。新しい船主も、この船がどんな船か事情はよく知っていてな、港を出てゆく時、汽笛を、ボーっと何度も長く鳴らしていたな。海色の店な、船からもよく見えんだ。その前で、おじちゃん、おばちゃん、近所の人もいっぱい、じーっと立ってての見えるべ、その近くまでわざわざ来てな、やっぱり、ボーって長い汽笛鳴らすのさ。それから入江を出てゆく時も、岬を越えて見えなくなる時も、ボーって長く長く鳴らすのさ。おじちゃん、おばちゃん、海色の店の前で、じっと立ったまま声を出さずに泣いていたなあ。それまでは、何度も、人目をはばからずに、ワーワーって胸の奥からしぼり出すように声を出して泣いていたっけ。んでも、こん時は、海を見ながら静かに泣いているんだっけ。おばちゃんは立っていられなくて膝かかえて、肩ふるわして泣いていて、おじちゃんは、おばちゃんの肩さすりながら、じっと船、見つめて泣いているんだっけ。昇ちゃん死んでから三ヶ月過ぎてたからなあ。それが切なくて俺たちもみんな泣いたんだ。一年たつけど、あん時の汽笛は今も耳に残ってんな。おじちゃん、おばちゃんには、あの長い汽笛な、

『息子が天に昇ってだんだん見えなくなるような、空高く響いて、空に消えてゆくような、そんな人間の声のように聞こえて、昇太が本当に遠くに行ってしまうように感じた』

ってしばらくしてから、やっぱり海、見ながら話してくれたっけ。そう言われると本当にそうだなあ、って思ったっけ。汽笛って、ボーって長く響いて、もの悲しく聞こえるもんな」

「耳を澄ますと本官にも汽笛が聞こえるような気がします。船って、ゆっくりゆっくり遠ざかっていきますね。汽笛も少しずつ遠ざかっていって、本当は行きたくないけど、だけどどうにもならない、っていう切なさを感じますね」

「そうだ、おまわりさんもやっぱりそう思うべ。それから漁師仲間は汽笛を鳴らす時、おじちゃんとおばちゃんのこと考えるのさ。海色のベンチで二人して座ってての船からも見えんべ、そうすっとな、

『昇ちゃんと何、話してんだ。いっぱい話していっぱい慰められたか』

って、ボーっと長く鳴らして、

『俺たちも昇ちゃんのこと忘れていないぞ。海の上でいつも昇ちゃんのこと考えているぞ』

って、ボーって鳴らすのさ。そうすっとな、おじちゃん、おばちゃん、手、振ってくれるんだ。そうすっと、またボーって鳴らして、入江いっぱいに響いて、村人もそれ分かっから、みんな昇ちゃんのこと思い出すんだ。中には昇ちゃんが海の中に一人でいるのが悲しくて泣いているように聞こえる人もいてな、ボーっていう汽笛が辛く感じる人もいるんだ。感じ方は人それぞれだけど、んでも村人全員がな、

『おじちゃん、おばちゃん、今、海、見ながら、昇ちゃんのこと思い出しながら、汽笛、聞いてんだ。泣いていねえべか。二人して、遠く見て少しは笑ってるべか。汽笛、いっぱい慰めろ。ボーって長く長く鳴らして、いっぱい、いっぱい、慰めろ』

って、みんな海の方見てしばらく無口になんだ」

「あの長い汽笛にはそんな意味があったんですか。時々、ボーって長い汽笛が聞こえてくるので、何か意味があるんだろうな、とは思っていました。でも、そんな悲しい物語があったんですね」

「そうだ、こういう話はどこの漁村にもあるんだ。人が毎日のようにあの広い海に出てゆくんだからな。長い年月の間にはいろんなことがあってな、年寄りなら、一つや二つ、必ず知ってるもんだ。漁村には、悲しくて辛い思いをしてる人、けっこういるもんなんだ。

んだけどな、楽しいことも多いべ、やっぱり、ここでの生活、なんだかんだ言ったって、みんな好きなのよ」

「そうなんですね。本官の育ったところは農業が主な仕事だったので、こういう悲しい話はあまり聞いたことがありませんでした」

「そうだべ。そんでな、船がなくなったのは去年の七月だから、ちょうど十ヶ月ぐらいになるな。おじちゃんもおばちゃんも、今ではだいぶ慣れたみたいだけど、港に船がないのを見ると悲しくて、港の方を見るのが辛かったみたいだったぞ。船は昇ちゃんの一番の形見みたいなもんだったからな。

そんで、俺、二人に言ったんだ。

『おじちゃん、おばちゃん、毎日、海、見てるべ。この広い海のどっかに昇ちゃんいるんだぞ。だから海が形見だ。こんな広い海が形見なんて一番の形見だべ』

そしたら、おじちゃん、おばちゃん、海、見て、うんうん、ってうなずいてはいたんだ。んだけど昇ちゃん、海で死んだばっかしだべ、海が憎い、っていう気持ちの方が強くてな、なかなか素直に海が形見だ、なんて思えなかったみたいなんだ。

俺は海、大好きだからな。おじちゃん、おばちゃんが海を少しでも憎んでるなんて、やっぱりいやでな、それに、おじちゃん、おばちゃんだって、静かに穏やかな気持ちで海、見てらんねべよ。そんなの、おじちゃん、おばちゃんだって、いやに決まってるべ。

そんで、おじちゃん、おばちゃんと一緒に海、見ながら昇ちゃんの思い出いっぱいしゃべることにしたのよ。

昇ちゃん、俺の弟子だったからな、漁での思い出いっぱいあんのよ。あそこの海でこんな漁したんだ、岬の近くではこんな魚、捕ったんだとか、季節によって漁の内容違うからな、いろんな話、いっぱいあんのよ。

昇ちゃん、高校、卒業したばっかしだったべ、実家も漁師じゃないからな、全くの素人《しろうと》で変なことばっかいっぱいやんのよ。大漁の時は、ものすごく興奮するしな、面白い話、いっぱいあんのよ。それを思い出しながらいっぱい話してやったんだ。

昇ちゃんが生きているうちは、ほとんど話さなかったなあ。昇ちゃん、自分で話せばいいんだかんな。

　おじちゃん、おばちゃん、涙、流しながら聞いていてな、うんうん、って心の中に刻みこんでいるみたいだっけ。

　俺も思い出すのゆっくりだべ、何ケ月もかけて昇ちゃんの思い出しゃべっていったのよ。おじちゃん、おばちゃん、その都度、涙、流したり、笑ってみたり、海の中での昇ちゃんの思い出、増えていってな、海が憎い、っていう気持ちはなくなったりはしないよ、したけど、海の思い出、どんどん増えていってな、やっぱり海は形見なんだ、っていう気持ちも、だんだん素直に思えるようになったみたいなんだ。俺も、その都度、海はいい形見だなあ、っていっぱい言ったからな。

　最近では、おじちゃん、おばちゃん、素直にこんなことも言えるようになったんだ。

『本当だな、想ちゃん。海が形見だ。昇太の船も四倉で一生懸命、働いてるもんな。この広い海のどこかで、毎日仕事してんだ。だから昇太の船も全部ひっくるめてこの広い海が形見だ。そんでいいか想ちゃん』

『そんでいい。これ以上ない形見だ』

　おばちゃんな、ちょっと涙ぐみながら、

『本当だね、想ちゃん。こうやって海、見てると、どこもかしこも昇太の思い出がいっぱい詰まってるべ。初めは海のこと憎く感じて見れんかった。んでも、昇太の思い出と形見と、こんなに近くにいられるんだものね。やっぱり海の近くにいられんの、すごくいいことなんだね』

『そうだよ、おばちゃん。こんなにでっかくてこんなにきれいな形見だよ。んでも、そんなふうに思えるようになってよかったね。俺も嬉しかったんだ』

って言って、俺も本当に嬉しいよ』

みんなは何度も聞いている話ですが、それでも、おまわりさんと一緒に一生懸命に聞き、

「想ちゃん、いいこと言ったねえ」

「おじちゃん、おばちゃん、海、見るたんびに慰められるべ。すごいな想ちゃん」

口々にほめるのです。

正和も、

「父ちゃん、すごいな。海が形見、ってどういう意味なんだべ。んでも、すごいんだ、父ちゃん」

と心の中でニコニコです。

おまわりさんも、ニコニコ。

「海が形見ですか、でっかい形見ですねえ。やっぱり、海の側で暮らしている人、って何か違うのでしょうか。本官の故里では、こんなでっかい形見見たことはありません」

おまわりさんは、

「人々の心の中に海の広さがそのまま広がっていて、この大きな海と一体となって生活している。村のだれもが自然にそうやって生きている。なんて素敵なんだろう」

と思っています。

「んでな、おまわりさん」

正和の父ちゃんは、さらに真剣になって話しだします。

「あれ、父ちゃん、今度は何、話すのかな」

と正和と静江は庭の石に座って、聞き耳を立てます。

「海色のおじちゃん、ちょっと見ると、ちっちゃくておとなしくて、いつもニコニコ笑ってて、そんなに強い人に見えないべ。んでもな、俺よりずっと強いんだぞ」

「え、そうなんですか。優しくて静かな人、って思っていました。本当は強い人なんですか」

「そうだ。優しいのはそのとおりだ。んだけど芯はとっても強い人だ。おまわりさん、墓地は時々行くべ」

「はい、村のパトロールで毎日のように行きます」

「んじゃ、夜の墓地も知ってるべ。薄気味悪くて入っていく気になんないよな」

「はい、昼間は、大きな木が何本も生えていてとってもいいところですが、夜は、本官も怖く感じて入っていくのはいやですね」

「ん、そうだべ。んじゃ、嵐の夜なんかは、怖くてとっても入れるもんじゃないべ。おじちゃん、そこさ一人で入っていったんだぞ。すごいべ」

「え、あの優しそうなおじちゃんが一人で嵐の夜にですか。またどうしてそんな時に入っていったんですか。でも、怖くなかったんでしょうか」

「そりゃあ怖かったみたいだぞ。んだけど夢中で行ったみたいでな、丘の上に墓、作ったのが七月だったから、それから二ケ月たった九月だ、風が一日中強い日で、夕方になって急に雨が降ってきたんだ。俺はいるもんがあったんで店に行ったのさ。おばちゃんしかいなくてな、

『おじちゃん、どこかに行ったのけ。こんな嵐の中じゃ心配だべ』

って聞いたんだ。ちょっと言いよどんでいてな、少ししてから、

『父ちゃんね、一人で墓に行ったんだ。心配ないと思うけどやっぱり少し心配だよ。想ちゃん、どうしたらいい』

って、おばちゃん心配そうなんだ、

『なして、今ごろ墓に行ったんだ』

『うん、止めたんだけど、心配すんな、すぐ帰ってくる、ってカッパ着て行ってしまったんだ』

『そうか、んじゃ、おじちゃん、丘の上の墓さ行ったのけ』

『うん、たぶんそうだと思う。一日中、昇太の墓、気にしていたんだ』

『そうか。そんでどんくらい前に行ったんだ、おばちゃん』

『三十分ぐらい前なんだ。ねえ想ちゃん、こんな嵐の時なんにも行かなくてもねえ』

『そうだなあ。んでも、おじちゃんの気持ちも分かるなあ。三十分前か、んじゃあ、ちょうど墓に着いたころだな。あの草原《くさはら》じゃ風はすごいはずだ。大丈夫かな、おじちゃん』

『うちの父ちゃん、体、ちっちゃいから、飛ばされることないべか、想ちゃん』

『そりゃあ大丈夫だよ。あの草原《くさはら》、登ってゆくのは大変だけど、飛ばされるってことはないよ。んでも、おじちゃん、よく一人で行ったなあ。二ヶ月前、二人して墓石運んだべ、すごく大変だったべ。んでも、もしかしたら、一人であの墓地通っていくのはもっと大変かもしんね。夜の墓地って本当に薄気味悪いんだ。まして嵐だからな。ん｜、一人にしておけね、俺もこれから行ってみる』

『想ちゃん、いいのけ。悪いね』

『大丈夫だ。すぐ一緒に帰ってくっから心配しないで待ってろな』

って言って店を出たんだ。昇ちゃん死んでからまだ半年だべ、おばちゃん心配すんのも無理ないんだ、おじちゃんになんかあったら、って思うもなあ。店の窓もガタガタいって、外に行けるような状態じゃないんだ。外に出ると風がビュービュー吹いて、大波が入江の奥まで入ってきて、ゴーゴー言ってるべ、

『こんな中、おじちゃん、よく行ったなあ』

って思いながら墓地まで来ると、でっかい木が何本も生えてるべ。枝なんかバキバキ言って、今にも折れそうにうんと高いところでグラグラ揺れてんのよ。昼間、見る木と全然違うんだ。なんか、でっかい怪獣が上から覆いかぶさって、今にも襲いかかってくるように見えんだ。墓地に一歩、足を踏み入れると、急に気味の悪いえたいの知れない世界に入ったみたいに感じてな、なんか背中がぞくっとしてな、手をギュッと握りしめて歩いていったんだ。墓石も黒いかたまりみたいに見えて、えたいの知れない動物がうずくまっているように見えてな、それが何十匹もこっちをにらんで丘の中腹

まで続いてんのよ。

『いやあ、おじちゃん、こんなとこ一人でよく行ったなあ』

って思ってな。上におじちゃんがいると思うから、俺もやっとの思いで墓地の中通っていったんだ。一人なら絶対、無理だ。上の方に行くと、でっかい木、ますますビュービュー、音出して襲いかかってくるように見えっから、できるだけ下向いて走るみたいにして登っていったんだ。そんで草原《くさはら》に出たべ、風はいよいよ強くなるんだけど薄気味悪さはなくなってな、やっと、ほっとしたんだ。草原《くさはら》の道は狭いべ、草がみんな風で倒れて、道ふさいでっから歩きにくいのよ。

『おじちゃん、こんなとこよく登っていったなあ、すごいな。おじちゃん、ちっちゃいのに大変だったべなあ』

って思いながら登っていくと左側に灯台が見えてくるんだ。初めはてっぺんだけでな、登るにつれてだんだん下の方も見えてくんのよ。俺は生まれてからずっとここに住んでるけど、嵐の中、あんな近くで灯台、見たの初めてだ。すごかったなあ。おまわりさん、本当にすごかったんだぞ。灯台の光な、一直線の槍のようになって横なぐりの雨を切りさいてゆくんだ。ぐるぐる回ってっから、俺の真上もすごいスピードで横切ってゆくのさ。雨は横なぐりに降ってっから、光の槍で横になぎ倒されているみたいに見えて、すごいスピードで横に飛んでゆくんだ。雨も負けていないぞ。次々、暗い空から降ってきて光に襲いかかってんのよ。光と雨が、からみあってぐるぐる回ってるべ、それが遠い海の沖まで続いてんだぞ、まるで光と雨が渦のようになって、空の上で格闘しているように見えんだ。

風もすごいからな、光と雨にぶつかってゴーゴー音立てて吹いてんだろ、本当、すごかったなあ。光と雨と風が、海の上から、そんで村の上にも、草原《くさはら》の方にも、すごい勢いでぶつかりあって行ったり来たりしててな、俺も立ってるのがやっとで、足、踏んばってしばらく見てたのさ。その中で灯台もすごいなあ、足、踏んばってちっとも動かないもんなあ。周りはものすごい勢いで動いてんのに、ちっとも動かないで足、踏んばって、光を遠い海に向かって矢のように放ち続けているんだ。

いつも見ている灯台だけどな、いつもは白くて、きれいで、穏やかに立ってるべ。んでも、こん時は、風が灯台にぶつかって、ゴーゴー音してんのよ。まるで灯台が声だして、足、踏んばってるみたいに見えるんだ。

『灯台、偉いな。俺たち漁師のためにこんなに頑張ってるんだ』

って思ったら、灯台に声かけたくなってな、

『有り難うな。お前の頑張り、ちゃんと覚えとっからな』

って思ったっけ。

草原《くさはら》の上までゆくとおじちゃんのことすぐ分かってな、おじちゃん、海、見ながら足、踏んばって立ってんだ。少し離れたとこから、

『おじちゃん、想三郎だ』

って叫んだんだ。んだけど、風の音で全然聞こえねえのよ。近くまで行って、

『おじちゃん、想三郎だ』

嵐の夜の丘の上のおじちゃん

ってまた叫んだんだ。おじちゃん、びっくりしてこっち見てな、ちょっとの間、固まったみたいに俺のこと見てんだ。そりゃあそうだよな、嵐の中で急に人が現れるんだものな。そんでもう一回、

『俺だ、想三郎だ』

って言ったらやっと分かってな、

『なんだ、想ちゃんか、どうしたんだ』

って言うから、

『おばちゃん、心配してるぞ。早く帰ってやんねばだめだぞ』

『うん、分かった。んでも想ちゃん、俺のこと心配して来てくれたのけ。有り難うな、こんな嵐の中な』

『おじちゃん、大丈夫か。もう一時間もいるんでないか。顔もなんもびしょぬれだぞ』

『うん、有り難うな、大丈夫だ』

『一時間も海、見て何、考えてたんだ。やっぱり、昇ちゃんのこと思って、海のこと怒ってたのか。〝俺の息子をいじめるな、静かに寝かせてくれ〟って言って、そんで、ずっと海をにらみつけてたのか』

『うん、そうだ。最初はそうだ。ずっと心で叫んでた。

〝もういいべ、もう充分だべ。なんで、そんなにゴーゴーって音立てて俺の昇太、いじめんだ。頼むから静かに眠らせてくれ〟

って、ずっと海、にらんでた。んでもな、そのうち、想ちゃんが言ったこと思い出したんだ』

『なんだ、何、思い出したんだ』

『ほら、崖の途中に生えてる松のことだ。灯台の下にあっから、ここからは見えないけど、すぐ下のあの辺にあるはずだ。それ思い出したら、嵐の中で風と雨をいっぱい受けて、枝なんか、ぐらぐらさせて、ほんでも海から力、もらってる松が見えるような気がしてな。

〝あの松、偉いなあ。こんなにすごい嵐の中で、海から力、もらって、そんで、びくともせずに何百年も崖に根、生やしてんだ〟

って思ったら、涙、ぼろぼろ出てきてな、

〝松、お前、偉いなあ。こんな風の中で、たった一人で嵐の中で足、踏んばって、そんで、海から力もらってんだ。俺も、お前みたいに海から力もらってもいいか〟

って叫んだら、あの松な、

〝いいぞ、いっぱいもらえ。俺は、ここで何百年ももらってっから、お前もこれからいっぱいもらえ〟

って俺に声かけてるように感じんだ。そんで足、踏んばって、松と仲間みたいになって、風、ゴーゴー受けながら、じっと海、見てたんだ。そしたら、昇太も、遠くの方から俺に叫んでるような気がしてな、

〝父ちゃん、頑張れ。海の力いっぱいもらえ。負けんでね、負けんでねえぞ。俺も海からいっぱい力送るぞ。父ちゃん、ごめんな。なんも親孝行できなかったな。母ちゃんのこと、頼むな。俺な、海か

ら力いっぱい送っから、そんで父ちゃん、元気だして母ちゃん、幸せにしてな。俺な、いっぱい、いっぱい力、送っから、二人して元気に生きてけな。他のこと、なんもできなくてごめんな〟

って言ってるような気がしてな、

〝分かった、分かったぞ。海から力いっぱいもらうぞ。そんで、母ちゃんのことは心配すんな。幸せにすっから、なんも心配すんな〟

って、涙、ぼろぼろこぼして、嵐に体ぐらぐら揺すられて海、見てたんだ』

『そうかあ、おじちゃん、良かったなあ。力、いっぱいもらったんだ』

って、俺も涙いっぱい流して海、見てたんだ。

な、おまわりさん。嵐の海はやっぱりすごいぞ。風が強いから体ぐらぐら揺れるべ。な、そうすっと、海からも風からも、雨だってそうだぞ、肩しっかりつかまれて、強く揺すられて、

『お前、しっかり生きろ。海の力しっかり感じて、海から力もらえ。波もどんどん送るから、そこから生まれた潮風を、体、全部で受けとめろ』

って、海から励まされているように、感じんだ。

おじちゃん、俺の隣で、海に向かって、大声で、俺のいることなんかすっかり忘れてな、

『力、いっぱいもらったぞう。有り難うなあ。分かった、分かったぞ。さっきまで怒ったりして悪かったなあ。訳も分からず海のこと恨んで登ってきたのに、こんなふうにちゃんと分からせてくれて、本当に有り難うなあ。俺のことはいいから、昇太のこといっぱい見ててくれなあ。昇太のこと、もう

海にしか頼めないんだから、海なー、もう、なんもかんも、お前にしか頼めないんだから、頼んだぞー。昇太、昇太、お前、海に世話してもらえなあ』

って、風に負けないぐらい大声で叫んでんだ。そんで、ワーワー泣くべ。それ見て俺もいっぱい泣いてな、

『昇ちゃん、昇ちゃん、ごめんな。もう決っして昇ちゃんのこと責めないからな。

〝一人で海さ行って、あの馬鹿が〟

なんていっぱい言ったけど、もう決して言わないからな。昇ちゃん、ゆっくり海で眠ってろ。おじちゃん、おばちゃん、俺たちで、ちゃんと世話すっから心配すんな』

って俺もいっぱい泣いたんだ。

それから、二人して風でぐらぐらなりながら、足、踏んばって、海、見てたんだ。な、おまわりさん、嵐の海ってすごいぞ。俺も風で肩いっぱい揺すられて、力いっぱいもらったように感じたんだ。おまわりさんも、今度嵐が来たら海の力、味わってみろや。海の見方、変わっからな」

「そうですか、そんなにすごいんですか。ここに来て毎日のように海の素晴らしさを味わって、もう充分に味わったように思ってましたが、そうですか、嵐の海ですか。今度、是非、味わってみたいと思います」

「そんでな、おまわりさん、風はゴーゴー吹いてカッパはなんも役に立たないんだ。村の明かりは雨と風を通ってきてっからかすかに見えているだけでな、海は真っ暗でほとんど見えないんだ。んでも

入江の中に大きな波が寄せているのは、なんとなく分かってな、その中を、灯台の光が、海の上から村の上を通って、俺たちの真上も通って、また海の中に矢のように進んでいって、遥か沖合に突き刺さってんのよ。おじちゃんの顔、雨でぐちゃぐちゃだけど、何かしゃべっているみたいに見えてな、そんで、

『おじちゃん、昇ちゃんに何かしゃべってんのか、やっぱり、

〝お前のこと一人にさせねえぞ。俺もここから、海、見てるぞ。お前のこともちゃんと見てるぞ〟

って言ってんのか』

って言ったんだ。そしたら、

『それは、いっぱい言った。何べんも何べんも言った』

そんでな、俺な、

『おじちゃん、灯台の光、見てみろ。こんな嵐の中でも、ちゃんと、海、照らしてっから、昇ちゃんもどこかで見てるよ。おじちゃんの気持ち、ちゃんと伝わってんぞ』

『そうかあ、有り難うな、想ちゃん。ん、そうだな、ちゃんと伝わってんな』

それから、おばちゃんのこと思い出してな、

『おばちゃん、心配してるぞ。早く帰ってやんねばだめだぞ。今にも泣きそうだったんだからな』

『うん、分かった』

って帰ってきたんだ。こんなの全部、叫ぶように話したんだぞ。風の音すごいからな。おじちゃん

も、おばちゃんのこと心配になったんだべな、走るように坂、下りてきたんだ。ちょっと下っと、墓地、見えてくんべ。嵐の時、上から墓地、見るなんて、俺、初めてだ。墓地の中のけやきとくすの大木な、やっぱり上から見てもすごいんだ。窪地の中で、枝なんかぐらぐら揺れて墓地全体を覆ってるべ、ゴーゴー音して、枝なんかぶつかって、バキバキ音、立ててんだ。

『あん中、入っていくのいやだなあ』

って思ったのよ。んでもな、実際に入ってゆくと少しも怖くないんだ。

『変だなあ、来《く》ん時と全然違うな』

って思ったんだ」

おまわりさん、

「んー、それは、おじちゃんと二人だからじゃないですか、一人と二人では全然違いますからね」

「んー、そうだな、それもあんな。したけど、やっぱり海から力、もらったからだべ。今、考えてもそう思うもんな。海のゴーゴーっていう音、今でも胸の中に鳴ってんだ。そんでな、おじちゃんの背中、見て、ずっと下りてきたべ、おじちゃん、すごい強い人に見えてな、おじちゃん、ちっちゃいべ。な、すごく、ちっちゃいべ。んだけど、おじちゃんの背中、すごくでっかく見えてな、

『おじちゃん、強いなあ。昇ちゃん死んだ時、おじちゃんもおばちゃんも死んだみたいになってしまって、どうなるか、って思ったけど、もう大丈夫だ』

って思えて、なんか嬉しくなって、おじちゃんの背中、見て、ニコニコしながら帰ってきたんだ。

帰ったら、店の前で、おばちゃん外に出て待ってるのが見えてな、おじちゃん、

『あれ、どうした、母ちゃん。こんな雨の中、ぬれるべに』

って小走りで近づいていって、

『母ちゃん、早く中さ入れ、風邪ひくべ』

って心配してな。おばちゃんよっぽど安心したんだべな、泣いてなんにも言えないのよ。それ見て、おじちゃん、

『母ちゃん、ごめんごめん、悪かったな。今度、嵐になったからってもう行かないからな、心配すんな。今日は丘の上で、昇太といっぱいしゃべった。真っ暗な海だったけど、海、見ながらいっぱいしゃべった。もう充分しゃべった。んだから、もう行かないからな、ごめんな、母ちゃん』

おばちゃん、泣きながら、何度も、うんうんってうなずいてるんだ。そん時のおじちゃん、いつもの優しくて静かなおじちゃんに返ってるんだ。丘の上のおじちゃんと、そん時のおじちゃん、おんなじ人には見えなかったんだ。嵐の海をぐっと見すえているおじちゃん、おばちゃんを心配しておろおろしている優しいおじちゃん、人ってこんなに違う顔を持っているもんなんだなあ、って、本当、感心したんだ。店に入って、お茶、飲みながら、おばちゃんに、嵐の中のおじちゃんの様子、話してやったんだ。おばちゃん、

『ふーん、そうなの。へー、父ちゃん、すごいね』

って安心したようにニコニコしてたなあ。俺、帰って来《く》っ時、

『おじちゃん、海から力、いっぱいもらったべ。んじゃ、その力、おばちゃんにも分けてやれね、そんで、俺のうちにも、裕ちゃんのうちにも、みんなに分けてやれね。こんな嵐の海から力もらった人、そんなにいないいからな。漁師の中だってそんなにいないぞ』

って言ったら、

『んー、そうかあ、そんなにいないか。うん分かった。想ちゃん、ちゃんと分けっからな。嵐の海の話、うんとすんぞ』

って、ニコニコしてたっけなあ。な、おまわりさん、おじちゃん、すごいべ。あんな気味悪い墓地を通って丘の上まで行ったんだぞ。俺なんか、一人だったら絶対、無理だ。おじちゃん、上にいんの分かってっから登っていけたんだ」

おまわりさんは、身をのり出して一心に聞き、みんなは何度も聞いた話なので、ニコニコして聞いています。

「本当ですねえ。おじちゃん、強いんですねえ。いつも静かにニコニコ笑っているので、そんな強さを持っているなんて、本官は少しも気づきませんでした」

「そうだよ、そんで、おじちゃんいろんなこと考えてっからな、話聞くとおもしろいぞ。おじちゃんも、おまわりさんと話せたら嬉しいべからな」

正和と静江は、一緒に石にちょこんと座って大人の話を聞いています。二人にとって、大人の話は分からないことも多かったのです。親たちは、時々二人を見て二人にも分かるように話してくれます。

それが嬉しくて、ちょこんと石に座って、大人たちの顔を、じっと見て、話を聞いているのです。

正和、

「おじちゃん、すごいな。いつもニコニコして優しく話しかけてくれるおじちゃん、ちっちゃくて静かなおじちゃん、そんなに強いなんて不思議だなあ」

と思いながら話を聞いています。優しいおじちゃん、嵐の中で足を踏んばって海を見ているおじちゃん、正和の中で同じ一人の人にならないのです。嵐の中でずぶぬれになって足を踏んばって立っているおじちゃんの姿を想像しようとするのですが、うまくいかないのです。無理に想像しようとすると、おじちゃんの姿はどうしても灯台ぐらいの大きさになってしまうのです。灯台の高さは五十メートルぐらいあることは、正和も知っています。灯台のすぐ側で海を見すえているおじちゃんは、灯台と同じ大きさで丘の上に立っているのです。

あの優しいちっちゃなおじちゃんの中に、灯台と同じくらい大きな人が入っているなんて不思議な気がしてくるのです。

「大人って、今まで知らなかったような大きなものを持っているんだな。おじちゃんの心の中に、何かいっぱいあんだ。今度いろいろ聞きたいな」

正和の心の中に、灯台のすぐ側に立つおじちゃんがしっかりと刻みこまれています。

おまわりさん、もっと聞きたいと思い、

「あの丘の上にそんな墓があるなんて、ちっとも知りませんでした。本官もそのうち行ってみようかと思います」

　正和の父ちゃん、

「なに、おまわりさん、嵐の時、行くんか」

「いや、それはちょっと。昼間の天気の良い日に、海がきれいに見える時がいいですね。嵐の夜の墓は、ちょっと」

「ん、そうか。んでも、嵐の中の灯台、これもすごいから一回は見るといいよ」

「はい。それでは勇気を出して墓の中、通っていかれるように、これから心を鍛えたいと思います」

　正和、石から立ち上がり身をのりだし、

「おまわりさん、俺も行く。父ちゃん、行ってもいいけ」

「ハハハ、正和君が行ってくれるなら勇気百倍だ。それじゃあ、今度、嵐が来た時一緒に行きましょう」

　静江の父ちゃんも勇気を出し、

「いいなあ、俺も、想ちゃんが見たような灯台、見てみたいな。俺も行くぞ。ここで生まれたんだから一回ぐらいは見ておかないとな」

「静江も行く」

「うん、んじゃあ、みんなで行くべ」

　正和も静江も、

「嵐、早く来ないかなあ。早く行きたいなあ」

なんて思ったことは一度もないのです。

「嵐なんていやだなあ」

って思っていたのです。

「なんか変だなあ」

と思いながら、二人ともニコニコです。

おまわりさん、赴任してきてまだ二ヶ月、聞きたいことがいっぱいあり、

「あの草原《くさはら》、同じような墓、いっぱいあるんでしょうか」

正和の父ちゃん、思い出しながら、

「ん、あると思うよ。広い草原《くさはら》だから数えたことはないけど、どんだけあんだべな。裕ちゃん、どうだべ」

「かなりあるらしいよ。なんたって、ここは昔から漁が盛んだべ。家族が死んだら、おじちゃん、おばちゃんみたいに考える人、昔からいたみたいだからな。んでも正確な数は分かんねな。五十だか百だか、昇ちゃんの墓があるとなるとちゃんと知りたくなるな。想ちゃんが知ってる漁師仲間の墓はないのか」

「ん、ないな。昇ちゃんのが最初だな。そんな墓、増やしたくないけど、昇ちゃんの墓、一つ増えてしまったな」

「五十とか百とか、それじゃあ海で死んだ人それだけいるということですね」

「うん、いっぱいいると思うよ。昔なら、海で死んだらまず見つからね。船も小さいし、天気だって今みたいに先まで分かる、ってことはね。ここはちっちゃい村だけど、ずっと昔から、そんなふうにして丘の上の墓、増えていったんだ」

「それじゃあ、墓の数だけ人が海で死んだ、っていうことでしょうか」

「おまわりさん、そうでもないよ。みんながみんな、丘の上に墓、作った訳じゃないよ。人によってはそれが辛い人もいるからな」

「そうですか。そういう話を聞くと、丘の上の墓、正確な数知りたくなりました。一つ一つに悲しい記憶が刻まれてるんですものね」

「おまわりさん、行ってみっと分かるけど、あの草原《くさはら》、広いんだ。百メートルぐらいはあっからな。んでも、海がきれいに見えて、ほんで村も見えっとこ、って限られてるから、その辺探せば、だいたい分かっかもしんねえな」

「家族を思う心って、昔の人もおんなじだ。丘の上の海の見えるとこに墓、作って、この墓、目印にして帰ってこい、って切実に祈ったんだべ。それ考えると、草に埋もれて海、見えなくなってるの、うんとかわいそうだな。最近ほとんど行ってないから、想像だけどな」

静江の父ちゃんも言います。

「おじちゃん、言ってたなあ。二人して墓、作ったべ。そん時、近くにやっぱりおんなじような石、あったんだと。すぐ分かった、って言ってたな。自分が置いたのとおんなじように置いてあっから、やっぱりだれかが海で死んだ時、親だか子供だか、それ悲しんで、海、見えるとこさ墓、作ったんだ、って言ってたな。ずいぶん古い感じで、相当、昔の墓だったみたいだよ。草の中に埋れててかわいそうだから、海、見えるようにしてやんべ、って周りの草、刈ってあげたんだって」

「そうですか、それはよかったですね。本官も一つでもいいですから、古い墓、海、見えるようにしてやりたいと思いました。あの草原《くさはら》、どれだけの墓があるのかも気になりますし、一つ一つに悲しい物語があるでしょうから、一つ一つ、心をこめて草、刈って海、見させてあげたいですね」

「それはいいね、おまわりさん。んだけど、あの草原《くさはら》でちっちゃい石、探すの大変だよ。この時期、草すごいから、みんな草に埋もれて、草に分け入って探すようだよ」

「そうですね。それじゃあ、昇太さんの墓の近くから探して、草、刈ってあげたら、昇太さん、寂しくないんじゃないでしょうか。一人ぼっちで、海、見てるんじゃなくて、仲間と一緒に見ていられて、おじちゃんもおばちゃんも嬉しく思うのではないでしょうか」

「うん、そうだなあ。そりゃあ、おじちゃん、おばちゃん、嬉しいべな。んじゃあ、そのうちみんなで行くべ」

母ちゃんたちもニコニコで、

「それいいね。んじゃ、あたしたち、弁当、作っかんね」

正和と静江、

「俺も行く、静江も行く」

と二人ともニコニコです。

「では、本官は、そのことをおじちゃんに伝えてきます」

「それがいいよ、おじちゃん、おばちゃん、喜ぶよ」

静江の父ちゃん、ちょっと得意そうにニコニコして、

「おまわりさん、あの海色の店な、ただ青いだけじゃないんだよ。よく見たことあるけ」

「いえ、ただ青い店、っていうふうに思っていました」

「そうか、んじゃあ、今、行くべ、ちゃんと見てみろ。正面から見るとな、海みたいに見えるように塗ってあるんだ。庇《ひさし》が水平線でな、その上の屋根は空だ。春の淡い青色の空だ。そんで、庇《ひさし》の下が海でな、やっぱり春の穏やかな日の海の色だ。んだから、おじちゃん、おばちゃん、海の中に住んでることになるんだ。

『おじちゃん、おばちゃん、春の海の色に塗ったぞ。んだからここは海の中だ。いつでも昇ちゃんと一緒に暮らしてるのとおんなじだぞ。昼も夜も、いつも一緒だ』

って言ったら、

『有り難うな、裕ちゃん』

って言って、おばちゃんなんか泣いて喜んでいたもんなあ。そんでな、赤電話、あるべ。

『ここだけ赤いのは変だな、この電話も青く塗っか』

ってふざけて言ったやつがいてな、おじちゃん、

『これはだめだ。電話局のもので、俺のもんじゃないからだめだ』

って真面目に答えていたな。

んでもな、あの赤電話、青の中に小さく赤だべ、まるで海に昇ってきた太陽のようにも見えんのよ、なかなかいいんだ」

正和の父ちゃん、いたずら顔で、

「それ、おかしいべよ。裕ちゃん、庇《ひさし》の下は海だべ。んじゃあ、太陽が海の中にある、ってことになるべ」

「また想ちゃんはそんなこと言って、んだから前にも言ったべ。あれは海の中じゃなくて、海に映っている太陽だ、って、そう考えながら、目、細めて見るとな、あの海色の店、薄磯もちっちゃい入江だべ、その一番奥の更にちっちゃい入江みたいに見えるんだ。おまわりさん、今から行くんだからちゃんと見てみろな」

「はい、分かりました。真っ正面に立って、しっかり見たいと思います」

正和も静江もニコニコ。

「おまわりさん、俺も塗ったんだよ。下の方、いっぱい塗ったんだ」

「静江も塗った。正ちゃんのもっと下の方、いっぱい塗った。おまわりさん、早く行こ、静江が塗ったとこ教えっから」

三人が店に行ってみると、おじちゃん、おばちゃん、青いベンチに座って夕暮れ時の静かな海を見ています。

おまわりさん、少し緊張ぎみに、

「本官は、今までおじちゃんは小さくておとなしい人、って思っていました。今しがた、正和君のお父さん方に、嵐の夜の丘の上のおじちゃんの話を聞きました。あの墓地を嵐の夜に、たった一人で登っていった、と聞いて本官は非常に驚きました。小さくておとなしいなんて、とんでもありません。芯が強くてとても勇気のある方だ、と思いました。本官は、夜に一人で墓地に入ってゆくなんて今まででしたことがありません。おじちゃんは、私なんかよりずっと勇気があります。これからは、おじちゃんの勇気を見習いたいと思います。二ヶ月の間、誤解していました。本当に失礼しました」

と言って直立して敬礼するのです。

おじちゃんは、びっくりして、

「おまわりさん、そんなことないよ、あん時は夢中で登っていっただけだよ。昇太の墓のことばっかり考えてたから、墓もなんも目に入らなかったんだよ。いつもなら俺も無理だ。だから、なんも勇気なんかないんだ。んでも、おまわりさん、そんなかしこまった話し方されると俺も緊張するべ」

「はい、本官はこの方が落ち着くものですから」

「そうか、そんじゃ、そんでいいよ」

「有り難うございます。それで、今、決まったばかりですが、今度、昇太さんの墓の草刈りに、みんなで行くことになりました。勝手に決めて申し訳ありません。おじちゃん、おばちゃんも、是非、一緒に、とみなさん言っていました」

「あれま、そうかい、有り難いね。母ちゃん、行くかい」

「いいね、みんなで行ったら、昇太、喜ぶね」

「それで、昇太さんの墓はどの辺でしょうか」

「ほら、灯台、見えるべ、あのすぐ右側だ。あの丘の上の灯台に近いとこなんだけど、はっきり、あそこだ、ってのは分かんないんだ。だいたい灯台に近いところのあの辺かな」

「そうですか。それでは、あの辺の草、刈って、そして昇太さんの近くの墓にも、海、見せてあげたいと思います。昇太さん、仲間が増えて喜ぶんではないでしょうか。小さな石が草原《くさはら》の間から、チョコンチョコンと顔出して、なんかいい風景ですね。その中の一つが昇太さんの石だったら、昇太さんも仲間と一緒に、海、見てるみたいで、風に吹かれて、潮風受けて、なんか考えただけで嬉しいですね」

おばちゃん、涙ぐみながら、

「おまわりさん、そんなことしてもらっていいのけ。嬉しいねえ、昇太も喜ぶねえ、有り難うね、おまわりさん」

「いいえ、喜んでもらえたら本官も嬉しいです。あ、そうだ、おじちゃん、昇太さんの墓の場所、はっきり分かる方法ありますよ。今度、草刈りに行くでしょ、その時に竹竿、持っていって、それ立て先に何か旗のようなものつけたら、ここからでもはっきり見えますよ。ね、正和君、静江さん、草刈りに行く前に、竹、取りに行こうね」

「うん、行く、俺、竹、取れっとこ教えるからね」

「ハハハ、いいなあ、おまわりさん。今までは、母ちゃんと二人で、なんとなく丘の上、見ていたんだ。昇太の墓、はっきり分かったら、今度はそこだけ見ていられるもんな。母ちゃん、それ嬉しいべ」

おばちゃん、泣きながらもニコニコです。

正和と静江は、おまわりさんの手を引いて、

「ここだよ、ここ俺が塗ったんだ」

「静江は、ここ塗ったよ」

と言って家の土台に近いところを見せます。おまわりさんは、しゃがんで、

「ここ、正和君と静江さんが塗ったのか。きれいな青色に塗れてるね。本当だ、海の色だね。おじちゃん、おばちゃん、この家、本当に海みたいに見えますね。目を細めて見るといい、って言われました。そうやってみます」

夕方になり、太陽は村の裏山の方にだいぶ傾いています。店は東の海の方に向いているので、青い店も、青い庇《ひさし》も、少し陰り始めています。

「おじちゃん、おばちゃん、目を細めると本当に海みたいに見えますね。少し暗くなってきたので夕暮れの海ですね。赤電話は太陽だ、って言われました。んー、ちょっと暗いのでそうは見えないけど、

ん｜、あっ、そうか、これ、海の中の漁師さんの光だ。広い海の中でキラキラ光っている漁師さんのいさり火に見えますね。おじちゃん、おばちゃん、海の中で昇太さんと一緒に生活してるみたいで、それに、一緒に船に乗って、一緒に漁をしているみたいで、いさり火も一緒に見ていて、この家すごいですね。この家、薄磯の入江の一番奥のもう一つの入江のようですね」

「おまわりさん、そんなふうに言ってくれると嬉しいね。二人して、いつもそんなこと考えながら、海、見てんだ」

正和、何年か前を思い出し、

「おまわりさん、この家、四角い海みたいだべ。な、ちっちゃい四角い海だ。俺、もう一つ四角い海、知ってんだ」

「なんだい、正和君、四角い海ってもっとあるのかい」

「そうだよ。俺の家の横の道、あそこから見るとちっちゃい四角い海、見えるんだ。俺、もうちょっとちっちゃい時、父ちゃんの肩に乗って見てたんだ。そうすると、四角い海、ちっちゃくなったり大きくなったりしたんだ」

「本当だ、あそこから見える海、四角いね。それじゃあ、ここの四角い海と、正和君の四角い海、隣同士だね、くっついているんだ。すごいね、それじゃあ、入江は、どんどん奥まで入りこんでいるんだね」

「静江も、四角い海、いっぱい見たよ。いっぱい揺れて青くてきれいだった」

「そうかあ、それじゃあ、静江さんも、四角い海、二つ持ってるんだね、いいね。三つ目もどこかにあるかもしれないね。これからみんなで探そうね」

「あのね、静江の家に四角い海、いっぱいあるよ」

「え、いっぱいあるのかい」

「うん、引き出しにいっぱい入ってる」

「え、なんだい、それ」

「静江もいっぱい写ってるよ」

「それ、写真のことかい。なるほど確かに四角いね。本当だ、四角い海、いっぱいあるね」

「そんなんでいいの。んじゃあ、店の中から外、見ると、四角い海、いっぱいあるぞ」

「四角い海、探せばいっぱいあるんだね」

おまわりさんも、おじちゃん、おばちゃんも、嬉しそうです。

三人は店の前の道に立ち、西日を受けて、大、中、小の長い影を海に向かって伸ばしています。長い影の頭の先は、寄せる波に光りながら揺れています。おじちゃん、おばちゃん、

「よいしょ」

と言って立ちあがり、

「そろそろ、灯台、点《つ》くぞ」

と、長い影、五つになり、五人、並んで灯台と丘の上を見ています。

灯台は、右側半分、西日を受けてほのかに赤く染まり始めています。

「あ、点いた」

おまわりさん、正和、静江、三人が一緒に声をあげ、灯台が放ち始めた光の矢を目で追っていきます。おじちゃん、おばちゃんは、毎日見ていることなので、声は出さずに、やっぱり光の矢を目で追います。

まだ明るさの残る海に灯台は光を放ち、灯台のてっぺんが世界の中心でもあるかのように、水平線の先までも、阿武隈山地の奥までも、光の矢は進んでゆくのです。光の中心に灯台は立っていて、すべてのものは灯台から光を受けているようにも見えるのです。

おまわりさん、正和、静江、三人は、嵐の中の灯台が、足を踏んばって風にも雨にも負けないで、一生懸命、光を放ち続けている、という話を聞いたばかりです。

「あの灯台、偉いんだ、すごいんだ」

と思うと、西日を受けて光り輝いている灯台が、丘の上にくっきりと、いつもより大きく見えるのです。

目を灯台の上に移すと、そのさらに高い上空に、天まで昇った五月の雲が、夕日を受けてあかね色に輝き始めています。

九　丘の上の草刈り隊

それから十日ほどがたち、六月上旬の土曜日、おまわりさんは休みを調整し、今日は丘の上の草刈りの日です。午前十時、正和の父ちゃんが漁から帰ってくるのを待って、みんな、海色の店の前に集合です。

星川先生、

「私の家族も一緒に行っていいですか。妻や娘にも丘の上に行かせてみたいです。きっと素晴らしい眺めなんでしょうね」

と三人が加わり、正和の家族三人、静江の家族三人、おじちゃん、おばちゃん、星川先生の家族三人、そして、おまわりさん、総勢十二名の丘の上の草刈り大部隊です。

父ちゃんたちは草刈り機を担いで、母ちゃんたちは弁当を手に持ち、おまわりさん、正和、静江は長さ三メートルの竹竿を担いで、おじちゃん、おばちゃんは嬉しそうに後に続きます。星川先生の家族も、初めての丘、嬉しそうに墓地の中の道を登ってゆきます。

今日は、つゆの合間の晴れた一日、青い空が水平線から広がって、低くたれこめた雨雲を村の裏山の先へ先へと押しているようです。墓地の中ほどに来ると、海も岬も村も裏山も、全部が一望のもとに見え、つゆの雨で洗い清められた空気が景色全体を覆い、海の青さも、六月上旬の新緑の緑もくっきりと見え、いつもよりずっと近くに輝いています。墓地のけやき、くすの大木も新緑で覆われ、青空のもと気持ちよさそうに風にそよいでいます。

正和、上を見ながら、

「父ちゃん、このでっかい木、怪物みたいに見えんの、ちっとも怖くないよ」

「ん、そうだな、ちっとも怖くないな、かえって気持ちいいぐらいなもんだ。んだけどな、嵐の夜となると話は別だ、この大木一本一本が、全部、一匹ずつの怪物になるんだ。正坊も今度、見てみろ、ゴーゴーってすごいからな」

草原《くさはら》まで来ると、つゆの雨で充分に育った草が静江の背丈より伸びて丘全体を覆っています。かろうじてそれと分かる道を草をかき分け登ってゆき、丘の一番高いところにある昇太の墓の近くに来ても、昇太の墓はやはり草に覆われていて、小さな石は草の中で見分けがつきません。

「おじちゃん、この辺だよな」

「うん、だいたいこの辺だ。ちょっと待っててな、道から十メートルぐらいで、灯台寄りで、んで、平になってるとこだ。ん、ここだ、あったぞ」

「ん、ここか、分かった。よおし、んじゃ、俺と裕ちゃんは墓の近くの草まず刈るぞ。おまわりさんはどうすんだ」

「はい、まず、この近くの古い墓を探します。正和君、静江さん、一緒に探すかい」

「うん、探す」

とニコニコ顔。

三人は草の中に入ってゆくのですが、足もとは特に草が密集して、実際に探してみると思っていたより簡単ではないのです。

おまわりさんは、

「あ、本当だ、

『草原《くさはら》全部なんてとっても無理だ。行ってみっと分かるけど、あの草原《くさはら》、相当広いぞ。んでも頑張ってみろや』

ってお父さんたち言ってたけど、本当だ。それじゃあ、昇太さんの墓の近くだけでも探してやりたいね」

と思いながら、草原《くさはら》をガサガサ言わせながら進んでゆきます。正和も静江も遅れまいとおまわりさんについてゆきますが、だんだん離れてゆき、すぐに、草の向こうにおまわりさんは消えてしまいます。静江は、頭の上に草があるので何も見えないまま、正和の後を必死についてゆきます。しばらくすると、姿は見えないのですが、おまわりさん、

「あ、あった。あったよ。正和君、静江さん。みなさあん、ありましたよー」

と大きな声で叫びます。

父ちゃんたち、

「お、そうか。んじゃあ、今度は、そっちの草、刈るぞ。どこだ、どこだ」

と言って、おまわりさんのいるところに行って草刈り機をガーガー回します。

正和の父ちゃん、

「あれ、おまわりさん、すぐ側の石、これもそうだべ、ん、これもそうだ。相当古いように見えっけど、やっぱりだれかが置いた石だ。な、裕ちゃん、そうだべ」

「ん、そうだな。間違いないな。もう、何十年前だか、もしかしたら何百年も前かもしんねけど、だれかが置いたんだべな。一人ぼっちじゃ寂しく感じてかわいそうだ、って前からあった石の側に置いたんだべな。なんにも知らない人だけど、並んで、海、見てたら、少しは寂しくない、って考えたんだべな、昇ちゃんの墓もだれかの石のすぐ側にあるもんなあ」

「そうかあ、そうだよな。おまわりさん、そうすっと、石の墓な、案外かたまって見つかるかもしんないよ」

「あ、そうですね、石の側、重点的に探せばいいですね。それじゃあ、正和君、静江さん、もう少し灯台に近い方も探してみようね」

「うん、探すよ、おまわりさん。んでも、父ちゃん、こんなちっちゃい石、どうして墓だ、って分かんの」

石はせいぜい四十センチ、中には三十センチもないのです。

「ハハハ、本当、ちっちゃい石だな。ちょっと見っと、墓だなんてだれも思わないよな。んでもな、こんなちっちゃくても村から持ってくるとなると大仕事だ。昇ちゃんの石だってこんなもんだぞ。んでも、おじちゃん、おばちゃん、半日もかかってここさ持ってきたんだ。んだから、昔の人も、半日もかけて、そんで、おじちゃん、おばちゃんとおんなじで、泣きながらここさ持ってきたんだ」

　おまわりさん、

「そうですよね。この石にも悲しい思い出がいっぱい詰まってるんですよね。なんか切ないですね。石の頭、いっぱいいっぱいなでてやりたくなりました。よおし、できるだけいっぱい、石、探して、海、見せてあげるぞ」

　おまわりさんはまた草の中に入っていき、正和も静江も後に続きます。

　星川先生の家族は、刈った草を集めて墓の周りをきれいにしています。

　母ちゃんたちも、昇太の墓の周りをきれいにしてシートをしき、昼ご飯の準備です。

　正和の母ちゃん、

「おじちゃん、おばちゃん、この石、よく持ってきたねえ。ちっちゃいけど、うちの正坊より重いでしょ。半日もかけてねえ、本当よく頑張ったねえ。でも、ここ眺めいいから、昇ちゃん、喜んでるよ。おばちゃん、よかったね」

「うん、よっちゃん、有り難うね。うちの父ちゃん、

丘の上の草刈り隊

『丘の上に墓、作るぞ』

って言いだすから、ね、店からこの丘、見ると遠いでしょ、んで、ずいぶん高いでしょ。

『あれ、まあ、できるかな。父ちゃん、本気なのかなあ』

って思ったんだ。んでも、

『昇太、喜ぶべなあ。ずっと、海、見ていられるものなあ』

って思ったら、あたしも、やりたい、って思ったんだ」

「そうかあ。んで、やっぱり頑張って持ってきてよかったのけ」

「そだね。父ちゃんと店の前のベンチに座ってるべ、そんで、丘の上、見るんだ。そうすっと、昇太も、今、あたしたちと一緒に、海、見てるんだ、って思うと、なんだか、昇太も、この広い広い海で、そんなに悲しんでなくて、広い海のどこかで、ちっちゃい子供みたいになって遊んでいるみたいにも感じて、

『昇太、いっぱい遊べ。ちっちゃい時の子供みたいに、いっぱい遊べ』

って思ってると、本当に子供みたいな昇太が、笑いながら広い海を、あっち行ったり、こっちに来たりしてんの見えるように感じて、父ちゃんと一緒に、そんなこと話してるんだ」

「うん、そうか、そうか」

と母ちゃんたちもその気持ちがよく分かるのです。

そうこうしているうちに二時間ほど過ぎ、父ちゃんたちは疲れた様子で帰ってきます。

「母ちゃん、腹すいたから昼飯にするべ」

「おおい、おまわりさん、もういいから、こっち来て、弁当、食べるべ」

と叫ぶと、

「はあい、今、行きます」

と姿は見えないのですが、声だけ返ってきます。

正和、静江の声も、

「今、行く」

と嬉しそうです。

帰ってくると、静江は、ちょっとふくれ顔で、

「正ちゃん、ひどいんだよ。自分だけずんずん進んでいって、静江、なんにも見えなくて、

『正ちゃん、正ちゃん、待っててけろ。正ちゃん、どこにいんの』

って何度も叫んだんよ。んでも、返事、全然しなくて、草しか見えなくて、どっち行ったらいいか分かんなくなって、静江ね、泣きそうになったんだ。そしたら、急に正ちゃん、

『どうしたんだ、静江ちゃん。どうだ、墓、見つけたか』

なんて言って、笑いながら草の中から顔を出すんだ。それ、びっくりするでしょ、ガサガサって音して、

『なんか来た、怖いな』

って思ってたら、草の中から顔だけ出すんだよ。ニューって顔だけ出てきたんだよ。静江、『ワーッ』

って声出して泣いたら、正ちゃん、笑ったんだよ。ひどいでしょ、正ちゃん」

「んだって、あんなに近くにいるんだから、俺だ、って分かんべ」

「だって、

『正ちゃん、正ちゃん』

って何度叫んでも返事しないんだよ。そんで、急に顔出すんだから」

「ごめんね。うちの正坊、いつもいたずらばっかかしてね」

と謝りながらも、正和の母ちゃん、おかしくて笑いそう。

父ちゃんも笑いながら、

「静江ちゃん、ごめんな。ほれ、ここさ来て座れ。草に埋もれてまだなんも見てないべ、ここから、海、きれいに見えっぞ」

もう静江もニコニコです。

みんな、シートに座って弁当を食べ始めます。

丘の上につゆの晴れ間の風が流れ、みんなの汗ばんだ体に心地よく吹きぬけてゆきます。丘の上からは海と裏山に挟まれた薄磯の村が小さく見え、一番手前に学校、そのすぐ後ろに青く塗られた海色の店が、一番、目立って見えています。村の一番奥の右手に、小さな岬が入江を守るように太平洋に突き出ています。丘はその岬より少し高いところにあるので、岬の上に水平線が見え、つゆの雨で洗われて清く澄んだ空気は、水平線をどこまでもくっきりと一直線に浮かびあがらせ、目で追うと遥かかなたの陸地と接しているのです。

「おまわりさん、墓、どれだけ見つかったんだい」

先生も父ちゃんたちも気になって聞くと、

「そうですね。まずここに二つでしょ、そして向こうのちょっと高いところに二つ、そして灯台の方にもう一つ、だから昇太さんの墓を入れて六つですね」

正和の父ちゃん、

「ん、そうか、この草の中、よく見つけたね。この丘のてっぺんの向こう側な、やっぱり草原《くさはら》になっていてな、豊間の町も見えんだ。そこも漁師町だから、同じように町、見える墓、あると思うよ。あっちまで探すとなると大変だけどな」

「そうですね、こんなに大変だとは思っていませんでした。まだ、丘の十分の一も探していないんですものね。でも、昇太さんの近くでいくつか見つけられてよかったです」

「おじちゃん、おばちゃん、よかったなあ。これで昇ちゃん少しは寂しくないもんなあ」

みんな口々に言うのです。

静江の父ちゃんは、おじちゃん、おばちゃんを見て、

「おじちゃん、おばちゃん、どうした、あんまり弁当、食べてないな。母ちゃんたち、おじちゃん、

おばちゃんのために作ったんだからいっぱい食べてけろ」

「うん、有り難うな。嬉しくてな。みんなにこんなにしてもらって、昇太もどっかで喜んでいるべなあ、って思うと胸が詰まって、のど、あんまり通っていかないんだ。母ちゃんなんか、さっきから泣きっぱなしだ」

「そうだなあ、おばちゃん、いっぱい泣いていいかんな。気がすむまで泣けな」

みんなも、同じように、

「泣け、泣け」

と言いながら、母ちゃんたちも静かに泣きだしています。

正和の父ちゃん、

「おじちゃん、おばちゃんの気持ち、分かるなあ。この広い海のどっかに昇ちゃんいるんだもんなあ。俺だって、昇ちゃん、子供のころから、

『昇ちゃん、昇ちゃん』

ってかわいがって、本当の子供みたいに感じるところもあって、こうやって、海、見てると、昇ちゃん、今でも子供みたいに、

『家に帰りたい、帰りたい』

って、この広い海のどこかで叫んでいるように感じるものなあ。おじちゃんとおばちゃんの気持ち、こんななんだべなあ。

『んじゃあ、待ってってから帰ってこい。この墓、目印にして帰ってこい。昼だって、夜だって、天気だって、嵐だって、帰りたい時帰ってこい。この墓、いつだって目印だ、夏だって、冬だって、いつだって、墓、見えるようにしてってから、帰りたくなったら帰ってこい。帰れるようになったら帰ってこい』

って、おじちゃん、おばちゃん、こんな気持ちでいるんだなあ、って少しだけど分かるような気がするんだ」

「ん、そうだよ。想ちゃん、有り難うな。そんなふうに分かってくれる人がいる、っていうのは嬉しいよ。な、母ちゃん、みんな優しくてよかったな」

おばちゃん、何度も、

「うん、うん」

とうなずくのです。

みんなも昇太を子供のころからよく知っているのです。この広い海のどこかで生きていて、子供のように家に帰りたがっている昇太が見えるようなのです。

「昇ちゃん、あの岬の先にいるんだべか」

「灯台のずっと先の水平線の近くにいるんだべか」

「北の相馬の海まで行ってしまったんだべか」

「南の茨城の海の方まで行ってしまったんだべか」

と、思い思いに昇太の声が聞こえそうな海を見つめて涙を流しているのです。

おまわりさんも星川先生も、海を見つめていると悲しさが海のように広がってきて同じように涙を流しています。

星川先生、みんなの役に立ちたいと思い、

「おまわりさん、竹竿、立てようか。私も手伝うからね。どんなふうに立てるんだい」

「はい、有り難うございます。墓の後ろがいいと思うんですが、おじちゃん、どうですか、墓の後ろでいいですか」

「おまわりさん、有り難うね。そんでいいよ。んでも、立派な竹、持ってきたね、三本もか、採ってくんの大変だったべ」

「いえ、正和君と静江さん、手伝ってくれたので楽しく採ることができました」

竹竿は三メートルもあるのです。

「こんなに長けりゃ、海色の店からはっきり見えるな。よかったな、おじちゃん、おばちゃん」

「旗は何色なんだ。緑じゃ草とおんなじで目立たないぞ」

「はい、そう思って黄色にしました。赤も目立つと思ったんですけど、でも、赤じゃ何か危険なところみたいになっちゃいますから」

おまわりさんと星川先生、それに正和と静江は、三本の竹を三角形に組み合わせ、強い風が吹いても倒れないようにしっかりと立て、黄色の旗をつけると、旗は、みんなの頭の上に、つゆの晴れ間の

丘の上の目印の旗

青い空に、ヒラヒラとなびいて緑の草原《くさはら》の中でひときわ目立っているのです。

「いいなあ、これじゃあ下からもはっきり分かんな」

「早く下さ行って、見てみたいもんだな」

「いいねえ、丘の上に、石、いっぱいあんけど、この旗あっから、昇ちゃん、自分の墓はっきり分かるなあ」

「おまわりさん、いいこと思いついて頑張ったなあ。よかったなあ、おじちゃん、おばちゃん」

みんな、口々にほめるのです。

おまわりさん、ふと海の反対側を見ると、丘は村の裏山より少し高いところにあるので、遠くに阿武隈山地も見えています。

「ここからなら、夕焼け、きれいに見えるでしょうね。本官の故里では毎日のようにきれいな夕焼けを見ていました。薄磯は美しいところですが、裏山のせいで夕焼けが見えないのが残念でした」

星川先生、意外という顔で、

「あれ、おまわりさんの故里、盆地でしょ。山がじゃまして夕焼け見えないんじゃないの」

「いいえ、それが素晴らしくきれいに見えるんです。私の故里は盆地ですが水田が広がっている大きな盆地なんです。太陽が沈む西側にはゆるい山並みが続いていて、その間を最上川が酒田方面に流れ、やがて日本海に注いでいます。最上川の左に月山、右に鳥海山、その二つの高い山が夕焼けの空にたたずんでいる姿は、なんて言ったらいいんでしょう。それは息を呑む美しさなんです。高台に登って見ると最上川が夕日に向かって流れ、赤い帯のように蛇行しているのが見えるんです。そして暗くなると、川岸の村々の明かりが最上川に寄り添うように輝きだし、西の山並みに小さくなって消えていくんです。夕焼けと、高い山並みと、赤く光る最上川、村々の光、目を閉じると今でもはっきりと思い描くことができるんです」

「そうなんだ、それは想像するだけでもきれいな夕焼けだね。おまわりさんの故里、本当にいいところなんだね。でもね、この薄磯の夕焼けもきれいなんだよ。私は、あそこの学校に来てから二年ぐらいでしょ。最初のころは、西側に山があって、きれいな夕焼けなんて、正直、期待していなかったのね。ところがね、ここの夕焼け、それはそれは素晴らしいんだ。それもね、東の空に見えるんだよ」

「え、東の空ですか。本官は、夕焼けは西の空だけ、というふうに思っていました。どういうことでしょうか」

「あのね、ここの人ならみんな知ってるよ。ね、おじちゃん、おばちゃん、東の空の夕焼け、もう何度も見てるでしょ」

「ん、あの入道雲が赤く染まるやつか。んだなあ、数えたことないけど何十回も見てるべなあ」

「ね、何度見てもきれいでしょ」

「んだなあ、何度見ても、その都度、見とれてしまって、じっと見てしまうな」

「あのね、おまわりさん。その夕焼けね、年に二回とか三回とか、本当たまにしか出ないんだ。条件が全部そろわないと現れないいんだ。まず、あっちね、水平線がきれいに見えてるでしょ、あの辺りに入道雲がいっぱい出ていることが必要なんだ。それも、できるだけ空高く昇った入道雲がいいんだ。そして空気ができるだけ透き通るようにきれいでないとだめなんだ。だから、空気に関しては今日は申し分ないね。雨でほこりがすっかり流れて、どこまでも澄んだ空気だものね。次はね、これもなかなか難しいんだ。西の空に雲が一つでもあっちゃだめなんだ。西の空、って言ったってその辺の西の空じゃないよ、ずっとずっと向こうまで、そうだなあ、阿武隈山地を越えて、もっと奥の奥羽山脈も越えて、さらに日本海まで一つも雲がないような日でないとだめなんだ。この三つの条件がそろうでしょ、そうすると太陽は日本海に沈んでいって、光は空気の層をいくつも通ってくることになるんだね。いくつも山脈を越えて、そして最後に目の前の海を越えて、そして水平線の入道雲を輝かせることになるんだね。光は空気の層を通ると赤い光だけが残るでしょ、だから、入道雲のてっぺんは、空気の層を一番長く通ってきた赤い光に、真横っていうより、少し下の方から照らされて、本当、もう真っ赤っていっていいぐらいの赤に輝くんだ。あの入道雲の赤く輝く峰を見たらもう忘れられないほど目に焼きつくよ。おまわりさんの故里の山の夕焼け、そう、山の夕焼けだね、それも確かにきれいだろうね。本当、分かるよ、夕焼けの下に赤い帯となって流れる最上川か、新庄って盆地だよね、それじゃ盆地は山に囲まれているでしょ、それじゃあ暗くなるのが早くて、その中に最上川の赤い帯と村々の光が見えるんだね。うわあ、すごいだろうね。そして、その上に、月山と鳥海山が夕焼けの中にそびえているのか。まだ見たことないけど、もう見たことあるように想像できるなあ。山の夕焼けもいいね、ここは海の夕焼けだからね。おまわりさん、もうすぐ夏でしょ、海の夕焼け、夏が多いんだ。今年も出るといいね。是非、見て、感想、聞かせてね」

「はい、分かりました。話を聞いていて少し想像ができました。あの水平線の上に出るんですね。あの水平線、今見ていてもとってもきれいです。その上に赤く輝く入道雲ですか、うわあ、もう現実のものと思えませんね。是非、早く見てみたいと思います」

静江の父ちゃん、先生の話を感心して聞き、

「先生、さすがに説明がうまいなあ。どうだ、正坊も静江も先生の話分かったか。雲が赤くなるにはそれなりの訳があんだ。めったに出ないんだから、今度、赤い入道雲、見たら、先生の話思い出せな」

二人ともニコニコで、

「分かった、思い出す」

と何度も見たことがあるのに、

「早く見たいなあ、早く夏になんないかなあ」

と思っています。

静江の父ちゃん、さらに続けて、

「そうだよ、おまわりさん。年に何度も出ないから、見るとなんか得した気分になってな、

『俺、見たぞ。お前は見たか』

って自慢したくなるんだ。俺たちは、夕焼け山脈、って言ってな、それは見事だぞ。赤富士って知ってるべ、富士山が夕焼けで赤く染まるやつだ。あれよかもっときれいだぞ。なんたって富士山よ

りずっと高い入道雲だべ、そんで富士山よりずっと白い入道雲だべ、んだから雲のてっぺん辺りの赤く輝く様子は、もうなんて言ったらいいのかなあ、青い空のうんと高いところに入道雲が昇っていき、なんか違う世界から光を放っている、っていうのかなあ、ただ、みんなあきれて見とれるだけなんだ」

静江の父ちゃん、思い出したように、ふっとため息をつきます。

正和の父ちゃん、薄磯の西の空の夕焼けのきれいさも言ってあげないと、西の空の夕焼けに申し訳ないような気がして、

「あのな、おまわりさん、ここの夕焼けな、西の空だってきれいなんだぞ」

「え、そうなんですか、西の空もですか」

「そうだよ、でもな陸からじゃないんだ。船からだ。夕方、船に乗って沖さ出るべ、そうだなあ、千メートルぐらいかな、そんぐらい沖さ出ると、阿武隈山地が横に長く、町の明かりよりほんの少し高いところに黒々と見えてくんのよ。阿武隈はでっかい山地だ。相馬から茨城県まで続いてっから、北から南まで、目の中ほとんど阿武隈山地の稜線になるんだ。そこに夕日が沈んでいくべ、そうすっと、長い稜線、沈んだとこを中心にして真っ赤に明るく輝くところから、少しずつ遠くなると光がだんだん薄くなっていくんだ。そんで一番遠いところでは濃いあい色がかすかに見えているだけなんだ。真っ赤に輝くところからうんと暗くなってるところまで、北と南に、目で追えないぐらい遠いところまで、少しずつ光と色が変わっていくんだ。いいか、おまわりさん、これは雲が赤く染まんのと違うぞ。青空そのものがだんだん赤く染まっていくんだ。さっき、先生が言ったのとおんなじで、空気が

ものすごく澄んでいる時でないとだめだ。そうすっとな、空気そのものが赤い光を放っているみたいに見えてな、この光どんだけ遠くから来たんだ、って思わせるような透明な光なんだ。そうすっとな、阿武隈山地の稜線、北から南まですごく長く見えるべ、それが全部、くっきりと見えて、稜線そのものも光って見えるんだ。山そのものは真っ黒く見えっからなんだべな。その夕焼け不思議なんだぞ。普通、時間がたつとだんだん暗くなるべ、それが逆なんだ。時間がたつとだんだん明るくなるんだ。海も陸地もどんどん暗くなっていくべ、そうすっと、山の稜線の夕焼けだけがどんどん目立つようになって、透明な燃えるような赤色になっていくんだ。そうなると、太陽が沈んだとこだけでなくて、ずっと離れた山の稜線もおんなじぐらい輝きだすんだ。北から南まで長い光の帯だぞ、目の中いっぱいに光の帯が見えて、なんて言うのかなあ、きれいな透明な音が響きわたっているみたいに感じるんだ。そんな時、俺な、船のエンジン止めて、しばらく、ボーって見てんのよ。海の上なんにも音ないべ、静かな中に、きれいな音、聞こえるように感じんだ。ほら、フルートっていう笛あるべ、あんな音が山のかなたのもっと遠いとこから聞こえてくるみたいなんだ。な、おまわりさん、ここは西の空の夕焼けもきれいなんだぞ。今度、おまわりさんと先生に見せてやりたいなあ。船、出すからみんなで行くべ。正坊も静江ちゃんも、みんなで行くべ」

正和も静江も大喜びです。

「なんだ、想ちゃん、薄磯にも山の夕焼けあるんだな」

「ん、これは海から見っから、山と海の両方の夕焼けだ。ま、両方の合体形みたいなもんだな」

「いいなあ」

突然、おまわりさん、大きなため息をつきます。

「いいなあ、ああ、本当にいいなあ」

みんな、弁当を食べる箸を止め、

「ん、なんだ、なにがいいんだ、おまわりさん」

「はい、なんか、すごくいいなあ、って思って、みなさんを見ていたんです」

正和も静江も、

「なに、おまわりさん、何がいいの」

と思っておまわりさんの顔を見ます。

「はい、本官がこちらに赴任することが決まった時、まず一番に地図で薄磯を探して、どんなところか想像しました」

「うん、うん、どう想像したのけ。遠慮しないで正直に言っていいからな」

「はい、では正直に言います。地図で見ると、太平洋に面して小さな漁村がいくつか北から南に並んでいて、その中でとりわけ小さい漁村が薄磯だったんですね。何もなくて、静かで寂しいところなんだろうな、って思ってしまいました。でも、景色はよくて魚も美味しいだろうな、とも思ったんですよ」

「うん、やっぱりそう思うべな」

と先生以外は全員、納得です。

星川先生、

「私も同じように思いました。田舎の小さな学校なので毎日退屈なのではないか、なんて勝手に思っていました。それまでは都会の学校で生徒が何百人もいたんですからね。こちらは一クラス数人だけでしょ。想像するだけで、なんかのんびりした時間が流れているんだろうなあ、そんなふうに思っていたんですよ」

「そうだ、みんなそんなふうに思うみたいだな」

「なんにもないからな。そう思われてもしっかたないけどな」

母ちゃんたちも、

「こんな、なんにもないところに来てもらって、ごめんね」

と本気で謝るのです。

おまわりさん、自分の考えを伝えたいと真剣な面持ちで、

「こちらに来させてもらって二ヶ月ほどたちますが、今はそんなふうに思っていません。むしろ、ここには本当に大切なものが沢山あると思っています。例えば、この広い海ですね。本官には、ただ広い海、きれいな海、というぐらいの思いしかありませんでした。ですが、みなさんの心の中には、この広い海がそのままの広さで、自然にあるがままの美しい姿で住みついている、ということに気づいたんです。本官は本当にうらやましく思いました。というのは、おじちゃん、おばちゃんと一緒に海

を見ていた時、昇太さんを思い出しながら二人が海を見ている視線の遠さに驚かされました。ずっとずっと遠い、水平線よりもっと遠い海まで二人の視線は進んでいっている、と気づいた時、本官はショックを受けました。本官の視線は、ほんの少しだけ、せいぜいが水平線ぐらいまでしか行かないのです。二人の遠くを思う姿を目にして、二人のすぐ側にいる自分はなんて小さな世界しか持っていないんだろう、と、あの海色のベンチに並んで座っていて、おじちゃん、おばちゃん、いいなあ、本当に素晴らしい世界を持ってるなあ、と思ったのです。そんなふうに気づいてから村の人たちを見ると、ほとんどの人たちが広い海を心の中に持って生活しているのです。なにげない言葉、ちょっとした考え、村の人たちを見ていると、ちょっとした時に広い海をその人に感じるような、ん－、なんて言ったらいいんでしょうね、ふわっと、つかみどころのない広さのような、自然がそのままそこにあるような、

『ああ、薄磯の小さな村にあるのは自然の美しさだけでないんだ。自然の美しさと調和して、それと同じような美しさを持った人々が、そんなことに気づかずに自然に生きている。だから、時間が、広い海の上を、緑あふれる村の上を、ゆったりと流れるように人々の生活の上を流れている。いいなあ、自分もこんなふうに生きられたらなあ』

って思ったんです。なんにもない村、なんて思った自分が恥ずかしく、なんにもないのは自分だ、と本官は思ったのです」

星川先生、そうだ、そうだ、とうなずきながら聞いていたのですが、

「おまわりさんも、そうなんだねえ、私も同じように感じていましたよ。村の人、魚はもちろん野菜も沢山くれるでしょ。だけど私にはなんにもあげられるものがないんだ。都会で育って、そこにはなんでもあるように思ってたけど、実は生きるために本当に必要なものが豊かにあるのはこの村なんだ、って私は何度も思ったよ。それにね、子供たち本当に素直で、学んだことはどんどん吸収して、一年、二年とたつうちに確実に考え深い人間に成長していくのね。子供たち、小学一年の時から私の話を真剣に聞いて、よそを見たり話をしたりする子は一人もいないんだ。私がだまっていると、私の顔を、じーっと見て、私が話しだすのを待っているんだ。都会の学校ではまずそんなことはなかったからね。すぐにだれかが話しだして、そのうち皆、勝手に話しだしてしまったからね。だから、私もゆっくり考えながら話す、っていうのは難しかったんだ。でも、ここの学校では、どんなにゆっくり話しても子供たち、ちゃんと聞くのね、だから、私が本当に教えたい、と思っていることを、ゆっくり丁寧に伝えられるのね。ほら、今だって、正和君、静江さん、おまわりさんや私の話、顔を見て真剣に聞いてるでしょ。おまわりさんの話、子供には難しいから、あまり分からないかも知れないね。どうだい、正和君、静江さん、おまわりさんや先生の話、分かったかい」

「ううん、分かんなかった」

「ね、それでもちゃんと聞いてるでしょ。これがこの辺の子供普通だからね。そして、私の教えたことをそのまま吸収していくから、私も真剣に教えるようになるのね。だから、ここの子供たちは、中学生や高校生になっていくと、新しいことを吸収する力が身についていて、いろんなことを深く考えられる大人に育っていくんだと思うよ。実際、薄磯の人たち、普段は冗談ばかり言うでしょ。でもね、こっちが本気で話し始めると、すぐに村の人もこっちの話に耳を傾けて真剣に考えてくれるでしょ。それで、ゆっくり時間をかけて、ゆっくり考えて、自分の考えをちゃんとこっちに伝えてくれるでしょ。やっぱり、おまわりさんが言うように、この広い海、毎日見てるから、海のように広い心と海のようなゆったりしたリズムが自然に身についているんでしょうね」

おまわりさんは、先生も同じように感じていたことに嬉しくなり、ニコニコして、

「先生も同じように感じていたんですね。本当にそうですね。正和君や静江さんのお父さんやお母さんも同じです。この村の人、みんな同じようなものを持っているように感じます。みなさん、広い海を心の中に持っていて、日常生活の細かいことも大事にするんですが、それでも、もっと大きなことや大事なことが心の中心に住んでいて、だから、生活の細かいことは、その大事なことの次かその次ぐらいに思って生きていて、日常生活の細かなことには、むきにならずに笑い、やりすごすような大らかさを持っていますものね。本当に、いいなあと思います。赤ちゃんのうちからこんな自然の中で生活して、広い海が、それだけじゃなく薄磯の村全体の美しい自然が、本人も意識しないまま、毎日、日々の生活を覆って、自然にその人の心に広がっていくんですものねえ。広い海や美しい自然を見ると感じるような感覚ってあるでしょう。視線が遠くなって、心が、なんかふわっと広がって、とき放たれたような感覚、それと同じような感覚が、村の人たちと接したり話したりする時に感じることがあるんです。いいなあ、って何度も思いました。本官のことを考えると、そんな世界あんまり

持っていなくて、心の中にはどんなものがあるんだろう、と自分の心を見つめると、日常生活のこまごましたことで満たされているようで、広い世界のことは何も知らないので、心の中は必要なもので満たされている。これで私の世界は十分に満たされている。必要なものは、もう何もないのだ。と思いこんでいました。本当になんにも見えていなかったんですね。だから、日常の細かいことに怒ったり悩んだり、薄磯の人が見たら、

『どうしてそんなことにこだわってんだ。そんなこと、どうでもいいべよ』

と言われそうで恥ずかしい思いをすることもありました。

薄磯は静かで寂しい村、なんて思っていた自分が本当に恥ずかしいです。美しい自然とぴったりと寄り添って生きる人々、その人たちの見方、感じ方、人との接し方、すべてが新しい発見なんです」

みんなは、先生とおまわりさんの話を、

「へー、自分もそうなのかなあ」

「そう言えば、村の人、みんなのんびりしてるからなあ」

などと思いながら聞いています。

正和の父ちゃん、

「先生、おまわりさん、有り難うね。そんなふうに言われると嬉しいよ。んでも、今までそんなふうに思ったことなかったなあ。なあ、裕ちゃん。裕ちゃんは、そんな広い心、持ってんのか」

「どうなんだべ。俺なんかちっちゃいことでいつも悩んでっから、そんな広い心、って言われても自

分のことみたいには感じねえなあ。想ちゃんはどうだ」

「ん、俺か、俺もおんなじだな。そんなこと考えたこともないもんなあ」

「んでも想ちゃん、ちっちゃいことにはあんまりこだわらないべ。想ちゃんのんきだから、って思ってたけど、もしかしたら、心の中に広い海、持ってっからなのかなあ」

「ハハハ、確かにのんきだけどな。どうだ母ちゃん、俺たち、って言うか村の人みんなだけどな、海みたいな広い心、持ってるべか」

「そうねえ、そうかもしんないよ。父ちゃん、なんか考えてる時よくあるでしょ、そうすっと、遠くを見てるような顔になって、シーンとして静かな時よくあるよ」

「そう言われてみると、母ちゃんたちも、ちっちゃいことにはあんまりこだわらないなあ。本当だ、先生とおまわりさんの言うとおりかもしんないなあ」

先生、

「みんな、意識してなくて自然にそうなってるんでしょう。本当に身についている、ってことだからそれがいいんだよね」

と先生は納得し、おまわりさんも同感です。

正和も静江も、薄磯は何もない村、と人も言うし自分もそう思っていたのです。おまわりさんも先生も、薄磯のことをとってもほめるのでそれは嬉しいのですが、どういう意味なのか、二人には少しも分かりません。ただ、なんとなく嬉しくて、ニコニコしています。

みんな、弁当を食べ、心地よい風に汗はひき、総勢十二人の草刈り部隊は、草の中にできた十メートル四方の草の窪地に、みんなそろって海に向かって座り、昇太の石が見ている景色を、なんとなく思いの中に刻もうとして、海も村も灯台も丁寧に見ているのです。

正和の父ちゃん、

「それじゃあ、おまわりさん、今日はこれぐらいにして帰るべ。墓もいくつか見つかったから、次はまた探せばいいべ。旗も下からどう見えっか楽しみだしな」

昇太の墓のすぐ側で、それまで座って海を見ていたおじちゃんとおばちゃん、顔を石のすぐ側に低くして、

「どうだ、昇太、お前、どんな海、見えんだ。海も村も灯台も、全部、見えるか。んー、よおく見えるな、よかったなあ。お前の家族みたいな人が、みんなで、草、刈ってくれたぞ。そんで、こんなに見えるようになったぞ。昇太、よかったなあ。そんで、お前の仲間の草も刈って、みんなで一緒に、海、見られるようにしてくれたぞ。昇太、いっぱい、お礼、言えな」

石の高さで見ると、草原《くさはら》は水平に広がっていき、そのまま海に接し、青と緑の世界がくっきりと上と下に分かれて一面に広がっています。新緑に包まれた村は、草原《くさはら》の揺れる穂先に浮かんでいるように見え、揺れる草の緑と六月の青い空に挟まれて、昇太の暮らした平和な村が遥か眼下に細長く北に伸びています。

おじちゃん、おばちゃん、よいしょと立ちあがり、

「昇太、んじゃあ帰っからな。もう一人じゃないから寂しくないな。仲間と一緒に海、見てろな。おまわりさん、旗、立ててくれたから、これからは家からもしっかり見ていられっからな」

おばちゃん、石に手を回し、

「昇太、お前、この広い海のどこかにいるんだべ。帰りたくなったらいつでも帰ってこいな、父ちゃん、母ちゃん、いつまでも待ってるからね、何年たったって待ってるからね」

小さな墓石は店の裏庭にあったものです。昇太の赤ちゃんの時から、そこに座らせたり、その石を使って遊んだり、昇太の思い出がいっぱい詰まった石なのです。おじちゃん、おばちゃんには昇太そのもののようにも感じるのです。

おばちゃん、

「昇太、ごめんね。お前一人をこんなとこに残して、ごめんね。昇太、昇太、なんにもしてあげられなくて、ごめんね。ここから、家、見えっから、寂しくないべ。母ちゃんも毎日、見てっからな。昇太、分かっか、ちゃんと聞いてるべ」

おばちゃん、ワーッと泣きくずれると、おじちゃんも泣きながらおばちゃんの肩をさすっています。父ちゃんたちも、母ちゃんたちも、先生、おまわりさん、正和、静江、みんな涙を流し静かに海を見ています。

一人一人、

「昇ちゃん、また来《く》っからね」

「昇ちゃん、おじちゃん、おばちゃん、見守っているんだぞ」

「昇ちゃん、父ちゃんと母ちゃんのこと心配しなくていいぞ。俺たちみんなでちゃんと見てっからな」

と石をなでて帰ってきます。


それから一月半ほど過ぎ、今は子供たちの夏休みです。正和も静江も、毎日、海に出て磯遊び、浜に出て砂遊び、夏休みが始まったばかりなのにもう顔も体も真っ黒です。

おまわりさんは、子供たちに事故がないようにといつもよりパトロールの回数を増やし、村の隅々まで目を光らせています。

今日は、夕方になり、それまで晴れていた空に阿武隈山地を越えて黒い雲が近づき、雷の音も遠くに聞こえだし、みるみるうちに黒い影が、固まりとなって空一面を覆って薄磯の村を覆いつくし、雨は夕立となって、一瞬のうちに村も海も薄暗い空気の中でかすんで見え、子供たちは首をすぼめて家の軒下に雨やどりです。風も吹き始め、遊び疲れてほてった体には心地よく、子供たちはだれ一人として家に帰ろうとはしません。間もなく雲は抜けてゆき、すぐに夏の青い空が戻ってくることをみんな知っています。

黒い雲は非常に大きなもので、村全体が雲の下の影に入り、土砂降りの雨で砂浜も、村の家並みも、緑の木々たちもシャワーを浴びたように洗い清められています。

水平線の近くの海と空は、暗い部屋の窓から光があふれる明るい外を眺めるようで、沖の海と水平線とそのすぐ上の青い空は、晴れていた時よりも光り輝いて見えます。

黒い雲の固まりが東の海に進むにつれ、少しずつ村から離れてゆき、雲の全体の姿が見えだし、入道雲の峰が空高く青空にそびえ、真っ白い雲の頂《いただき》は太陽の光を受けキラキラと輝いています。

子供たちは、戻ってきた夏の空のもと、再び海に駆けだし歓声をあげ始めますが、間もなく、遠くに雷鳴が聞こえだし、阿武隈山地を越え、再び黒い固まりが近づいてきます。

おまわりさんは、海沿いの道で自転車を降り、首が痛くなるほど雲を見あげ、

「本当だ、先生の言うとおりだ。富士山より高い雲の峰がほぼ真上にそびえているぞ。すごいなあ、それが一つや二つじゃないぞ。いくつも連なって、水平線に向かって進んでゆくんだ。本当だ、雲の峰の大山脈だ」

おまわりさん、時間を忘れ見続けます。

雲の固まりは次々と阿武隈山地を越えてきて、雨を降らせ、雷鳴をとどろかせ、東の水平線に向かって進んでゆきます。見事な入道雲の隊列です。夏の日を浴びて、入道雲の隊列は雲の山脈のように輝きだします。

おまわりさん、

「先生が言っていた東の空の夕焼けって、こんな日に出るんだろうか。だったらいいなあ。夕焼け山

夕焼け山脈

脈、って言ってたね、是非、見たいもんだなあ。今日も、おじちゃん、おばちゃん、海、見てるかなあ」

自転車を引きながらゆっくり海色の店に向かって歩いてゆくと、おじちゃん、おばちゃん、やっぱり青いベンチに座って海を見ているのです。

「おじちゃん、おばちゃん、こんにちは。すごい雨でしたね」

「んだなあ、すごかったなあ。何度もだよ。んでも、俺、この雨、好きだなあ。みんな洗い流してさっぱりすんもんな」

「本当ですね、空気までさっぱりしたみたいですね。海の夕立は、本官の故里の夕立と違って、明るくて大きくて、雲の姿、全部が見通せるようなスケールの大きさを感じますね。あんな入道雲を見たのは初めてです。まず黒々とした雲が近づいてくるでしょ。次に遠くで雷が鳴って、そのうち土砂降りとなって、最後に雲の姿が全部、見えて、雲の頂《いただき》が真っ白に輝くんですよ。それも、一つや二つじゃないんですからね。次々にやって来て、水平線に向かって進んでいって、それが重なって見えて、まるで雪で覆われた白い山脈みたいに見えるんですからね。おじちゃん、先生の言っていた夕焼け山脈、今日は期待してもいいですか」

「ああ、いいよ、今日はきっと出るよ。おまわりさん、もうすぐ日が沈むから、ここさ座って見てたらいいよ」

おじちゃん、おばちゃん、おまわりさんの三人は海の上に輝く雲の峰を見つめています。

入道雲の隊列は水平線に向かって重なり、一続きの山脈のように連なっています。一番手前の入道雲は灯台の遥か上空に空高くそびえ、だんだん遠くなり、小さくなって小名浜の沖の水平線に遠い山並みとなって続いています。

やがて、雲の峰は山頂がこがね色に輝きだし、雲の峰の稜線がこがね色の帯となって、小名浜沖の水平線に続いています。

空は淡い青色、海は静かな夕暮れの海、その中で雲の山脈だけがこがね色に光り輝いて大空の中にそびえているのです。

昇太の墓のある丘の上の空にも、入道雲からちぎれて取り残された小さな雲がこがね色に輝いています。その下に、おまわりさんが立てた旗が、草原《くさはら》の中に小さく、しかし、はっきりと見えています。

しばらく見ていると、雲の山脈は下からの光を受け、海や砂浜を見おろすように下の面がより一層赤く輝き出します。標高千メートルの阿武隈山地の稜線のすぐ上を越えてきた夕焼けの光が、福島の浜通りの町々の上空を過ぎ、薄磯の沖の水平線の雲の山脈を目がけて、雲の頂《いただき》四千メートルの高さまで登って、雲を下から照らしているのです。夕焼け山脈の光を受け、薄磯の海は水平線から入江まで淡い赤色に包まれています。雲の山脈は赤い色と輝きをますます増してゆき、水平線の遥か遠くまで続き、遥かな山並みとなって水平線のかなたに消えていきます。

おじちゃん、おばちゃん、おまわりさんの三人は、少し前に、土砂降りの雨をもたらした黒い雲の固まりが、今は水平線の上で静かに輝いているのを見ています。村にどしゃぶりの雨を降らせ、村をさっぱりと洗い清め、雷鳴をとどろかせながら沖に進み、白い入道雲の頂《いただき》を青空の中にそびえさせ、雲全体の姿を見せながら水平線に進んでいった雲の隊列、その一つ一つを驚きをもって見上げていたのです。三人は、雲の頂《いただき》一つ一つを懐かしく感じ、遠く水平線の上に輝いている夕焼けの峰一つ一つを自分も越えてきたように感じるのです。三人は、峰の一つ一つを越えてきた旅人のような遠い視線になって遥かな雲の山並みをいつまでも見続けています。

小さな庭の小さな花火大会

十　塩屋埼灯台

おまわりさんが、おじちゃん、おばちゃんと一緒に夕焼山脈を見ている同じ時に、砂浜の堤防には横一列に大きな影と小さな影が、十五、六個、みんな無口で空を見上げています。

村の中学生と小学生が砂浜での遊びを終え、心地良い疲れを感じつつ夕焼山脈を見上げているのです。

みな等しく首を上に向け、口をポカーンと開け、子供たちの頭上高くそびえている赤く輝く雲の頂《いただき》、雲の山並みは遠く小さくなりながら小名浜沖の水平線まで続き、それを見つめる村の子供たち。

中学生は小学生の世話を立派に果たし、ほっとした様子で自分に任せられた小学生を隣に座らせ、二人並んで夕焼山脈を見続けます。

小学生は、中学生のお兄ちゃん、お姉ちゃんの真似をして、

「お兄ちゃん、お姉ちゃん、あれ、まだ見てんだ。ずいぶん長く見てんだなあ。んじゃ、俺もあたしも」

と、やはり無口で夕焼山脈を見続けます。

正和も静江も横一列の子供たちの一人です。

正和は、丘の上の先生の話を思い出し、

「あ、そうかあ。星川先生、この夕焼けのこと言ってたんだ。そうだよ、この夕焼けだよ。うわあ、すごいなあ。真上の雲から水平線の雲まで、全部、赤く光ってんだ。光がうんと遠くから来て、もう日本海ぐらいから来て、そんで、山をいくつも越えてきて、今、あやって入道雲を照らしてんだ。

光は、ものすごく遠くから進んで来て、そんであの雲が終わりなんだ。あそこから先は行かないんだ。

あの雲、すごいなあ。ものすごく遠くからの光を、あそこで終わらせてるんだ。光も、もう終わりなんだから、ってあんなに輝いているのかなあ。

んだけど不思議だなあ。太陽、って雲よりずっと高いはずだべ、なんで雲の下の方が赤く光ってんだ。やっぱり、あの入道雲、うんと高いから、太陽より高いのかなあ。んー、そんなはずないよなあ。不思議だなあ。今度、星川先生に聞いてみるべ」

正和は、夕焼けの空が少しずつ変わってゆくのを呆然と見続けながら、なんとなく、こんなことを思っていたのです。

堤防の上の横一列の十五、六の影は、首を上にのけぞらせたまま、だんだん濃くなってゆき、夕焼山脈の稜線は、ますます赤く輝き出しています。

子供たちの楽しい夏休みも一日一日過ぎてゆき、盆も近づいたある夕方、今年も、正和と静江の家族は一緒になって恒例の小さな花火大会です。海色のおじちゃん、おばちゃんも参加し、縁側に笑顔で座り、静江の父ちゃん、母ちゃんは、家から持ってきた椅子を垣根の側に置き、笑顔で座り、その前の小さなテーブルには美味しい料理が並んでいます。庭の置き石には正和と静江がちょこんと座り、残った真ん中の小さなスペースで、花火のキラキラの光はみんなの顔を浮きあがらせ、赤い火花は赤い笑顔、青い火花は青い笑顔、黄色の火花は黄色の笑顔、パーッと浮かんで、パーッと消え、その都度、正和と静江の歓声が小さな庭の上の小さな星空に消えてゆきます。

父ちゃんたちはお酒も回っていい気分、母ちゃんたちもほろ酔いで、どんな話でも、だれもが笑って、小さな庭は、花火の光と同じぐらいに笑い声であふれています。

海色のおばちゃんも笑っていたのですが、笑顔も消えて静かに黙っていた後に、

「ね、父ちゃん、うちの昇太もああだったね」

「ん、なんだ」

「ほら、正坊、石にちょこんと座ってるでしょ。昇太もここで花火して、そんで、あの石にああやって正坊みたいに座ってたもんね。おんなじだ、って思ったら、昇太がここで花火した時のこと思い出してね」

「本当だなあ、おんなじだ。昇太もあんなふうに無邪気に花火やってたなあ」

「正坊、見てると、なんだか悲しくなってね」

「本当だなあ、俺もそうだ」

側で聞いていた正和の母ちゃん、

「昇ちゃんのこと思い出したみたいね。ごめんね、花火で楽しんでもらおう、って思ったけど、かえって悲しませてしまったみたいね。ごめんね、おじちゃん、おばちゃん」

「ううん、いいんだ。ここにいられんのが嬉しいんだ。正坊が赤ちゃんの時、うちの昇太、ちょうど正坊くらいだったべ。それから毎年花火して、うちの昇太、正坊のこと本当の弟みたいにかわいがって、死ぬまで正坊の花火に付き合って、んだから、ここでやる花火はいい思い出なんだ。悲しいけど昇太のこと思い出して、ここでこうやって正坊が、花火、楽しんでるの見ると、昇太のことといろいろ思い出して、あんなこともあったなあ、ってきのうのことみたいに思い出すんだ。あれ、母ちゃん、泣いてんのか。そうだなあ、正坊、見てると、なんか昇太を見てるみたいに感じるもんなあ。どうだ母ちゃん、ここさいるの辛いか。母ちゃん帰りたいなら俺も帰るぞ」

「いいんだ、父ちゃん、辛いけどいいんだ。ここさいると昇太のことといっぱい思い出して、辛いけど、すごく大事な時間に感じんだ」

「ん、分かった。んじゃ、昇太のこといっぱい感じてろな。俺も母ちゃんと一緒にそうすっぞ」

それを聞いていた正和の父ちゃん、

「おじちゃん、おばちゃん、ごめんな。おじちゃん、おばちゃんの気持ちあんまり考えないで、ワイワイやっててな、もうちょっと静かにやった方がいいべか」

「なに言ってんだ、想ちゃん。遠慮なく、ワイワイやってけろ。その方がいいんだ。昔のまま、昇太がいた時とおんなじにワイワイやってんのがいいんだ。その方が昇太をいっぱい感じられんだ。昇太もおんなじように笑ってたな、って感じられて、悲しいけど懐かしくて、それが嬉しいんだ」

「そうか、んじゃ遠慮なくワイワイやっからな」

それから、おじちゃん、おばちゃん、笑ったり泣いたり、正和を見ていると、どんなことでも昇太の思い出と結びついているようです。

花火の最後の一本が終わると、みんな一斉に立ち昇る煙を追って、ふっと空を見あげます。小さな庭の上の小さな空に満天の星が輝いて、

「今年も夏が少しずつ過ぎてゆくなあ」

と季節の移ろいを感じ、それぞれ視線を遠くし、少しの間みんな黙っています。

正和の父ちゃん、正和と静江を庭の石に座らせ、

「そろそろ、中学一年生、今年も灯台に行くころだぞ。中学に入って最初の夏休みになると灯台に登る、っていうのが薄磯中学校の伝統だ。な、裕ちゃん、俺たちも行ったなあ。ずいぶん昔だけどな」

「うん、行った行った。ずいぶん昔だけど今でもはっきり覚えてんもんな」

「なに、父ちゃん、今、行ってんのけ」

「今日、っていう訳じゃないけどな。盆が過ぎてからが多かったから、もうちょっとだな」

「なんで夜に灯台なんか行くの。なんにも見えなくてつまんなくないの」

静江も興味津々《しんしん》です。

「ん、それはな、肝試しで行くのよ。中学生になると男の子はみんな行くんだ。勇気があるとこ見せないといけなくて、けっこう大変なんだ。俺たちの時は夕食食べてから集まったっけな。な、裕ちゃん、けっこう緊張して行ったよな」

「んだっけなあ。なんたって、二年生の先輩、

『一人で行くのは本当に怖いぞ』

『半分ぐらい登ると墓地の窪地が見えんべ、あそこな、暗い谷底みたいに見えて、なんか出てくるみたいに感じて気味悪いんだぞ』

そんなこといっぱい言って、さんざん脅かして話すからなあ、

『俺なんか三度も失敗した』

とか、

『走って逃げてきたら、転んで、膝、すりむいて血いっぱい出た』

とか、怖い怖いを強調すんのよ」

「そうそう、あれだれだっけ。裕ちゃん、覚えてっか。

『試しにやってみんべ』

って思って、前の晩に一人で灯台登った奴いたべ」

「んー、そんな奴いたなあ。あ、そうだ、そうだ、それ健《けん》ちゃんだよ。ハハハ、そうだっけなあ。みんな、腹かかえて笑ったっけなあ」

「あ、そうか、健ちゃんか。そうだっけなあ。全々登らんなくて、ずっこけて帰ってきたから、みんな腹かかえて笑ったっけなあ」

父ちゃんたちは、二人で思い出し、大きな声で笑っています。

正和、静江は、身を乗り出し、

「なに、父ちゃん、健ちゃんてだれなの。なんか変なことしたの」

静江の父ちゃん、

「ハハハ、その健ちゃんな、村の真ん中に住んでてな、すごく真面目な子なんだ。試してみたくなったんだべな、前の晩、一人で登ったんだと。そしたら、ちょっと登ったら怖くなって家まで走って逃げてきたんだと」

正和の父ちゃんも嬉しそうに笑いながら、まるできのうのことのように話します。

「ハハハ、そうだ、そうだ。あん時は一年生全員、上まで登ったんだ。何回も失敗しながらな。そんで、みんなホッとしてなあ、港の堤防に座りながらいっぱいしゃべんだっけ。登る前はみんな無口だったんだぞ。んだけど登ってからはみんないっぱいしゃべべんだ。

『道、曲がって急に暗くなるとこあるべ。俺、あそこから戻ってきたのよ』

『もうちょっといくと、墓地が見えてくんべ。俺、あそこで足がすくんだなあ』

『上まで登って草原《くさはら》に出たら、あんまり怖くなかったなあ』

『そうでもないぞ、灯台のすぐ下の広場な、風が崖から吹いてきて、体が浮きそうで怖かったぞ』

そんな話、みんなでしてたんだ。そしたら健ちゃん、

『俺、きのうも登ったんだぞ』

って言うんだ。みんな、びっくりしてな、

『え、本当か健ちゃん』

『んだ。んでもちょっとしか行けなかったんだ』

って言うからみんな大笑いしてな、

『なに、あそこまでしか行ってないのけ』

『それ、馬鹿にちょっとじゃないのけ』

なんてからかうんだけど、馬鹿にする奴、一人もいなかったなあ。かえって
って思ったもんだ。

『一人で行った健ちゃん、すごいなあ』

って思ったもんだ。一人じゃ無理だ、ってみんな分かってんだ。みんなして、ワイワイやってな、そんで下にみんな待ってる、って分かってっからなんとか登れたんだ。な、健ちゃんだってちゃんと登ったからな」

静江の父ちゃん、

「そうだあ、一人で行くのと、みんなで行くのじゃ全々違うもんな。健ちゃん、すごかったなあ。んでも、ちょっと登ったら何かに追っかけられてるみたいになって、走って逃げた、って言ってたなあ。健ちゃんの家、村の真ん中にあるべ、んだから、相当走って逃げたみたいだぞ。怖いと思うと夜の村の中も怖く感じんだべなあ。んでも、健ちゃん、なんでもそんぐらい準備する子だったから、今でもそうみたいだぞ。

今、小名浜に家建ててそこに住んでるべ。会社でもなんでもきちっとやるから、すごく信頼されてるみたいだぞ。やっぱり大したもんだなあ、健ちゃんは」

父ちゃんたちは気持ちよく酔っていて、何十年も昔のことを、きのうのことのように嬉しそうに話すのです。正和も静江も身を乗り出し、

「へー、そうなんだ」

「そんなに怖いんだ。怖いなんて思えないけどなあ」

と思いながら聞いていています。

静江の父ちゃん、話を続けます。

「いよいよ肝試しの日になるべ、そうすっと昼のうちからみんなで集まってな、

『今日の夜、八時に灯台の下に集まんぞ』

『うん、分かった』

『必ず来いよ』

『必ず行く』

みんな、その時から緊張してな。俺なんか、夕ご飯、あんまりのど通んなくてなあ、決死の覚悟で、鼻から息はいて、そんで出かけたんだ」

「俺もそうだ。

『裕ちゃん、行くべ』

って声かけたべ、んでも裕ちゃん、

『うん』

って言ったきり、その後なんにもしゃべんなくて、灯台まで二人して黙って歩いたっけ。だんだん、灯台、近づいてくんの、今でもはっきり覚えてんぞ。そんで灯台に着くべ、一年生なんか五人しかいないから、

『みんな来てんか』

って確認して、

『全員、いるな。んじゃ、じゃんけんだ』

って、負けたやつから登っていくんだ。いいか正坊、お前は今五年生だ。だから、あと二年したら、一人で灯台、登ることになんぞ。いいか、一人で登るんだぞ。昼は怖くないぞ、だれだって登れる。正坊だって簡単に登れる。ほんで、夜だって簡単に登れる、ってみんなそう思ったもんだ。でもな、夜の灯台はな、昼とは全然違うんだ。どう違うかというとな、んー、あのな、それはな、裕ちゃん、

どう違うんだ」

「そうだなあ、なにしろ道が曲がってるべ、そうすっと、曲がった先が暗くてなんにも見えないのよ。真っ黒い世界に入っていくみたいで、それが薄気味悪いんだ」

「そうだぞ正坊、なにしろ薄気味悪いんだ。それで、一回二回失敗するのは普通なんだ。中には何回も失敗するやつもいてな、そうすっと、みんなで励ますんだ。

『あそこは怖いけどその先は怖くないぞ。なんとかあそこを越えろ』

とか、

『足もとだけ見て先は見ないで歩け。そうやって、なんにも考えないで歩けばそのうち上に着くぞ』

とか、そうすっと、ますます行かない訳にはいかないから、そいつな、必死で頑張るんだっけ。今考えるとかわいそうなことしたような気もするなあ」

「父ちゃんは、何回で登ったの」

正和も静江も、自分の父ちゃんの顔を、じっと見ます。

正和の父ちゃん、

「何回だったかなあ、とにかく一回じゃなかったな、走って逃げ帰ってきたの覚えてんもんな。怖いと思うとどんどん怖くなって、なんかに追っかけられてるみたいで、必死になって走って逃げ帰ってきたっけな。

『なんだ、想ちゃん、もう帰ってきたのか』

なんて馬鹿にされて、

『今度こそは』

って思ったもんだ。裕ちゃんも一回じゃなかったな、二回か三回か」

「んー、俺は三回ぐらいかな。じゃんけんで、確か四番目で、想ちゃんの後だったべ。想ちゃんも一回目は失敗したべ。みんな失敗すっから俺も無理しなくていいべ、なんて思って、一回目はちょっとだけ行ってすぐ戻ってきたな」

「父ちゃんは、ちゃんと上まで行けたの」

静江は心配そうに聞きます。

「そりゃあ行けたさ、相当、頑張ったけどな。父ちゃん四番目だろ、後の子はちょっと有利で、前の子が上まで行ったとなると、ちょっとだけ安心感があって、

『この先、想ちゃんも登っていったんだ』

なんて思うと、勇気も出てなんとか上まで行けたっけな」

正和の父ちゃん、また何かを思い出しニコニコ顔で、

「そうそう、そんで、女の子も何人か見に来ててな、

『想ちゃん、頑張って』

なんて声かけるから、よけい頑張らなくちゃ、なんて思って、それもけっこうプレッシャーになって大変だったんだ。

『あれ、あの子、俺のこと好きなのかなあ』

なんて勝手に思ったやつもいたっけな」

「そうだっけなあ。俺も声かけられたけど、これから登る、っていうのに、それどころでなかったなあ。んで、

『想ちゃん、頑張って』

なんて声かけた女の子もいたべ、あれよっちゃんだっけ」

「なに言ってんだ、裕ちゃん。うちの母ちゃん、そん時まだ小学生だよ、あそこにいた訳ないべよ。そんで、うちの母ちゃん、中学生のころ俺のこと嫌ってたんだよ。そうだべ母ちゃん」

「そんなことないよ、父ちゃん、そんなことないかんね。父ちゃん、いたずらばっかするからちょっとだけ怒ってたけど、嫌ってるなんてないからね、本当だからね。父ちゃんだって分かってるべに」

静江の母ちゃんも真剣です。

「そうだよ、想ちゃん。よっちゃん、想ちゃんのこと港で見て、そんで、想ちゃんのことすぐに好きになったでしょ。本当に嫌ってたらそんなことないよ。だめだよ、想ちゃん、よっちゃん、また泣くよ。んでも、よっちゃん、想ちゃん、分かってって言ってんだからね、気にしなくていいからね」

「ハハハ、ごめんな母ちゃん。んでも今でも思い出すけど、母ちゃん、俺が港で手伝ってると急に現れて手伝ってくれたこと、いっぱいあったべ。俺のことはちっとも手伝わなくて、おじいちゃんの漁師ばっか手伝ってな、俺のことしらんぷりして、一生懸命、手伝ってんだ。ずっとそうだから俺も気

になって、

『よっちゃん、俺のこと、やっぱり怒ってんだな。あんないたずらばっかりすっから、しょうがないよな』

って言ったんだ。そしたらうちの母ちゃん、首、横に何度も振って、そんで、急に涙、いっぱい流してなあ、俺なにがなんだか分かんなくて、それからなんにも言えなかったんだ」

静江の父ちゃん、ニコニコ顔で、

「ん、そんでどうした、訳が分かんなかったんだな。想ちゃん、鈍いもんな。んで、よっちゃんが自分のこと好きだ、ってどこで分かったんだ」

もちろん、裕司はそのことをよく知っているのです。

それからも、よしえは時々港に来て、おじいちゃん漁師を手伝います。漁師仲間はよしえの気持ちをさっして、初めはからかっていたのですが、一月《ひとつき》も過ぎると二人の純粋な気持ちが身に沁み、もう、だれもからかうのを止め、温かく笑いながら想三郎とよしえを見ているのです。

想三郎が高校を卒業して漁師になってからも、高校生になったよしえは、時々、港に来て、相変わらずおじいちゃん漁師の手伝いです。

「なんだ、よっちゃん、想ちゃんの手伝いもしたらいいべ」

と漁師からからかわれるのですが、中学生の時に泣きながら見た、おじいちゃん漁師を黙々と手伝っている想ちゃんの姿が、目に焼きついていて、自然とおじいちゃん漁師の手伝いになってしまうのです。

それは、今でも続いていて、正和と、時には、静江と、静江の父ちゃん、母ちゃんも一緒に、港でおじいちゃん漁師の手伝いをしています。

今はおじいちゃんになった漁師たちは、想三郎とよしえを優しく見つめていた人たちなのです。

正和の父ちゃん、嬉しくてしょうがないという顔で、

「正坊、静江ちゃん、俺のことはいいから、ほれ、あっちのおじいちゃん、手伝え」

と言って、まだ小学生の二人に、できることを探して手伝わせています。

正和も静江も、おじいちゃんにほめられ、感謝され、ニコニコしながら一生懸命です。

そういう訳で、想三郎とよしえのことは、裕司はもちろん、村人みんなが知っているのです。

「なに言ってんだ、そんなこと、裕ちゃん、一番知ってるべに。そんなこと俺も自然に分かったよ」

「そりゃそうだな、周りみんなが分かったんだから本人が分かんない訳ないもんな」

正和の母ちゃん、ちょっと恥ずかしそうにニコニコして、

「あら、あら、裕ちゃん、またからかっていやだね。もう十年以上も前のことだからね。今、考えると恥ずかしいけど、あん時は若かったから周りのことなんか気にできなくて、みんな変に思ったべな、って思うんだ。んでも、みんな優しかったんだよ。変なこと言う人、一人もいなくて、ニコニコして見守っててくれたでしょ。父ちゃんも、いやな顔一つしないで黙って手伝わせてくれたでしょ。だから、あん時のこと思い出すと、懐かしくて、本当いい思い出なんだ。んで、父ちゃん、灯台に登る

時、父ちゃんに声かけた女の子いたのけ。だれ、それ、あたしの知っている人け」

「ハハハ、そりゃあ、いっぱいいたぞ。んでも母ちゃん、なんにも心配することないからな。みんなに声かけたんだぞ。なんたって一人ずつ登るんだから、その都度みんなに声かけんだ。なんにも俺一人だけに声かけるんでないからな。な、裕ちゃん、裕ちゃんだって声かけられたべ」

「ん、かけられた。んでも、こっちはこれから登るんだ、って思って緊張しまくってっから、だれが声かけたなんて、全然、覚えていないなあ。んだけど、裕ちゃんだって、ってどういう意味だ。想ちゃん、俺だって、けっこうもてたんだぞ」

「ハハハ、ごめん、ごめん。知ってる、知ってる。裕ちゃん、すごく優しいからな」

みんな大笑いです。

正和の父ちゃん、また何かを思い出したらしく、

「いいか、正坊、てっぺんまで一人で行くんだぞ。んじゃ、どうやって、ちゃんとてっぺんまで行ったって、みんなに信用してもらえるか、分かっか」

「うん、分かんない。どうすんの、父ちゃん」

「それはな、みんな自分の石持っててな、自分の名前書いておくんだ。それをてっぺんに置いてくんだ」

「そうそう、それでけんかみたいになったこともあったっけなあ」

静江の父ちゃんも思い出して嬉しそうです。

「あれ、だれだっけ。次の日、みんなでてっぺんまで登って、

『俺の石は、ちゃんと棚に乗っかってんぞ。お前のはどうだ』

ってみんなで確認しあうんだ。灯台のすぐ下にちっちゃい広場があるべ、そのはしっこが崖になっていて、そこさ棚があるべ。昼は、海が真下に見えてすごくきれいだべ。んでも夜、行くとな、海が真っ黒く揺れて、なんだか、こう、吸いこまれるようなんだ。その棚にちゃんと乗っけてくんだ。そんで、だれだったかなあ、俺じゃないぞ、想ちゃんでもなかったな、そいつの石、棚の下に転がってっから、みんな、

『怖くて遠くから投げたんだべ。これじゃあ登ったことにはなんね』

って言うから、その子、泣きそうになってな、

『俺はちゃんと乗せた。風かなんかで落ちたんだ』

『うそだ』

『うそでね』

『風ぐらいで落ちっか』

『落ちたんだから、しょうがね』

『うそだ』

『うそでね』

って、けんかみたいになって、

『んじゃ、絶対に落ちない平らな石、探すべ』

って、そん時からだな、平らな石探すことから肝試しは始まるんだ。みんな、気に入った石、探して、名前書いて、そんで必死に登っていくべ、な、想ちゃん、あの石、今も持ってるべ」

「うん、その辺の引き出しに入ってると思うよ」

「そうだよなあ、俺も持ってるぞ。みんなそうだ。なんか大切なものに思えて大切に取ってんだ」

「父ちゃん、見せて」

「いいよ、ちょっと待ってろ」

父ちゃんは、部屋に入るとごそごそやって、

「あった、あった、ほらこれだ」

と言って戻ってきます。

「ただの石だぞ。んでも、これには中学一年の時の勇気が詰まってんだ。今思い出しても、あそこは怖かったんだぞ。いいか、正坊、なんとか上まで登るべ、そうすっと最後は細い尾根道になっていて岬の方に登っていくべ、五十メートルぐらい行くと灯台の下に広場があって、そこは全部が海に囲まれているみたいになっていてな、波の音が、ドドドッって足もと全部に聞こえてくんのよ。その一番はしに棚があって、崖の下から風が吹いてきて、ただでさえ足がすくんでるところに、風が体を持ち上げて海に落とされるみたいに感じてな、父ちゃんな、よつんばいになって、やっとこ棚まで行ったもんだ」

「へー、そんなに怖いのかなあ」

「なあに、正坊、お前も中学生になったら分かるぞ」

「想ちゃんもそうか、俺もだ。近くまで行くと、前に行ったやつの石がちょこんと乗ってるべ、それ見るとちょっと勇気が出てな、んでも、その石、落としたら大変だ、と思って震えながら丁寧に乗せたんだ」

父ちゃんたちは、気持ちよく酔っていて怖さを強調するのですが、正和にとって、灯台はいつも登っている大好きな庭のようなところです。どうして怖いのか分からないのです。

「んでも、父ちゃん、灯台、登んのどうして怖いの。灯台、光ってっから明るいべ」

「ハハハ、そうじゃないぞ、正坊。灯台の光というのは遠くまで届かないとだめだべ、灯台の足もとを明るくして光のむだ使いのようなことはしないんだ。んだから、灯台の足もとは光はなんにもないんだ。真っ暗だ」

「ふうん、そうなんだ。父ちゃんたちが言うんだから、本当に怖いんだろうな」

と思うのですが、どうしても実感がわかないのです。

正和にとって、灯台はヒーローのような存在です。

緑の岬の上に真っ白に輝く灯台。

どんな嵐の時も、休むことなく光を放ち続けるひたむきな姿。

薄磯の村は灯台と共にあるのです。

灯台のてっぺんまで登ると、目の中、全部が海と空になって、自分も灯台の光になったような気分になって、遥か遠くまで心が飛んでゆくのです。

灯台から西の方には、北から南へ、何十キロにもわたって阿武隈山地が見え、その山並みの稜線は、遠くでは北でも南でも一つの線になり、遥か遠くで水平線と一つに交わって、さらに先まで続いています。

波打ち際は、その二つの永遠まで続く線の間で、陸と海をくっきりと二分し、浮きあがらせ、やがて波打ち際のもう一つの線も稜線の永遠と水平線の永遠と一つになって、地の果て、海の果てに消えてゆきます。

北は相馬の海まで、南は茨城の海まで、稜線、波打ち際、水平線の三つの線は、東と西に、朝日と夕日のように離れていたものが、遥か遠くで一つになって、水平線と地平線が結びつくところで消えてゆきます。

いわき市のすぐ近くの阿武隈山地は、灯台から眺めると手が届きそうに近くに連なり、いわきを代表する山、二《ふた》ッ箭《やさん》山、水石山《みずいしやま》、湯《ゆ》ノ岳《だけ》が、これこそ山の姿である、と言わんばかりに堂々とそびえています。

正和は、友だちといつも灯台に登り、

「どうしてだ、海って、なんで俺と一緒に登ってくんだ。不思議だよなあ。海って、あんなでっかいんだから動かないべ。なのにいつも一緒に登ってくんだぞ」

実際、浜辺で見る水平線は、灯台よりずっと下に見えるのです。それなのに、登るにつれてぐんぐん上がってきて、灯台から見ると、灯台と同じ高さに水平線は見えるのです。正和が、岬を五十メートル登ると水平線も一緒に五十メートル上がったことになるのです。

入江の北側にある小さな岬の上に水平線は上がってきて、遠く、相馬の海も見えています。

「あれ、なんでだ。下で見たら、水平線、あの岬のずっと下に見えんぞ。なんでだ、どうして海の水、あの岬の上にかぶさってこないんだ。村だっておんなじだ。岬よりずっと低いんだから、どうして水びたしになんないんだべ」

だれに聞いても、

「ハハハ、馬鹿だなあ。当たり前だべ」

としか答えないで、本当はみんな分からないのです。

灯台は、友だちといつも遊んでいる大好きな場所、怖いと思ったことは一度もないのです。

「父ちゃん、俺、登ってくっからな」

「なんだ、正坊、今、行くってことか」

「うん、今から行ってくる」

静江の父ちゃん、笑いながら、

「正坊、中学生になったら登ればいいんだ。今は無理だ。本当に怖いんだぞ」

母ちゃんたちは心配そうに、

「そうだよ、正坊。こんな夜、危ないべ、やめとけな」

「大丈夫だよ。道、分かってっから暗くたって平気だよ。静江ちゃんも行くけ」

「うん、行く」

正和も静江も、花火をやって元気いっぱい、その勢いのまま飛びだしていきます。

正和の父ちゃん、笑いながら、

「ハハハ、大丈夫だ。すぐ帰ってくっから。なに、半分も行けね」

学校を右側に見ながら少し進んでいくと、左側に岬の下の港が見えてきます。そこまで行くと、岬は満天の星に縁どられ黒々とした姿が目の前にそびえています。

灯台の入口に近づくにつれ、見なれた景色なのですが、

「これから、あそこを登っていくんだ」

と思うと、急に斜面が目の前にせまってきて、真っ黒な斜面は倍ぐらいに大きく感じ、ほとんど垂直にそそり立ち、自分に覆いかぶさってくるように見えるのです。

「やっぱり、あそこ登っていくのは無理なのかなあ。静江ちゃんもちょっと怖がっているみたいだし、何か元気づけないとなあ」

正和は、自分が連れだしたので何とかしなくちゃ、と思い、

「あのな、静江ちゃん、ここに登った時、父ちゃん、変なこと言うんだよ。上に登っていくと、海ってだんだん高くなるよね。てっぺんまでいくと、水平線なんか灯台とおんなじ高さになるんだ。不思

議だよね。村なんかちっちゃく見えるぐらい下にあんだよ。なんで水平線だけ、俺と一緒に登ってくんだべね。そんでね、

『どうして、海の水、村に流れてこないの』

って聞いたんだ。父ちゃん、なんて言ったと思う」

「静江も同じように思ったことあるよ。そんで、なんて言ったの」

「父ちゃんも困っているみたいで、

『んー』

って考えてるんだ。そんでね、

『正坊、よく見てみろ。波はどっちに動いてるんだ』

『ずっと沖から村に向かって動いてるよ』

『そうだべ、ちゃんと、沖から岸に向かって動いてるべ。ちゃんと、高いところから低いところに流れてるんだ。分かったか、正坊』

って言うんだ。そしたら、母ちゃん、

『父ちゃん、それ、変だよ。だって、村にはちっとも流れてこないよ』

父ちゃん、うんと困ってな、

『ほら、あの砂浜でおしまいなんだ。海も、あそこでおしまい、ってよく知ってんだ』

なんて答えていたんだ。静江ちゃん、どう思う」

「んー、それ、やっぱり変だよね。村だってうんと低く見えるもんね」

「そうだよね。ちっちゃかったから、

『そうかなあ、父ちゃん言うんだから、そうなんだべな』

って思ったけど、やっぱり変だよね。夜の海はどう見えんのかな。やっぱり、一緒に登ってくんのかな。楽しみだね」

二人は怖さに気づかない振りをして、階段を一歩一歩、確かめるように上っていきます。

灯台は高さ五十メートルぐらいの岬の上に立っていて、最初は急な階段を二十メートルぐらい上り、次に曲がりくねった細い土の道を四十メートル登ってゆくと、岬の裏のなだらかな草原《くさはら》の中の道へと続いていています。

その日は月のない満天の星空、足もともなんとか見えています。

十メートルぐらい登ると、左側に堤防と崖に囲まれた小さな磯場が見えてきます。そこは、子供たちが夏に磯遊びをする大好きな場所、外海に面しているところは十メートルぐらいにせばまっていて、内側は堤防とごつごつした岩に守られ、広さテニスコート二面ぐらいの小さな磯場は、子供たちが安全に遊べる夏休みの人気スポットです。

堤防のすぐ下は深さ二メートルぐらいの小さなプールのようになっていて、堤防からのぞきこむと、底の岩はキラキラと緑色に光って見え、子供たちは堤防から飛びこみ歓声をあげるのです。

中学生は堤防に座り小学生の安全を見守ります。それは薄磯の伝統になっており、小学生を家まで安全に送り届けるまで、中学生は遊びながらも小学生一人一人の様子を見守り、笑顔の合間に責任感あふれる眼差しを見せるのです。

遠くの海は嵐なのでしょう、時おり風が強く吹き、時々、打ち寄せる大波が崖にぶつかって地鳴りのような音を立てています。

入江の潮だまりは、昼なら底の岩まではっきり見えるのですが、今はバシャバシャと波立って底がないように見えるのです。

静江は、少し緊張した声で、

「正ちゃん、この海、気持ち悪いね。大丈夫かな」

正和も不安げに後ろからついてきた静江を振り返って見ると、遠くに村の明かりが見えています。

「ああ、今、あそこに、二人が灯台に登ったのを知っていて、見ててくれる人たちがいるんだ。俺、もうちょっと頑張る」

と正和は、息を一つ大きく吸って、

「大丈夫だよ、静江ちゃん。もうちょっと行くと、裏側の海、見えてくっからな。父ちゃん、変なこと言ったのその辺りなんだ。静江ちゃん、そこまで行くと、夜の海でも一緒に登ってくんか分かんぞ。んじゃ行くぞ」

強がって見せるのですが、不安は少しずつ大きくなるのです。

土の細い道を登ってゆき尾根づたいに左に曲がると、右側、少し下の方に墓地がある窪地が見えてきます。すぐ近くなので墓石もぼんやり見えます。時おり聞こえる波の音は、窪地にも響いて二人のところにも登ってきます。墓地を囲むように植えられている大木の枝の間に、見え隠れする墓石は黒々として、波の音に合わせて動いているようにも見え、正和と静江をじっと見ているようにも感じるのです。二人は、ぶるっと身震いし、できるだけ窪地を見ないようにして、また十メートルほど登ってゆきます。

静江は、立ち止まり、泣きそうな声で、

「正ちゃん、まだ行くの。怖いから帰ろうよ。ね、正ちゃん、もう帰ろ」

振り返って、少し離れたところに立っている静江を見ると、村の明かりは尾根に隠れて見えなくなっています。正和も、

「これ以上、登ってゆくのは無理かな」

と思うのです。

村人たちの生活が及ばない別の世界、何かは分からないのですが、暗くて先が見えない世界に入ってゆくように感じるのです。

中学生が、肝試しに失敗して逃げて走ってゆくのが、だいたいこの辺りです。

「父ちゃん、

『なあに、半分も行けね』

って言ってたなあ。本当だ、この先は怖くて行けそうにないなあ」

元気に庭を飛び出した時は、父ちゃんの言葉は気にしていなかったのです。

正和と静江は窪地を見ないように登ってきたのですが、目を上に向けると、墓地の上に広がる草原《くさはら》の丘が、星空のもとになだらかな稜線を見せています。

草原《くさはら》の百メートル先には林があり、その先には村の裏山が草原《くさはら》と同じ高さに続き、その稜線は星空のもとくっきりと見えています。

正和は、

「あれ、いつもとおんなじ景色だ。よく見ると、少し暗いだけで、気味悪いってことはないな」

と思い始めます。

それに、自分より少し高いところに、何度も行っている草原《くさはら》の中の墓が、正和が、だいたいあの辺りだ、と思うところに小さいながらもはっきりと見えているのです。

正和は、静江の怖さを少しでも少なくしてやりたいと思い、

「静江ちゃん、分かるか、ほら、あの辺りだよ」

今まで怖さのあまり、墓地の方を見ないで足もとばかり見ていた静江は、正和に言われるままに顔を上げ草原《くさはら》の方を見ます。

二人から五十メートルぐらい先に、星空によってくっきりと縁どられた草原《くさはら》の稜線の少し下の草の中に、おまわりさんと一緒に立てた竹竿の旗が見えています。それは、黒々とした草原《くさはら》の中で、黄色の旗が、小さいけれども明るくはっきりと見えています。

「ほら静江ちゃん、あの辺りだよ、分かっか。草の中に、おまわりさんが立てた旗、見えてんよ」

「あ、本当だ。ちっちゃいけどちゃんと見えてる」

二人は、目を輝かせて旗を見ると、その周りの草は刈られていて、二人がおまわりさんたちと弁当を食べた場所が、草の中でそこだけが平らになっているのです。

「な、あの旗、立てた時、おじちゃん、おばちゃん、うんと喜んで、『正坊、ありがとう、静江ちゃん、ありがとう』って何べんも言ってたよね。そんで海色の店で、あんパン、食べろ、食べろ、っていっぱいくれたっけね」

「うん、みんなで旗見ながら、あんパン食べたよ。ちっちゃかったけど、おまわりさんの旗、ちゃんと見えたっけね」

「うん、それから、去年、嵐の時あそこ行ったの覚えてるべ」

「うん、覚えてる。風、ビュービュー吹いて怖かった」

「な、そうだよな。静江ちゃん、父ちゃん、母ちゃんの手、持って、キャーキャー言いながら登ったっけな」

「うん、だけど、ちゃんと上まで行ったよ」

「俺も怖くて、父ちゃんに、

『父ちゃん、本当、墓地って気持ち悪いなあ。木なんかぐらぐら揺れていつもと違うなあ』

って言ったら、

『なんだ、正坊、おじちゃん一人で行った時は、もっとすごい嵐だったたんだぞ。木なんかバキバキ鳴って、今にも折れそうだったんだからな。な、おじちゃん、すごいだろ』

って言うんだ。な、静江ちゃん、おじちゃん、嵐の中、あそこでずっと一人で、海、見てたんだからな。それに比べると今は星がうんときれいであんまり怖くないな」

「うん、そうだね。それに、正ちゃんと二人だもんね」

「そんで、今年も、みんなして草、刈ったべ。静江ちゃん、すごかったなあ。墓、一つ探したもんなあ」

正和は、静江の怖さをなんとか消そうと一生懸命です。

「俺なんか、一つも見つけらんなかったぞ」

「うん、おまわりさん、ずんずん草の中に入っていくでしょ。静江も一生懸命おまわりさんの後ついていったんだ。んでも見えなくなって、しっかたないから一人で草、かき分けていったんだ。そしたら足に石ぶつかって、これそうかなあ、って思って、

『おまわりさあん、石あったよ。これ墓かもしんないよ。おまわりさあん、早く来て』

って叫んだんだ。おまわりさん、

『なに、静江さん、見つけたのか。すぐ行くぞ。どこだ、静江さん』

って来てくれて、

『お、静江さん、これそうだよ。うわあ、すごいな、よく見つけたね』

って、うんとほめてくれたんだ」

「そうだっけなあ。俺も後から行ったら、静江ちゃんニコニコして、

『正ちゃん、静江ね、石、見つけたよ。正ちゃんは』

って言うから、

『うん、これからだ』

って、ちょっとうらやましかったなあ。それから、みんなして、海、見ながら弁当、食べて、うまかったなあ」

「正ちゃん、ひどいんだよ。あん時、静江のおかず取ったでしょ」

「そうだっけ」

「そうだよ、母ちゃんに怒られたから覚えてるでしょ」

「そうだっけ、したけど、うまかったなあ」

二人とも、ニコニコしてもう怖さは感じなくなっています。

「海、きれいだったね」

「うん、きれいだった」

「灯台の土台のとこに水平線があったべ。灯台はまるで海の中に立っているように見えんだっけ。静江ちゃん、覚えてるか。灯台って、白いべ、なんでだか分かっか」

「うん、覚えてる。海から見ると目立つからだ、って正ちゃんの父ちゃん、教えてくれた」

「うん、そうだ、静江ちゃん、よく覚えてるなあ。俺、

『灯台って、真っ白くて、青い海の中でキラキラ光ってて、きれいだなあ』

って言ったら、父ちゃん、

『正坊、いいか、きれいに見えるから白く塗ってんじゃないぞ。海から見ると、灯台は海の青にも陸の緑にもどっちにも混ざらなくて、はっきり見えるように白く塗ってんだ。いいか、そんで世界中の灯台が白いんだぞ。白い灯台は俺たち漁師にとって頼りになる大切なものなんだぞ』

って教えてくれたっけ。それから、おじちゃん、おばちゃん、泣きながらゆっくり話してたべ。そしたら、おまわりさんもみんなも泣いて、おまわりさん強いのにどうして泣くんだ、って思ったんだ」

「静江も思った。あれ、おまわりさん、泣いてる、どうしてだ、って思った」

「静江ちゃん、どうしてだか分かっか」

「ううん、分かんなかった」

「あのな、あの石、ちっちゃいけどけっこう重いんだ。そんで、みんな、

『運ぶの手伝ったぞ。こんな重い石、ずいぶん無理したな』

って言ったら、おじちゃん、おばちゃん、

『有り難うね、したけど、いいんだ。二人してゆっくり運んで昇太とゆっくり話したかったんだ。ゆっくりゆっくり話したかったんだ。

〝この墓に、お前を入れてやれなくてごめんな。その代わり一番眺めのいいところに、墓、作っからな。こんなちっちゃい墓だけど、一年中、お前が大好きな海とお前が育った家、見ていられっからな。そんでかんべんしてな。母ちゃんと二人で、俺たちもそのうち墓に入っから、そしたら、お前の世話、だれもできなくなるな。かんべんな。んでもな、昇太、海に世話してもらえ、お前が大好きだったこの薄磯の海に世話してもらえ。ずっと海、見て、波の音、聞いて、そんで眠っていればいいからな。父ちゃん、母ちゃん、墓に入っても、昇太、お前、世話できねべ。んでもいいからな、お前と一緒だ。俺たちも海に世話してもらうからな。お前が見るのとおんなじ海、見て、おんなじ波の音、聞いて、そんで、お前とおんなじように眠ってっからな。そんでいいんだ。昇太、父ちゃんと母ちゃんの世話できなくたって、すまなく思わなくていいからな。ずっとずっと、お前と一緒に、おんなじ海、見てられっからそんでいいんだ〟

って昇太とゆっくり話したんだ。んだから、石、運ぶの大変だったけど、昇太とゆっくり話せてよかったんだ』

『そうか、そうか、昇ちゃんとゆっくり話せたか。よかったなあ、おじちゃん、おばちゃん』

ってみんな泣いて、俺もやっぱり泣いたんだ。静江ちゃんも、泣いてたみたいだっけな」

「うん、なんだか分かんないけど泣いた」

「そんで、みんな、

『そうか、海に世話してもらうのか。それはいいな。なんだかんだ言ったって、俺たちは海に守られて生きてんだからな。いかったな、おじちゃん、おばちゃん。んじゃ、これからもずっと昇ちゃんと一緒だ。ずっとずっと昇ちゃんと一緒に、海、見てられんだね』

って、みんな泣くんだ」

「そんなことあったよね。静江もなんとなく覚えてる。したけど、正ちゃん、なんでそんなに詳しく覚えてるの」

「それはな、えっへん、俺は五年生だ。頭がいいからだ」

「うそだあ。正ちゃん、いつでも先生に怒られてるでしょ」

「え、そうだけどさ、先生に怒られたって、頭はいいんだ。んでもね、本当は、父ちゃん、母ちゃん、何度も話すんだ。酒、飲むと、父ちゃんなんか泣きながら話すんだ。そんでこの前なんか、

『昇ちゃんがいなくなるってことは、うちにとっては正坊がいなくなるみたいなことだ。考えられっか。おじちゃん、おばちゃん、かわいそ過ぎるべ。これからは、おじちゃん、おばちゃんにうんと優しくするんだぞ。それから、正坊にはあんまり危ないことさせるな。なんかあったら俺たち生きてらんねぞ』

なんて言うんだよ。だったら、もう少し大切にしたらいいのに、

『おい、正坊、庭にある石、持ってみろ。おじちゃん、おばちゃん、あんぐらいの石、丘まで運んだんだぞ。港まで持っていくのだって大変だ。どうだ、すごいだろ』

なんて自分が運んだみたいに自慢するんだ」

「そんで、正ちゃん、持ってみたの」

「持つ訳ないよ。さっき花火の時、静江ちゃん、座ったよね。あれだよ、静江ちゃん座っても、全然、動かなかったべ」

「へー、あれなの。おじちゃん、おばちゃん、すごいね」

「な、すごいべ。ほら、あの丘の上までだよ、本当、すごいんだぞ」

「ハハハ、正ちゃん、父ちゃんとおんなじだ。自分のことみたいに自慢してるよ」

「え、そうか。ハハハ、父ちゃんとおんなじか。ハハハ」

「ハハハ」

草原《くさはら》の丘から続いている尾根を越えて左に曲がると、草が生い茂るなだらかな斜面に出ます。そこのゆるやかな坂道を登ってゆくと灯台はすぐそこです。二人は、また一歩一歩登り始めます。もうそこはいつもと同じ海がせり上がってくる大好きな道、怖さはあとかたなく消えています。

岬のてっぺんは少し広い台地になっていて、海に近いところに灯台は立っています。

二人は台地の一番奥、灯台が立っているところまで行くと、

「わー、わー」

と何度も大きな声で叫びます。

前も右も左も、全部が海、目の中全部が空と海です。

岬は五十メートルの高さ、高い崖に囲まれた台地は海に浮いているようです。正和も静江も、足に

力が入らずふわふわと宙に浮いているように感じるのです。

目を遠くに向け、二人は、また、

「わー、わー」

と何度も叫びます。

暗い夜、水平線は一直線にくっきりと見えています。よく見ると、水平線がくっきりと見えているのではなく、水平線のすぐ上の空に無数の星が輝き、その星たちが水平線を一直線に描いているのです。輝く星たちの下で、黒い海が一直線に区切られ、北から南へ黒々と横たわっています。

二人は顔を北から南に大きく回し、水平線を目でたどると、北の相馬の海から南の茨城の海まで、水平線は一直線に無数の星によってくっきりと浮かびあがっているのです。

二人は、また、

「わー、わー」

と声をあげます。

北の海も、東の海も、南の海も、どこを見ても、星に縁どられた水平線は一直線に真っすぐに伸び、北から南まで首を百八十度も回しているのに、どこにも曲線はなく、くっきりと一直線に空と海は切りとられているのです。

空は平らなのではなく、海も平らな平面ではなく、上と下に続く無限の空間を半分ずつに分けあって、すぐ近くの空間から遥かかなたの空間まで、なんと立体的に見えるのでしょう。

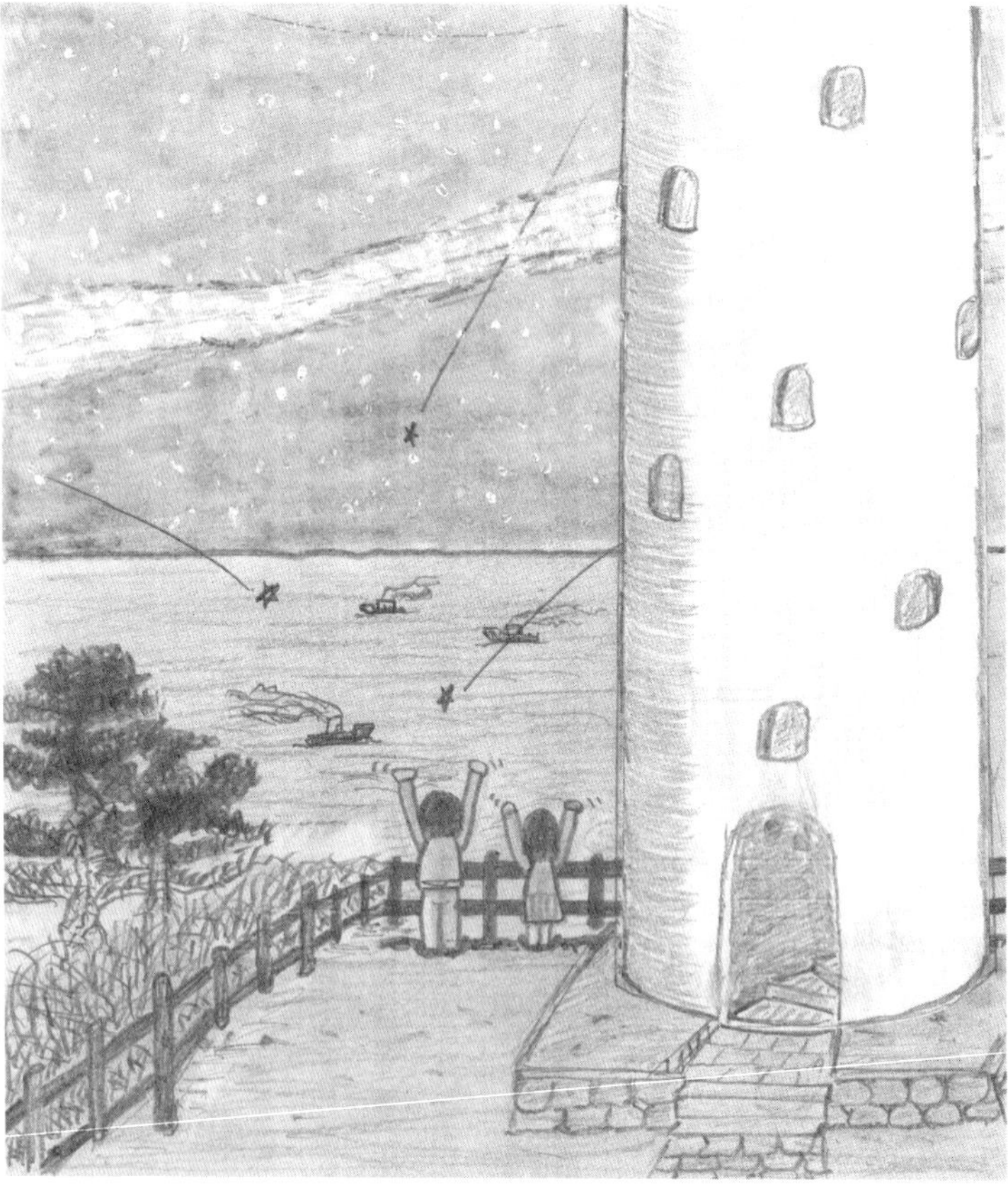

天の川と流れ星

その空間の真ん中で、正和と静江は、足もとがふわふわし、身体の重みがどこかに消えたように感じ、なんとも言えない浮遊感を感じたのです。

「正ちゃん、なんか、ふわふわするね。なんだか、上も下も分かんなくて浮かんでるみたい」

「うん、そうだね。足に力が入んなくて、なんだか変だよね」

水平線の上に広がっている無数の星が輝いている永遠、いさり火がところどころに光っている海という永遠、二つの永遠の間でまるで浮かんでいるように感じたのです。

二人は無意識のうちにすぐ側に生えている木の枝をつかんで、ギュッとにぎり、足にも力を入れ二つの永遠の間を流れてゆかないようにしたのですが、木も枝も、自分と同じように一緒になって、二つの永遠の間を浮かんで流れてゆくように感じたのです。

二人は枝をつかんだまま真上の星空を見て、また、

「わー、わー」

と声をあげます。

水平線のすぐ上の星よりも、さらに多くの星たちが、さらに大きさと輝きを増して光り輝いているのです。

二人は首が痛くなるほど頭をのけぞらせ、そしてまた前を見、右にも左にも首を傾け、星空全部を見回します。

星はなんと多かったのでしょう。そして、なんと光り輝いていたのでしょう。

赤い光、青い光、緑の光、大きさもまたたき方も、それぞれ一つ一つが美しい光を放ち、またたきながら美しい音も響かせているのです。

小さな小さな星たちは、砂浜で小さな砂が風に流され、さらさらとかすかな音をかなでるような優しい音を星空全体に響かせ、少し大きな緑の星は、鈴を腰につけた幼子が野辺を走ってゆき、リンリンと、音をそよ風に放つようにさわやかな音を響かせ、赤い星は、真っ赤なサクランボが青空にプチプチと音を放っているような温かい音を響かせ、青い星は、カチカチと手の中ではじけるビー玉の音、心がうきうきする音を放っているのです。

どの星も、全部が一斉に音を響かせているのに、音同士が、混ざることも、じゃまし合うことも、消し合うこともなく、一つ一つがくっきりと聞こえてくるのです。

それなのにシーンとして、どこまでも静かに、二人の上空、永遠の空間に無数の星たちは輝いているのです。

流れ星が遠くでも近くでも、空と海の二つの永遠の間を、長い尾を伸ばし、今まで見たことがないほどゆっくりと線を伸ばし、はっきりと目で追えるように海に向かって落ちてゆきます。

音はしなかったのですが、確かに海に落ちる時、ジュッジュッという音を響かせているのです。

「あ、流れ星。正ちゃん、見た」

「うん、見た、見た。あ、まただ。静江ちゃん、すごいぞ、海に落ちてんぞ」

「うわあ、すごい。正ちゃん、こんなに近くに見えるんだ」

海には漁船のいさり火がところどころに見えていて、時々そこに向かって落ちてゆきます。

「あ、危ない。正ちゃん、漁師さん、大丈夫かな」

「うん、本当だ。あ、まただ、危ないぞ漁師さん、逃げろ」

「正ちゃん、大丈夫かなあ」

「うん、大丈夫みたいだ。まだ、ちゃんと、船、あそこにいるよ」

「そうだね、ああ、よかった。静江、どきどきしたよ」

「うん、俺もだ。静江ちゃん、心配しなくてもいいみたいだよ。みんな、ちゃんと浮かんでるよ」

「本当だ、一つ、二つ、三つ……、全部いるね、ああ、よかった」

二人は安心してまた星空を見ていると、雲のように見える一筋の光が北から南に横たわり、よく見ると、北斗七星とカシオペア座の間に通って西にある湯ノ岳の山頂まで続いているのです。

正和は、指差し、

「静江ちゃん、あれ、見えるべ。ほら、ずっと星の中通って山まで続いてるべ。あれ、なんだか分かるけ」

「ううん、なんか雲みたいに見えっけど、そうでないよね。正ちゃん、なんなの」

「ハハハ、あれ、天の川だよ」

「あれが天の川なの。もっとはっきり川みたいに見えると思ってた」

「そうだよな。んでも、ずっと見てるとすごいぞ、山のてっぺんから水平線まで続いてんだぞ。すごく長くて、やっぱり川みたいに見えるんだぞ」

「本当だ、すごく長いね、やっぱり川だね」

天の川は、明るく光っているところ、少し暗くなって細い流れになっているところ、幅を変え、速さを変えて、星空の中を流れているのです。

「正ちゃん、天の川、こんなに全部、見たの初めてだよ。きれいだなあ。んで、正ちゃん、天の川、どっちに流れてんの」

「え、なに、静江ちゃん、そりゃあ分かるべ。んーとな、それはな、ん、そうだ、湯ノ岳と水平線じゃ、どっちが高いんだ」

「湯ノ岳」

「うん、そうだよな。湯ノ岳の方がずっと高いべ。んじゃ、どっちから流れるんだ」

「湯ノ岳からだよね」

「ん、そうだべ。んだから湯ノ岳から水平線に向かって流れてるんだ」

「ふうん、そうか。そうだよね」

首を前後に動かして天の川を湯ノ岳から水平線まで見ていると、天の川の川岸は周りの暗い星空より明るい光を放ち、小さな星はあまり見えないのです。その代わり川の両岸に、ひときわ明るい星が、右にも左にも輝きながら川の上流から下流までいくつもまたたいています。

またたきに合わせるように、カラーン、カラーンという澄んだ音を放ち、川向こうの同じような明るい星に合図を送っているようなのです。

右岸と左岸の星は、互いに、カラーン、カラーンと音を出し合い、それが上流から下流まで川岸いっぱいに響いています。

カラーン、カラーンという澄んだ音は、西洋の古い田舎町にあるカリヨンのように、村全体に響き、村の周辺の畑に響き、人々が仕事の手を休めて聞き入るように、川岸の明るい星も天に広がる星空という永遠の遥か遠くまで響いているのです。

天の川はカリヨンの音を従えながら四倉の沖の水平線に流れこみ、大きな滝となって、目には見えず、耳にも聞こえないのですが、確かに水平線の先では轟音をとどろかせ、大きな水しぶきを立てているのです。

静かな静寂の中で、水平線の先の滝つぼに轟音と共に流れ落ち、星のかけらの水しぶきを星空にまき散らし、さらに先へ、永遠へと流れています。

正和も静江も、無限に広がる星空の中に、実に様々な音を聞いたのです。

砂が風に吹かれるささやかな音。

幼子の腰の鈴から聞こえてくる、嬉しそうな音。

真っ赤なサクランボが、青空にはじけてゆく楽しそうな音。

少年の手の中のビー玉が、大切に握られ、それに応えるように出す優しい音。

西洋の田舎町のカリヨンが、時を人々に告げるために出す、昔懐かしい音。

天の川が、水平線の先の滝つぼに流れ落ち、海を震わせる轟音。

それを、他と混ざり合うことなく、一つ一つはっきりと、星空全体を覆う静寂の中に聞いたのです。

星空に圧倒され、口を開けて見飽きることなく眺めていた正和と静江ですが、二人ともほぼ同時に気づきます。

「あれ、あの光、なんだ」

「うん、水平線をすごいスピードで走っていくよね。正ちゃんも気づいた」

「うん、あんまり速くて分かんなかった」

灯台は、二人のいるところより五十メートル高いところから音もなく光の矢を放っています。

「あれ灯台の光だよ。あんまり速くて分かんなかった」

「本当だ。見えないぐらい遠くまで進んでるよ」

空も海も永遠です。その二つの永遠の間を灯台の一筋の光が音を全くさせずに突き進んでゆきます。あまりにも遠く、二人の目にははっきりと見えないのですが、一筋の光は水平線より遠く、永遠まで突き進んでゆきます。

二人は光に合わせ、何度も首を回します。

光の矢は、水平線を南から北に横切り、阿武隈山地の二ツ《ふた》箭山《やさん》、水石山《みずいしやま》、湯《ゆ》ノ岳《だけ》をあっという間に過ぎてゆき、また水平線のかなたへ突き進んでゆくのです。

空と海、そして阿武隈山地の山並みのかなた、三つの永遠の間を何千キロも旅をするのです。

灯台から放たれた光は、鋭い刃物となって星空と海を切り裂き、

「二つの永遠を二つに切り分けているのは灯台の光である。灯台の光の上は、まばゆい星空、光の世界である。その下は、光によって切り分けられた黒々とした海、水が満ちる世界である」

と言わんばかりに、なんの迷いもなく、光の矢は一直線に二つの空間を切り分けてゆきます。

このような鋭さをもって放たれた光も、天の川が水平線に流れこむところでは、天の川に溶けこみ、一瞬消えるように見え、また一瞬のうちに天の川の岸辺に現れ、空と海と山、三つの永遠を切り裂いてゆきます。

「あの光、どこまで行くんだべね。父ちゃんなら知ってっから、今度、聞いてみるね」

「うん、静江にも教えてね」

正和の父ちゃんは漁師です。

「父ちゃん、この光、いつも見てんもんなあ。何かきっと教えてくれる」

と思いながら光を見つめています。

水平線にある天の川の滝つぼは、四倉の沖から少し南に移り、灯台から見ている二人の正面に近づいてきたように見えます。

正和も静江も気づかなかったのですが、ずいぶん時間がたっていたのです。

「静江ちゃん、そろそろ帰るよ」

「うん」

尾根の細い道を少し下って左に曲がると、ゆるやかな斜面の向こうに豊間《とよま》の町が広がっています。薄磯よりずっと大きな漁師町、町の明かりは長い海岸線に沿って、細長く、一キロほど小さな岬まで続いています。

二人は、

「わー、わー」

と声を出し、草原《くさはら》の道の中ほどに立ち止まり、灯台で見た時と全く違う景色に何度も、

「わー、わー」

と声をあげます。いつも見ている景色なのに、今は別の世界にいるように感じているのです。登ってきた時は灯台だけを一心に目指し、斜め後ろの景色を全く気にしなかったのです。

「静江ちゃん、すごいね。あの町、分かっか」

「うん、分かるよ。豊間の町だよ」

「うん、そうだ。んじゃあ、あの岬の向こう、ちっちゃい光いっぱいあるべ、あそこは」

「んー、分かんない」

「そうかあ。たぶん、小名浜だと思うよ」

豊間の砂浜がつきる辺りに、小さな岬がかすかに見え、その先に無数の町の光が小さく小さく見えています。それは、湯ノ岳のふもとまで続く小名浜の町の無数の光です。

二人にとってこの景色は灯台から何度も見ているなじみのもの、豊間の町には、薄磯の裏山の峠を

越えて小学校に通っている同級生が何人もいるのです。

「ほら、あの辺、明子ちゃんの家だよ」

明子は鉛筆事件の時、正和に消しゴムを貸した静江の親友で今でも大の仲良しです。

「うん、あの辺は幸雄ちゃんの家だ」

幸雄は、恩をあだで返す正ちゃん、という言葉を子供たちが覚えるきっかけを作った子。それでも正和の弟分として、いつも一緒に遊んでいます。

でも、今、二人が目にしている町はまるで違う町、足もとに見える細長く続く町の明かりは遠いどこかのよその町、初めて見る町、小さな小人が笑いながら幸せに生活している町、不思議な童話の世界のように見えるのです。

「幸雄ちゃん、本当にあんなちっちゃいとこに住んでんのかなあ。なんだか変だなあ。幸雄ちゃん、小人みたいになってちょこちょこ動いてんのかなあ」

「本当そうだよ、正ちゃん。明子ちゃんなんかも、今、小人みたいになって、あのちっちゃい明かりの中でちょこちょこ動いてるよ」

「うん、きっとそうだよ。みんな小人みたいになって、ちょこちょこ動いてんだ」

岬の先に続く小名浜の町の明かりはさらに小さく見え、二人には遠いよその国のように感じられるのです。

その先には湯ノ岳が黒々と横たわり、稜線を覆うように天の川が流れています。天の川は小名浜の空に流れ、豊間の上空に流れ進み、二人が立っている岬の真上を急流となって流れ下り、水平線に流れこんでいた天の川は、今は灯台が光を放っている岬に流れ落ちています。

二人の前には、灯台で見た空と海の永遠とは違った大地の永遠が広がっているのです。

くっきりと星空に切りとられた阿武隈山地の稜線は、どこまでも南へ伸び、茨城の大地に続き、やがて地平線となった稜線は水平線と一つになって消えてゆきます。

「あ、光った」

静江が急に声を出します。

「え、なに、どうしたの」

「あ、また光った」

「え、どこ」

「海の方、ずっと先の方。あ、また光った」

「本当だ。あ、光った。すごいな静江ちゃん、よく気づいたな」

遠く、小さく、一瞬、光って消えてゆきます。町の光と同じように小さく見えるのですが、よく見ていると、パッと光ってすぐ消えるので、あきらかに違う光です。

正和は、すぐに気づき、

「あれ、きっと、小名浜の灯台だよ。すごいなあ、ここまではっきり見えるんだ」

塩屋埼灯台は鋭い矢のような光なのに、小名浜の灯台の光は、豆つぶのような点にしか見えない小さな光なのです。

それでも、無数の小名浜の町の光から少し海よりに離れて、たしかに町の光とは違って、はっきりと、

『ここに灯台はあるぞ、これは灯台の光だぞ』

と言っているように光っているのです。

風が、ふっと吹いてきて、二人の足もとの草が揺れ、草の波がサワサワと豊間の町へと寄せてゆきます。

二人は自分もふらっと揺れたように感じ、豊間の町の明かりもゆらゆらと揺れているように感じます。

満天の星が、キラキラと光のしずくとなって豊間の町に降り注ぎ、星たちと豊間の明かりが一つの世界で一緒になり、会話を交わして光をやりとりしているようなのです。

また風が、ふっと吹き、草の波が町に寄せてゆくと、星たちから降り注ぐ光のしずくも、風に吹かれて、遠くへ、阿武隈山地のふもとまで寄せてゆきます。

二人は、

「きれいだなあ。小人さんたち、風に吹かれて一緒に揺れてるのかなあ」

と思って町を見ていると、一キロほど続く豊間の海岸に、薄い光の筋が生まれては消え、また生まれては消えを繰り返しています。

ゆるやかに湾曲した豊間の入江に、打ち寄せる波が星の光を宿してかすかに光り、小さな光の小川となって弧を描きながら二人が立っている岬のふもとに流れてくるのです。

時おり大きな波が寄せているのでしょう。その時は、光の小川も広くゆったりと流れ、川幅を増して明るく弧を描いていいます。小さな波の時はかすかな光で細い小川となり、すぐに消えてゆきます。

「な、静江ちゃん、あの海岸な、なんか、川みたいに見えるよね」

「うん。ちっちゃい小川がいっぱいできてるね」

「そんでな、あの川、豊間の岬よりもっと先から流れてきてるように見えるね」

「本当だ、ずっと先からだね」

光の小川を目で追ってゆくと、豊間の岬の右側の谷間をぬけ、小名浜を越えて、湯ノ岳のふもとに続いているように見えるのです。

「ほら、静江ちゃん、目で追ってゆくと湯ノ岳のふもとから流れてるように見えるべ」

「うん、見える。それでね、正ちゃん、ちょうどその上に天の川あるよ。んじゃ、このちっちゃい川、天の川から流れてるのかなあ」

「そうかもしんないよ。天の川、湯ノ岳から流れていたべ、んだから、あそこからこっちに向かって流れててもおかしくないよ」

「そうだね、正ちゃん。すごいね。天の川、光の川でしょ。んじゃ、海に見える小川も光の川だから、きっとそうだよ。湯ノ岳からこっちにちょっとだけあふれて、ずっとこっちまで、光の川、続いてんだよね」

「本当だ、静江ちゃん。あの小川、ちっちゃい天の川だ」

「すごいな、正ちゃん。ちっちゃい天の川だ」

「そんで、流れてきたり消えたり、ずっと繰り返してるべ。なんか、湯ノ岳のてっぺんに、なんかすごいでっかい巨人みたいな人がいて、水門の番人みたいになっていて、光の小川、流したり止めたりしてんのかなあ。ほら、また流れてきたよ」

「本当だ。今度は止まったよ、水門の番人さん、忙しいね」

「そうだね。今日は、すごくいい天気だから、いっぱい流してんだね」

「すごいね、正ちゃん。んじゃあ、明子ちゃん、ちっちゃい天の川のすぐ側で生活してんだ。今度あったら教えてあげなくちゃ。そんでね、小人みたいな明子ちゃんだから、あのちっちゃい天の川で泳いでんのかなあ。うわあ、すごいなあ。ちっちゃな星、いっぱい体につけて、キラキラ光って泳いでんだ。うわあ、明子ちゃん、すごいなあ」

「俺もそうする。幸雄ちゃんに、

『いいなあ、幸雄ちゃん、天の川の側に住んでんだぞ。天の川って、どんな音して流れてんだ。幸雄ちゃん、釣、好きだべ。ちっちゃい天の川では釣すんのか。やっぱり、キラキラ光くっついた魚つれんのけ』

って聞いてみるぞ」

「うわあ、静江にも教えて」

正和も静江も豊間の友だちのことを思い出し、小人たちの暮らす夢のような世界から少しだけ現実に戻ったように感じます。

「静江ちゃん、帰るべ。父ちゃんたちに、ちゃんと登った、って教えてやんなくちゃ」

「うん、静江もいっぱい教える」

尾根を越えて少し坂を下り右に曲がると、村の明かりが見えてきます。満天の星空の世界、黒々とした果てしなく続く海、空全体を横切って流れる天の川、そして小人たちが住む遠いよその国、夢のような世界から帰ってきたのです。

薄磯の村は懐かしい故里、優しい人たちが住む、一番、笑顔でいられる場所なのです。

二人は、なんだか嬉しくなってニコニコと笑いだし、

「な、静江ちゃん。俺の村もちっちゃくて、やっぱり小人の村みたいだな」

「うん、そうだね。父ちゃんも母ちゃんも、みんなちっちゃくてちょこちょこ動いてんだね」

「ハハハ、そうだね。みんなちょこちょこだ」

学校もうっすらとマッチ箱ぐらいに見えています。

正和、笑いながら、

「ハハハ、うちの父ちゃんなんか俺の親指ぐらいだな。ほいって持てるぐらいだ」

「あれ、んじゃ、正ちゃんは静江の小指ぐらいだね」

「え、そんなに小さいか。んじゃ、静江ちゃんは小指の爪の先ぐらいだ」

村の明かりは、それほど小さくかわいらしく見えます。

「あれ、静江ちゃん、小川も流れているよ。ちっちゃいけど、海岸に、ほら、時々、ちっちゃい小川、流れたり消えたりしているよ」

「本当だ。豊間よりずいぶん短いね。薄磯はなんでもちっちゃいんだ」

もう少し下ると右側に磯場が見えてきて、相変わらず、時々、大波が寄せ、ドドーン、ドドーンと足もとに響いてくる音をとどろかせています。

「静江ちゃん、大丈夫か。あの音、気持ち悪かったよね」

「ううん、大丈夫」

正和と静江がのぞきこむと、そこは子供たちが大好きな磯場に戻っています。底のゴツゴツした岩は、差しこむ光で緑や青に輝き、子供たちがはしゃぐ時にできる波に太陽の光はまぶしく反射し、中学生が小学生を見守る安全な磯場です。


そのころ、正和の庭では親たちが少し心配になってきます。

「ね、父ちゃん、正坊、静江ちゃん、遅いね。灯台まで行ったんだべか」

「ん、そうだなあ、行くとは思えないな。途中で逃げてくんのが普通だからな」

「んでも、それにしては遅いでしょ」

「そうだなあ、やっぱり、

『俺は怖くない。大丈夫だ、行ってくる』

なんて言って出ていったから、帰りにくくているんでないか。きっと、その辺で遊んでるべ」

「んでも、ちょっと遅すぎるなあ。みんなで捜しに行くべか」

砂浜に来てみると、星明かりのもと砂浜には静かに波が打ち寄せ、北側の小さな岬まで二人の姿は見えません。

「ん、砂浜にはいないみたいだな。んじゃ、裕ちゃん、俺は学校、捜してみっからな、裕ちゃんは港の方、いいか」

「うん、分かった。んじゃ、母ちゃん、行くべ」

「想ちゃん、港はいなかったぞ、学校はどうだった」

「うん、やっぱりいなかったな。んじゃ、やっぱり灯台さ登ったんだべか」

「そうかもしんねえな。二人だからなんとか行けたのかもしんねえな」

「どうだ、母ちゃん、みんなでちょっと登ってみるか」

「いいよ、父ちゃん。心配だからみんなで行こう」

「正坊」

「静江ちゃん」

「正ちゃん」

「静江」

みんな、大きな声で叫びながら階段を登っていきます。


「あれ、静江ちゃん、なんか呼んでるみたいだよ」

「うん、そうだね、父ちゃんと母ちゃんじゃない」

「うん、きっとそうだ。心配して見に来たんだ。父ちゃん、母ちゃん、今、行くよお」

静江も嬉しそうに大きな声で、

「父ちゃん、母ちゃん、ちゃんと登ってきたよう」

「あ、正坊と静江ちゃんだ。ああ、よかった。正坊、静江ちゃあーん」

「ん、よかった。したけど本当に登ったんだなあ、たまげたなあ」

「正坊、静江ちゃあーん」

と叫びながら登ってゆき、階段から土の道に変わる辺りで会います。

「父ちゃん、母ちゃん、すごかったよ」

静江も、ニコニコ顔で、

「うん、すごかったよ」

「え、なんがすごかったんだ」

「んー、星、それから海」

「そんで町、んー、それから天の川」

「ハハハ、なんだ、いっぱいすごかったんだな。ん、分かった。ゆっくり聞くからみんなであそこさ座るべ」

みんなは階段を下りてすぐ右にある丘の上の小さな公園に行き、海を前にしてベンチに並んで座ります。

そこは、十メートル下に港が見え、左側には薄磯の浜とそれに沿って続く細長い村、ほぼ真上には灯台の白い姿も見える、村人、人気の場所です。

「したけどよく行ったなあ。怖くなかったのけ」

「うん、怖かった。昇ちゃんの墓、見えたから、おじちゃん、嵐の時、一人で登ったこと思い出したら、なんだか怖いの、どっか行った」

「そうか、そんで行けたのか。まさか行けるとは思わなかったなあ」

「母ちゃんも、あんまり遅いから心配したんだよ」

父ちゃんも母ちゃんも、感心したり心配したり、二人の話に耳を傾けます。

「んでね、父ちゃん、灯台の光ってすごく遠くまで行くべ、どこまで行くのけ」

「ほ、正坊、灯台でそんなこと思ったか。そりゃあ、うんと遠くまで行くぞ。今、水平線、見えてるべ、あそこまではだいたい三十キロだ。ここは低いからな、そんでも三十キロぐらいは見えるんだ。灯台はうんと高いべ、岬は五十メートル、灯台も五十メートル、合わせて百メートルだ。そこから光を出してんだぞ。だったらどんだけ先まで進んでいくと思う」

「へー、水平線まで三十キロなんだ。んじゃ、五十キロぐらいけ」

「そんなもんじゃないぞ、だいたい百キロだ。水平線の先、三倍ぐらいまで進んでいくんだぞ」

正和も静江も、水平線の先百キロも遠いところ、と言われてもよく分からないのです。二人にとっては水平線でも充分に遠いのです。

「そんでな、灯台はまだ日が暮れないうちから光りだすべ、なんでだか分かっか」

「ううん、分かんね」

「それはな、この灯台、どっち向いてんだ」

「太平洋だから、東、向いてる」

「ん、そうだ。それが早く光る理由だ。どうだ、分かっか」

「ううん、ちっとも分かんね」

「んじゃ、東と西ではどっちが早く暗くなるんだ」

「ん、太陽は西に沈むべ。んじゃ、東の方が早く暗くなんのけ」

「そうだ。東の海の方がここよりずっと早く暗くなるんだ。いいか、ここが夕暮れの時は、百キロも東の海はもう暗いんだぞ、地球は丸いからな。そうするとどうだ、そこにいる船は、暗くなっていて

もう陸なんか全然見えないんだぞ。そん時に灯台の光が見えたら、

『あ、あっちが陸だ。灯台の光が見えっから陸まで百キロ以内だ』

って、とっても安心するんだ」

「へー、そうなんだ、だから明るいうちに光りだすんだね。んじゃあ、百キロも先じゃ、船なんかなんにも見えないべ」

「そりゃあそうだ、水平線の先に沈んだみたいになって全く見えないぞ。んでも、そこまで光は届くんだ」

「灯台、すごいね。父ちゃん、そんでね、小名浜にも灯台あるべ。そんなに遠くまで光が届くんだら、一つあればいいんでないのけ。どっちみち、そんな遠くなら一つにしか見えないべ」

みんな、

「ん、本当だ、そのとおりだな。正坊、よく考えたな」

と思い、父ちゃんの話に耳を傾けます。

「ハハハ、そうだな、そんな気もすんな。まずは水平線よりもっと沖まで出てるとするぞ、そうすっと陸は全く見えないぞ。んじゃ、灯台の光はどんなふうに見えると思う」

「んー、一瞬だけ、ピカッと見えんの」

「そうだ、一瞬だけ、ピカッだ。そんでな、ピカッとピカッの間はどうだ、いつもおんなじか。静江ちゃん、分かっか」

「んー、あのね、ぐるぐるっておんなじように回ってるから、ピカッもおんなじだと思う」

「そうだ、静江ちゃん、よく分かったな。そこが大事なんだ。海の上ってな、けっこういっぱい光が見えるもんなんだ。船とかの光がピカッて光ったりすんだ。んでも灯台の光はいつも一定に光り続けるだろう、んだから灯台の光だ、ってどんなに遠くたって分かるんだ。そうすっとな、海の上の人はなんとなく安心するもんなんだ。なんたって、灯台の方には陸地がある、って分かる訳だからな。そのピカッ、ピカッが嬉しいんだ。そんでな灯台が二つあったべ、ん、本当はもっとあんだけどな。小名浜と塩屋埼はだいたい十キロ離れてんだ。んじゃあ、正坊、水平線からだと、この二つ、どう見えっか分かっか」

「んー、二つ、くっついて見えんのかなあ。水平線、うんと遠いべ」

「ん、そうだな。んでもな、二つだ、っていうのはよく見ると分かんだ。んでもな、二つはうんと近くに見えっから、陸までは相当遠い、ってのが分かるんだ。んじゃあ、これが北と南に分かれて見えたら、どうだ」

「あ、そうか、陸までうんと近い、ってことだよね」

「そうだ、正坊、静江ちゃん、灯台が二つある、ってことがうんと大事なんだぞ」

「そうなんだ、二つあっから陸地までの距離が分かるんか、すごいね、父ちゃん。そんなことちっとも知らなかった」

「それだけじゃないぞ、いいか、霧でなんにも見えね海、考えてみろ。そんな中でも光は通っていくんだ。真っ白い霧の中、光がピカッて見えるのは、ま、きれいっていったらきれいなんだけどな、そんじゃな、陸まで百メートル離れているとするぞ。どうだ、灯台、一つだけならどうする。灯台と百メートル離れてるけど、だけど、陸からはどうだ。もしかしたら、陸のすぐ側かもしんねえぞ、岩にぶつかるかもしんね。んだけど、二つあったらどうだ。二つの方角で自分が陸からどんだけ離れてるか分かるんだ。んだから安心して進めんだぞ。やっぱり、こういう時は無線じゃだめなんだ。自分の目で確認して、光の方向と距離を計算しながら進んでいくから霧の中でも安全に進めんだぞ。どうだ、灯台はすごいだろ。二つあんのは、こんだけ大事なことなんだぞ。正坊、静江ちゃん、分かっか」

「うん、分かった」

「静江も分かった」

「漁師ならみんな知ってるぞ。いいか、漁師はな、ただ魚を捕ってるだけじゃないんだぞ。そんなこともいっぱい考えながら漁をしてんだぞ」

「ふうん、漁師さんって、すごいんだね」

「うん、そうだ。んだけど灯台もすごいぞ、俺たち漁師のために、嵐の時も、霧でなんにも見えない時も、どんな時も休みなしで頑張ってっからな。今じゃ無線みたいな便利なものあるべ、んでもな、灯台はやっぱり大切だ。光が見えるだけで、陸とつながっているという安心感があるんだ。無線なんかと違う、なんか陸からのロープを、ぎゅっと握りしめているみたいな安心感だな」

みんな、父ちゃんも母ちゃんも、おじちゃん、おばちゃん、正和も静江も、

「灯台ってすごいんだなあ。沖にいる人を助けたいという強い意志と優しい感情を持ってるみたいだ。広い海の中にぽつんといる人間の命を、どうしても守るんだ。そのために、どんな時も、どんな季節も、広い海のどこまでも、光を届けようとしてるんだ。そんで、ああやって岬の上に足、踏んばって立っているんだ」

と思いながら、首をあおむけにして改めて灯台を見ます。

百メートルの高さから放たれた光の矢は、星の高さと同じ高さで、星よりも遥かな水平線のかなたに、一直線に、何ものにも行く手をはばまれることなく、強さと速さをもって、波も風も海も、星さえも貫き、みんなの頭上を旋回し続けます。

「ここでも、星も灯台も充分にきれいだよなあ。んでも、正坊も静江も、あんなに興奮してきれいだ、って言うんだから、なあ、想ちゃん、本当にきれいなんだべなあ」

「んだなあ。なあ裕ちゃん、中学生の時、肝試しで登ったべ、あん時はどうだったけな。きれいだっけかなあ」

「うん、石、置いてすぐ逃げ帰ってきたから、景色までは全然覚えてないなあ」

「俺もだ。裕ちゃん、あれから夜に灯台、登ったことあるけ」

「いや、登ってね。なんも用事ないもんな」

「そうだよな、俺もだ。どうだ、今度みんなで登ってみっか」

「いいなあ。んじゃ、夏休み中がいいな」

正和は大喜びで、

「わあ、いいなあ。父ちゃん、いいなあ。みんなで登んべ。そんで、おまわりさんも一緒がいいなあ」

静江もニコニコ、

「わあ、いいなあ。おまわりさんと早く行きたいなあ」

「おじちゃん、おばちゃんも行くけ。丘の上まで何回も登ってっから大丈夫だべ」

「うん、行くべ」

そういう訳で、夏休みの間、星のきれいな夜に、みんなで灯台に登ることになり、母ちゃんたちももちろん初めてで、

「えー、あそこに、夜、登るの。やっぱりちょっと怖いよね」

「なあに、みんな一緒だ、なんも怖くないぞ」

と夏休みの花火の次のイベント計画に、みんなニコニコです。

正和、静江は、灯台を見上げ、改めて、

「あんなとこ、よく二人だけで登ったなあ。崖は黒々としてやっぱり垂直に見えて、怖い感じだもんなあ」

と思い、登ったことを嬉しく誇らしく感じます。

登る時は、怖くて知らない世界の入口のように見えていた灯台に続く細い階段も、今は、星空と海が永遠に続く夢の世界の入口のように見えています。

十一　おまわりさんの転勤

一年が過ぎ、正和は小学校の卒業式も終わり、もうすぐ中学の入学式を迎えるという三月も下旬のころです。

春めいて暖かくなってきた正和の庭、いつものように正和の父ちゃんは昼の十時には漁を終え、夕方は縁側に座り、正和と静江が遊んでいるのをニコニコして見ています。

その日は、静江の父ちゃんも仕事を終え、父ちゃん、母ちゃん、みんな、庭の近くでおしゃべりです。

静江の父ちゃん、

「正坊も、いよいよ中学生か、早いもんだなあ。なあ、母ちゃん、俺たちも自分の子供みたいに嬉しいなあ。なんかプレゼントしたいなあ」

「そうだねえ、なんがいいかね、父ちゃん。もう、ビー玉っていう訳にいかないから、なんかいいのがあればねえ」

「いいんだ、裕ちゃん、君江ちゃん。いつもよくしてもらってっから、その気持ちだけで充分だ」

正和の父ちゃん、ちょっと真面目に、

「いいか正坊、中学生はなかなか大変なんだぞ。勉強だって難しくなる、そんでなによりも小学生の面倒を見ないといけない。これがおっきな責任だ」

「うん、分かってる。これからは見る方になっから、ちゃんとやる。んでも、今までも静江ちゃんの面倒、見てたから、俺、慣れてんだ」

「そうだね、うちの静江、いっぱい見てもらったもんね」

静江も嬉しそうに、

「いいなあ、正ちゃん。静江も早く中学生になりたいなあ」

みんなでワイワイ話をしていると、路地にキキーッと自転車の止まる音がして、みんなが見ると、おまわりさん、少し悲しそうな顔で立っています。

正和と静江は、大喜びで駆け寄って、

「おまわりさん、俺、もうすぐ中学生だよ」

「静江も五年生になるんだよ」

「そうか、それはよかったね。正和君、静江さん、おめでとう」

と二人に対しては申し訳ないような顔なのです。

「あのね、今日はね、お父さんたちに話があるんだ。正和君、静江さんにも関係があるから一緒に聞いてね」

みんな、

「なに、どうしたんだい、おまわりさん。ま、こっちさ入ってけろ」

「そんなに改まって、話ってなんだい」

おまわりさん、いつにも増して真面目です。

帽子を取り脇にかかえて、直立不動のまま、

「本当に残念なんですが、本官は、この度郡山に転勤になりました。それで、お世話になったみな様に最後のあいさつにうかがいました」

「え、本当なの、ばかに急だなあ」

「おまわりさん、まだ二年しかたってないよ」

「はい、警察官はだいたい三年で転勤になりますが、急に辞令がおり、本官も本当に驚いております」

「そうなんだ。もっと、ずっといると思ってたなあ」

「そら残念だなあ。正坊も静江ちゃんも、おまわりさんのこと大好きになっていたからなあ」

正和も静江も、事情がよく分かりません。

「なに、おまわりさん、どっか行くの」

「うん、郡山に行くんだって」

静江、

「そんで、いつ帰ってくんの」

「あのね、静江。仕事が郡山になったから、もう帰ってこないんだよ」

「ふうん」

二人の顔から笑いが消え、事情を呑みこもうと一生懸命です。

おまわりさん、みんなの顔を一人一人見つめ、もう一度、深々と頭を下げ、

「みなさんには本当にお世話になりました。薄磯での二年間は、私にとって、一生忘れられない大切な宝ものになりました。本当に有り難うございました」

と言ってまた頭を下げます。

「おまわりさん、本当に行ってしまうんだね。なんだか寂しいね」

「子供たちとも仲良くなれたのに、残念だなあ」

父ちゃんも母ちゃんも、あまりに急なので何を言っていいのか分からないのです。

「本当に残念です。自分ももう少しここにいたいと思っていました。もし、できるなら、ずっと薄磯にいたいと思っていました」

「したけど、今度は郡山か。郡山は都会だから、こんな田舎とは違ってやりがいもあんだろうな。ここは事件もなんもなくて、おまわりさん、ちょっと退屈してたんでないか」

「いいえ、決してそんなことはありません。たしかに事件はなかったのですが、私にとっては本当に大切な二年間になりました。今日は、是非、そのことを伝えたくてうかがいました」

みんな、

「大切な二年間ってなんだべ」

「大切な宝ものって、おまわりさん、何、見つけたんだべな」

と思っています。

薄磯は何もない小さな漁村、毎日が静かに同じように過ぎてゆくところ、何か大切なものがあるようには思えないのです。

「二年間か、もうそんなにたつんだな。俺たちは、おまわりさん、毎日退屈してんだろう、って思ってたなあ。なんもない田舎だしな。おまわりさん、大切なものって、何、見つけたんだべ。なんかあるとしたら海ぐらいかなあ。なあ、裕ちゃん、この村、なんかあっか」

「そうだなあ、やっぱり海だけかなあ。それに海も珍しくないしなあ」

おまわりさん、首を横に強く振り、

「とんでもありません。この村には何もないどころか素晴らしいものが沢山ありました。本官が二年間で見つけた大切なものを、是非、伝えたいと思いました。伝えないで行ってしまったら、薄磯で見つけた大切なものをこの村に残していくみたいで、心の中にしっかりと刻みこまないで村を出ていくようで、大切なものが、根っこがなくなってどこかに消えてしまうようで、どうしても、みなさんに伝えたいと思ったのです」

真剣さが伝わってくるので、みんな背筋を伸ばして聞いています。

母ちゃんたちも、正和も静江も、おまわりさんの顔を見つめ、一生懸命聞いています。

「心の中の風景がどれだけ広がったか、それが伝えたいことです。うまく説明できるか分からないんですけれども、聞いて下さい。ここに来るまでは、海といえば、自分の外側にある海だけでした。空も、自分の外側に広がっている広い世界、そんなふうに自然全体が自分の外側にあるもの、自分の心とは少し離れたところにあるもの、という感じでした。海も空も美しい自然も、自分の心の中に、そんなに住みついていない、自分の感情や喜びや悲しみにそんなに影響を及ぼしていない。そういうことに気づいたのはここに来たおかげです。薄磯の村のみなさんのおかげです。村の方たちの何げない会話、心の動き、そして遠くを見つめる優しい視線、そうしたものに何度も何度も接して、『ああ、村の人たちの心に、薄磯の美しい自然がそのままの姿で住みついているんだ。全然、意識することなく、生まれた時から接している、この美しい海、空、緑の岬、すべてが心の中に美しい姿のまま広がっている。なんと素敵なんだろう。自分はどうなんだろう。村の人たちのようにはなっていない。こんな素敵なこと、是非、自分もできるようになりたい』

と思ったのです」

「んー、そうか。おまわりさんの大切なこと、ってそういうことか。な、裕ちゃん、そんな広い世界、心の中に持ってっか」

「んー、分かんねな。そんなこと考えたこともないもんな。おまわりさんが言うんだから、そういうことなんだべな」

「そうなんです、そうなんです。そこなんです」

おまわりさん、勢いこんで言うと、

「なんだ、なんだ。そこ、ってどこだ」

と、みんな、おまわりさんを一心に見つめます。

「みなさんは、全く意識せずに薄磯の美しい自然に接して、それをそのまま受け入れているので、この美しい自然、海の広さや、空の青さも、岬や丘の緑も、そのあるがままの姿でみなさんの心の中に住みついている、みなさんと接して何度も感じて、自分もそうなりたいと思ったのですが、すぐには無理なので、できるだけ意識して、みなさんと同じように感じられるように、無意識にできるように、少しでもみなさんに近づけるように、そんなことを考えながら、この二年間、過ごしてきました」

「そうなんだ。おまわりさん、そんなこと考えてたんだ」

「例えば、去年の秋、

『今日は、海から見える夕焼けがきれいになんぞ。みんなで行くから、おまわりさんも行くべ。沖から見る夕焼けはうんときれいだかんな』

と言って、お父さんが船に乗せてくれたことがありました。それは本当にきれいで、今まで見たことのない夕焼けでした。阿武隈山地の長い稜線の上には雲が一つもなく晴れわたり、澄んだ空気そのものがあかね色に透き通って輝き、黒々とした阿武隈山地の上の空が、北から南まで何十キロも光の帯となって輝いている、ただただ、呆然として見とれる本当に素晴らしい経験でした。その時、正和君、

『父ちゃん、この光、どっから来んの』

と言ったんです。お父さんは、

『んー、そうだなあ。相当遠いぞ。阿武隈山地や奥羽山脈よりもっと遠いぞ、会津の先の日本海の、その海の上ぐらいから来てるべな。その間は雲は一つもなくて、空気は澄みわたって、そこを光は通ってくっから、そんであんなに透き通って輝いてんだぞ』

『へー、そんなに遠くからくんの』

正和君にとっては、奥羽山脈でも充分に遠いので驚いたようでしたが、私にとっても衝撃でした。そして深く感動しました。あの時、私の思いは、そして視線は、せいぜい阿武隈山地の稜線まで、つまり見えているところまでしか行っていませんでした。お父さんも、そして船に乗っているみなさん全員が、当たり前のごとく、なんでもないように、遠い遠い日本海まで気持ちが進んでいっているのです。すごいなあ、と思い、しみじみとみなさんの顔を見ました。みなさん、この美しい自然、海、夕焼けに溶けこみ、もう自然と一体になっている、と思いました。なぜだろう、とみなさんが静かに夕焼けを見ている姿に感動しながら考えました。心の中に、この広い海と空がその広いままに住みついているからだ、と思いました。自分は、全然、場違いだ。自然からポツンと離れて船の中に立っているだけだ。この差はどこから来るんだろう、夕焼けを見ながら考えました。私が都会で育ったからだ、とはすぐに思いつきました。そして正和君と静江さんを見て思いました。

『ああ、そうなんだ。正和君も静江さんも、こんな小さい時から大人と一緒に自然を見てるからだ。

今も、一時間以上もかけてじーっと、遠い遠い遥かな夕焼けを、大人と一緒に見続けているものねえ。夕焼けが明るいオレンジ色から濃い紫色に変わるまで、ずっと見続けて夕焼けが少しずつ変化していく、その微妙な変化を一分ごとに感じて、目も顔も夕焼けの光を受けて、夕焼けに溶けこんでゆくように見続けているものねえ。

正和君も静江さんも、まだこんなに小さい子供なのに、こんなに当たり前のように自然に溶けこんでいる、なんて素敵なんだろう。

エンジンを止めた船の上って、あんなに静かなんですねえ。ただプカプカ浮かんでいる静かな船、音は全く消えてしまい、ただただ静かで、たまに船べりを打つ波の音が小さくピチャピチャと聞こえてくるだけで、あの広い海が静まりかえっている、その静寂の中にみなさんの声が海の上に広がっていって、すぐ隣で話しているのに、遠くから聞こえてくる小さな声のように感じたんです。そんな静かな船の上で、お父さんも、お母さんも、おじちゃんもおばちゃんも、みなさん、じっと夕焼けを見続けていて、だれ一人、

〝わあ、きれい〟

なんて言わないで、ただ呆然と見続けているんですものねえ。なんて貴重な時間なんだろう。そうなんだ。だからなんだ。そうやって、小さいうちから、ずっと遠い空や広くて青い海を見続けているから、知らず知らずのうちに、それが心の中に、そのままの姿で、そのままの広さで住みついて、自分の世界になってるんだなあ。自分もそんなふうになりたいなあ』

とそんなことを思いながら、正和君と静江さん、そして、みなさんを見ていました」

「そうかあ、おまわりさん、そんなこと考えてんのか。そういえば、小さい時、見た夕焼け、今でも覚えてんものなあ」

母ちゃんたちも、首をうん、うんと振って、

「本当だねえ、海も夕焼けも、もう数えらんないくらい見たけど、少しも飽きる、ってことないもんね。今でも見とれてじっと見てしまうもんね」

おまわりさん、一生懸命に考えながら、

「そして、特にお年寄りの中に広い世界がある、と思いました。それは、子供のころから長い時間をかけて培って、それで少しずつ成長した広い世界なんだ、と思いました。水平線の夕焼けを、みなさんが特別な思いで名づけたあの見事な夕焼け山脈を子供たちが堤防に座って、一列に並んで、ぽかんと上を向いて、一心に見ている姿が今でも目に浮かびます。目の中全部が夕焼けになって、少しずつ色を変えてゆく水平線の上に輝く夕焼け山脈、友だちと肩を並べて見た、大人になっても決して忘れない海と夕焼け、それを心に刻みつけてゆく大切な時間、そうして年を重ねてゆき、心の中にしっかりと広がる美しい自然を持っているこの村のお年寄り、ああ、なんて素敵なんだろうと思いました。それも、美しいだけではない厳しい自然と毎日毎日接し、自分の力ではどうにもならない自然、それをそのまま受け入れ、嵐の海でさえ穏やかな静かな海と同じように受け入れ、厳しさも悲しさも、全部、自然なのだからと、喜びや幸せと同じように受け入れ、それでも、笑ったり、泣いたり、人に優

しくしたり、自分の心に正直に生きてゆく、そんな人たちの中だけに広がっている大きな世界、村のお年寄り全員が持っているなあ、と思いました。薄磯には美しい自然以外何もないかもしれない、と思っていました。あ、ごめんなさい、何もない、なんて言ってしまって。でも、薄磯は本当に美しい自然でした。毎日毎日が、青い海、美しい夕焼け、白く輝く灯台、それを見る度に感動する日々でした。そして、村のみなさんと親しく接するようになって、ちょっとした言葉、仕種、なにげない思いやりに同じように感じたのです。

『ああ、この美しい自然がこの村の人たちの心に広がっていて、自然を見た時の感動と同じ感動を村の人たちに感じるんだ。この美しい自然と、そこに住んでいる人たちはすっかり調和して、まるで自然と一体になったように生きてるんだ』

そのことに気づき、この村には何もない、なんて思っていた自分が恥ずかしく、この村には自分が知らなかった素敵なものが沢山ある、と思うようになりました。都会にいたら決して気づかなかったと思います。この村で気づかなかったら、もしかしたら、一生気づかないまま人生を過ごしていたかもしれません。本当にこの村とみなさんには感謝です。有り難うございました」

おまわりさん、また深々とおじぎをします。

「ハハハ、おまわりさん、そんな何度もおじぎしなくてもいいからな。んー、んだけど、きれいで広い心か、俺にそんなのあっかなあ。どうだ、想ちゃん、俺にあると思うけ」

「ハハハ、どうだべ。そんなこと考えたことないからな。裕ちゃんには、ちっとはあんでないのけ」

「ハハハ、ちっとか。そうだなあ、ちっとだな」

母ちゃんたちも、笑顔で、

「あたしにも、あるのかなあ」

と思っています。

おまわりさんは、自分が気づいた大切なものをなんとか伝えようと一生懸命です。

「いいえ、みなさんの中にもいっぱい見つけました。うまく説明できないんですが、もうちょっと我慢して聞いて下さい」

「いいよ、いいよ。いっぱいしゃべろ」

「おまわりさん、なんでも話してけろ。なんでも聞くかんね」

みんな、身を乗りだします。

「海色のおじちゃん、おばちゃんが息子さんを亡くしたことを聞いて、初めは慰めるために一緒に海を見ていました」

「そりゃあ、いい慰めになったべなあ。おまわりさん、昇ちゃんとおんなじぐらいだもんな」

「はい。でも、何度も何度も一緒に海を見ているうちに、慰めている自分がかえって励まされたり、ゆったりした広い気持ちになったり、

『あれ、かえって自分の方が励まされたり慰められたりしているぞ、どうしてなんだ』

って不思議になって、それからは一緒に海を見る時は、いつもそのことを考えていました。それで、

おじちゃん、おばちゃんの見ているものがものすごく遠い、と気づいたんです。自分の視界は、どんなに遠くにしたとしても水平線までしか行かない、目に見えるものの先には行かないのです。ずっと側で一緒に海を見ていると分かるんです。おじちゃん、おばちゃんの視界は、目に見えるものを越え、水平線の、ずっとずっと先の目に見えない世界を、心の目で静かに見ていて、時間も越え、遠い昔を、今、毎日おきていることと同じように感じて、遠い昔のこととは思えないように話して聞かせてくれるのです。そんな視界の広さ、遠さをすぐ側で感じていると、おじちゃん、おばちゃん、二人は海の広さとなんと釣り合った人なんだろう、人って、こんなにも心の中に海の広さを住まわせることができるんだ、いいなあ、自分もそんなふうになれたらなあ、って思ったのです。自分なんか、この広い海のはじっこにただいるだけだ、って思ったのです。息を胸いっぱいに吸ってみました。少しでも海が胸の中に入ってこないか、と思ったのです。でも、そんなに簡単ではありませんでした。当たり前ですよね。おじちゃん、おばちゃん、子供のころから海、見てて、笑ったり泣いたりしながら成長して、青春時代はいっぱい悩んで、海に慰められて、大人になってからもいろんなこと経験して、その都度、海に話しかけて、そうやって海を心の中に住まわせていったんですものね。おじちゃん、おばちゃん、丘の上の昇太さんの墓で、じっと海を見ていたんですね。もう、そこで何十年も見続けているように、昇太さんの墓と一緒に、そして、だれのものだか分からない古い墓と一緒に、何百年も海を見続けているように、何十年も何百年も時間を受け入れ、時間は関係ないように、そんなふうにずっと海を見ているんですね。嬉しいことも悲しいことも、全部逆らわずに、そのまま受け入れ、静かに考えながら海を見ている。今日も明日も、そうやって、嬉しいことも悲しいことも、海の広さの中で育つように胸の中で深まってゆく。いいなあ、と思いました。自分が感じたこと、経験したこと、それとこんなにゆっくり向き合える、都会の人は、生活の忙しさでそうしたことを考えずに生きて、一日一日の生活だけで手いっぱいで、どんなに心に響くことでも次から次へと過ぎていって、心に育つ間もなく忘れてゆく、なんてもったいないんだろう、と思いました。時間を沢山持っているのは都会の人ではなく、薄磯の人だ、って思いました。おじちゃん、おばちゃんは静かに考えながら海を見ている、今日も明日も、だから、大切なものが心の中で美しい記憶となって育ってゆく。昇太さんのことも、美しい海を見ながら思い出し、悲しさで流した涙の数だけ美しい思い出となって心の中に降り積もり、話す時は、いつもほほえんでいる。いいなあ。悲しささえも美しい思い出になるんだ、って思ったのです」

おまわりさん、ふっと息を吐き、

「すみません、長々と話してしまって。ちょっとは、伝わったでしょうか」

「うん、うん」

とうなずきながら聞いていた正和の父ちゃん、

「うん、分かるぞ、おまわりさん。特に、おじちゃん、おばちゃんのとこはな、なんか分かんぞ。俺たちも、一緒に、海、見て、昇ちゃんのこと考えるべ。そうすっと、昇ちゃんのこと、何年も考え続けってっからな、そうすっとすっかり心に住みついて、なんか自分の子供のことみたいに感じてな、悲しみも自分のことみたいになって、他人事《ひとごと》には感じられなくなんのよ。何年もそうやって一緒に海、見てると、おじちゃん、おばちゃんの悲しみなんだけど、もう、なんか、どんな人でも、だれでも感じる悲しみみたいに感じてきてな、人間全体の悲しみみたいに感じてきて、もうどんどん広がって、広い海とは切っても切れない風景というか、感情というか、とにかく、俺たちの生活が海と一緒になって広がっている、というか、んー、俺、何言ってんだ。自分でもよく分かんなくなったな。どうだ、みんな、ちっとは分かっか」

「うん、分かる、分かる」

「本当だ。おじちゃん、おばちゃんの悲しみ、自分の悲しみみたいになってんもんなあ」

みんな、一生懸命うなずきます。

「そうなんです。そうなんです。お父さんの言うとおりだと思います。昇太さんという個人のことなのに、時間をいっぱいかけるので、もう、全体のように感じる広さというか、海の広さに個人的なことが広がっていって、いつしか、すべての人の問題のように広がって感じられるようになる、そういう心の広さを薄磯の人はみんな持っているんです。そこに感動して自分も持ちたいと思いました。分かってもらってよかった。話して本当によかったです。これから郡山で生活することになるので、そこでも夕焼けを見ると思います。そしたら、きっと、

『今、空の遥か上を通っている光は、阿武隈山地を越え、遥か遠くの薄磯の空をあかね色に染めている。その先さらに遠い水平線の雲の峰をも赤く輝かせている。夕焼け山脈、薄磯の人たちは、今ごろ

感動して見つめているだろう』

と思うでしょう。今までの私ならそんなことは決して考えなかったはずです。都会に行っても、ビルに囲まれた生活になっても、広い世界を心の中に育ててゆく、それは忘れずにいたいと思います。二年間、ここで学んだ一番大切なことです。本当に有り難うございました」

おまわりさん、もう一度、深々と頭を下げると、みんな、

「分かった、分かった。おまわりさん、頭、あげてけろ」

「うん、よく分かったから、本当、一生懸命しゃべってくれて、こっちこそ感謝だ」

「本当、おまわりさん、村のことこんなに良く言ってくれたんだから、あたしたちも、おまわりさんの言葉、ちゃんと覚えてっからね」

それから、おまわりさんはしゃがみこんで正和と静江の手を取り、ニコニコ笑いながら、

「正和君、静江さん、有り難うね。いっぱい思い出ができて、正和君と静江さんのおかげだよ。丘の上の草刈りは、本当楽しかったね。二人ともいっぱい手伝ってくれたっけね」

二人は、急におまわりさんがいなくなってしまう悲しさで、

「うん」

とうなずくことしかできないのです。

「おじちゃんとおばちゃん、丘の上から見えたっけね。

『これから草刈りに行くから店の前に出ていてね。丘の上から二人の姿が見えるかどうか確かめたい

ので、見えたら手を振って合図するね』

って言って登っていったっけね。青い店の前だからすぐ見つけたけど、豆つぶみたいに小さくて、手振っても、大きな声で叫んでも、おじちゃん、おばちゃん、分かんなかったよね。後から聞いたら草の中で分かんなかったみたいだね。それでも、丘の上から自分たちが見える、って分かって、二人ともうんと喜んでたね。それから、海、見ながら草刈りして、いっぱい汗かいて、海風が気持ち良かったね。正和君も静江さんも、墓、見つけてくれて、そこも三人で草刈りしたっけね。草はぼうぼう茂ってるから、海と村の方だけ草刈りして、ちっちゃな石が、海の方向いて、草の中から顔、出して、みんな、ちっちゃくてめんこくてかわいかったね。これから、おまわりさんは郡山に行ってしまうから、二人で、おじちゃんとおばちゃんの草刈り、手伝ってね」

正和も静江も、悲しくて声を出して泣きたいのですが、涙をいっぱい流し、小さな声で、

「うん」

とだけ答えます。

母ちゃんたちも泣きながら、

「おまわりさん、遊びに来てけろね。正坊も静江ちゃんも、おまわりさんのこと大好きなんだからね」

と言って下を向いて泣いている正和と静江の肩をさするのです。

正和、おまわりさんの話を聞きながら、

「あ、そうだ、おまわりさんに何かあげたいなあ。なんかないかなあ」

と考え続けても、何も思い浮かばないのです。

「俺が大切にしてるもの、ってビー玉だよねえ。んでも、おまわりさん、ビー玉、もらったって、喜ばないよなあ」

ビー玉をあげてもおまわりさんが喜ばないことは、もうすぐ中学生の正和には分かるのです。

大切なビー玉、箱に入っているビー玉、全部あげたい、と思っても、おまわりさんが喜んでくれるとは思えないのです。

「父ちゃん、おまわりさんになんかあげたいなあ。なんかいいものないか、父ちゃん」

「ん、なんだ正坊。そうだなあ、いい思い出になるもんなあ。んー、なんだべなあ。正坊の大切なビー玉じゃあなあ。おまわりさん、ビー玉遊びなんかしないもんなあ。どうだ、母ちゃん、なんかいいものないか」

「んー、そうねえ。なんかあればいいのにねえ」

おまわりさん、ニコニコして、

「あ、正和君、ビー玉くれるのかい。いいなあ。正和君が大切にしているビー玉なら、是非ほしいなあ」

「え、おまわりさん、本当にそんなんでいいの。んじゃ、すぐ持ってくるね」

正和、一目散に家の中からビー玉を持ってきて、

「おまわりさん、これ全部あげる」

「ハハハ、正和君、ちょっとでいいんだ。思い出だからね。それじゃあ、この青いのと、緑のと、そしてこのきれいな花模様のビー玉ね。あ、これずいぶん傷ついてるね。正和君、いっぱい使ったビー玉だ。んじゃ、これもね。これはいい思い出になるね」

静江も目に涙をいっぱい浮かべ、

「静江もビー玉あげる」

「え、静江さんもビー玉、持ってるの」

「うん、正ちゃんがくれた。金魚鉢に入ってるよ。ほら、あそこだよ。すぐ持ってくる」

「ああ、いいなあ。静江さん、有り難う。それじゃあ、おまわりさんも金魚鉢に入れて、いつでも、正和君、静江さんのこと思い出しながら見ることにするね」

静江は泣きながら小さな声で、

「おまわりさん、遊びに来てね」

「うん、来るよ」

「きっとだよ、本当だよ」

「うん、きっと来るからね。必ず来るからね。おまわりさんにとって、海、って言ったら、薄磯の海だからね。海も岬も灯台も、全部、おまわりさんの大事な海だからね。海、見たくなったら、必ずここに来るからね」

おまわりさんも言いながら、だんだん涙声になっていきます。

父ちゃんたちも、母ちゃんたちも、正和も、静江も、みんな静かに泣いています。

「そうかあ、そんじゃあ、いつ発《た》つんだい」

と正和の父ちゃんが聞くと、

「はい、四月一日の朝、早く、出発します」

「そうか、んじゃあと二日か。正坊、静江ちゃん、朝、早いけど見送りに行くけ」

「うん、行く」

と二人は、おまわりさんをじっと見て、小さな声で言います。

おまわりさんはもう一度姿勢を正し、

「本当に有り難うございました。ここでのことは決して忘れません。郡山でも頑張りたいと思います」

「頑張れな。俺たちも応援してっからな」

「母ちゃんたちも応援してっからね」

おまわりさん、目に涙があふれ、もう一度深々と頭をさげます。

父ちゃんたちも、母ちゃんたちも、正和も、静江も、みんな泣いています。

おまわりさんは自転車に乗り、何度も振り返りながら路地を海の方に走ってゆきます。

正和の涙でかすんだ目に、おまわりさんは家並みで縁どられた四角い海に吸いこまれ、だんだん小さくなってゆき、海色の店で左に曲がっただけなのに、海に消えてゆくように見えたのです。

正和の心の中に、もう一つの四角い海が育ち始めています。

父ちゃんの肩車で路地裏から見た四角い海。大好きな人たちの生活で切りとられた小さな四角い海。海は一層青く、水平線はくっきりと見え、雲が流れる、遠く小さな四角い海。

夏の夕暮れ時、おまわりさんと静江ちゃんと三人で見た海色の店、暗くなった家並みの中で、そこだけが青く浮きあがって見えた薄磯の海の小さな入江のような四角い海。おじちゃん、おばちゃんの小さな四角い海。

今、育ちつつある四角い海。心に深く刻まれて、一生忘れない四角い海。四角い海の真ん中を、水平線に向かって走ってゆくおまわりさん、振り返りながら、手を振りながら、涙を流しながら、小さくなりながら、海に消えながら。

四角い海に消えてゆくおまわりさん

十二　海色の電話番号

話は最初に戻ります。

正和は三十五歳、夏休みで帰ってきた日の夕方、父ちゃんが今日の漁で捕ってきた魚を母ちゃんが料理し、ごちそうがテーブルの上にいっぱいです。

静江の父ちゃん、母ちゃん、海色のおじちゃん、おばちゃん、みんな集まりワイワイと正和の東京での生活をあれやこれやと聞き出し、

「うん、そうかそうか。そんでどうした」

と楽しそうです。

正和以外はみんなお年寄り、

「なにしろ、東京で楽しそうにやってんだ。それはなによりだ。それが一番だ」

とみんな満足して八時過ぎにはお開きです。

急に静かになった部屋の中、耳を澄ますと遠くに波の音も聞こえてきます。

父ちゃんも母ちゃんも、今は七十歳近くになり話し方も動き方もゆっくりです。

静かな部屋でのんびりと会話が進み、時おり聞こえてくる波の音に耳を傾けていると、都会とは違った時間がゆっくりと流れ、

「薄磯は、やっぱりいいなあ。こうして波の音を聞いていると本当の自分に帰っていくように感じるものなあ」

と正和は思うのです。

「静江ちゃん、今年も来たのけ。子供ももう大きくなったもんね。たしか下の子は今年から小学生だよね」

母ちゃん、テーブルを片づけながら、

「うん、今年も盆の時、来たよ。正坊ももう少し早く来れば会えるのにね。今年もそこで花火をしてね、男の子と女の子がワイワイ言いながら花火してるべ、みんな、

『正坊と静江ちゃんみたいだね。あん時とおんなじだね。時間が過ぎるの速いね。あっという間だね』

って話したんだよ。そん時、子供たちを見てたら正坊と静江ちゃんのこと思い出して、なんか切なくて涙が出てきて、あたしも年だね。それから、みんなで、海、見に行ったんだ。夜の海、涼しくて気持ち良かったよ。みんなで灯台、見あげてね、子供たちに、

『静江ちゃん、小学生の時、うちの正坊と一緒に夜の灯台に登ったんだよ。ほら、あそこの上までだよ。怖いべ。二人の母ちゃん、すごいんだよ』

って言ったら、子供たち、

『へー、本当なの』

って驚いていたもんね。そしたら、父ちゃん、いつものいたずら小僧みたいになって、なんか言ってたでしょ」

「ハハハ、そうだっけな。

『いいか、二人の母ちゃん、小学生の時あの上まで登っていったんだぞ。お前たちも二人で登ってこい。俺たちは下で待っててからな。ほら、行ってこい』

って言ったのさ。全然、だめだっけな。それはしっかたないな。灯台にそんなに慣れてないもんな」

「父ちゃん、そんなこと言って二人を困らせるんだ。そんでね、二人とも、

『行きたい。ね、みんなで行こうよ』

って手、引っぱっから、みんなして灯台まで登ったんだ。そしたら、子供たち、何度も、

『わー、わー、すごいね、きれいだね』

って言うんだっけ。静江ちゃん、子供のころを思い出しているみたいだったよ。丘の上の墓が見えるところまで登ると、

『正ちゃん、ここでいっぱい墓のこと話してくれたんだ。正ちゃん、自分も怖がっているのに、あたしのこと考えてくれて、一生懸命いろんな話してくれたんだ。それで、あたしもなんとか上まで行けたんだよ。正ちゃん、子供のころから優しかったもんね』

って、いろんなとこで正坊の話が出てきてね、本当にいい思い出になってるみたいだったよ。

『正ちゃんによろしく言ってね。あたしは元気で頑張ってっから、って伝えておいてね。正ちゃんも頑張ってね、って言ってね』

って何度も言っていたよ」

「そうかあ、静江ちゃん、俺のこと優しい、って言ってくれたの。いたずらばっかしてたのにね。静江ちゃん、幸せそうだったんだ。そりゃあよかった。俺も、明日登ってくるよ。星空、すごいもんね。そんで、おまわりさん、今年は遊びに来たのけ」

「うん、来たよ。春休みにね。上の男の子、今年から中学生になるんだって。そんで、うちと静江ちゃんのとこに、一つずつ泊まっていったんだ。おまわりさんの子供の名前、知ってるべ」

「うん、知ってるよ。海太郎《かいたろう》君と遥海《はるみ》ちゃんだよね。おまわりさん山形の新庄で生まれて、海のないところで育ったのに、よっぽど海が好きなんだね」

父ちゃんも母ちゃんも正和が帰ってきた嬉しさに、普段よりちょっと多めの酒の量もあいまって、終始ニコニコで、ゆっくり思い出しながら話しています。

父ちゃん、また酒をちょっと飲みながら、

「そうなんだよ。子供たちもちょっと大きくなったら、

『なんで、こんな海みたいな名前つけたんだろう。海、遠いのにね』

って思ったみたいだな。んで、おまわりさん、

『いいかい、これは、海、っていったって、ただの海じゃないんだよ。薄磯という本当に素敵な海か

らきている名前なんだよ。だから、これはだれも持っていない本当にいい名前なんだからね』

って説明するべ。子供たち、

『ふうん、そうなんだ』

って言ってよく分かんないんだと。ほんで、おまわりさん、子供たちに薄磯の素晴らしさを一生懸命しゃべるんだと」

「そうかあ、春に来たのかあ。俺も会いたかったなあ。そんで、やっぱり丘の上の草刈り、したのけ」

「うん、したよ。裕ちゃんとこも、みんなでやったんだ」

「それで、おじちゃん、おばちゃんも行ったの」

「うん、行ったよ。二人ともすごく喜んでね」

「へー、よく頑張ったねえ」

「うん、今でも草刈りには頑張って行くんだ。半日ぐらいかけて、ゆっくり、ゆっくり草刈るんだ。昇ちゃんのこと考えながら、昇ちゃんの石にも、海、見せたいしな」

「そうかあ。今年も、俺、草刈りに行ってくるよ。おじちゃん、おばちゃんにも、声かけて一緒に行くことになってるんだ」

「そうか、んじゃ、俺も行くな。裕ちゃんたちも誘ってみるな。そんでな、おまわりさん、春に来たべ。三年ぶりぐらいだったから、子供たちも大きくなってな、海君は中学一年生、遥海ちゃんは小学五年生、しっかり受け答えできるいい子に育っていたぞ。草、刈って、いつものようにみんなで、海、見ながら弁当食べて、おまわりさん、子供たちに、ゆっくり、ゆっくり話して聞かせんだっけ。

『どうだい、海太郎、遥海、ここからの眺め、本当にきれいだろう。父さんの一番好きな海なんだよ。水平線をずっと北の方へ目で追ってごらん、ほら、あの北側の岬の上を越えて相馬の方まで続いてるだろ。どこまでも遠くまで見えるような気がするものね。今度は水平線を南の方に目で追ってごらん。灯台のある岬にぶつかってその先は見えないけれど、丘の上まで行くと、あの水平線はずっと茨城の方まで続いてるんだよ。海太郎って、この美しい海からもらった名前だよ。夕焼け山脈もきれいだ、星空も灯台もみんなきれいだから、全部が入ってる名前を考えたんだよ。だから海太郎という名前は、ここの薄磯の海、全部が入っている名前なんだよ。下の方に薄磯の村が見えてるだろう。そこの海で働く人たちの思いも入っている名前なんだよ。ずいぶん大きな名前だけど、海太郎、だからと言って、別に大きな人間とか偉い人にならなくてもいいんだからね。この村の人たちのように、自然の大きさ、美しさを心の中に持っているような人になれば、それで充分だからね。それから遥海という名前ね、これも同じような気持ちでつけた名前だよ。遥かな海、水平線よりずっと遠くの海、それをいつも感じていられるような大人になってほしい、と思ってつけた名前だよ。薄磯の人たちみたいにね』

裕ちゃん、えらく感心したみたいだっけなあ、そんで、

『んー、そういう話聞くと、本当いい名前だなあ。どうだ、海君、遥海ちゃん、いい名前つけてもらってよかったなあ』

二人とも真面目に聞いていて、

『はい、いい名前だと思います』

って少し恥ずかしそうに言うんだっけ。そんで、俺もちょっと調子に乗ってなあ、

『どうだ、海君、遥海ちゃん、二人の名前はこの海から生まれたんだ。んじゃあ、ここが本当の故里だ。どうだ、二人とも、ここが故里だ、っていう気するか』

って聞いたんだ。ほんのいたずらでな。そしたら、二人とも大真面目で、

『はい、ずっと、海、見てたら、本当にそんな気がします』

って嬉しそうに答えんだ。んでも、海君、遥海ちゃん、おまわりさんとそっくりだな。うんと真面目に答えんだな。んでも、それがまた素直でめんこくてな」

「ね、正坊、父ちゃんね、今でもいたずら小僧なんだよ。ちっちゃい子供を見ると、なんかいたずらしたくなるみたいなんだ。子供、困らせてニコニコしてんもんね。んでもね、父ちゃん、昔とおんなじで、なんも変わんなくて、いいなあ、って思ってんだ」

「ハハハ、そうか。今でもおんなじか。そんでいいんか。そんじゃ、遠慮なくいたずらすっぺ」

「ハハハ、父ちゃん、相変わらずいたずら小僧なんだ。いいな、父ちゃん」

「なんだ、なんだ、正坊。お前はどうなんだ。お前だって、いっぱいいたずらしたべ」

「うん、そうだなあ。今は真面目に仕事してっからあんまりしないけど、チャンスがあると、いたずら小僧、顔出すなあ。ハハハ、父ちゃんの子供だもんな」

「そうか、俺ゆずりか。ん、そうか、そうか」

と父ちゃんがしみじみしていると、母ちゃん、真面目になって、

「あのね、正坊。海ちゃんと遥海ちゃんね、本当にいい子に育ってるんだよ。おまわりさんとそっくりだものね。それから、おまわりさん、おじちゃんとおばちゃんに、昇ちゃんの墓、作った時の話を聞いてね、

『どうやって、こんな重い石、運んだんですか。丘の上に墓、作りたいと思ったのはどんな気持ちからなんですか』

とか、そんなこと詳しく聞いていくんだっけね。海君と遥海ちゃんに、おじちゃん、おばちゃんの口からじかに聞かせてあげたい、って思ったんだべね。おじちゃん、おばちゃん、もう二十年前のことだけど、きのうのことみたいに話してくれたよ。ゆっくり、ゆっくり、思い出しながらね。海君も遥海ちゃんも、一生懸命に聞いていたね。海、見ながら、何度も、

『ふうん、ふうん』

と言いながらね。おまわりさんも、おまわりさんの奥さんもニコニコしながら見ていたね。おまわりさん、いつも、

『心の中に、広い海、住まわせてほしい』

って言ってるから、子供たちの心の中に、おじちゃんとおばちゃんの話が伝わって、自然と広い海が育っていくの見てて嬉しいんだろうね。子供たちが、ゆっくり感じとれるように、本当に分かるように、ゆっくり、ゆっくり話していたからね」

「そうだったなあ。おじちゃん、おばちゃん、嬉しそうで、子供たちが分かるように、ニコニコしながらゆっくり話していたなあ。おまわりさん、

『海太郎、遥海、ちょっと想像してみなさい。いいかい、この石だよ』

って言って、昇ちゃんの墓石、指差して、

『これをあの下に見えてる海色の店から運んだんだよ。二人して泣きながら運んだんだよ。昇ちゃんが働いていた昇ちゃんの船があった港を見ながら、それから下に見える墓地を通ってここまで運んだんだよ。こんな大変なことなぜしたのか、ゆっくり、海、見ながら考えてみなさい』

って言うのさ。二人は真面目に考えてたなあ。じっと考える姿、見て、おまわりさんも、おまわりさんの奥さんも嬉しそうだったなあ。な、母ちゃん、そん時のおまわりさんの目、おじちゃんとおばちゃんの目とそっくりだったなあ。水平線よりずっと遠くまで見てて、気持ちも水平線の先まで行ってるみたいだったなあ」

「うん、あたしもそう思った。おじちゃん、おばちゃんと並んで座ってたでしょ。みんな座ってっから、おじちゃん、おばちゃん、おまわりさん、みんなの顔の辺りに水平線があって、水平線と目がすごく近くて、んだからその先までずっと見ているみたいだった」

「な、母ちゃん、そういう見かけの話ではないべ。心の中のことだべ」

「うん、分かってるよ、父ちゃん。そんでも、見かけもそのまんま水平線の先、見てた」

「正坊、覚えてっかなあ。正坊が中学生になるころ、おまわりさん転勤になって、うちにあいさつに

来たべ。そん時、おじちゃん、おばちゃんみたいな広い心持ちたい、って言ってたべ」

「んー、なんとなく覚えてる。俺も泣いて、静江ちゃんも泣いて、おまわりさんも泣いてたね。それから、手を振りながら四角い海に消えていったっけね。そこは、はっきり覚えてるよ」

「んだからな、おまわりさんに言ったんだ。

『おまわりさん、おじちゃんとおばちゃんとおんなじような目になって、海、見てるよ。この広くて青い海、おまわりさんの心に広がってすっかり住みついているんでないのけ』

そしたら、おまわりさんニコニコして、

『本当ですか、それは嬉しいなあ。本官も少しは、おじちゃん、おばちゃんに近づけたでしょうか。まだまだ、だと思いますが、これからも頑張ります』

って、本当に嬉しそうだったよ」

「なに、父ちゃん、まだ、おまわりさんとか、本官、とか言ってんの。おまわりさん、ずいぶん偉くなったんだべ」

「うん、そうだ。だけど、こっちさ来た時は昔のまんまだ。ハハハ、それがいいんだ」

「ハハハ、そうだね」

「おまわりさん、正坊からもらったビー玉、今でも金魚鉢に入れて大切にしてる、って言ってたよ。正和君に会いたいな、って何度も言ってたよ」

「そうかあ、俺も会いたいなあ。来年ぐらいに会えるかなあ。休みが重なるといいんだけどね。」

遠くから波の音が聞こえ、耳を澄ましていると、一つ一つの波が一つ一つの思い出を運んでくるように感じるのです。静江ちゃんの水たまり、鉛筆事件、正ちゃんのごめんのビー玉、あんパンと涙でかすんだ水平線、等々、何回も何回も話したことなので、記憶の中にしっかりと刻まれていて、昨日のことのように思い出されるのです。それは、目の前の庭や、すぐ近くの学校や港であったことばかりなので、そこに実際にいる自分が浮かんできて、その時々の気持ちまで鮮明に思い出され、今でもはらはらしたり涙ぐんだり、それは三人とも同じで話が尽きることがないのです。

父ちゃん、母ちゃんにとって貴重な正和帰省の一日がこうして過ぎてゆき、時間がゆっくり流れる田舎であっても、待ちに待った、準備を重ねてきた帰省の一日目が、あっと言う間に過ぎてゆきます。

「父ちゃん、あしたから俺も海に行くよ。父ちゃんも大変そうになったから、来た時ぐらいは手伝わないとね」

「そうか、そりゃ、助かるな。んじゃ、朝、早いからもう寝るべ」

正和は父ちゃんと母ちゃんの寝息を聞きながら波の音に耳を傾けていると、波の音と一緒に、おまわりさんと静江ちゃんの詩が浮かんできます。

「あしたはみんなで草刈りだけど、おまわりさんも静江ちゃんもいないのか、寂しいねえ。もうそんなに時が流れていったんだねえ。んでも小学生の時、一緒に墓、見つけて、草刈りして、旗、立てて、それみんなきのうのことのように思えて懐かしいね。

おまわりさん、ずんずん草の中に入っていって、一生懸命追いかけたけど、どこに行ったのか全々分かんなかったなあ。草原《くさはら》が広く感じて、どこまでも続く大草原《だいそうげん》のようだった。穂先に阿武隈山地が広がっていて、大草原《だいそうげん》はそこまで続いているように感じたなあ。

おまわりさん、大草原《だいそうげん》の地平線まで歩いていったみたいに感じて、風がヒューヒュー吹いていたなあ」

地平線の星

阿武隈山地まで続く草原《そうげん》で
その人は満天の星は知らない
地平線に昇る星だけを見つめています
草原の果てるところ
地平線に星は今日も昇っている

地平線まで歩いていった人よ
あなたは星をつかむことができたのですか
星よりも遥かな地平線に
人の姿は見えないのですけれど
あなたは星をつかみつつあるのですか

年の経《へ》た方が、
「今日は地平線に昇る星が一つ少ない」
と言ったのを草原に吹く風の中に聞きました

地の果てるところまで歩いてゆけば
星空はあなたの頭上に
手が届くすぐ上に広がっているのですか
星をつかまえられる瞬間があるのですか

草原の草の穂先に宿った星は
あまりにも高いので

地平線に昇る星の数を
一つだけ少なくするために
地平線に続く草原の道を
満天の星降る道を
あなたは、今も歩き続けているのですか

「そうだっけなあ。静江ちゃん、小さい時から可愛いかったから、近所の人によくからかわれていたなあ。俺だけじゃないよ、みんなからかうから、静江ちゃん、よく困っていたなあ。そうそう、あんなこともあったっけなあ。みんなでいっぱい笑ったっけ」

幸せの手

その人は子供をからかうのが好きでした
お母さんに手を引かれた女の子
幸せの半分は余っていますよ

「僕とも手をつなごうよ」
お母さんに手を引かれた女の子は
恥ずかしそうに手を隠しました
「ほら、手はもう一つあるんだからいいでしょ」
女の子は困ったように手を隠したままでした
「んー、しっかたないなあ。
それじゃあ、ほっぺで手をつなごう」
その人は女の子のほっぺをつかんで歩き出しました
女の子はよほど困ってしまったのでしょう
少し歩いてから、おずおずと手を出しました
「やっぱり手をつないだ方がいいものね」
その人は小さな可愛い手を勝ちえて
嬉しそうに、にこにこしながら
幸せの半分をつかんで歩いてゆきました

私をも子供のように
扱って下さる方がいないでしょうか

「私にも余っている手があるのですよ」
と、もう可愛いとは言えないごつごつした手を
困ったようにおずおずと差し出しましょう

夢のかけら

その人は子供をからかうのが好きでした
散歩の時、可愛い子犬を抱いた女の子に会いました
「お、可愛い犬だねえ」
女の子はニコニコして犬を見せました
「おや、これは本当にうまくできたぬいぐるみだね」
女の子はびっくりして
「ちがうよ、これ本当の犬だよ。ほらよく見て」
「そんなことはないでしょ。いやあ、このぬいぐるみ本物そっくりだ」
女の子は悲しそうに子犬をその人に手渡しました
子犬は、しっぽをいっぱい振って

その人の顔をペロペロなめました
「あ、本当だ。これは本物だ。
ごめんね、あんまり可愛いくてぬいぐるみと思ってしまったね。本当に可愛い子犬だね」
その人は犬を返して女の子の頭をなでてやりました
女の子は安心したようにニコニコ笑い
手を振って家に帰っていきました

女の子の困ったような悲しい心と
安心したニコニコの笑顔はつりあうのでしょうか

大人になってしまった私にも
子供に話すように
「あなたが心の中に抱いているものも本物ですよ」
と言ってくださる方がどこかにいないでしょうか
だれも知らない古びてしまった夢のかけらを
「これでも私にとっては本物なのです」
と恥ずかしそうに、少し笑顔で

そっと差し出しましょう

欠け落ちてしまった夢のかけらの悲しみは
ささやかな笑顔とつりあうのでしょうか
私は笑顔でどこに帰るのでしょう
それでも
密かに秘めた夢のかけらを
胸の中に抱いたまま歩いてゆきましょう

正和は、

「波の音は、あの頃とおんなじだなあ。なんにも変わってなくて昔のままだ」

と思いつつ眠りにつきます。


丘の上の草原《くさはら》での草刈り、海を見ながらの弁当、楽しい語らい。

早朝の父ちゃんとの漁、漁師たちとの交わり。

灯台から見る星空と黒々とした海、静江ちゃんと初めて登った灯台の思い出。

正和の楽しい夏休みも一週間が過ぎ、あすは東京に帰るという日の夕方、夕食も終わり静かな時間が流れ、秋めいた風に乗り潮騒の音が聞こえています。

三人とも、あす正和が東京に帰ることは口に出さず、静かに波の音を聞いています。

しばらくして、父ちゃん、

「そうかあ、あした、もう帰るんか。馬鹿に早かったなあ」

と寂しそうに言うと、

「また、二人だけで静かになるね」

と母ちゃんも、寂しそう。

正和の荷物を片づけていた母ちゃん、ポケットから紙を見つけ、

「正坊、これなんだい。きれいな紙だねえ」

「あ、それね、おじちゃんとこの電話番号だよ。東京にいると、無性に波の音聞きたくなる時あるんだ。おじちゃん、店にあるメモ用紙に書いてくれたんだ。ね、青色できれいでしょう」

「本当、青くて、きれいな色だねえ」

「どれどれ、俺にも見せてみろ。んー、本当だ。これはきれいな青だ。おじちゃん、おばちゃん、よっぽど気に入った色だな。青の中に緑が混ざって深い海の色だな」

「おじちゃん、おばちゃん、メモまで青くしたんだね。正坊も知ってると思うけど、カーテンも何も

みんな青くしてんだよ」

　父ちゃん、笑いながら、

「ハハハ、おじちゃん、おばちゃん、よっぽど青が好きなんだべな。だんだん青が増えていってな、今じゃあ壁も青くしてんもんな」

「うん、見た、見た。草、刈った後、店でゆっくり、おじちゃん、おばちゃんと話したべ、そん時、やっぱり、おじちゃん、あんパンくれてね、

『今日は、正坊、草、刈ってくれて、昇太も海、見えるようになった。本当にいい日だ、特別な日だ。正坊、あんパン食べてけろ』

　って、あんパン食べながら、

『わ、店の中、全部青色になってる』

　って思ったっけね」

　母ちゃんは、おじちゃん、おばちゃんの気持ちが分かるので、昇太が死んだ二十年前を思い出すような遠い目になって、

「そうなんだよ、あそこにいると海の中にいるみたいだもんね。カーテンが青いべ。外の光がカーテンを通ってくっと空気も青く染まるんだ。壁も青いべ、青い光が壁に反射してますます青くなんのよ。そうすっと、本当、海の中で青い光に包まれているみたいに感じられるもんね。おじちゃん、おばちゃん、椅子にちょこんと座って、毎日ずっと海、見てんだ。今はまだ暑いけど、冬なんか店の中で

見てるべ。そうすっと、窓の真ん中辺に水平線が見えて、窓枠が額縁みたいになって、海は絵のようにきれいに見えるんだ。おじちゃん、おばちゃん、海の中から、昇ちゃんが眠ってる絵のようなきれいな海、ずっと二人して見てるんだ」

父ちゃんも、思い出しながら、ゆっくり話します。

「このごろは、おじちゃん、おばちゃん、笑顔で昇ちゃんの話をすることも多くなってな、

『おじちゃん、おばちゃん、いいなあ、いつでも昇ちゃんと一緒だ。こんなきれいな海の中で一緒だ。これからも、ずっと、ずっと一緒にいられんもんな』

って言ったら、二人とも、

『うん、うん』

って笑ってくれるんだ。こんなふうに昇ちゃんのこと普通に話せるようになって、おじちゃん、おばちゃん、

『昇太のこと、やっと静かに思い出せるようになった』

って、笑顔も本当、静かでなあ。んでも、やっぱり二人して涙、流してる時もあるんだ。そりゃ、そうだ、二十年前っていったって、毎日、毎日、昇ちゃんのこと考えてるんだから、思い出、全部、きのうのことみたいに感じるんだべな。ハハハ、俺も変だな、ハハハ」

「なんだ、父ちゃん、なに思い出して笑ってんだ」

「ん、あのな、俺も母ちゃんも、もう年だべ。そんで、海色で何時間も、おじちゃんとおばちゃんと

一緒にな、海、見ながら座ってんだ。そうすっとな、やっぱり昔のこと思い出すんだ。正坊が静江ちゃんにこんないたずらしたとか、ビー玉あげたっけなあ、とか、いっぱい、いっぱい思い出すんだ。そうすっとな、だんだん分かんなくなんのよ。

『あれ、このいたずら、正坊だっけ。俺のいたずらじゃないのけ。そこの海で遊んでんの、正坊け、俺かもしんねえぞ』

って正坊の思い出と自分の思い出が混ぜこぜになってな、そのうち、正坊と小学生の自分が一緒になって遊んでるような思い出も勝手に浮かんできてな、なんだか変で自分でもよく笑ってんだ」

「へー、そうなんだ、そりゃ変だね。海で、父ちゃんと俺、一緒に遊んでんのけ。あれまあ、おんなじ年になってか、考えられないね」

「そうだべ、俺も変だと思うよ。んだけど、海色の店で、静かに、海、見ながら思い出してっと、自然にそうなってしまうんだ。一緒にビー玉したり、砂浜、走ったりして、正坊、俺のこと、

『想ちゃん、そんなに速く走んな、待ってけろ』

なんて呼ぶんだ、俺も、

『なんだ、正坊、早く来い』

なんて言ってな、不思議だけど、そんなに変には思わないんだ」

「へー、そうなんだ。本当、不思議だね。んじゃ、母ちゃんのこと、俺、よっちゃんなんても呼んでんのけ」

「んー、どうだっけかな。うん、やっぱり呼んでるよ。父ちゃん、母ちゃんに水、ぶっかけたりしていたずらしたべ、そうすっと、

『想ちゃん、よっちゃんのこと、いじめちゃだめだ』

なんて、俺のこと追っかけてきたりしてな、一生懸命、母ちゃんの味方すんだっけ」

「へー、俺、母ちゃんのことも、よっちゃん、って呼んでんだ。ハハハ、おもしろいね」

「なに、いやだねえ。正坊は、あたしのことよっちゃんなんて呼んだの」

「なに、母ちゃん、これ、父ちゃんの思い出の中の話だよ。そんなこと、よっちゃん、分かんべよ」

「あ、正坊、今、よっちゃん、って言ったよ」

「ハハハ、本当だ」

「ハハハ、フフフ」

「んでも、父ちゃん、あれだねえ。父ちゃんのことも俺のことも、どっちもうんと昔のことになって、そんで一緒になってしまうんだね。おじちゃん、おばちゃんとおんなじだね」

「うん、そうかもしんねえなあ。海色で、海、見てっと、いろんなこと思い出してなあ。あそこにいると、窓から見る四角い海、うんときれいだべ、毎日、毎日、おじちゃん、おばちゃんと一緒に見てんだ。昇ちゃんの話もいっぱい出てな。そうすっと、昇ちゃん、俺たちの息子みたいに感じてなあ。おじちゃん、おばちゃんとおんなじような気持ちで、海、見てんだ」

「そうかあ、おじちゃん、おばちゃん、今でも昇ちゃんと一緒に生活しているみたいなんだ。二十年

間ずっとだもんね、すごいね。おじちゃん、おばちゃん、昇ちゃんが死んでから、魚、食べなくなったよね。んじゃ、今でもそうなのけ」

「うん、そうだ。昇ちゃん死んでから何度かは持っていったんだ。この村には魚屋はないからな。昇ちゃん死んでからは漁師からもらうしかないからな。それで、一年くらいは時間を置いて時々は持っていったんだ。んでも、どうも食べてる様子がなくて、だんだんと持っていくのがすまないような気がしてきて、今は全く持っていかなくなったんだ。昇ちゃん、眠っている海、見てるべ。そこで捕ってきた魚、昇ちゃんと重なるんだべな。昇ちゃんの命と魚の命が重なって、じっと見ててな、そんで庭に埋めたりしてたみたいなんだっけ。そんなふうだから、おじちゃん、おばちゃん、波の音も、風の音も、岬の緑も、灯台の光も、ここで見る風景な、なにもかにも、全部、昇ちゃんの声みたいに聞いてんのよ」

「そうかあ。そんで、おじちゃん、おばちゃん、メモまで青くして、なんもかんも海の中みたいにしてんだね」

母ちゃん、片づけの手を休めながら、

「正坊、東京にいると、波の音、聞きたくなるのけ。ここでは毎日、聞いてんのにね」

「うん、仕事が終わって、ビルの上の夕焼け雲なんか見てると、薄磯、懐かしくて、波の音、無性に聞きたくなるんだ」

「そうね、あそこならちゃんと聞こえっから、いっぱい聞いたらいいよ」

「うん、おじちゃんも、そう言ってた。『正坊が聞きたいならいつでもいいぞ。どんな海だか説明してやっからな、天気がいいとか、雨が降ってる海だとか、想像しながら聞いたらいいぞ』って言ってくれて、そんで、この青い紙に書いてくれたんだ」

「んじゃあ、これ大切なメモだな、正坊に波の音、届ける番号だ」

父ちゃんの手の中の小さなメモ用紙。

青の中に緑が混じった、深いきれいな海の色。

父ちゃん、母ちゃん、正和、みんなが静かに見ていると、波の音が、遠くに静かに聞こえています。

昔の思い出、正坊と静江ちゃんの思い出、楽しいこと、悲しいこと、一つの波が寄せてくると、一つの思い出が心の中に寄せてきて、また、一つの波と一緒に一つの思い出、三人が静かに聞いていると、波の音はだんだん大きく寄せてきて、静かな部屋の中に、父ちゃん、母ちゃん、正和の胸の中に、思い出と一緒に寄せてきて、正和の夏休み最後の夜は静かに過ぎていきます。

十三　遠き潮騒

東京への帰り、常磐線の電車に揺られながら車窓を見ていると、バス停まで送ってくれた父ちゃん、母ちゃんの姿が何度も浮かんでくるのです。

「あれ、どうしたんだろう。いつもとおんなじなのになあ。ちょっと小さくなった気もするけど、元気だったし、村の人たちと楽しくやっていて、なんにも心配することないようだし、どうして今回だけはこんなに思い出すんだろう」

バスの中から見ていると、海を背にしてだんだん小さくなってゆき、やがて豆つぶぐらいになって海の中に消えていった父ちゃんと母ちゃん。正和の目に、小さくなってゆく二人が焼きついて、東京に帰ってからも、仕事に集中している時は思い出さないのですが、少し時間があると、海に消えてゆく父ちゃん、母ちゃんの姿が浮かんできて、

「今ごろなにしてるんだろう。父ちゃんは、漁も終わって家でくつろいでいる時間だな、疲れて眠ってるかもしれないね。母ちゃんも港での手伝い、やっぱり疲れて二人して眠ってるかもしれないね」

それから一ヶ月、毎日のように薄磯の父ちゃん、母ちゃんのことを考えていると、幼かった少年のころも思い出されて、薄磯での生活と東京での生活の違いが改めて感じられるのです。

「毎日、広い海、見てたなあ。それが当たり前だったけど、今はほとんど見なくなったな。波の音、聞きながら眠っていたっけ。今は人工的な音だけだなあ」

東京に帰って二ヶ月間、薄磯の父ちゃん、母ちゃん、村の人たち、海や灯台、いろんなことを思い出し、自分にとって当たり前だったことが、本当は大切なものなんだ、ということが心の中に少しずつ芽ぶいて、だんだん大きく姿を現しているように感じるのです。

薄磯から東京に帰って二ヶ月ぐらいたった金曜日の夕方、仕事は早めに終わり、秋めいてきた夕焼け空のもと、ビルの谷間をゆっくり家路につき、空を見あげると、筋状の雲が西日を受けオレンジ色に輝いています。

「ビルの上の夕焼けもきれいだな。ビルに囲まれてちっちゃい四角い空だけど、これはこれで本当にきれいだ。ビルの上の夕焼け、どこか薄磯の夕焼けと似ているな。あ、そうかあ、灯台の上の夕焼けと似てるんだ。高いビルを灯台の岬だ、と思って見てると、ビルの上の夕焼けも、岬の上のあのきれいな夕焼けみたいに見えてくるね。やっぱり、薄磯、懐かしいなあ。そうだ、あんパン、食べながら、この夕焼け、薄磯の夕焼けだ、って思って見てみようかな。すぐそこに小さな公園があるから、そこのベンチに座って、海色のおじちゃん、おばちゃんとこのあんパン、食べてる気分になって、この二ヶ月、薄磯のことといっぱい考えたから、頭の中、整理するのにちょうどいいかもしれないね」

公園の木々の上にビルがいくつも並んでいて、その上に秋の夕焼けが輝いています。それを見ながら、正和はいろいろなことを思い出しながら、子供のころの自分に語りかけます。

「いいか、正坊、子供のころのお前は気づかなかったな。考えもしなかったな。空の高さを知ったのは灯台を通してだったぞ。灯台より遥か高く入道雲はそびえていたな、それよりもっと高く青い空が広がっていたっけ。青空、ってどんだけ高いんだ、って思ったっけなあ。首が痛くなるぐらい空を見あげていたな。

無限に広い宇宙がある、と知ったのは薄磯の星空を通してだったぞ。みんなで星空を見ている時、『いいか、正坊、あの星な、一つ一つが太陽とおんなじなんだぞ。どうだ、宇宙ってものすごく広いんだぞ』

『へー、そうなんだ。一つ一つが太陽みたいなんだ。んじゃあ、宇宙って熱くてしょうがないのけ。あんなに太陽がいっぱいあるんだものね』

『んー、確かにそんな感じもするなあ。一つ一つあんなに近いもんなあ。んだけどな、正坊、星と星は、けっこう離れてんだ』

正坊、お前は、あの時、宇宙の広さよく呑みこめなかったな。ただ、無限の広さはなんとなく感じたな。

遠い、遠い世界、永遠がある、と知ったのは灯台の光を通してだったぞ。

『灯台の光は、どこまで行くのけ』

と聞くと、

『水平線の先だ』

と答えるんだ。

『水平線のどこまで先だ』

と聞くと、

『水平線の、もっと、もっと、先だ』

と答えるんだ。

『そんな遠い先ってあるんだ。想像もできないような遠い世界、永遠ってあるんだ』

と思うようになったのは、灯台の光をみんなで見つめていたからだぞ。

『どんなに苦しくたって、辛くたって、大地に足、踏んばって生きていくんだぞ』

って教えてくれたのは、嵐の中でも光を放ち続ける灯台だったぞ。ゴーゴーと鳴る海風をまともに受けて、微動だにせず岬のてっぺんに立ち続け、光を放ち続けている姿、俺は子供心に、

『あれが頑張る、ということなんだな。ちょっとの時間、頑張るんじゃなくて、ずっと、ずっと、嵐が終わるまで頑張る、っていうことなんだな。俺だっておんなじだ。何かをやりとげるまで頑張

る、っていうのが本当の頑張る、っていうことなんだ』

って思って感動したっけなあ。

『人の心の中に、今、考えたような世界が広がって、一番、大切なものとして住み続けることができるんだ。昔のことを、時間を超えて今の出来事のように、喜びも悲しみも色あせることなく、胸の中に、そっと大切に持ち続けることができるんだ』

ということを知ったのは薄磯の人々を通してだったぞ。父ちゃん、母ちゃん、海色のおじちゃん、おばちゃん、みんな、心の中に広い海、青い空を持ってたぞ。

今は、正坊、お前にも分かるだろ。いいか、正坊、お前は子供のころ少しも気づかなかったな。今はどうだ。少しは分かるようになったか。うん、少しは分かるようになったな」

正和は子供の自分に語りかけ、薄磯の生活が自分にとって本当に大切なものであった、と今はしみじみ感じるのです。

正和は二つ目のあんパンを食べながらビルの上の空を見ると、夕日の輝きは消え、灰色の雲がゆっくりと流れてゆきます。

「やっぱり、海色のあんパン、うまかったなあ。海、見ながら食べたあんパン、一番うまいもんなあ。おじちゃん、おばちゃん、どうしているかなあ。今ごろ、やっぱり、海、見てるんだろうなあ」

正和は、今の自分にも語りかけます。

「どうだ、正和。今のお前は、本当に大切なものはなんなのか、少しは分かるようになったんだな。

んじゃあ、分かっただけで、そのまま何もしないで今の生活を続けるのか。父ちゃんも母ちゃんも、もう年だ。父ちゃん、子供のうちからおじいちゃん漁師の手伝いをしていたんだぞ。母ちゃんも、父ちゃんの手伝う姿を見て黙って一緒に手伝っていたんだぞ。今じゃ、父ちゃんも母ちゃんも、そういうおじいちゃんとおんなじぐらいの年になっているんだぞ。だから正和、お前が手伝わなくてだれが手伝うんだ」

「それにだ」

と正和はさらに語りかけます。

「最近、近所に住むおばあちゃんと話をするようになったな。ずいぶん腰も曲がって、かなりのお年寄りと思って、

『おばあちゃん、毎日、散歩できて元気でいいねえ。いくつになったの』

『そんなに元気でもないんだ。いくつに見えるかねえ、七十一になるよ』

それ聞いてちょっと驚いたっけ。

『えー、俺の父ちゃん、母ちゃんとおんなじぐらいだ。それじゃあ、俺の父ちゃんも母ちゃんも、他人にはこんなお年寄りに見えてるのかなあ。自分はいつも見なれているから、そんなにお年寄りのようになっているとは思わなかった』

でも考えれば、父ちゃんも母ちゃんも年相応なんだから、近所のおばあちゃんとおなじようなお年寄りなんだ。村の人はみんな、うちの父ちゃん、母ちゃんのことお年寄りと見ているんだ。こうやっ

て、目を閉じて思い返すと、一つ一つの動作、近所のおばあちゃんとおんなじだ。どうして気づかなかったんだろう。

『親のことは心配しなくていいからな、正坊は自分のやりたいことをやれや』

っていつも言ってるから、なんとなくその言葉に甘えていたのかなあ。東京に帰る前の夜も、バス停まで見送りに来た時も笑顔でいたけど、とっても寂しがっていたのはすぐに分かったなあ。逆に、夏休みで帰った日は嬉しそうで、顔が輝いていたなあ。たった一週間いただけなのに、あんなに喜んでくれた」

寂しそうな年相応の親の顔を思い浮かべると、正和は、胸がしめつけられるような、今まで感じたことのない切なさを感じ、

「ごめんな、今までちっとも気にかけなくて、本当にごめんな。これからは、なんとかするからな」

と何度も謝るのです。

そして、また、自分に語りかけます。

「薄磯に帰って親と一緒に過ごす生活をするなら、親の喜びを、一日、一日、積み重ねていくことができるんだぞ。そうしないなら、あの寂しそうな顔をした日が、一日、一日、積み重なってゆくんだぞ。親を喜ばせることが、正和、お前にはできるんだぞ。できるのにそうしないのなら、親不幸が、一日、一日、積み重なってゆくことになるんだぞ、そんなんでいいのか、正和」

公園のベンチからビルを見あげると、ビルの窓には明かりがともり、空は暗くなり始めています。

正和は、またゆっくりと自分に語りかけます。

「正和、お前、仕事はどうするんだ。東京で十七年間生きてきて、仕事もまあまあできるようになった。人の役にも立てるようになった。それでも、これは薄磯でもできるぞ。仕事で身につけた様々な経験、薄磯で役立てることもできるんだぞ。自分にできること、自分にはできないこと、今は、大体、分かるようになった。それじゃあ、薄磯で自分に何ができるのか、大体、想像がつく。そうだなあ、薄磯に帰ったからといって、自分の世界が狭くなってできないことが多くなる、なんていうことはないなあ。じゃあ、逆にどうだ。都会ではできなくて薄磯ではできること、ってなんだろう。ん、いっぱいあるぞ。親の笑顔を、毎日、毎日、増やしてやれる、っていうのが一番だけど、その他にも、自然を心の中で感じて、毎日、生活でき、また、そういう人たちと一緒に生活できる、というのも薄磯だからできることだ。それは本当に貴重なものだ、って分かるようになったからなあ。

灯台より、遥かに高い青い空。

水平線より遠い、永遠の世界。

赤く輝く夕焼け山脈。

目の中全部が星空になってしまう、薄磯の夜の空。

こんなのを感じながらの日常生活になるんだもんなあ。いいなあ、今まであんまり真面目に考えなかったなあ。自分の心の中の一番深いところに、自然が持っている、広さや、美しさや、高さが、住みついているんだ。今まで都会での生活の忙しさにまぎれて気づかなかったけれど、ちゃんと心の中に住み続けて、今、こうやって気づかせてくれるんだ。やっぱり、こんな大切な世界を持てたのは、子供のころ薄磯の自然の中で生活できたからなんだ。そして、父ちゃん、母ちゃん、海色のおじちゃん、おばちゃん、みんながそういう世界を持っていて、小さな子供にもちゃんと教えてくれたからなんだ。そうだ、薄磯に帰ったからといって自分の生活で失うものは何もない。むしろ、薄磯の本当の素晴らしさが分かるようになった今、得るものの方が遥かに多いんだぞ。もう決めよう。何も迷うことはないぞ。できるだけ早く帰ろう。正和、それでいいか、いいよな」

そう決心して公園を出、夕方で人通りの多いビルの谷間を歩いていくと、おじいちゃん、おばあちゃん、と言ってもおかしくない、父ちゃん、母ちゃんが薄磯の小さな村で、一生懸命に生活している姿が目の前に浮かび、少し寂しげな笑顔で自分を見ているのです。

今まで感じたことのない切なさが、また浮かびあがってきて、一歩、一歩、歩いていくこの瞬間、瞬間にも、父ちゃん、母ちゃん、寂しさを感じているような気がして胸がしめつけられ、薄磯に帰って、親と一緒に生活する決心をした、とできるだけ早く伝えようと思うのです。

「父ちゃん、あしたも、朝、早いな、んじゃすぐ電話しよう。父ちゃん、母ちゃん、もうすぐ眠る時間だからな」

正和は、夕暮れの町を、都会から離れてゆくような勢いで、少し笑いながら大股で、一歩、一歩、歩いてゆきます。

「父ちゃん、正坊から電話だよ。薄磯に帰ってくる、って言ってるんだよ。急にどうしたんだろうね」

「なに、この前帰ってきたばっかだぞ。どうしたんだ」

「そうじゃなくて、仕事辞めてこっちさ帰ってくる、って言ってるんだ。父ちゃん、代わってけろ」

「なんだ、正坊どうしたんだ、なんかあったのけ」

「うん、そうじゃないんだ。なんもないけど薄磯に帰りたくなったんだ」

「んー、なんもなくてか、んでも馬鹿に急だなあ。二月前《ふたつきまえ》に帰ってきた時なんも言ってなかったべ。帰ってから、なんかあったのか」

「うん、そういう訳じゃないんだ。仕事は好きだし仲間もみんないい人なんだ。仕事がいやになった、という訳じゃないから心配しなくていいよ」

「そんじゃあ、なんも辞めることないべ。どういうことだ、正坊」

「んー、あのね」

正和は口ごもり、少しの間考えます。

『父ちゃんも母ちゃんも年とって、本当のおじいちゃん、おばあちゃんになったことに気付いたんだ。それが切なくて、早く帰って親孝行したくなったんだ』

なんて言えないよねえ。そんなことしたらかえって悲しませるだけで、なんにも親孝行にならないよなあ」

　正和は、ふと思いつき、

「あのね、父ちゃん。俺な、父ちゃんと母ちゃんにビー玉あげたくなったんだ。そんで帰りたくなったんだ」

「なんだ、正坊。ビー玉か。どういう意味だ。母ちゃん、正坊、ビー玉あげたくて会社辞めんだと。どういう意味だべなあ。母ちゃん、分かっか」

「え、なに。ビー玉あげたくなった、って言ってんの。ふーん、ね、父ちゃん、あれでないのけ」

「うん、なんだ。あれってなんだ、母ちゃん」

「あのね、正坊、ちっちゃい時、静江ちゃんにいたずらして、ビー玉あげたべ。それから、みんな正坊のごめんのビー玉、って言ってたべ。それのことじゃないのけ」

「そうかあ、あれかあ。正坊、ビー玉くれる、ってごめんのビー玉みたいなものけ」

「ハハハ、そんなとこだよ、父ちゃん。俺、父ちゃんと母ちゃんに、どうしてもビー玉あげたくなったんだ」

「どういうことだ。んー、分かんねえなあ。母ちゃん、正坊、あんなこと言ってるぞ。んでも、正坊なんか悪いことでもしたんか。なんか謝んなくちゃなんねえこと、あんのけ。母ちゃん、なんか知ってっけ」

「ううん、なんもないよね、父ちゃん」

母ちゃんは、

「正坊が会社を辞めるなんて、よっぽどのことだ。なんか大きな失敗でもしたのかなあ」

と心配になり、

「正坊、お前なんか謝んなくちゃなんねことしたのけ。ごめんのビー玉くれるなんて、びっくりするべ」

「ハハハ、そんなんでないよ、母ちゃん。心配しなくていいからね」

「んじゃ、なんでごめんのビー玉なんだ、正坊」

「ハハハ、だから、ごめん、っていう訳でないんだ」

「んじゃ、なんか失敗して会社辞めるちゅう訳じゃないんだね。そうなんだ。父ちゃん、ごめん、っていう訳でないんだと。よかったね、父ちゃん」

「うん、そうかあ、そりゃあよかった。会社で失敗でもしたんだべか、って思ってどきどきしたな。そんでないんだ。よかったなあ、母ちゃん。んでも、どういう訳なんだべな、母ちゃん」

「やっぱり、静江ちゃんにビー玉あげたべ、そん時とおんなじような気持ち、っていうことじゃないのけ。そうけ、正坊」

「うん、そんなとこだよ。父ちゃんと母ちゃんにどうしてもビー玉あげたくなったんだ。二ケ月考えたんだ。そんで、ビー玉あげないうちは、もう落ち着かなくて、毎日、毎日、切なかったんだ。いいべ、な、帰ってもいいべ。なんも心配ないからね。東京いやになったからじゃないからね。だから、東京とおんなじように薄磯でも頑張れっからね」

「どうだ、母ちゃん。正坊、二ヶ月も考えたんだと。そんで決めたんだと。親にビー玉くれたくて二ヶ月も考えたんだと。どう思う、母ちゃん」

「そうねえ。正坊、二ヶ月も考えたのかあ。んじゃ、東京帰ってからすぐだねえ。ね、父ちゃん。正坊、二ヶ月もなに考えたんだべね」

「んー、そうだなあ。親にビー玉あげたくなった、っていうんだから、親のことといっぱい考えたんだべな。そうか、正坊、親のことなに考えたんだ」

「うん、あのね、二ヶ月前、俺帰った時、父ちゃん、母ちゃんいっぱい喜んでくれたでしょ。父ちゃん、母ちゃん、ニコニコしてんの、俺うんと嬉しかったんだ。そんでね、

『いいなあ。俺がいるだけでこんなに喜んでくれるんなら、もう薄磯に帰ってもいいんじゃないかな。仕事だって東京と同じようにできるはずだ』

　って、そんなふうに思ったんだ」

「んー、じゃあなんだ、ビー玉くれるっつうのは、俺たちにニコニコすんのをくれるみたいなもんか。なあ、母ちゃん、ビー玉ってそんなこと みたいだよ」

「ウウ。正坊、お前、二ヶ月もかけてそんなこと考えていたのけ。ウウ、父ちゃん、どうしたらいいんだべ。そんなんでいいのけ。あたしは嬉しいけどねえ」

「正坊、母ちゃん泣いてんぞ。ニコニコして泣いてんだ。だけど正坊、そんぐらいで会社辞めてもい

いんか。俺たちのことなら心配いらねんだぞ。んでも、これ、ごめんのビー玉じゃないな。なんも謝ることじゃないもんな」

正和は、

「これは、やっぱりごめんのビー玉だ」

と思うのです。親の寂しそうな顔を思い浮かべると切なくなり、なにをおいても、親に謝りたくなるのです。

「父ちゃん、俺、そんぐらいのことで会社やめるんじゃないよ。二ケ月もかけて、いっぱい考えて、そんで決めたんだから、うんと大切なことで会社辞めるんだ。な、父ちゃん、母ちゃん、そっちさ帰ってもいいべ」

「んー、そうかあ。分かったぞ、正坊。母ちゃん、そんでいいか」

「うん、いいよ父ちゃん。嬉しいねえ、正坊、帰ってくんだ。あれ、父ちゃんも泣いてんだねえ」

「ん、俺も年だなあ。涙もろくなってなあ。そんで正坊、いつ帰ってくるつもりだ」

「うんとね、あと二ケ月ぐらいかな、今の仕事、ちゃんと終わらせてからだから。それまで元気で待っててね」

「うん、分かった。母ちゃん、あと二ケ月だと」

「あ、そうなんだ、あと二ケ月で正坊、帰ってくんだ。ああ、嬉しいね。ね、父ちゃん、嬉しいねえ」

故里の海、岬、丘の上の草原《くさはら》は何度見ても見飽きるということはないのです。むしろ、年齢を増していくと共に、海の広さも、岬の緑も、灯台の白さも、すべて懐かしく、一つ一つをもっと細やかに見るようになっているのです。

それと同じように、正和と静江の思い出は、二人の親にとって、何度話しても話し飽きるということはないのです。

正和と静江が大人になってからも、親たちは正和の庭に集まって、昔の話を何度となく繰り返し、年をおうごとに細部にわたる思い出がよみがえり、心の中に楽しく美しい物語となって住みついているのです。

父ちゃん、母ちゃん、二人とも、

「父ちゃんと母ちゃんに、ビー玉、あげたくなったんだ」

と聞いた時、

「あ、そうなんだ。正坊、静江ちゃんにビー玉あげたっけな。

『ごめんな』

って言えなくて、何日も静江ちゃんのこと考えていたっけな。

『静江ちゃん、今ごろ怒ってるんじゃないか。悲しんでるんじゃないか。早く、

〝ごめんな〟

って言わなくちゃ』

って考えて、そわそわしたり、心が晴れなかったり、そんな数日間を送っていたっけな。あん時とおんなじ気持ちで、ビー玉くれる、って言ってんだべなあ」

とすぐに正和の気持ちが分かるのです。

「な、母ちゃん、正坊、ビー玉くれるってか。静江ちゃんにあげた時とおんなじ気持ちなんだべなあ」

「うん、そうみたいだね。んだけど、正坊、あたしたちに謝りたいことなんにもないべ。父ちゃん、どうしてだろうねえ」

「うん、なんにもないな。んでも、会社辞めてまでビー玉くれたいんだから、よっぽど、ビー玉、いっぱいくれたくなったんだべなあ」

「本当だね、いっぱい、いっぱいくれたくなったんだね。ね、父ちゃん、正坊の気持ち、嬉しいねえ」

「うん、そうだな。ハハハ、ほれ、母ちゃん、さっきからニコニコだ。もう、ビー玉いっぱいもらってるみたいなもんだな」

「フフフ、父ちゃんもおんなじだよ。さっきから笑いっぱなしだよ」

「ハハハ、そうけ。んじゃあ、もういっぱいもらったなあ」

波の音が静かに聞こえています。一波、一波、二人の胸の中にも寄せてきて、一波ごとに、打ち寄せる波に乗って、子供のころの正坊が、ニコニコと笑顔で手を振りながら帰ってくるように感じるのです。

二人とも笑顔で黙って遠い潮騒に聞きいります。

正和は電話を切り、ふっと息をはき、

「よかったなあ、父ちゃんも母ちゃんも喜んでくれて本当によかった。会社を辞める、って言ったら心配はしたみたいだけど、でも、ニコニコしているのは声の調子で分かったなあ。近所のおばあちゃん、すごいお年寄りに見えて、年を聞いたら父ちゃんと母ちゃんとおんなじぐらいでびっくりしたっけね。父ちゃんも母ちゃんも、他の人にはやっぱりおんなじように見えてるんだ、って、初めて気づいてびっくりして、

『俺の父ちゃんも母ちゃんも、近所のおばあちゃんとおんなじ年寄りなんだ』

と思うと、胸がしめつけられるように切なくなって、それで薄磯に帰る気になったんだ、なんて言えなくて、つい、

『ビー玉、あげたくなったんだ』

なんて言ってしまったなあ。

『正坊、ビー玉あげる、ってどういうことだ。正坊のごめんのビー玉か。親に謝ることなんにもしてないべ』

って言ってたなあ。だけど、あんなに寂しい思いいっぱいさせたんだぞ。いっぱい謝んなくちゃなんないんだぞ。それでも、俺の気持ち、なんとなく伝わったみたいだったから、よかったなあ。ほっとしたなあ。バス停まで送ってくれた時の父ちゃん、母ちゃんの寂しそうな顔、今でも胸に焼きついているけど、とにかく早く伝えられて二人とも喜んでくれたから、ビー玉、少しだけでもあげられたのかなあ。それでもほんのちょっとだなあ。今まで、ずっと寂しい思いさせてきたんだからなあ。薄磯に帰ったら、いっぱいあげようね。今までの分も、いっぱいあげようね。それでかんべんな、それでいいべ、父ちゃん、母ちゃん。電話口で、二人とも、ニコニコしてたみたいだけど、今も笑ってるかなあ。帰るまであと二ヶ月ぐらいあるけど、それまで、少しでも寂しそうな顔、なくなればいいなあ」

静かに考えていると、薄磯の波の音が聞こえてくるように感じ、薄磯の海と、海色の店の、そこだけが赤い電話が目に浮かんできます。

夕暮れの海に波も打ち寄せていて、海色のおじちゃん、おばちゃん、海色のベンチに座って静かに海を見てる姿が浮かんできて、

「ああ、本当に波の音、聞きたいなあ。海色の青いメモ用紙の電話番号、ズボンのポケットだっけ、カバンの中だっけ」

いくら探しても見つからないのです。

その夜、床に入って目を閉じると、薄磯の海と空、岬の灯台、雲や村の家並みが鮮明に見えてき

て、詩がひとりでに浮かんできます。

遠き潮騒

小さな入江の
小さな村の赤電話
風に吹かれていたっけ
潮に吹かれていたっけ
おじちゃん　おばちゃん
秋が深まったなら
ただ　受話器だけを
外しては下さらないでしょうか

潮騒を聞きたいのです
あの入江に寄せては返し
優しく響いていた

あの雲の峰を仰ぎながら
聞いた潮騒を

都会の生活に戻ると共に
どこに行ってしまったのだろう
ポケットの中を探してみても
カバンの中を探してみても
もう見つからない
海へ通じる番号よ
海の香　かおる海色の番号よ
潮騒　運ぶ故里の番号よ

小さな入江の
小さな村の赤電話
私の訪れを
待っているかしら
風に吹かれて

潮に吹かれて
海色の
おじちゃん
おばちゃん
待っているかしら
風に吹かれて
潮に吹かれて
海を見つめて

床の上で目を閉じていると更にいろいろなことが思い出されます。

「そうそう、あれは中学生の時だったなあ。友達と磯の岩の上に座って、海、見てたっけ。

『ほら、みんな見てみろ。ほれ、あのでっかい岩の上だ。あの蟹、あのままずっと動かないんだ』

って、だれかが言ったんだっけ。

『ん、どこだ。あ、あれか。本当だ、ちっとも動かないな。死んでんでないのけ』

『そうでないぞ。俺、気になってずっと見てたんだ。波、来《く》っと目だまぐるぐる動かして、波なんか気にしないでずっと、海、見てんだ。

蟹も海ってきれいだなあ、って思ってんだべな』

そん時はなんにも気付かなかったけれど、今思うと、おじちゃん、おばちゃん、あん時の蟹さんとそっくりだ。

近くの海なんかなんにも気にせず遠くの海ばっかり見てるものなあ。あの蟹さんも、目、突き出して遠くの海ばっか見てたもんなあ」

蟹よ

一

大海原の果てるところ
岩の上に住んでいる
蟹よ
あなたは前には歩かない
後ろにも歩けない
未来が見えないためですか

楽しい思い出がないためですか
あなたはいつも未来と過去を横ぎるだけ

いいえ
蟹よ
その大きな目を突き出して
未来と過去が一緒に見えてしまうので
あなたは右往左往して
横に歩いているのですか

海が広すぎるので
あなたには前も後ろもないのですか
水平線があんなに遠いので
目を高く突き出しているのですか
海があんなに光っているので
目をとじて眠るのですか

あなたに寄せては返す波は
海の一部ではないとでも言うかのように
あなたは目を突き出して
遠くの海だけを見ています
波をぬぐいもせずに
遠くの海だけを見ています

二

八重の潮々の
寄せ果つる岩に生まれた
蟹よ
水平線のかなたから寄せくる波を
岩の上で
微動だにせず
あなたは数え続けるのか
あるいは倦み疲れたか

入日が水平線を燃やすとき
あなたは入日に向かって居を定めるのか
海が紅に燃えるとき
あなたは呆然として我を忘れるのか

海もまた海の質を失い
一枚の風景の中で時間は止まり
一枚の風景の中でたそがれてゆくのを
気付いたか
残光が雲にのみ残るとき
雲もまた
光を慕うものであることに
気付いたか

やがて雲は光を失い
星空に溶けていったとき

蟹よ
あなたもまた
海の色に染まっていったか

三

波頭きらめく大海原と
銀河を流す星の原野と
二つの果てなきものの間に眠る
蟹よ
あなたの不格好な手は
二つの永遠の間で何をつかむのですか

星は海を圧倒し
やがて銀河は水平線に流れ
蟹よ
あなたは銀河の飛沫を浴びるのですか

流星は銀河の飛沫となって流れ
黒い海原の波頭にかすかに宿り
漁火のように海面にまたたきだすとき
蟹よ
あなたの涙にも星は宿るのですか
涙に似ているあなたの目の中にも

あなたはその不格好な手で
星空を切り取り
あなたの潮だまりに宿らせ
あなたの小さな海に宿らせ
潮をまくらに
潮騒のとどろきの中に眠るのですか

あなたが夢を見るとき
あなたの潮だまりの中でも
銀河は流れるのです

あなたの夢の中の水平線に

四

雲は風にちぎれ飛び
海は潮流をあらわにして
大河となって雲のあとを追い
ただ一つ動かぬものとして岩は
蟹よ
岩はあなたのとりでとなったか

岩と一体になった蟹よ
波はあなたの背中にも砕けたか
飛沫はあなたの背をも越えていったか
あなたのなめらかな背に
蟹よ
波はどのような記憶を刻んでいったか

入江深くあなたが居を定めるとき
人もまた海の飛沫を
浴びるものであることに気付いたか
海のとどろきが
寝静まった人々の耳の奥にとどろくとき
人もまた海を胸に抱いて
眠ることに気付いたか

蟹よ
あなたが入江深く眠るとき
潮流は果てもなく
大河となって水平線に流れるのです

五

雪は木々を眠らせ

入江の家々を眠らせ
人々は生活と等量の海を背負って眠っている
雪の降り積む岩の上で
蟹よ
あなたも静謐の中で眠るのですか
あなたの生活と等量の海を背負って

潮騒も沖に去り
雪のみが果てもなく降っている
蟹よ
あなたは岩のはざまで
雪の降り積む音を聴くのですか

雲間から一すじの光が差し
光のきざはしに舞いおりる雪に
あなたはリュートの響きを聴くのですか
舞いおりる雪は音の諧調

遠い北国の空に消えてゆく音の諧調

音を失った世界では
一すじの光でさえリュウトの響きをもつことを
蟹よ
あなたは眠りの中で聴くのですか
さらさらと雪のまろぶ音さえ
聴きわけたあなたは
遥か北国のリュートの響きさえも
静寂の中に聴こえたのですか

「おじちゃんとおばちゃん、あん時の蟹さんとそっくりだったんだ。なんかすごいこと発見したなあ。おじちゃんとおばちゃんもすごいけど、あの蟹さんもすごいなあ。今度あった時に話してやろう。んでも変な顔されるかなあ。ハハハ、そんでも絶対話すべ」

床に入り、詩が浮かび、なんだか分からなかったう[illegible]コして、夢を見たのか、ただ想像[illegible]えてくるのです。

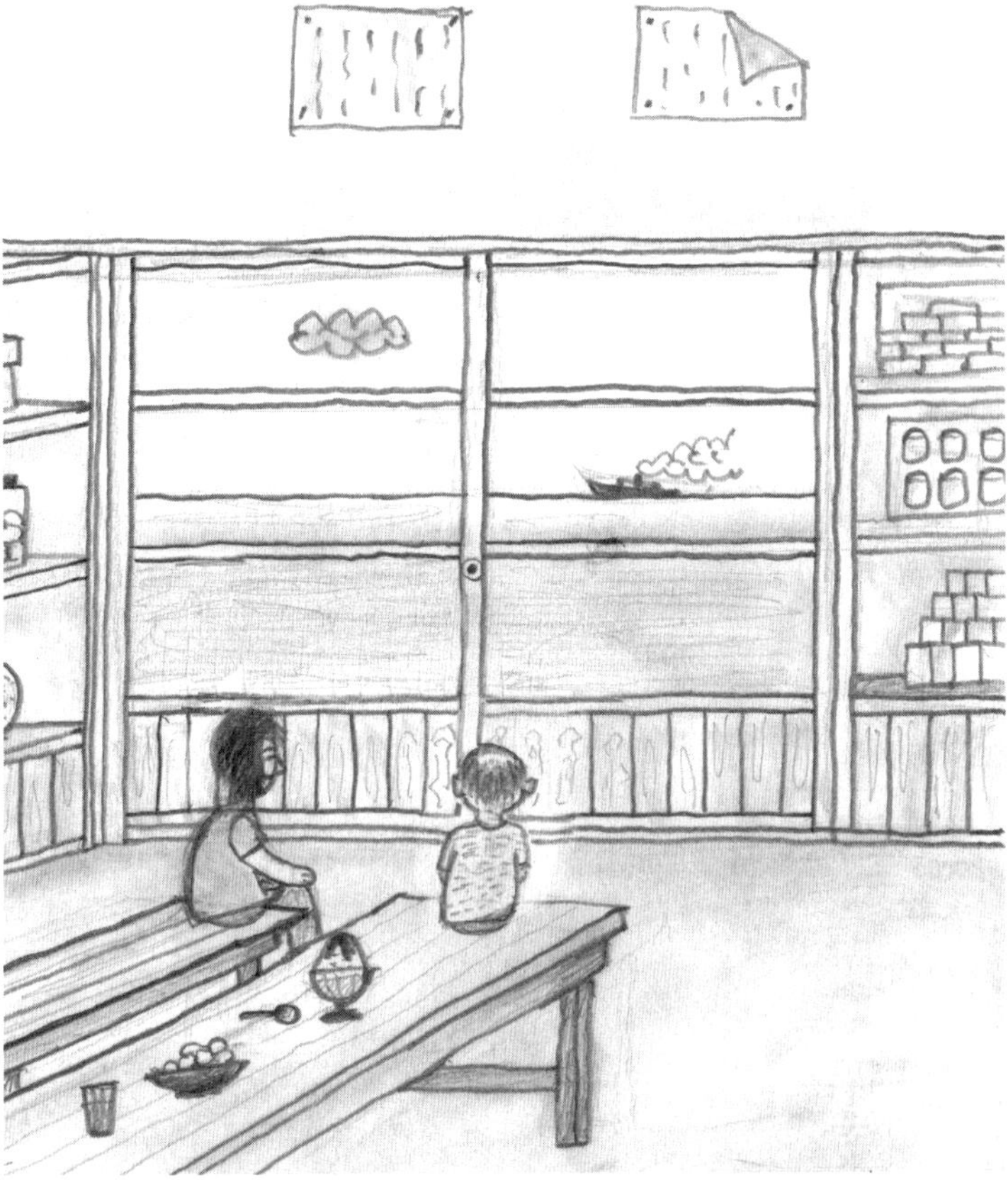

海色の店から、海を見つめるおじちゃんとおばちゃん

遠い距離を飛び越え、薄磯の近くに来ているのです。

学校が遠くに見え、そのすぐ奥に海色の店が小さく見え、豆つぶのような人が店の前に立っているようなのです。

だんだん近づくと、父ちゃん、母ちゃん、静江ちゃんの父ちゃん、母ちゃん、おじちゃん、おばちゃん、みんなニコニコ顔で手を振って、

「お帰りねえ」

「待ってたぞお」

「正坊、帰ってきて、嬉しいぞお」

と遠くで叫んでいるのです。

空を飛べるはずがないので、

「変だなあ」

と思っていると、

「あ、そうか、丘の上の草原《くさはら》からの眺めなんだ。そこから、草原《くさはら》を越え、墓地も越え、一生懸命走って、みんなのところに帰ってるとこなんだ。ああ、みんな手を振ってニコニコだ、ああ、もうすぐ、みんなと会えるぞ」

ポケットからビー玉を取り出し、父ちゃん、母ちゃん、他のみんなにもビー玉をあげると、みんな、ニコニコで嬉しそう。

夢のようでもあり、想像したことが絵のようになって、夢のように感じているようでもあり、一つ、一つ、取り出していろんな人にあげてもビー玉は減っていかないのです。

不思議に思いポケットをよく見ると、父ちゃん、母ちゃん、おじちゃん、おばちゃん、おまわりさん、先生、その他、いろんな人からもらったビー玉でいっぱいです。

カチャカチャと優しい音を出し、キラキラと青や緑に輝いて、一つ、一つ、丁寧に思いをこめて人にあげても、少しも減っていかないビー玉。

夢なのか、ただ想像しただけなのか、人にあげたくてまた一つビー玉を取り出すと、手の中で、ビー玉は、人の優しさ、人のぬくもり、人の親切という光を受けて、キラキラと青や緑に輝いているのです。

十四　高台の新しい村

正和が、薄磯に戻って四年と三ヶ月後、二〇一一年、三月十一日、東日本大震災が東北地方を襲い、恐るべき被害をもたらします。

職場で働いていた正和は、すぐ薄磯に走り帰り村人を裏山の高台へと導きます。

まず、父ちゃん、母ちゃんを裏山の畑に逃がし、すぐに海色のおじちゃん、おばちゃんを見に行くと、おじちゃん、おばちゃん、店の中の椅子に座ってじっと海を見て、逃げる様子がないのです。

「おじちゃん、逃げろ。津波、もうすぐ来るかもしれないよ。とにかく裏山の畑に行くべ」

「いや、俺はここさいる。昇太をずっと見守ってきたとこだ。こっから昇太を見守ってる。昇太だって、海の中から俺たち二人を見守ってるはずだ」

「おじちゃん、そんなこと言わないで逃げてくれ、頼むから」

「いい、俺はここさいる。俺は逃げね。二十年以上も昇太を見守ってきた場所だ。ここから俺が逃げたら昇太、悲しむべ」

正和、泣きながら、おじちゃんの手を握り、強く揺すりながら、

「おじちゃん、いつも言ってるよね。正坊は昇太みたいなもんだ、って。あれ、本当だろう。んじゃ、逃げてくれ、って言ってんのは、正和じゃないぞ、俺じゃないぞ、昇ちゃんだぞ。昇ちゃんが逃げろ、って言ってんだぞ。おじちゃん、分かっか」

おばちゃんは大粒の涙を流し、おじちゃんの肩を揺すりながら、

「そうだよ、父ちゃん。正ちゃんが言ってんでなくて昇太が言ってんだぞ。父ちゃん、早く逃げんべ。昇太だって、きっとそう思ってるよ。父ちゃん、分かんねのか、正ちゃん、こんなに泣きながら言ってんだぞ。昇太だって、泣きながら、逃げろ、って言ってっかもしんねえぞ。父ちゃん、頼むから早く逃げんべ。父ちゃんになにかあったら、あたし、どうしたらいいんだ、ワワー」

「そうだよ、おじちゃん。昇ちゃんを見守るんなら、裏山の畑でもできんべ。すぐそこなんだから、早く行くべ」

「いいや、俺は逃げね。いいか、母ちゃん。母ちゃんなら分かんべ。正坊だって分かんべ。この家、もう何十年も前に海の色にしたんだぞ。店の中だって全部そうだ。んだからここは海の中だ。昇太とおんなじ海の中だ。ここで母ちゃんと二人で、もう三十年近く昇太を見守ってきたんだぞ。これからも俺はそうする。何があってもそうする。津波ぐらいで逃げたら昇太に申し訳が立たね。昇太だって俺たちを守ってくれるはずだ」

おじちゃんの厳しい顔をじっと見て、おばちゃんは、あきらめたような、覚悟を決めたような顔になり、おじちゃんの肩を揺することもやめ、

「分かった父ちゃん。父ちゃんが逃げないんだら、あたしもここさいる。死ぬんだったら父ちゃんと一緒だ。父ちゃんと一緒に海の中さいるんだったらあたしもそれでいい。昇太と一緒に海の中さいられるんだったらあたしもそれでいい。父ちゃん、もうなんも言わないから二人で海、見てんべ」

「ん、母ちゃん、分かってくれっか。んじゃ、そうすんぞ」

おばちゃんは、おじちゃんの隣に座って海を見つめだします。

正和は更に悲しそうな顔になり、

「なに言ってんだ二人とも。そんなんでいい訳ないべ。すぐそこの裏山に行ったからって逃げたことになんないべ。そこから海、見てんだから逃げたことになんないべ。ほら、もうすぐ津波、来《く》っかもしんないぞ。たのむから逃げてよ、おじちゃん、おばちゃん」

おじちゃんもおばちゃんも、もう覚悟を決めたように微動だにせず海を見続けているのです。

正和は、ますますあせって、

「おじちゃん、おばちゃん。二人がいなくなったら、だれが昇ちゃんを見守るんだ。おじちゃん、おばちゃんしかいないべ。丘の上の墓だれが守るんだ、だれが草、刈るんだ。おじちゃん、おばちゃんしかいないんだぞ。

俺は昇ちゃんとおんなじだぞ。んだらなんで俺を悲しませんだよ。昇ちゃんを悲しませんのとおんなじだぞ。そんなこと分かんねえのか。二人して大馬鹿野郎だ。ワーワーワー」

おじちゃん、おばちゃん、二人とも正和の顔を見て涙をぼろぼろ流しています。

正和は、今度はゆっくりと静かな声で、

「そんでな、おじちゃん、おばちゃん。俺、あんパン、大好きなんだぞ。ここで、海、見ながら食べるあんパン、どんな食べ物より一番大好きなんだぞ。おじちゃん、おばちゃんいなくなったら、だれが大好きなあんパンくれるんだよ。俺からあんパン取り上げないでよ。そんなことになったら、俺、もう一生あんパン食べないからな。本当だぞ、一生食べないからな。たのむから俺にあんパンくれよー。俺から大好きなあんパン取り上げないでよー、ウウウ。

たのむから、昇ちゃんも俺も悲しむようなことしないでよー、ワーワーワー」

正和は、二人の手を取りながらボロボロと涙を流し、もう、それ以上は何も言えないのです。

その間も何度か余震があり、家がぐらぐら揺れ、棚からは商品がばらばら落ち、店の中は足の踏み場もないのです。その都度、おばちゃんは顔と耳をふさいで震えています。

正和は、床に落ちたあんパンを見つけ、手に持てるだけ持って、

「おじちゃん、このあんパン、食べるべ。いっぱいあるから、裏山で待っている父ちゃんや母ちゃんにも食べさせるべ。な、おじちゃん、おじちゃんの手から渡してよ。おじちゃんがいないんだったら、だれも食べないよ。そんなこと分かるべ。おじちゃんが渡さないんならだれも食べないんだぞ。分かるべ、おじちゃーん、ワーワーワー」

正和は、あんパンを無理やりおじちゃんの手に握らせ、

「ほれ、おじちゃん、早くみんなに渡してやってよ。たのむから、おじちゃん、そうしてくれよー、

ウウウ」

おじちゃんも、涙をボロボロ流しながら、

「うん、うん」

と何度もうなずいていいます。厳しい顔はすっかり消え、いつもの優しい顔に戻り、

「うん、分かった、正坊。本当に分かったかんな。心配させて悪かったなあ。そうだなあ、昇太と正坊、二人を悲しませるところだったなあ。ああ、ごめんな正坊、俺、自分のことしか考えなかったなあ。ごめんな、ごめんな、こんなに心配させてな。

分かった、分かったかんな、正坊。俺も裏山さ行くぞ。そこで海、見守ってんぞ。

母ちゃん、悪かったなあ。ごめんな。こんなに怖い思いさせてな」

おばちゃんも涙で顔はくしゃくしゃで、それでもほっとしたような声で、

「父ちゃん、そんでいいのけ。ああ、良かった。父ちゃん、良かったなあ。そうするべ。そんじゃ父ちゃん、早く逃げるべ。正坊、有り難うな」

二人は、よろよろと立ち上がります。

正和は涙で顔をくしゃくしゃにしながら、それでも笑顔になって、

「ああ、良かった。んじゃ早く行くべ。ああ、良かった、良かったなあ、おじちゃん、おばちゃん。すぐ行くかんな。まだ寒いから毛布持っていくよ」

三人とも涙をいっぱい流し、かすむ目で裏山を目指します。

裏山の畑は約二十メートルの高さ、村も海もすぐ目の前に見えます。畑の中にみんな一緒に固まって海を見ていた村人の目に、水平線と平行に一筋の細い線が見えてきて、それが少しずつ近づいてきます。遠くに見えた時は、細い線がゆっくりと細い線のまま近づいてきて、やがて薄磯の入江の近くまで迫ってきた時には、高い壁のような大きなうねりとなって、あっと言う間に入江全体を盛り上げ、低い地鳴りを伴って、村に襲いかかってきたのです。おじちゃん、おばちゃんが畑に来てからわずか三分後のことです。

何度か襲ってきた津波によって、村の大部分の木造の家は裏山の際まで打ち寄せられ、その都度生じた大きな引き波によって、家々のがれきは入江の沖に流され、村の大部分は土台の石を残すだけとなっています。

裏山で村が津波に襲われる恐ろしい光景を見た村人たちは、ただ呆然として言葉もなく、涙を流し、小雪がちらつく寒さも忘れ、帰る家を失ってただ座り続けるのです。

正和も呆然としてみんなと同じように涙を流していたのですが、時がたつうちに、村人の呆然自失の顔を見、

「俺が、今、悲しがっている時じゃないぞ。とにかく村の人たちをなんとかしなくちゃいけないぞ。まずこの寒さだ。お年寄りも多い。あったかいところに行かせるのが、まずは一番だ」

と自分のことは忘れ、裏山を走り回ってお年寄りの世話を続けます。

それから三ヶ月ほど、正和は、捜索、救助、がれきの撤去、人を慰めること、などに全力を注ぎ、自分にできることはなんでも努力を続けます。

村の代表の一人として復興計画の話し合いにも顔を出し、半年後には大体の原案もでき、新しい村の姿も見えるようになってきています。

村人たちにも新しい村のイメージを詳しく説明し、少しでも希望を持てるようにと、何度も何度も、

「いいですか、みなさん、素敵な村になりますよ。災害の心配がない、どこからも海が見える家が建ち並ぶ平和で幸福な村になるんですよ。三年、五年頑張れば、ちょっとずつ実現していくから頑張りましょう」

と言って励ますのです。

村の裏山を崩し、村全体をかさ上げし、どこからも海が見える公園のような村になるのです。

海沿いの道はかさ上げされて土の下になり、代わりに、かさ上げされてゆるやかな斜面になった村の中央に、ゆるやかなカーブを描く新しい道が姿を現すはずです。

道の両わきには、村人たちの希望によって、桜、けやき、いちょう、ポプラ、セコイア、そして、花の美しい、かいどう、さるすべり、ライラック、実のなる木、りんご、梅、柿、みかん、あんず、その他様々な木が植えられ、並木道は、三重、四重にもなり、まるで林の中の道のようになるのです。

十年もすれば、どこからでも海が見える林の中の並木道が現れ、季節ごとに美しい花を眺め、季節

ごとに木の実を収穫する村人たちの笑い声で満ちるのです。

裏山から流れ出る小さな川は並木道の木陰に沿って流れ、道の海側に作られる畑をうるおし、その下の一面の芝生の公園をゆるやかに曲がりながら流れ、やがて、薄磯の入江に注ぐことになっています。

芝生の公園を曲がりながら流れる小川の三ヶ所に大きさの異なるダムが造られ、その上には、それぞれに、深さ五十センチ、三十センチ、十センチのプール状の水たまりができ、季節ごとに子供たちの歓声で満ちるのです。

斜面の一番海側、堤防の近くは公園となり、村人たちが植えた花が薄磯の浜を取り囲むように咲き誇り、色とりどりの花が優しい海風にそよぐのです。

高台のゆるい起伏の中に、新しい家が建ち、正和の家、静江の父ちゃん、母ちゃんの家、海色のおじちゃん、おばちゃんの家、その他、近所の人たちの家は、すぐ近く隣同士で建つことになっています。

海色のおじちゃん、おばちゃん、今では、おじいちゃん、おばあちゃんになったので、もう店はやめ、海の見える高台の小さな家の小さな部屋で、壁もカーテンもテーブルも鮮かな海色の青色で、これからも昇ちゃんと一緒に海の中で暮らすことになっています。

村人たちの家からは、どこも村全体が見わたせ、斜面の中ほどまでは家が林の中に建ち並び、斜面の中、曲がりくねった林の中の並木道が海の水平線に寄り添うように続き、その下には村人たちの畑、そして堤防の近くの緑の公園、その先には薄磯の海と空が広がっていて、海の右手には、地震の時びくともせずに光をともし続けていた塩屋埼灯台が、今も青空のもと真っ白い姿で岬の上に輝いている、それが村人たちのどの家からも見えるのです。

村人たちは、十年後、二十年後の薄磯を考えます。

庭先の木、並木道の木、公園の木も大木となり、その木陰にはところどころにベンチが置かれ、どこからでも海が見えるでしょう。

高台の家の庭に植えられた木々も大きく育ち、さわやかな林の中に家々が点在する美しい村となるでしょう。

すべての家の窓からは、大きく成長した木の梢ごしに、薄磯の美しい海、空、灯台が見えるのです。

復興に努力する村人の目には、美しい村の景色がはっきりと見えているのです。

正和は裏山に登って村を見下ろします。すべてが流され荒涼とした村、今は土台石だけが寂しそうに残っている村、十年もすればすべてが緑に覆われた美しい村になるのです。

人の手によって造られたゆるやかな丘陵も、木々が育ち、公園も芝生で覆われ、人が切り開いたとは思えない、初めからこのように美しい風景であった、幸せな人々が住む公園のような村であった、と思えるような、村人みんながそのように感じることができるまで、自分にできることはなんでもやっていこう、と思うのです。

正和は、改めて自分の家があったところを眺めます。

土台だけになってはいても、自分の家、静江ちゃんの家、海色の店のあと、それははっきりと分かるのです。

様々な思い出がよみがえり、涙でかすむ目で見つめ続けます。

すべて流されてしまって何も残っていないのですが、正和の目には大好きな村の風景がはっきり見えるのです。

「あれ、こんなに小さくてちっちゃい場所だったんだ。海までもこんなに近くて、こんなちっちゃい場所にみんな住んでいたんだ」

正和は、こんな小さな場所がいよいよいとおしく、涙でかすむ目で見続けるのです。

「あそこが静江ちゃんの水たまりだなあ。父ちゃんの背中で揺られながら走った路地は、あんなに狭いんだ。おじちゃん、おばちゃん、いつもあんパンくれたっけ。海、見ながら食べた青いベンチはあそこらへんにあったなあ。おまわりさんが海に消えていった四角い海はあそこだなあ。こんなちっちゃくて狭いところに、みんな詰まってんだ。あ、あのちっちゃい石、庭にあった石だよ。あんなちっちゃな庭に釣り合うみたいに、あんなちっちゃな石だよ。何度も何度も襲ってきた津波に、みんな流されてしまったのに、あんなちっちゃな石、頑張ってあそこで耐えていたんだ。足、踏んばって耐えていたんだ。なんか一人だけ残って、ぽつんと寂しそうだなあ。待ってろな、一人にさせないからな、お前だけは土の下にさせないからな。父ちゃんも母ちゃんも、昇ちゃんも、静江ちゃんも、みんな座った石だからな。そうだ、高台に家が建つ時は海の見える庭に持って行ってあげるからな。そしたら、父ちゃん、母ちゃん、おじちゃん、おばちゃん、みんな喜んで座りながら懐かしい話ができるからな。ああ、なんだか昇ちゃんの丘の上の墓とおんなじだ。海を見つめる石だ」

そう思いながら、草原《くさはら》の丘に目をやると、丘も灯台も、津波の前と同じ美しい景色のままに、薄磯の村を見下ろしているのです。

入江の砂浜も北側の小さな岬も、正和が小さかったころと少しも変わらない姿で、静かに、そこにあり続けているのです。

「自然はおんなじだ。なんにも変わらないんだ。津波はなにもかにも変えてしまったように感じたけど、この大きな自然の中では、津波はそんなに大きなものじゃなかったのかもしれない。長い時間の流れの中では、津波で壊された村もほんの一瞬のことだったのかもしれない。自然は、そのままだ。この美しい海や空や薄磯の木々の緑はそのままだ。今までも海はいっぱい教えてくれた。んじゃ、この海は、これからもいっぱい教えてくれるはずだ。そうだ、海はやっぱり素晴らしいんだ。薄磯の古い村が、思い出と一緒に、もうすぐ土の下に消えてゆくのは本当に悲しいけど、でもこれでいいんだ。災害のない幸せな村ができる方が大切なんだ。それに、懐かしい思い出、みんな、ちゃんと心の中に刻みこまれているからいいんだ」

父ちゃん、母ちゃん、おじちゃん、おばちゃん、みんなの中に、思い出は何度も語られ、もうすっかり懐かしく美しい物語になっているように、正和の心の中にも、すべての思い出は心の中にしっかり刻まれ、懐かしい物語となって住みついているのです。

今では村人たちの記憶の中だけに残る、黒っぽい木造の家並み、子供たちが走り回った狭い路地、みんなが集まった小さな庭、そしてそこに咲いていた花たちと野菜たち、すべてが懐かしい、もうすぐ土の下に消えていこうとしている薄磯。

これから美しい姿を現してくるであろう高台の林の中の薄磯の村。

正和の心の中で、二つとも大切でかけがえのない故里になっています。

ビー玉

少年のポケットの中で
ビー玉は
こっちでぶつかり
あっちでこすれて
傷だらけ
とがった傷
深い傷

少年が走ると
傷と傷は　鉢合わせ

手に取って
朝日にかざすと
傷は空色　緑の光

砂浜に転がすと
海を集めて
青い青い海の色

夕日にかざすと
夕焼けの色
オレンジ色
こっちの傷で夕焼けピカリ
あっちの傷で夕焼けピカリ

朝日の緑
海の水色
夕焼けピカリ
全部合わせて虹の色

傷をのぞいてみると
小さな泡が
ぷく　ぷく　ぷく　ぷく
青色　ぷく　ぷく
緑色　ぷく　ぷく
オレンジ　ぷく　ぷく
海の泡
ガラスの中の海の泡

少年がポケットに戻すと
傷だらけの
ただのビー玉

大切な　大切な
ただのビー玉

おわり

著者プロフィール
沼澤 正之（ぬまざわ まさゆき）
福島県在住。

緒方 雅之（おがた まさゆき）／イラスト
福島県在住。

ビー玉

2024年 1 月15日　初版第 1 刷発行

著　者　沼澤 正之
発行者　瓜谷 綱延
発行所　株式会社文芸社
〒160-0022　東京都新宿区新宿1－10－1
電話　03-5369-3060（代表）
03-5369-2299（販売）

印刷所　図書印刷株式会社

ISBN978-4-286-24673-4